DONGSUH MYSTERY BOOKS 87

THE TALENTED MR. RIPLEY
태양은 가득히
페트리시아 하이스미스/김문운 옮김

동서문화사

옮긴이 김문운(金文檃)
니혼대학교 영문학과 졸업. 연합신문 편집국장 역임. 지은책《조국의 날개》옮긴책 란포《음울한 짐승》세이시《혼징살인사건》등이 있다.

DONGSUH MYSTERY BOOKS 87
태양은 가득히
페트리시아 하이스미스 지음/김문운 옮김
1판 1쇄 발행/1977년 12월 1일
2판 1쇄 발행/2003년 6월 1일
2판 2쇄 발행/2014년 9월 1일
발행인 고정일/발행처 동서문화사
창업 1956. 12. 12. 등록 16-3799
서울 강남구 도산대로 163(신사동)
☎ 546-0331~6 (FAX) 545-0331
www.dongsuhbook.com

*

이 책의 출판권은 동서문화사(동판)가 소유합니다.
의장권 제호권 편집권은 저작권 법에 의해 보호를 받는 출판물이므로
무단전재와 무단복제를 금합니다.

편찬·필름·제작 일체「동판」자본으로 이루어짐에 따라
출판권 소유권자「동판」에서 제조출판판매 세무일체를 전담합니다.
사업자등록번호 211-90-02201
ISBN 89-497-0172-3 04840
ISBN 89-497-0081-6 (세트)

태양은 가득히
차례

태양은 가득히······11

해설······366

태양은 가득히

1

톰이 흘끔 뒤를 돌아보니 그 남자가 그린케이지 주점에서 나와 이쪽으로 오는 모습이 보였다. 톰이 그 남자에게 미행당하고 있다는 사실은 이제 의심할 여지가 없다. 톰은 5분쯤 전부터 눈치를 채고 있었다. 그 남자는 저쪽에 있는 테이블에서 '이 사람이 틀림없다'는 눈초리로 조심스럽게 톰을 살피고 있었다. 그 남자는 톰이 서둘러 잔을 비운 뒤, 술값을 치르고 나가는 모습을 틀림없이 보았을 것이다.

모퉁이에 이르자 톰은 몸을 조금 앞으로 굽히고 잰걸음으로 5번가를 가로질렀다. 그곳에는 라오르 주점이 있었다. 시험삼아 한잔 마시러 들어가 볼까? 될 대로 되라고 내버려둘까? 아니면 재빨리 파크 애비뉴로 뛰어들어가, 여기저기 어두운 문간에 숨어 그를 따돌려 버릴까? 톰은 라오르 주점으로 들어갔다.

톰은 카운터 앞 빈자리로 걸어가면서 아는 사람이 없나 주위를 둘러보았다. 가끔 보는 빨강 머리의 거인이 있었다. 톰은 그의 이름을 몇 번 들었지만 잊어버렸다. 그 거인은 지금 금발의 여자와 테이블에 마주 앉아 있었다. 톰을 보자 빨강 머리가 한 손을 들어 알은 체했다. 톰도 그에 답해 손을 올렸다. 톰은 한쪽 다리를 발판에 걸치고 아무렇지도 않은 태도로 '자, 올 테면 와 봐라' 하는 듯 출입구를 향해 앉았다.

"진 토닉 한 잔."
톰은 바텐더에게 말했다.

톰은 그 남자가 자기를 체포하기 위해 경찰이 보낸 사람 같지는 않다고 생각했다. 형사 같은 느낌도 전혀 없었다. 언뜻 보기엔 실업자 냄새도 풍기고 누군가의 아버지 같은 느낌도 들었다. 복장은 훌륭했다. 뚱뚱하며 관자놀이에 흰머리가 보이는데, 어딘지 차분하지 못한 태도가 엿보였다. 왜 이런 일에 저런 사람을 보낼까? 우선 바에서 세상이야기부터 시작해서 한참 지껄이다가, 갑자기 한 손으로 어깨를 누르고 한 손으로 경찰 배지를 보이겠지. 그리고 '톰 리플리. 너를 체포한다!'고 하겠지.

톰은 꼼짝도 하지 않고 출입구를 주시했다.

자, 또 왔다. 남자는 주위를 둘러보다가 톰을 보자 바로 눈을 돌렸다. 그리고 맥고모자를 벗더니 카운터 앞 구석 자리에 앉았다.

대체 어쩌자고 저럴까? 설마 변태자는 아닐 테지. 톰은 다시 한 번 생각한 끝에 겨우 그에게 해주어야 할 말을 찾아냈다. 그 말이 자기를 지켜 줄 것같이 생각되었다. 변태자라면 경관보다는 낫기 때문이다. 변태자라면 선뜻 '노 땡큐'라고 말한 뒤 조금 웃어 주고 가버리면 그만이다. 톰은 자리를 고쳐 앉아 몸을 긴장시켰다.

그 남자는 바텐더에게 잠깐 기다리라는 듯한 신호를 하고 나서, 카운터를 돌아 톰에게로 다가왔다. 드디어 왔구나! 톰은 마비된 것처럼 꼼짝 않고 그 남자를 응시했다. 수감된다고 하더라도 고작 10년쯤이겠지. 아니, 15년일지도 몰라. 그러나 복역중에 품행이 좋으면…

… 그 남자가 말을 하려고 입을 여는 순간 톰은 자포자기, 통렬한 회한에 가슴이 아팠다.

"실례지만 톰 리플리 군이 아닙니까?"

"예."

"내 이름은 하버드 그린리프, 리처드 그린리프의 아비오."

남자의 표정을 보고 톰은 몹시 당황했다. 만일 자기가 그에게 권총을 들이댔을 때에 그가 이런 얼굴을 했더라도 이렇게 놀라지는 않았을 것이다. 그것은 호의가 넘쳤고 희망에 찬 얼굴이었기 때문이다.

"당신은 리처드의 친구였지요?"

그 말을 듣자 톰은 어렴풋이 생각났다. 디키(리처드의 애칭) 그린리프는 키가 크고 금발인 녀석이었다. 그리고 돈을 많이 가진 녀석이었다.

"아, 디키 그린리프 말이로군요? 알아요."

"당신은 찰스와 마터 슐리버와도 아는 사이지요? 그들 부부가 나에게 당신에 대해서 알려 주었어요. 테이블에 가서 이야기했으면 하는데."

"그러지요."

톰은 흔쾌히 대답하고 자기 술잔을 집어 들었다. 그리고 그를 따라 좁은 방의 안쪽 빈 테이블로 옮겨 앉았다. 톰은 살았다고 생각했다. 나는 자유다! 아무도 나를 체포하려고 하지 않는다. 이 사람은 다른 용건이 있는 것이다. 비록 그 용건이 무엇이든 절도죄나 우편물 횡령 같은 것이 아님은 확실하다. 아마 리처드가 어떤 피치 못할 입장에 빠졌겠지. 그래서 이 그린리프 씨가 조력이나 조언을 얻으러 왔겠지. 톰은 그린리프 씨 같은 사람을 어떻게 다루면 되는지 잘 알고 있었다.

"당신이 톰 리플리인지 아닌지 자신이 없었어요. 당신을 아마 한 번 만났던 것 같은데, 리처드와 함께 우리 집에 온 일이 있었지요?"

"갔었을 거예요."

"슐리버 부부가 당신의 모습과 얼굴 생김새까지 가르쳐 주었어요. 우리는 모두 당신을 찾으려고 했지요. 슐리버 부부는 당신을 찾아 우리와 만나게 하려고 노력했어요. 그런데 그때 누군가가 그 두 사람에게, 당신이 가끔 그린케이지 주점에 간다고 알려 준 모양입니다. 내가 직접 당신을 찾으러 나선 것은 오늘 밤이 처음이지요. 그러니까 나는 퍽 운이 좋았다고 볼 수 있지요."

하버드 그린리프는 빙긋 웃음을 띤 채 말을 이었다.

"내가 지난주에 당신에게 편지를 보냈는데, 아마 아직 도착하지 않은 모양이지요?"

"예, 아직 받지 못했습니다."

'마크가 이쪽으로 보내 주지 않았군. 너무 했어. 도티 고모님한테서 수표도 와 있을 텐데.'

"저는 약 1주일 전에 이사를 했거든요."

톰이 덧붙였다.

"아, 그래요? 편지에 별 말은 쓰지 않았어요. 다만 당신을 만나 조금 이야기하고 싶다고 썼을 뿐이에요. 슐리버가 당신이 리처드와 꽤 친한 사이라고 하기에 말이에요."

"디키에 대해선 잘 기억하고 있어요."

"그러나 지금은 그 애와 편지 왕래가 없다는 말이군요?"

하버드 그린리프는 약간 실망한 모양이었다.

"그래요. 벌써 한 2년쯤 만나지 못했어요."

"그 애가 유럽에 간 지 벌써 2년이나 되는데 소식이 없는 거예요. 슐리버 부부는 당신을 매우 칭찬하면서, 만약 당신이 리처드에게 편지를 보낸다면 그 애도 상당히 마음이 움직이지 않을까 싶다고 말해 주더군요. 나는 그 애가 빨리 돌아와 주기를 바라고 있어요. 그 애가 여기에 살면서 맡아서 해야 할 일이 있기 때문이지요. 그런데 그 애는 내 말이나 제 어미 말은 도무지 듣지 않아요."

톰은 영문을 알 수 없었다.

"슐리버 부부가 대체 뭐라고 했나요?"

"그들 말이 당신과 리처드가 둘도 없는 친구라는 거예요. 그래서 당신과는 당연히 편지 왕래가 있을 거라고 했지요. 아무튼 나는 리처드의 친구들을 잘 모르기 때문에……."

하버드 그린리프 씨는 톰의 술잔을 흘끔 바라보았다. 적어도 한 잔 쯤은 대접하고 싶은 모양인데 톰의 술잔에 술이 조금도 줄지 않았다.

톰은 디키 그린리프와 함께 슐리버 집의 칵테일 파티에 갔던 때의 일을 생각해 냈다. 아마 그린리프네 집 사람들과 슐리버네 집 사람들은 톰보다 훨씬 친한 모양이다. 그래서 이렇게 된 것이다. 왜냐하면 톰은 슐리버 부부와 이제까지 겨우 서너 번밖에 만나지 않았으니까 말이다. 톰이 제일 나중에 그들과 만난 것은, 아마 찰리 슐리버의 소득세 계산을 해준 그날 밤이었을 것이다. 찰리는 연출가였는데, 그가 자유계약으로 한 일의 계산을 잘못해 곤란을 당하고 있었다.

톰이 찰리 자신이 계산한 것보다 훨씬 낮은 액수로 그의 세액을 멋지게 속여서 산출하고, 더구나 완전히 합법적으로 처리한 것을 보고, 그는 톰을 보고 천재라고 하며 감탄했었다.

찰리가 그 일 때문에 톰을 그린리프 씨에게 추천한 모양이다. 그날 밤 찰리의 태도로 판단할 때, 그는 그린리프 씨에게 톰이라는 사람은 총명하고 세상 물정을 잘 알고 있으며, 차근차근하고 정직하며, 기꺼이 남을 도와 주는 사내라고 말했겠지. 그렇다면 그것은 약간 잘못 짚은 것이다.

"당신 말고 리처드에게 조금이라도 영향을 줄 수 있을 정도로 친한 사람이 또 없을까요?"

그린리프 씨가 처량한 투로 말했다.

'바디 랭크노가 있기는 한데.' 톰은 생각했다. 그러나 바디에게 이런 일을 시키고 싶지가 않았다.

"글쎄, 없을 거예요." 그는 머리를 흔들고 물었다. "리처드는 왜 집에 안 돌아오려고 하나요?"

"거기서 살고 싶다고 해요. 그러나 그 애 어미가 지금 병중이거든…… 아냐, 이건 집안 일이고, 이런 문제로 당신을 괴롭히고 싶지는 않아요."

그린리프 씨는 마땅찮다는 태도로 깨끗이 빗은 흰머리를 한 손으로 눌렀다.

"리처드는 그림을 그리고 있다고 해요. 그건 어쨌든 좋은데 그 애에게는 화가가 될 재능은 없어요. 다만 배의 설계에는 상당한 실력을 가지고 있지요. 오직 그 일에만 열중해 주었으면 좋으련만……"

그린리프 씨는 웨이터를 올려다보며 말했다.

"위스키 소다를. 듀어 것이 좋아. 당신은 어때요?"

"아니, 괜찮습니다."

톰이 대답했다.

그린리프 씨는 톰을 미안한 눈으로 바라보며 말했다.

"리처드의 친구들 중에서 내 말을 들으려고 해준 사람은 당신이 처음이에요. 그들은 모두 내가 자식의 사생활에 간섭이나 하려는 것처럼 받아들였거든요."

톰은 그런 사실을 잘 알 수 있었다.

"저도 도와 드렸으면 정말 좋으리라고 생각합니다만."

톰은 조용하고 상냥하게 말했다.

지금 생각이 나는데, 디키의 돈은 어느 조선회사에 작은 범선을 설계해 준 대가로 나오는 것이었다. 그러니까 아버지로서는 그에게 가업인 회사를 인계하고 싶은 것도 당연하리라. 톰은 무심히 그린리프 씨에게 빙긋 웃음을 보내고 자기 술잔을 비웠다. 그가 의자 가장자리로 물러 앉으면서 곧 돌아갈 듯한 몸짓을 하자 그린리프 씨는 실망하는 얼굴이 되었다.

"디키는 지금 유럽 어디에 있습니까?"

톰은 어디거나 상관이 없다고 생각하면서도 물어 보았다.

"몬지베로라는 곳인데 나폴리 남쪽이지요. 도서관조차 없는 곳이라고 그 애가 말했어요. 배를 타는 일과 그림을 그리는 일이 반반인 생활을 하고 있는 것 같아요. 그곳에다 집도 샀대요. 리처드는 제 수입이 있으니까요. 대단한 금액은 아니지만 이탈리아에서 살아가는 데는 충분하겠지요. 누구나 자신만의 기호가 있는 거니까 하는 수 없지만, 나로선 그곳의 어디가 좋은지 알 수가 없어요."

그린리프 씨가 큰 소리로 웃었다.

"리플리 군, 한잔 어때요?"

웨이터가 위스키 소다를 가져왔을 때 그린리프 씨가 물었다.

톰은 돌아가고 싶었다. 그러나 이 신사가 혼자서 방금 가져온 술을 마시는 것을 그대로 내버려두기가 안쓰러워서 "고맙습니다. 그럼 한 잔 마실까요?" 하고 잔을 웨이터에게 넘겨주었다.

"찰리 슐리버한테서 들었는데, 당신은 보험 관계 일을 하고 있다면서요?"

그린리프 씨가 밝게 말했다.

"그건 꽤 오래 전 일입니다. 저는……." 하다가 세무서에 근무한 일은 말하고 싶지 않았다. 지금 말하면 재미없다고 생각했기 때문이다. "저는 지금 광고 대리점의 회계과에 근무하고 있습니다."

"아, 그래요?"

한동안 두 사람은 말이 없었다. 그린리프 씨는 조금 슬픈 듯한, 그렇지만 욕심나는 듯한 얼굴을 하고 물끄러미 톰을 바라보고 있었다. 그는 이제 할 말이 없어진 것이다. 톰은 이제까지 그가 안됐다는 생각만으로 그가 권하는 술을 받아먹은 일이 갑자기 후회되었다.

"그런데 디키는 지금 몇 살이지요?"

톰이 물었다.

"25살."

'나와 같구나.' 톰은 생각했다.

아마 디키는 이탈리아에서 마음껏 제멋대로 생활하고 있겠지. 고정 수입이 있고, 집도 있고, 배까지 가지고 있다니까. 귀국하고 싶은 생각이 없는 것도 당연하겠지. 디키의 얼굴이 눈앞에 선하게 떠올랐다. 거리낌없이 웃는 얼굴, 약간 곱슬거리는 금발…… 낙천적인 녀석이었다. 디키는 행복한 녀석이다. 그에 비해서 톰 자신은…… 날마다 지겨운 생활의 반복이다. 은행 예금도 없는 지금, 톰은 난생 처음으로 경관의 눈을 피해 살고 있다.

그는 수학을 잘했다. 어딘가에 그의 재능을 살리고 급료를 줄 곳이 없을까? 톰은 온몸의 근육이 모두 긴장되고, 쥐고 있는 성냥갑이 손 안에서 납작하게 찌그러지는 것을 느꼈다. 그는 지긋지긋하다는 생각이 들었다. 견딜 수 없다. 화가 날 정도로 견딜 수 없다! 그는 혼자 카운터 앞자리로 돌아가고 싶어졌다.

톰은 술 한 모금을 꿀꺽 마셨다.

"주소를 가르쳐 주시면, 제가 디키에게 편지를 써 드리지요"라고 톰은 급히 말한 다음 "아직 저를 기억하고 있겠지요. 언젠가 함께 롱아일랜드의 주말 파티에 간 일이 있었어요. 그때 디키와 제가 보라조개를 잡아 와서 아침 식사 때 모두 함께 먹은 기억이 나요" 하고 톰은 웃음을 지어 보였다.

"그 때문에 기분이 나빠진 녀석이 둘 있었지요. 별로 유쾌한 파티는 아니었어요. 그 주말에, 디키는 유럽으로 간다고 했는데, 그 뒤로 바로 출발하지 않았던가요?"

"나도 생각이 나는군!" 그린리프 씨가 말했다. "그건 리처드가 이 미국에서 보낸 마지막 주말이었어. 나도 그 보라조개 이야기를 들었네." 그는 약간 큰 소리로 웃었다.

"저는 댁의 아파트에도 두세 번 찾아간 일이 있어요. 디키는 배의 모형을 보여주었지요. 그것을 방 테이블 위에 늘어놓았더군요."

"그건 아이들 장난감 같은 거지요!" 그린리프 씨는 아주 기분이 좋아서 말했다. "그 녀석은 당신에게 골조 모형을 보여주던가요? 제도도 보았습니까?"

디키는 보여주지 않았으나, 톰은 기분 좋게 대답했다.

"그래요! 보여주었어요. 펜으로 그린 거였지요? 그 중에는 굉장히 좋은 것도 있었어요."

톰은 한 번도 본 일이 없었으나, 마치 보기라도 한 것처럼 상세하게 이야기할 수 있었다. 전문가다운 정밀한 제도로 모든 선, 볼트, 스크루까지 정확히 그려 넣은 도면이겠지. 톰은 디키가 싱글벙글 웃으며 그것을 집어 들고 자기에게 보여주는 상황까지 생각해 냈다. 생각하려고만 하면, 그것을 자세히 이야기해서 그린리프 씨를 즐겁게 해줄 수도 있었으나 그는 일부러 그것을 삼갔다.

"그래요. 리처드는 그런 데에 상당히 좋은 솜씨를 가지고 있지요." 그린리프 씨는 만족한 듯이 말했다.

"확실히 솜씨가 있어요."

톰이 고개를 끄덕거리며 맞장구쳤다.

톰은 진절머리가 나는 기분을, 다른 방향으로 바꾸어 갔다. 그는 그런 느낌을 잘 알 수 있었다. 그는 파티 같은 데서 그와 비슷한 느낌을 경험한 일이 있었다. 그런데 그것은 대개, 어느 파티 같은 데서, 처음부터 함께 식사를 하고 싶지 않은 사람들과 같은 식탁에 앉게 되어, 그 하룻밤이 차차 길게 느껴질 때의 일이었다. 톰은 한 시간쯤은 더 기계적으로 상냥하게 상대할 수 있을 것 같았다. 그렇지만 그의 몸 안에서 갑자기 무슨 감정이 폭발해서, 느닷없이 문을 열고 뛰쳐나갈지도 모른다.

"현재 저는 유감스럽게도 시간이 없어 어떻게 할 수가 없지만, 할 수만 있다면 제가 리처드를 찾아가서 귀국을 권하고 싶을 정도입니다. 제가 권하면 그도 다시 생각할 것 같으니까요."

톰은 그린리프 씨가 그렇게 말해 주기를 바라는 것 같아서 위로하는 셈으로 그렇게 말했다.

"당신이 정말로 그렇게 생각한다면…… 그러나 당신에게 지금 곧 유럽을 여행할 계획이 있는지 어떤지도 모르고……."

"아니, 그런 계획은 하지 않고 있습니다."

"리처드는 언제나 친구들의 영향을 받기 쉬운 성향이어서요. 만약 당신이나 혹은 당신처럼 그 애를 아는 누군가가 근무를 쉬어도 괜찮다면 나는 그 사람에게 그곳에 가 아들 녀석을 설득하도록 부탁하고 싶습니다. 내가 직접 찾아가는 것보다 친구들이 설득하는 편이 훨씬 나을 테니까요. 당신은 지금 일을 중단하고 휴가를 얻을 수는 없겠지요?"

톰은 심장이 '쿵' 하고 울렸다. 그는 가만히 생각하는 시늉을 했다. 그것은 처음부터 가능성이 있는 일이었다. 그의 마음속의 무엇인가가 빨리 그걸 눈치채고, 그의 이성보다도 잽싸게 그에게 덤벼든 것이다. 지금의 일──그런 것은 없다──어차피 조금이라도 일찍 이 시에서 떠나는 편이 좋다. 뉴욕에서 떠나고 싶었다.

"못할 것도 없는데……."

그는 여전히 생각에 잠긴 듯한 표정을 무너뜨리지 않으려고 애쓰며 조심스럽게 말했다. 그것은 마치, 그를 붙잡는 무수한 정리를 하나나 생각하고 있는 듯한 태도였다.

"만약 당신이 가 준다면, 나는 기꺼이 모든 비용을 부담하겠어요. 이건 당연하니까요. 어떻게 시간을 좀 만들어 줄 수 없을까요? 이번 가을에는 어떨까요?"

지금은 벌써 9월 중순. 톰은 그린리프 씨가 새끼손가락에 끼고 있는 닳아빠진 인감이 달린 금반지를 물끄러미 바라보고 있었다.

"그럼 가 볼까요? 리처드를 만나고도 싶고, 특히 어른께서 저라도 도움이 된다고 생각하신다면."

"생각하고 말고요! 더구나 당신은 그 애와 매우 친한 사이 아닙니까? 당신이 그 애에게 귀국할 필요가 있다고 열심히 권해준다면, 그 애도 당신이 무슨 계략이 있어서 찾아왔다고 생각하지는 않겠지요."

그린리프 씨는 의자에 기대더니 믿음직스런 눈으로 톰을 보았다.

"우스운 이야기지만, 나와 공동 경영자이기도 한 짐 버크가 그의 처와 작년에 유럽에 여행한 기회에 몬지베로에 들렸었지요. 그때 리처드는 겨울이 시작되면 고국에 돌아가겠다고 약속했대요. 그게 작년 겨울 이야기지요. 짐은 벌써 그 애를 체념하고 있어요. 25살의 젊은이가 60살이 넘는 노인 말을 들을 것 같아요? 우리가 모두 실패한 일이지만 아마 당신이라면 성공할 겁니다!"

"그렇게 되면 좋겠습니다만" 하고 톰은 겸손하게 했다.

"어때요, 또 한 잔? 어디 좋은 브랜디라도?"

2

 톰이 집에 돌아가려고 할 때는 이미 한밤중이 지나 있었다. 그린리프 씨가 택시로 도중에서 내려주겠다고 했으나, 톰은 자기가 사는 집──2번가와 3번가 사이에 있는 지저분한 다갈색 석조 건물로, 밖에 임대 표찰이 매달려 있다──을 그에게 보이고 싶지 않았다. 근 2주일 동안 톰은 보브 디런시의 방에서 신세를 지고 있었다. 톰은 보브와 별로 친하지 않았으나, 보브 말고는 뉴욕에서 아무 데도 갈 곳이 없는 톰에게 묵으라고 할 친구나 아는 사람이 한 사람도 없었다. 하기야 보브를 만나기까지 톰은 어느 친구에게도 재워 달라고 부탁한 일이 없었다. 그리고 지금 자기가 어디에 있는지를 아무에게도 가르쳐 주지 않았다.
 톰이 보브의 방에 살면서 무엇보다 다행인 것은, 그가 거의 아무에게도 들키지 않고 조지 매컬핀 앞으로 오는 우편물을 받을 수 있다는 점이었다. 그러나 홀 막다른 곳에 있는, 자물쇠가 잠기지 않는 냄새 나는 변소와 단 한 칸뿐인 방, 지금껏 천 명이 넘는 사람들이 살면서 저마다 특유의 흔적을 남겼을 뿐만 아니라, 그곳은 한 번도 청소하지 않은 더러움과 〈보그〉〈하퍼스〉〈바자〉 등의 잡지류가 지저분하게 쌓여 있었다. 무엇보다 참기 어려웠던 것은 엉킨 노끈이며 연필, 담배 꽁초, 썩어 가는 과일 등이 아무렇게나 넣어진 싸구려 불투명 유리 주발류 등이었다.
 보브는 상점이나 백화점의 자유 계약의 쇼윈도 장식가였는데, 지금 하고 있는 단 한 가지 일은 가끔 3번가의 골동품 장식을 맡아서 해주는 일이었다. 어떤 골동품상은 요금을 지불할 수 없어 대신 불투명 유리 주발을 주기도 하였다.
 톰은 처음에 그 방이 너무나 불결해서 놀랐고, 이런 지저분한 곳에서 사는 사람이 있다는 사실에 또 한 번 놀랐다. 그러나 자기가 이곳에서 사는 기간이 그다지 길지 않을 거라며 대수롭지 않게 생각했다. 사실 지금 이렇게 그린리프 씨가 멋들어지게 나타나지 않았는가. 역시 참고 기다리면 반드시 뭔가 멋진 일이 생기는 법이다. 이것이 톰의 인생관이었다.

다갈색 석조 건물에 들어가기 전에 톰은 걸음을 멈추고 조심스럽게 좌우를 살폈다. 개를 데리고 산책하는 노파 한 사람과, 3번가의 모퉁이를 돌아 비틀거리며 걸어오고 있는 노인이 보일 뿐이었다. 톰은 뭐니뭐니 해도 미행당하는 것보다 싫은 일이 없었다. 누가 무슨 일로 미행하건 미행당한다는 사실 자체가 싫었다. 그런데 최근 톰은 늘 미행을 당하고 있다. 그는 계단을 뛰어올라갔다.

톰은 방에 들어가면서 이곳에서 떠날 수 있다고 생각하니 이 불결함이 더욱더 참기 힘들었다. 여권이 나오는 대로 유럽을 향해 출항한다. 선실도 일등이겠지. 단추를 누르기만 하면 웨이터가 원하는 것을 갖다 준다! 식사 때에는 정장을 하고 커다란 식당으로 여유 있게 들어가서, 식탁에서는 신사답게 대화를 한다!

오늘 밤의 일은 누가 뭐라고 해도 톰에게는 행운 바로 그 자체였다. 톰의 행동 또한 만점이었다. 그린리프 씨는 설마 자기가 이 유럽 여행을 도피의 술책으로 떠난다고는 꿈에도 생각하지 않겠지. 그런데 사실은 정반대였다. 그래도 그린리프 씨를 배신하는 짓을 해서는 안 되겠지. 디키에게는 전력을 다해 귀국하도록 설득하리라. 그린리프 씨는 정말 착한 사람이다. 그는 자신이 착하니까 세상의 다른 사람들도 다 착하다고 생각하고 있다. 톰은 그런 사람이 아직도 존재한다는 사실을 거의 잊고 있었다.

톰은 천천히 옷을 벗고 넥타이를 풀었다. 그리고 자기가 하는 동작을 마치 다른 사람의 행동을 바라보듯 찬찬히 바라보았다. 톰은 지금 자기가 전보다 얼마나 똑똑하게 바로 서 있는가를, 그리고 얼굴에는 전보다 얼마나 다른 표정이 나타나 있는가를 깨닫고 스스로 놀랐다. 그가 자기 자신에게 이토록 만족한 것은 이제까지 살아오면서 일찍이 없었던 일이다.

그는 꽉 찬 보브의 옷장에 손을 찔러 넣어 옷걸이를 좌우로 확 밀어내고 자기 옷을 걸 자리를 만들었다. 옷을 걸고 그는 욕실에 들어갔다. 샤워기의 녹슨 꼭지에서 나온 물이 커튼에 물보라를 뿜더니, 엉뚱한 방향으로 소용돌이치며 쏟아졌다. 좀처럼 몸에 물줄기가 잘 쏟아지도록 할 수는 없지만, 그래도 더러운 욕조에 쭈그리고 있는 것보다는 훨씬 나았다.

이튿날 아침, 톰이 잠에서 깨어 보니 보브의 모습이 보이지 않았다. 톰은 그의 침대를 한 번 흘끗 보고 그가 어젯밤에 돌아오지 않았음을 알 수 있었다. 톰은 일어나서 가스레인지에 커피를 끓였다. 오늘 아침에 보브가 없는 것은 다행한 일이었다.

그는 이번 유럽 여행에 대해서 보브에게 이야기하고 싶지 않았다. 어차피 그 돼먹지 않은 자들은 공짜로 여행하는 거라고 생각할 것이 뻔하다. 에드 마틴도 그럴 테고, 버트 비자도 아마 그렇게 생각할 것이다. 그가 알고 있는 쓰레기들은 모두 그렇다. 아무에게도 알리지 말아야지. 톰은 휘파람을 불기 시작했다. 그는 그날 밤 파크 애비뉴에 있는 그린리프 씨댁에 저녁 식사 초대를 받았다.

15분 뒤에 샤워까지 마친 뒤 면도를 하고, 여권 사진에 잘 찍히도록 슈트를 입고 줄무늬 넥타이를 매고서, 블랙커피 잔을 한 손에 들고 방안을 서성거리며 우편물을 기다렸다. 우편물이 오면 라디오 시티로 가서 여권 수속을 해야 한다. 그런데 오후엔 무엇을 할까? 미술 전람회에나 가서 오늘 밤 그린리프 부부와의 이야깃거리라도 만들어 낼까? 아니면 버크 그린리프 조선회사의 내막이나 조사해 두었다가 그린리프 씨에게 자기가 그 사업에 흥미를 가진 것처럼 보일까?

열린 창으로 우편물함이 '탕' 하고 닫히는 소리가 들리자, 톰은 아래층으로 내려갔다. 그는 우편집배원이 정면 계단을 완전히 내려가 모습이 보이지 않을 때까지 기다렸다가, 우편집배원이 우편물을 찔러 넣고 간 우편함 끝에서 조지 매컬핀 앞으로 온 편지를 뽑았다.

톰은 봉투를 뜯었다. 안에서는 세무서 수납원에게 지불할 119달러 54센트의 수표가 나왔다. 미세스 슈퍼로는 호인이군! 전화로 문의하지도 않고 두말없이 송금했다. 이것은 좋은 징조. 그는 이층으로 올라가 미세스 슈퍼로의 봉투를 잘게 찢어 쓰레기통에 버렸다.

톰은 그녀의 수표를 옷장 속의 웃옷 안주머니에 들어 있는 마닐라지 봉투 속에 넣었다. 이것으로 그가 가진 수표의 총액은 1863달러 14센트가 된다. 이것을 현금으로 바꿀 수 없는 것이 정말 유감이었다. 그리고 현금으로 지불해 온다든가, 조지 매컬핀을 수취인으로 지정한 수표를 발행하는 바보가 현재로는 아직 한 사람도 없다는 것도 유감스러운 일이었다.

톰은 어느 은행의 배송계 직원 신분증명서를 주워 가지고 있었다. 그것은 오래된 날짜의 것인데, 변경하려고 생각하면 못할 것도 없지만, 그는 어떤 금액이든 위조한 증명서로 수표를 현금으로 바꾸다가 붙잡히면 큰일이라고 생각했다. 따라서 수표는 가지고 있어도 아무 소용없는 것이 되어 버리고 만다. 죄가 없는 게임에 불과하다. 그는 누구한테서 돈을 훔친 것도 아니다. 유럽으로 출발하기 전에 수표는 모두 태워 버리려고 생각했다.

그의 리스트에는 아직 가망이 있는 사람이 7명쯤 있었다. 출항까지의 10일 간에 다시 한 번 시험삼아 해볼까? 그는 어젯밤 그린리프 씨를 만난 뒤 걸어서 집에 돌아오는 도중, 만약 미세스 슈퍼로와 칼로스 드 세비러가 돈을 보내오면 그것으로 그만두리라고 생각했다. 그런데 미스터 드 세비러는 지불해 오지 않았다. 이 자는 전화로 위협해 신의 무서움을 알려 주어야만 되겠지. 그러나 미세스 슈퍼로는 실로 간단했다. 그는 다시 한 번 해보자는 유혹을 느꼈다.

톰은 옷장에 넣어 둔 슈트케이스에서 오렌지색 편지지 통을 꺼냈다. 몇 장의 편지지 밑에, 그가 수주일 전까지 저장실계에 근무했던 세무서의 각종 서류가 한 묶음 들어 있었다. 그리고 제일 밑바닥에 가망 있는 후보자의 리스트가 들어 있었다. 그것은 신중히 고른 사람들뿐이었다. 그들은 브롱크스나 브루클린에 살며, 연간 7000달러에서 1만 2000달러 정도의 원천과세가 부과되지 않는 수입을 얻고 있는 화가, 작가, 그밖에 자유 계약으로 일을 하는 사람들로, 뉴욕의 세무서에 출두하기를 별로 좋아하지 않는 사람들이었다.

톰이 아는 바로는, 그 범위에 속하는 사람들은 전문 세무사에게 부탁해서 소득세를 계산하게 하지 않는다. 그리고 자기가 산출한 세금 금액에 2, 300달러 정도의 수입을 얻고 있다. 리스트에는 저널리스트 윌리엄 J. 스래터, 음악가 필립 로비러드, 삽화가 프라이더 폰, 사진가 조셉 J. 제러니, 만화가 프레데릭 레딘튼, 프란세스 카네기 등이 있는데, 톰은 직감으로 레딘튼이 좋을 것 같았다. 아마 그는 세금을 더 내든 부족하든 무관심할 사람이다.

톰은 '계산 착오 통지'라는 표제가 붙은 서식 용지를 두 장 꺼내, 그 사이에 묵지를 끼고, 그의 리스트에 있는 레딘튼 이름 밑의 데이터를 잽싸게 타이프하기 시작했다. 소득 금액―1만 1050달러. 면제―1. 공제액 600달러. 지불 유예 기간―없음. 송금―없음. 연체금―(톰은 여기서 잠깐 생각하더니) 2.16달러. 부족 세액 233.76달러. 다음에 그는 묵지철 속에서 렉싱턴 애비뉴의 주소를 인쇄한 세무서의 타이프 용지를 한 장 뽑아내어 그 주소 위에 펜으로 사선을 긋고 그 밑에 타이프로 쳐 나갔다.

당국의 렉싱턴 애비뉴의 사무소는 업무 과잉으로 복잡하니, 회답은 아래 주소로 우송하십시오.
조정부
조지 매컬핀 전교(轉交)
뉴욕주 뉴욕시 22
51가 187E

조정부장
라르프 F. 피셔

톰은 거기에 읽기 어렵게 사인을 했다. 그리고 보브가 갑자기 뛰어들어오면 난처하니까 나머지 서류를 치우고 전화기를 들었다. 그는 레딘튼 씨에게 미리 못을 박아 두기로 했다. 전화국에 레딘튼의 전화번호를 문의한 다음 다이얼을 돌렸다. 레딘튼 씨는 집에 있었다. 톰은 간단히 사정을 설명하고 나서, 레딘튼 씨가 조정부로부터의 통지서를 아직 받지 않았다는 말을 듣고 자못 놀란 목소리로 말했다.

"4, 5일 전에 발송했을 텐데요" 하고 말한 다음 "그럼 내일은 틀림없이 도착할 겁니다. 지금 사무소가 꽤 혼잡하니까요."

"그러나 나는 확실히 세금을 납부했을 텐데요." 상대방은 꽤나 놀란 듯 덧붙였다. "완전히 계산을 했어요."

"이런 일은 가끔 있습니다. 특히 원천과세가 없는 자유직에 종사하는 분들에겐 말이에요. 이쪽에서는 당신의 신고서를 신중히 조사했습니다. 레딘튼 씨, 틀림없습니다. 우리는 당신의 근무처나 당신이 이것을 의뢰한 대리자에 대해서 선취 특권을 행사하겠다는 생각은 없습니다다만……."

톰은 킥킥 웃었다. 호의적인 웃음은, 대개의 경우 놀라운 효과를 나타내는 법이다.

"……그런데 말이에요. 만약 당신이 48시간 이내에 납부하지 않으시면 유감스럽지만, 다른 방법을 취하지 않을 수 없습니다. 통지서가 아직 도착되지 않았다니 안됐습니다. 그러나 아까도 말한 것처럼, 이쪽에서도 꽤 급히……"

"제가 그곳에 가면 이야기를 들어주실 분이 계십니까?" 레딘튼 씨는 단단히 벼르고 물었다. "어쨌든 큰돈이니까요!"

"물론 이야기를 들어줄 사람은 있고말고요." 이야기가 이렇게 되면 톰의 목소리는 언제나 훨씬 스스럼이 없어지고 상냥해진다. 그는 마치 60살이 넘은 호인 같은 말투가 된다. 그는 만약 레딘튼 씨가 온다면 얼마든지 참고 상대해 주겠지만, 아무리 지껄이고 변명해도 1센트짜리 동전 하나도 감해 주지 않겠다는 강경성을 비친다. 나는 미합중국의 국세청을 대표하는 조지 매컬핀이다.

"물론 제가 이야기를 듣겠습니다" 하고 톰은 일부러 점잖게 말하고 "그러나 레딘튼 씨, 미리 말씀드려 두는데, 이건 절대로 틀림없어요. 저는 당신이 쓸데없이 시간을 허비하지 않도록 하고 싶은 것뿐입니다. 원하신다면 언제든지 형편이 좋은 때에 와 주십시오. 당신에 대한 모든 기록을 가지고 있으니까요."

레딘튼 씨는 그 기록에 대해서는 아무것도 물으려 하지 않았다. 왜냐하면 무엇부터 묻기 시작해야 할지 짐작이 되지 않아서였다. 만약 레딘튼 씨가 그것이 뭐냐고 굳이 묻는다면, 톰에게는 놀라울 정도로 여러 가지 것을 계속해서 지껄일 준비가 되어 있었다. 미불분을 포함한 소득액에 대한 순수 소득액의 문제, 산출액에 대한 부족액의 문제, 세금의 납입 기일로부터 최초의 신고서에 기재한 세액을 실제로 납입한 날까지의 기간, 연 6퍼센트의 계산으로 생기는 연체금 문제 등. 톰은 그러한 사항들의 방해를 절대로 허용하지 않는 침착한 어조로 차근차근 이야기해 나간다. 그러면 지금까지는, 자기가 직접 만나서 더 이야기를 듣고 싶다고 주장하는 사람은 한 명도 없었다. 레딘튼 씨도 물러섰다. 톰은 상대의 침묵 속에서 그것을 알아들을 수 있었다.

"알았습니다."

레딘튼 씨는 실망스러운 듯한 말투로 말했다.

"그럼 내일 통지서가 오면 잘 읽어보겠습니다."

"그럼 그렇게 하십시오, 레딘튼 씨."

톰은 전화를 끊었다.

톰은 두 손을 모아 두 무릎 사이에 끼고 킥킥 웃으며, 그대로 한참 앉아 있었다. 갑자기 일어난 톰은 보브의 타이프를 치우고, 거울을 보며 연한 다갈색 머리를 깨끗이 쓰다듬고 나서 라디오 시티로 떠났다.

3

"여어, 톰 군 왔군."

그린리프 씨의 목소리는 좋은 마티니와 미식가의 저녁 식사, 그리고 집에 돌아갈 수 없을 정도로 피곤하면 오늘 밤은 묵어가라고 하는 말 등을 기대할 수 있을 것 같은 명랑한 여운을 지니고 있었다.

"에밀리, 이 사람이 톰 리플리 군이야."

"잘 오셨습니다" 하고 그녀는 따뜻하게 말했다.

"부인이십니까? 잘 부탁드립니다."

그녀는 톰이 생각한 대로의──금발이고, 꽤 키가 크고 말랐으며 그가 함부로 마음을 풀 수 없을 정도로 행실 바르고, 그러면서도 그린리프 씨와 마찬가지로 누구에게나 꾸밈없는 호의를 가진 듯한──인품을 지닌 부인이었다. 그린리프 씨가 두 사람 앞에 서서 거실로 들어갔다. 그렇다, 확실히 이곳에 전에 디키와 같이 온 일이 있었다.

"리플리 군은 보험 관계 일을 하고 있어" 하고 그린리프 씨가 말했다. 톰은 그가 벌써 술을 마셨든가, 아니면 오늘 밤엔 무척 걱정되는 일이라도 있는 게 아닌가 싶었다. 그것은, 어젯밤에 그렇게 자세하게 그가 지금 근무하고 있다고 한 광고 대리점 이야기를 했는데, 벌써 잊은 것 같기 때문이었다.

"별로 재미있는 일이 아닙니다."

톰은 겸손하게 미세스 그린리프에게 말했다.

하녀가 마르티카와 카나페를 담은 쟁반을 가지고 들어왔다.

"리플리 군은 전에 여기 온 일이 있대. 리처드와 함께 말야."

그린리프 씨가 말했다.

"어머, 그랬었나요? 그런데 만났던 기억이 없어요."

부인은 웃음을 지은 다음 톰에게 물었다.

"뉴욕 태생이신가요?"

"아뇨, 저는 보스턴 출신입니다."

그 말은 사실이었다.

그로부터 30분쯤 뒤에——그린리프 부부에게서 자꾸 마티니를 권해 받은 톰이, 이제 슬슬 밥을 먹을 시간이라고 생각할 무렵에——그들은 거실 옆 식당으로 들어갔다. 그곳에는 커다란 테이블에 3인분의 식사 준비가 되어 있고, 촛불이 켜지고, 커다란 짙은 감색의 디너 냅킨이 놓이고, 고기 제리에 담근 통째의 콜드 치킨이 있었다. 그런데 서양 겨자를 친 샐러리가 톰의 눈에 띄었다. 톰은 그것을 아주 좋아했다. 그리고 그는 솔직하게 그렇다고 말했다.

"리처드도 좋아해요! 그 앤 우리 집 요리사가 만드는 이걸 아주 좋아했어요. 당신 편에 조금 갖다 주라고 할 수 없는 것이 유감이군요."

"양말과 함께 싸 가지고 갈까요?" 하고 톰이 웃음지으며 말하자,

미세스 그린리프는 소리내어 웃었다. 부인은 리처드가 늘 신던 브룩스 브러더즈의 검은 털 양말을 그에게 전해 달라고 부탁했던 것이다.

대화는 지루했으나 요리는 훌륭했다. 미세스 그린리프의 질문에, 톰은 현재 '로젠버그 플레밍 앤드 버터'라는 광고 회사에 근무중이라고 대답했다. 그 뒤에 다시 한 번 그 이름이 나왔을 때, 그는 일부러 '레딘튼 플레밍 앤드 파커'라고 해보았다. 그런데 그린리프 씨는 그것을 알아차리지 못한 모양이었다. 저녁 식사가 끝나고 나서 톰은 그린리프 씨와 단둘이서 거실에 있을 때, 다시 한 번 그 회사의 이름을 말해 보았다.

그린리프 씨가 물었다.

"보스턴에서 학교에 다녔나?"

"아뇨, 저는 한동안 프린스턴에 다니다가, 그 뒤 덴버에 있는 고모 집으로 갔기 때문에 그곳 단과 대학에 들어갔어요."

톰은 그린리프 씨가 프린스턴에 관한 것을 뭔가 물어주었으면 좋겠다고 생각했으나, 그는 아무것도 묻지 않았다. 톰은 역사를 가르치는 방법, 대학 캠퍼스의 규칙, 주말 댄스 파티의 분위기, 학생 단체의 정치적 경향 등, 뭐든지 그린리프 씨와 논할 수가 있었는데 그것은 작년 여름에 우연히 알게 된 프린스턴 대학생 덕분이었다. 그는 톰과 있을 때 지겹도록 프린스턴에 관한 일을 지껄였다. 그래서 톰은 그 지식을 간직해 두면, 장래 언젠가 필요한 때가 있을지도 모른다고 생각하고, 그 학생을 치켜세워 프린스턴의 일을 마음껏 지껄이도록 했던 것이다.

톰은 그린리프 부부에게, 자기는 보스턴에서 도티 고모에게 양육되었다고 이야기했다. 그는 6살 때에 고모에게 덴버로 이끌려 가서 실제로 그곳 고등학교를 졸업했을 뿐이었다. 그 덴버의 도티 고모 집에 돈 미제르라는 사내가 하숙하고 있었는데, 그 사내가 콜로라도 대학에 다니고 있었다. 그래서 톰은 자기도 마치 그 대학에 입학한 것처럼 생각되었다.

"뭘 전문적으로 연구했지?"

그린리프 씨가 물었다.

"회계학과 작문을 반반씩 공부했어요."

톰은 웃으며 대답했다. 이런 시시한 대답이라면 누구나 더 물어 보려고 하지 않겠지.

미세스 그린리프가 앨범을 가져왔다. 톰은 그녀와 나란히 소파에 앉아 그녀가 넘기는 앨범을 들여다보았다. 처음 걷기 시작할 때의 리처드, 금발을 길게 늘어뜨린 리처드가 게인즈버러의 명화 '푸른 옷의 소년'과 같은 옷을 입고, 그 영화에 나오는 포즈를 취하고 있는 퇴색한 전지 크기의 컬러 사진 등. 그런 사진들이 그에게 있어 전혀 흥미가 없었으나, 16살쯤의 리처드 사진은 약간 보고 싶었다. 다리가 길고 훤칠하며, 머리칼이 강하게 웨이브지기 시작할 무렵의 그였다. 톰이 보기에 리처드는 16살에서 23, 4살까지는 거의 변함이 없었다. 거기서 그의 사진은 끝났다. 그런데 놀랍게도 그의 앳되고 순진하게 웃는 얼굴은 끝까지 조금도 변함이 없었다. 리처드는 별로 영리한 사람이 아닌 것 같다. 아니면 입이 귀에 닿을 만큼 웃는 얼굴로 사진에 찍히기를 좋아하는 사람일까? 그렇다고 하더라도 그것은 별로 영리한 짓이 아니다.

"이것은 아직 앨범에 붙이지 않은 사진이에요, 모두 유럽에서 보내 온 거예요."

미세스 그린리프는 흩어진 사진을 모아 톰에게 보여주었다.

그 사진에는 톰도 꽤 흥미를 느낄 수 있었다. 파리의 카페인 듯한 곳에 있는 디키, 바닷가에 있는 디키, 그 중의 몇 장에서 그는 얼굴을 찡그리고 있었다.

"이것들이 몬지베로의 사진이에요" 하고 부인은 디키가 바닷가로 보트를 끌어올리고 있는 사진을 보여 주었다. 그 사진의 배경은 재미도 없는 바위뿐인 산과 해안에 늘어선 작고 흰 집들이 전부인 듯했다. "그리고 거기 여자가 있죠? 그곳에 살고 있는 다른 미국인은 그 여자뿐이래요."

"머지 셔우드라는 여자야."

그린리프 씨가 덧붙였다. 그는 방 저쪽에 앉아서 몸을 앞으로 내밀고, 부인이 차례로 사진을 보여 주는 것을 열심히 보고 있었다.

사진 속 젊은 여자는 수영복 차림인데, 두 팔로 무릎을 안고 해변에 앉아 있는 모습이었다. 그녀의 짧은 금발은 헝클어지고, 건강한 얼굴은 천진스럽게 보였다. 똑똑한 타입이었다. 셔츠를 입은 리처드가 테라스 난간에 걸터앉은 꽤 멋진 사진도 있었다. 그는 웃고 있었으나, 지금까지와는 전혀 다른 표정의 얼굴이었다. 유럽에서 찍은 사진 속의 리처드는 전보다 훨씬 침착해 보였다.

톰이 정신을 차리고 보니, 미세스 그린리프는 앞에 깔려 있는 카펫을 물끄러미 내려다보고 있었다. 톰은 저녁 식사 때 미세스 그린리프가 '나는 유럽이라는 곳이 없다면 좋겠어요!'라고 말하자, 그린리프 씨가 걱정스러운 눈으로 흘깃 아내를 보고 나서 '가끔 이렇게 감정이 격해진다'고 말하듯 그에게 웃어 보인 것을 생각했다. 지금 부인의 눈에는 눈물이 반짝이고 있었다. 그린리프 씨가 일어나 부인에게로 오려고 했다.

"부인" 하고 톰은 상냥하게 말했다. "저는 디키가 돌아올 수 있도록 최선을 다할 셈입니다."

"고마워요, 톰. 고마워요."

부인은 무릎에 얹힌 톰의 손을 꽉 쥐었다.

"에밀리, 이제 슬슬 자야 할 시간 아니오?"

그린리프 씨는 그녀 위로 몸을 굽히며 말했다.
미세스 그린리프가 일어섰을 때 톰도 일어섰다.
"출발하기 전에 다시 한 번 와 주시겠어요, 톰? 리처드가 가 버리고 난 뒤에는 젊은 분은 좀처럼 오질 않아요. 쓸쓸해서……."
"꼭 다시 오겠습니다."
톰이 말했다.
그린리프 씨는 그녀를 따라 나갔다. 톰은 두 손을 허리에 대고 머리를 바짝 쳐들고 섰다. 벽에 걸린 커다란 거울에 비친 자기 모습이 눈에 들어왔다.
톰은 다시 고결하고 자존심을 가진 청년으로 돌아가 있었다. 그는 황급히 외면했다. 그는 옳은 일을, 바른 행동을 하고 있었다. 그러면서도 어쩐지 마음에 가책을 받았다. 방금 그는 미세스 그린리프에게 최선을 다하겠다고 했는데…… 물론 그것은 본심으로 말했다. 속일 생각은 털끝만큼도 없었다.
오랫동안 긴장해서인지 식은땀이 나는 것 같은 느낌이었다. 톰은 애써 침착하려 했다. 무엇을 그렇게 걱정하는 거냐? 오늘 밤엔 이렇게 자신에 차 있었는데, 도티 고모 이야기를 했을 때?
톰은 퍼뜩 정신을 차리고 문을 흘끗 보았다. 문은 닫힌 그대로였다.
'저의 부모님은 제가 아주 어렸을 때 돌아가셨기 때문에 저는 보스턴의 고모 밑에서 자랐습니다.' 그는 말했었다. 그가 말한 사실은 그것뿐인데, 마치 거짓말이라도 한 사람처럼 차분하지 못하고 떨떠름한 기분이었다. 그런 기분을 느낀 것은 처음이었다.
그린리프 씨가 돌아왔다. 그의 모습이 자꾸자꾸 커 가는 것처럼 생각되어, 톰은 갑자기 공포를 느끼고 눈을 깜박거렸다. 자기가 박살이 나기 전에 치고 덤비고 싶은 충동을 느꼈다.

"브랜디라도 하지 않겠나?"

그린리프 씨가 난로 옆 장식장 문을 열며 말했다.

마치 영화 같다고 톰은 생각했다. 이제 곧 그린리프 씨나 다른 누군가가 '오케이, 컷!' 하면, 그는 갑자기 다시 라오르 주점으로 돌아가서 앞에 진 토닉을 놓고 앉아 있겠지. 아니, 돌아간다면 그린케이지 주점이겠지.

"이제 그만 마실 텐가? 싫으면 억지로 마시지 않아도 돼" 하고 그린리프 씨가 말했다. 톰은 어중간하게 고개를 끄덕거렸다. 그린리프 씨는 조금 이상하다는 듯한 얼굴을 하더니 두 개의 술잔에 브랜디를 따랐다.

차가운 공포가 톰의 온몸을 떨리게 했다. 그는 지난 주 약국에서 일어난 어떤 사건을 생각하고 있었다. 그러나 그것은 이미 끝나 버린 일로, 지금은 걱정하지 않아도 된다고 톰은 자신에게 타일렀다. 2번가에 약국이 하나 있었는데, 톰은 소득세 건으로 꼭 전화를 하고 싶다는 사람에게 그 가게 전화번호를 가르쳐 주었다. 그는 그것이 조정부의 전화번호인데, 수요일과 금요일 오후 3시 반부터 4시 사이에만 전화에 응한다고 말해 두었다. 그 시간이 되어서, 톰은 그 약국의 칸막이 안에 버티고 앉아서 전화가 울리기를 기다렸다. 두 번째에 그곳에 갔을 때, 가게 주인이 수상하다는 듯이 그를 보기에 톰은 여자 친구에게서 오는 전화를 기다린다고 설명해 두었다.

그런데 지난 주 금요일에 어떤 전화가 걸려 왔다. 톰이 받으니까, 수화기 속의 남자 목소리가 "무슨 이야긴지 알고 있겠지? 네 집은 알고 있어. 괜찮다면 네 집으로 가도 좋다……. 물건은 여기 가지고 있어. 네 쪽에서도 준비를 하고 있다면 말야." 그것은 끈질긴 듯한, 어금니 어딘가에 무엇이 낀 듯한 목소리였다. 톰은 무슨 장난인가 싶어 말문이 막혔다. 그랬더니 "알겠지? 그럼 곧 가겠어. 집으로 말야."

 전화실에서 나온 톰은 두 다리가 휘청휘청하는 것 같았다. 약국 주인이 눈이 휘둥그레 가지고 당황한 표정으로 물끄러미 톰을 바라보았다. 톰은 방금 들은 대화가 무슨 뜻인지 퍼뜩 깨달았다. 약국 주인은 마약을 팔고 있었던 것이다. 그래서 톰이 형사로서, 그가 현물을 가지고 있는 현장을 덮치러 온 줄 알았던 모양이다. 톰은 웃음이 나와 큰 소리로 웃으면서 가게를 나왔다. 그러나 나와서 왠지 모를 공포 때문에 발걸음을 똑똑히 떼지 못하고 비틀거리며 걸었다.

 "유럽 일을 생각하고 있나?"

 그린리프 씨가 물었다.

 톰은 그가 내민 술잔을 받아들며 대답했다.

 "그렇습니다. 유럽에 가서의 일을 생각하고 있었습니다."

 "좌우간 즐겁게 여행해 주게, 톰. 그리고 리처드의 생각을 고쳐 준다면 고맙겠네. 그런데 에밀리는 자네가 썩 마음에 든 모양이야. 내가 물어 보기 전에 아내가 먼저 그렇게 말하더군." 그린리프 씨는 브랜디 잔을 두 손으로 돌리면서 "실은 아내는 백혈병이야, 톰" 했다.

 "아, 그렇습니까? 그건 중한 병이 아닙니까?"

 "그렇지. 앞으로 일 년을 못 넘길 걸세."

 "그것 참 안됐습니다."

 그린리프 씨는 주머니에서 종이를 한 장 꺼냈다.

 "배의 리스트를 가지고 왔어. 역시 보통대로 셰르부르 경유로 가는 편이 가장 빠르고, 가는 중에도 심심찮고 재미있는 모양이야. 파리행 연락 열차를 타고, 파리에서 침대 열차로 갈아탄 다음, 알프스를 넘어 로마를 지나 나폴리로 가는 거지."

 "그거 좋군요."

 톰은 점점 흥미로워졌다.

"나폴리에 닿으면, 그 다음엔 버스로 리처드가 있는 마을까지 가면 돼. 나는 편지로 자네 일을 알려 두겠어. 단, 자네가 내 부탁으로 간다는 말은 덮어두겠네" 하고 그는 웃으며 덧붙였다. "그러나 자네와 만났다는 것은 똑똑히 알려 줄 생각이야. 자네를 리처드 집에서 묵게 해주고 싶은데, 만일 무슨 사정 때문에 그렇게 못할 경우에는 시내에 호텔이 있을 걸세. 자네라면 리처드와 잘 지낼 수 있을 것으로 생각하지만. 그리고 돈에 대한 것인데……" 하고 그린리프 씨는 아버지다운 부드러운 얼굴로 "자네에겐 왕복표 외에 여행자용 수표로 600달러를 주었으면 하는데 어떨까? 600달러면 2개월쯤은 사용할 수 있겠지. 그리고 만약 더 필요하게 되면 전보를 한 통 쳐주면 돼. 자네는 돈을 낭비할 청년으로는 보이지 않으니까."

"그 정도면 충분합니다."

그린리프 씨는 브랜디를 거듭함에 따라 말수가 많아지고 쾌활해졌고, 반면 톰은 차차 말이 없어지고 무뚝뚝해졌다. 톰은 이 아파트에서 나가고 싶었다. 그러면서도 유럽에는 기어이 가보고 싶고, 그러기 위해서는 그린리프 씨에게 잘 보여야 했다. 그곳 소파에 앉아 있는 시간들이 어젯밤 바에서 도저히 견딜 수 없었던 시간 이상으로 고통스러웠다. 왜냐하면, 이번에는 다른 이야기로 분위기를 바꿀 수 없게 되었기 때문이다. 톰은 술잔을 든 채 몇 번이나 일어나 난로까지 걸어갔다 걸어왔다 했는데, 그때 문득 거울을 보니 자기의 입이 꽉 다물린 것을 알았다.

그린리프 씨는 리처드가 10살 때에 그를 파리에 데리고 갔었던 일을 재미있게 이야기했다. 그런데 톰에게는 그것이 통 재미가 없었다. 톰은 생각했다. 만약 앞으로 10일 사이에, 그가 경찰 신세를 지게 될 판국이 되었을 때, 그린리프 씨에게 부탁하면 이곳에 묵게 해줄지도 모른다고. 그때에는 그린리프 씨에게, 그는 방을 이중세를 놓았다고 속이고 이곳에 숨을 수 있을 것이다. 톰은 그걸 생각하니 견딜 수 없이 싫었다. 육체적인 불쾌감까지 느껴졌다.

"그린리프 씨, 저는 이만 실례하겠어요."

"벌써 돌아가려나? 자네에게 보여 주고 싶은 것이 하나…… 괜찮아…… 다음에 보여 주지."

톰은 '뭡니까? 보고 싶군요'라고, 뭔지 모르지만 보여 달라고 해야 할 것이라고는 생각했으나 도저히 그렇게 말할 수가 없었다.

그린리프 씨는 기쁜 듯이 말했다.

"꼭 한 번, 자네에게 조선소를 보여 주고 싶네! 언제 올 수 있겠는가? 점심 시간밖에는 못 나오겠지? 요즘 조선소가 어떤 형편인지 리처드에게 이야기할 수 있도록 말일세."

"좋습니다. 점심 시간에 찾아 뵐 수 있을 것 같습니다."

"전화로 오는 날을 알려 주게. 내 직통 전화번호는 명함에 적혀 있어. 30분 전에 알려주면 자네 회사로 차를 보내지. 샌드위치라도 먹으면서 조선소를 구경하고 나면 다시 차로 바래다주도록 하지."

"그럼 전화하겠습니다."

톰은 이 어두컴컴한 현관 옆의 방에 조금이라도 더 있으면 졸도할 것 같다고 느꼈다. 그러나 그린리프 씨는 킥킥 웃으면서 헨리 제임스의 어떤 소설을 읽었느냐고 물었다.

"유감스럽습니다만 그분 책은 아직 못 읽었습니다."

"그래, 그럼 좋아." 그린리프 씨는 빙긋 웃었다. 그리고 두 사람은 악수를 했다. 그린리프 씨는 숨이 막힐 것처럼 오랫동안 그의 손을 꼭 쥐고 있었는데 이윽고 그것도 겨우 끝났다.

엘리베이터로 내려오면서 톰은 자기의 얼굴에 아직도 걱정스러운 듯, 겁에 질린 듯한 표정이 사라지지 않고 남아 있다는 것을 깨달았다. 그는 엘리베이터 구석에 지친 듯이 기대었다. 그는 로비에 도착하면 바로 뛰어나가 집까지 계속 달려가리라고 마음먹었다.

4

 하루하루 날이 지남에 따라 톰에겐 시내 거리의 모습이 점점 달라져 가는 것처럼 생각되었다. 그는 어쩐지 뉴욕이라는 시가에서 무엇인가가——시가의 현실이나 혹은 그 중요성——빠져나가는 것 같은 생각이 들었다. 이 도시는 그에게만 보이기 위해 쇼를 하는 듯했다. 터무니없는 대규모의 쇼——무수한 버스, 택시, 보도를 바쁘게 오가는 사람들, 3번가의 주점에서 모두 하고 있는 텔레비전 쇼, 대낮부터 눈부신 전등이 켜져 있는 영화관 입구의 쳉, 무수한 경적이 만들어 내는 음향 효과와 그저 까닭도 없이 와글와글 지껄이는 사람들의 목소리 등, 이번 토요일에 그가 탄 배가 부두를 떠나면, 뉴욕 전부가 두꺼운 종이로 만든 무대 장치처럼 산산이 무너져 내릴 것 같은 생각이 들었다.
 그것은 그가 두려워 하고 있기 때문인지도 모른다. 그는 물이 싫었다. 그는 배 여행을 한 일이 한 번밖에 없었다. 그것도 뉴욕에서 뉴올리언스로 갔다가, 뉴올리언스에서 뉴욕으로 돌아왔을 뿐이었다. 그때는 바다나 보트의 인부로 고용되어 거의 갑판에 나가지 않고 지낸 까닭에 물 위에 있다는 생각이 통 들지 않았다. 어쩌다가 갑판에 나가면 물을 보는 순간에 무서워지고 구토증이 생겨서, 서둘러 아래로 다시 내려와 버리곤 했다. 그러면 기묘하게도 사람들이 하는 말과는 반대로 그는 오히려 기분이 가라앉는 것이었다. 부모가 보스턴 항에서 익사했기 때문에 이렇게 된 것이라고 톰은 생각하고 있었다. 그 때문인지 그는 철이 든 뒤로 쭉 물이 무서워 수영을 배운 일이 한 번도 없었다.
 톰은 물을 생각할 때마다 명치가 울컥거리고 텅빈 느낌이 들었다.

앞으로 일주일이 채 못 되어 자기 밑은 물이 된다. 그것도 무척 깊은 물이다. 더구나 대부분 그 물을 바라보며 지내야 될 것이다. 정기선 선객은 대개 갑판에서 시간을 보내기 때문이다. 그런가 하면 그는 배멀미처럼 멋없는 것도 없다고 생각했다. 그는 이제까지 배멀미의 경험은 없었으나 마지막 며칠 동안은 셰르부르로 항해한다는 생각만 해도 실제로 몇 번이나 배멀미를 하는 것 같았다.

 톰은 보브 디런시에게 일주일 뒤에 이사를 가겠다고 했는데, 행선지는 말하지 않았다. 그 집에서 톰과 보브 디런시는 좀처럼 만날 수가 없었다. 톰은 마크 플리민저의 집에도 갔다 왔다. 두세 가지 잊고 온 물건을 가지러 마크가 집에 없는 듯한 시간을 노려서 갔었다. 그런데 그때 마크는 출판사에 근무하는 조엘이라는, 마르고 보잘 것 없는 청년을 데리고 돌아왔다. 마크는 조엘의 비위를 맞추듯, 언제나처럼 '뭐든지 마음대로 하라'는 식의 상냥한 태도를 보였다. 만약 그곳에 조엘이 없었다면 마크는 포르투갈의 선원조차도 쓰지 않는 천한 말로 톰을 깎아내렸을 것이 분명하다. 마크──그 본명은 머세러스로, 하필이면 제2차 포에니 전쟁에서 활약한 로마의 명장과 같은 이름이다──추하고 인품이 없는 사내인데 상당한 수입이 있어서, 돈 때문에 곤란 받는 청년을 데려와 자기 집에 재워 주는 묘한 취미가 있었다. 그 집은 침실이 셋 있는 이층 집인데 그는 하느님이나 된 듯, 그 집에서 해서 좋은 일과 나쁜 일을 마구 지껄이며, 청년들의 생활 태도나 일에 대해서도 조언 비슷한 말을 마구 늘어놓는 버릇이 있었다. 더구나 그 조언은 정말로 어처구니없는 것들이었다.

 톰은 그곳에서 3개월 간 신세를 졌다. 그 반쯤은 마크가 플로리다에 가서 집을 비운 사이로, 톰은 거의 집을 독점하고 있었다. 그런데 마크는 돌아오더니 유리 식기를 몇 개 깬 일로 시끄럽게 잔소리를 해서──마크는 다시금 하느님의 역을 연출하기 시작한 것이다──톰은 마침내 화를 내고, 그에게 질세라 통렬하게 쏘아붙였다. 화가 난 마크는 유리 식기의 변상조로 63달러를 받고 톰을 쫓아낸 것이다. 인정머리 없는 나쁜 놈 같으니!

톰은 마크 플리민저 같은 녀석과 알았다는 사실이 분했다. 마크의 어리석은 돼지 같은 눈이며, 두툼한 턱, 야한 반지를 몇 개나 낀 추한 두 손──그는 그 손을 높이 휘두르며 아무에게나 말을 한다──등을 한시바삐 잊을 수 있다면 무척이나 기쁠 것이다.

톰이 유럽 여행에 대해서 알려주고 싶은 친구는 크레오뿐이었다. 그래서 그는 출항 전의 목요일에 크레오를 찾아갔다. 크레오 드벨은 키가 늘씬한 흑발의 여자로, 나이는 23살에서 30살 사이 같은데 톰은 잘 알 수 없었다. 크레오는 그레이지 광장에 있는 부모 집에서 살면서 작은 그림을 그리고 있었다. 매우 작은 그림으로 우표만한 크기의 상아에 그려 놓아서 확대경이 없으면 볼 수 없었다. 크레오도 그것을 그릴 때는 확대경을 사용했다.

"난 내 일감을 모두 담배 상자에 넣어 가지고 다닐 수 있어요, 편리하죠! 다른 화가들은 캔버스를 놓기 위해 넓은 장소가 필요하거든요!"

크레오는 말했다. 크레오는 부모가 사는 아파트 뒤쪽에 작은 욕실과 부엌이 딸린 자기 방을 가지고 있었다. 크레오의 아파트는 꽤 어두웠다. 왜냐하면 햇빛이 들어오는 곳이라고는 작은 뒤뜰뿐인데, 그곳에는 옻나무가 높이 우거져 있어서 빛을 차단하기 때문이었다.

크레오는 언제나 전등을 켜고 있었다. 그런데 약한 전등이어서 온종일 밤 같은 분위기가 감돌았다. 크레오는 톰과 만나는 날 밤 말고는 언제나 몸에 착 붙는 슬랙스와 화려한 줄무늬 셔츠를 입고 있었다. 두 사람은 처음 만난 날부터 서로 좋아했다. 그때 크레오는 톰에게 이튿날 밤 저녁 식사를 하러 그녀의 아파트에 오지 않겠느냐고 권

유했다. 크레오는 언제나 그를 자기의 아파트로 오도록 청했다. 보통 젊은 남자가 여자에게 하듯이, 그녀는 저녁 식사나 극장에 톰이 자신을 데리고 가는 일을 생각한 적조차 없는 것 같았다.

그녀는 저녁 식사 칵테일에 그가 초대되었을 때, 꽃이나 책이나 캔디를 가지고 오리라고는 전혀 기대하지 않았다. 그러나 그는 가끔 무언가 선물을 가져갔다. 왜냐하면 그녀가 선물 받는 것을 기뻐하기 때문이다. 크레오야말로 그가 유럽에 간다는 사실과 그 이유를 이야기할 수 있는 단 한 사람이었다. 그래서 톰은 크레오에게 이야기했다.

크레오는 그가 생각한 대로 매우 재미있어했다. 그녀는 그 창백한 긴 얼굴에 빨간 입술을 반쯤 벌리고, 두 손을 양쪽 허벅지에 댄 채 큰 소리로 외쳤다. "톰, 너무나 멋진 이야기예요! 마치 셰익스피어의 희극에나 나올 것 같은 이야기군요!"

그것도 톰이 예상한 대로이고, 그리고 그가 누구에게선가 듣고 싶은 말이었다.

크레오는 톰이 떠나기 전날 밤 오랜 시간 동안 그를 보살펴 주었다. 클리넥스, 감기약, 털 양말을 준비했느냐고 물었다. 유럽에서는 가을에 들어서면서 비가 오기 때문에 병에 걸릴 위험이 많으니 예방 주사도 미리 맞는 편이 좋다는 것이다. 톰은 충분한 준비가 갖추어졌다고 대답했다.

"크레오, 배웅만은 나오지 마. 난 배웅 받는 게 질색이야."

"안 가겠어요!" 크레오는 그의 마음을 잘 알고 있었다. "오오 톰, 분명 재미있겠죠! 디키와 함께 한 일을 빠짐없이 편지로 알려 줘요, 네? 아무튼 내가 아는 사람 가운데 분명한 이유가 있어 유럽에 가는 사람은 당신뿐일 테니까요."

톰은 롱아일랜드에 있는 그린리프 씨의 조선소를 방문한 이야기를 했다. 몇 킬로미터나 되는 긴 테이블에 기계류가 쭉 늘어서서, 번쩍

번쩍하는 금속 부품을 만들어내고, 목재 부품도 도료를 칠해 윤을 내고, 독〔선거〕에 온갖 사이즈의 배의 골조가 늘어서 있었다는 이야기를 한 다음, 그린리프 씨에게 얻어들은 전문 용어──마루 재료, 현마루의 내장, 내용골, 갑판의 골 등──를 늘어놓아 그녀를 감탄하게 했다. 그리고 그는 그린리프 씨의 집의 두 번째 저녁 식사에 초대받고 가서 손목시계를 선사받은 일을 이야기했다.

그리고 그 시계를 크레오에게 보여주었다. 터무니없이 비싼 시계는 아니었지만 상당히 고급품으로, 톰 자신이 고른 것 같은 스타일이었다(간소한 금 케이스, 산뜻하고 새하얀 문자반, 그리고 우아한 검은 로마 숫자에 줄은 악어 가죽이었다).

"한 4, 5일 전에, 시계가 없다니까 이걸 주시더군. 그분은 마치 나를 양자로 삼은 기분인 모양이야."

그는 이런 말을 털어놓을 수 있는 사람은 크레오뿐임을 알고 있었다.

크레오는 한숨을 쉬었다.

"역시 남자군요! 남자는 정말 득을 봐요. 여자에겐 그런 좋은 일이 생길 리 없어요. 남자는 정말 자유로워요!"

톰은 빙긋 웃었다. 그는 언제나 그것은 반대라고 생각하고 있었기 때문이다.

"럼 고기가 타고 있는 거 아냐?"

크레오는 깜짝 놀라며 펄쩍뛰었다.

저녁 식사 뒤 그녀는 최근에 그린 그림 대여섯 가지를 보여 주었다. 그중 두 가지는 두 사람이 알고 있는 어느 청년의 노타이셔츠를 입고 있는 초상이고, 그 밖에 그녀의 방 창에서 보이는 옻나무에서 힌트를 얻어 그린 정글의 상상화가 셋쯤 되었다. 거기에 그린 원숭이의 털이 놀라울 정도로 정교하게 그려졌다고 톰은 생각했다. 크레오는 털이 한 가닥밖에 안 달린 화필을 많이 가지고 있는데, 그것들은 비교적 딱딱한 것부터 특별히 가는 것까지 골고루 갖추어져 있었다.

두 사람은 그녀의 부모 집에서 가져 온 포도주를 거의 두 병이나 마셔버렸다. 그리고 톰은 몹시 잠이 와 그날 밤은 그곳 마루 위에서 자고 싶을 정도였다. 그들은 지금까지 난로 앞의 커다란 곰 가죽 위에서 나란히 잔 일이 몇 번이나 있었다. 크레오에게 또 한가지 좋은 점이 있었는데, 톰이 자기 몸에 손대기를 기대하는 거동을 한 번도 보인 적이 없다는 것이다. 톰도 그런 행동은 한 번도 하지 않았다. 톰은 12시 15분 전에 느닷없이 일어나 돌아갔다.

"이제 당신을 못 만나겠지요?"

크레오는 문간에서 섭섭한 어조로 말했다.

"아냐, 6주일쯤 뒤에는 돌아와."

그러나 톰은 마음속으로 그런 일은 전혀 생각하고 있지 않았다. 그는 갑자기 몸을 앞으로 굽히고 그녀의 상앗빛 볼에 오빠처럼 키스하며 말했다.

"틀림없이 네가 그리워지리라고 생각해, 크레오."

크레오는 그의 어깨를 꽉 움켜잡았다. 지금까지 그녀가 육체적으로 그에게 먼저 댄 것은 그때가 처음이었다.

"나도 당신이 그리워질 거예요."

이튿날, 그는 브룩스 브라더스의 가게에 가서 그린리프 부인에게 부탁받은 물건을 샀다. 검은 털 양말 1다스와 가운이었다. 부인은 가운의 색깔에 관해서는 아무 말 하지 않고, 다만 그에게 맡긴다고 했을 뿐이었다. 톰은 네이비 블루의 벨트와 깃 가장자리가 달린, 짙은 적갈색 플란넬 가운으로 결정했다. 톰의 기호로 말한다면 결코 좋은 색깔이라고 할 수는 없으나, 리처드 자신이 고른다면 틀림없이 그것으로 고를 것 같았고, 반드시 그의 마음에 들 것이라고 생각했기 때문이다. 그는 양말과 가운을 그린리프 씨 앞으로 계산하게 했다. 그는 나무 단추가 달린 두툼한 마직 스포츠 셔츠를 발견하고 탐이 났다. 그린리프 씨 앞으로 달게 하는 것은 문제없지만, 그는 그렇게 하지 않고 자기 돈으로 샀다.

5

출항하는 날 아침, 톰이 그토록 들뜬 기분으로 기다린 그 아침은, 진절머리나는 기분으로 시작해야 했다. 톰은 배의 보이를 따라 선실 쪽으로 가면서 보브 디런시에게 절대로 배웅을 나오지 말라고 다짐을 둔 것이 효과가 있다고 생각하며 속으로 흐뭇해했다. 그런데 선실에 들어서는 순간, 피가 얼어붙는 듯한 큰 웅성거림과 함께 지금껏 가졌던 기대와 흐뭇함이 사라졌다.

"톰, 샴페인은 어떻게 됐나? 기다리고 있었다!"

"뭐야, 보잘것없는 선실이라더니 이걸 말했나! 그렇담 더 훌륭한 선실을 잡을 것이지. 제기랄!"

"톰, 나도 데리고 가 줘요!"

이 사람은 에드 마틴의 여자친구로, 톰에겐 보기조차 역겨운 여자였다.

모두들 와 있었다. 거의가 보브의 지저분한 친구들뿐이었다. 그들은 침대고 마루 위고 도처에 뒤죽박죽이 되어 누워 있었다. 톰은 보브가 자신의 출항을 눈치채고 있었다는 것을 알았지만 설마 그가 이런 짓을 하리라고는 꿈에도 생각하지 않았다.

톰은 쌀쌀한 어조가 되지 않으려고 비상한 노력을 하면서 "샴페인은 없어"라고 말했다. 그는 어린아이처럼 갑자기 울고 싶어지려는 마음을 가까스로 억누르고 모두에게 인사한 뒤, 빙긋 웃음을 지어 보이려고 애썼다. 톰은 원망스럽다는 듯이 보브를 물끄러미 응시했으나,

그는 이미 무슨 술엔가 취해서 아주 기분이 좋아져 있었다. 지금까지 그에게 유감스럽게 생각할 만한 일은 통 없었는데 지금의 이 짓은 정말 이해할 수 없었다. 이런 짓을 저지르다니! 그가 배의 다릿발을 건너오면서, 겨우 인연을 자르고 왔다고 생각한 하층 계급이고 속물이며 지저분한 저 패거리들이 앞으로 5일 간을 지내려는 호화로운 일등 선실을 이렇게 엉망으로 만들다니!

톰은 이 선실 속에서 그래도 유일하게 제대로 생긴 폴 하버드 옆으로 가서 그의 옆에 나란히 앉았다.

"폴, 이런 소동이 돼서 미안하네." 톰은 조용히 말했다.

"뭐, 괜찮아." 폴은 조소하듯 말했다. "왜 그래, 톰? 기분이 안 좋나?"

톰은 정말 견딜 수가 없었다. 소음과 웃음소리와 여자들이 침대를 만지고 변기를 들여다보고 하는 짓들이 계속되었다. 그린리프 부부가 배웅을 오지 않은 것이 천만다행이었다. 그린리프 씨는 사업 관계로 뉴올리언스에 가고, 부인은 오늘 아침에 톰이 전화로 작별 인사를 했을 때, 몸의 상태가 좋지 않아 배웅을 갈 수 없다고 했다.

이윽고, 누군가가——보브인지 누군지 확실치 않은——위스키 병을 꺼냈고, 욕실에서 유리잔 두 개를 가지고 와서 마시기 시작했다. 보이가 술잔을 톰 쪽으로 가지고 오면서 권했지만 톰은 거절했다. 그는 땀을 흠뻑 흘렸기 때문에 웃옷을 벗어야 할 것 같았다. 그때 보브가 술잔을 톰의 잔에 부딪치는 것처럼 내밀었다. 톰은 보브가 장난치는 것이 아님을 잘 알 수 있었고, 왜 그런 짓을 하는가도 알고 있었다. 왜냐하면, 톰은 최근 1개월 동안 보브의 호의로 그의 집에 묵고 있었기 때문이다. 그러니까 톰은 적어도 기쁜 듯한 얼굴이라도 해야 하는데, 얼굴이 굳어 아무래도 밝은 표정을 지을 수가 없었다. 톰은 앞으로 이 패들에게서 어떤 미움을 받더라도 절대로 자기에게 손해가 되지 않는다고 생각했다.

"톰, 나 여기에 끼어 있을 수 있어요."

한 여자가 말했다.

그녀는 어딘가에 끼어서 그와 함께 갈 작정을 한 여자였다. 그녀는 빗자루를 넣는 좁은 장에 몸을 옆으로 틀고 억지로 끼어 앉아 있었다.

"톰이 이 방에서 여자와 함께 있는 것을 들켜 붙잡히는 꼴을 보고 싶군" 하고 에드 마틴이 웃었다.

톰은 그를 힐끔 노려보았다.

"밖에 나가 맑은 공기를 마시자."

톰은 폴에게 중얼거렸다.

다른 사람들은 너무나 떠들고 있었기 때문에, 두 사람이 나간 것을 아무도 알아차리지 못했다. 두 사람은 배의 뒤편에 있는 난간에 섰다. 태양이 숨어 있는 날인데도 오른쪽에 보이는 뉴욕 시는——일등 선실에서 떠들고 있는 녀석들만 없으면——마치 태양 한가운데에서 바라본 먼 회색의 육지 같았다.

"넌 지금까지 어디에 틀어박혀 있었지?" 폴이 물었다. "에드가 전화를 걸어왔을 때에야 난 네가 출발한다는 걸 처음 들었다. 벌써 몇 주일이나 안 만났지?"

폴은 톰이 신문사에 근무하고 있다고 생각하는 패들 중의 하나였다. 톰은 이번에 자기가 출장 가는 일에 대해서 그럴듯한 이야기를 꾸며댔다. 어쩌면 중동 방면에도 가게 될 것 같다고 톰은 말했다. 그리고 일부러 목소리를 낮추었다.

"실은 요즈음 밤늦게까지 일을 하고 있어서 말야, 친구들과 별로 만나지 못했어. 일부러 배웅을 와 주어서 정말 고맙네."

"오늘은 오전 중에 수업이 없어." 폴은 물고 있던 파이프를 빼고 빙긋 웃음을 지었다. "그러나 어차피 올 생각이었어. 구실은 얼마든지 만들 수 있으니까."

톰도 빙긋 웃었다.

폴은 생활하기 위해 뉴욕의 여학교에서 음악 교사를 하고 있었는데, 시간에 얽매이지 않고 작곡을 하고 싶어했다. 톰은 어떤 계기로 폴과 함께, 일요일의 아침 겸 점심 식사를 하기 위해 리버사이드 드라이브에 있는 그의 아파트를 찾아간 것을 기억하고 있었다. 그때 폴이 자기가 작곡한 곡을 피아노로 연주해 주는 것을 듣고 톰은 매우 감탄했었다.

"한잔 하지 않겠나? 바가 있을 테니까 가 보자구."

톰이 말했다.

그런데 그때 보이가 나타나 벨을 울리며 큰소리로 외쳤다.

"배웅 오신 분들은 내려 주시기 바랍니다. 배웅 오신 분들은 모두 내려 주시기 바랍니다."

"나에게도 하는 말인데."

폴이 말했다.

두 사람은 악수를 하고 서로의 어깨를 두드렸다. 톰은 그림 엽서를 보내겠다고 약속했다. 그리고 폴은 배에서 내렸다.

보브의 동료들은 틀림없이 마지막 순간까지 버티다가 결국 쫓겨나게 될 거라고 톰은 생각했다. 톰은 서둘러 몸을 돌려 좁은 사다리 같은 계단을 뛰어올라갔다. 그 꼭대기까지 가니까, 쇠줄을 치고 '이등 선객 전용'이란 표찰이 매달려 있었다. 그러나 톰은 쇠줄을 넘어서 갑판으로 올라갔다. 일등실 선객이 이등실 선객이 있는 곳에 갔다고 해서 쫓겨나지는 않겠지. 그는 보브의 패거리들을 두 번 다시 보고 싶지 않았다. 보브에게는 반달치 방세를 지불했고, 이별의 표시로 좋은 와이셔츠와 넥타이까지 선물했다. 보브는 그 이상 무엇이 탐난다는 말인가?

톰은 배가 움직이기 시작할 때까지 선실에 내려가려고 하지 않았다. 잠시 뒤 그는 조심스럽게 선실에 가 보았으나 아무도 없었다. 산뜻한 청색 침대 커버는 주름이 싹 펴졌고, 재떨이도 깨끗이 청소되어 있었다. 그 녀석들이 왔다간 흔적은 아무데도 남아 있지 않았다. 톰은 안도의 숨을 내쉬고 빙긋 웃었다. 이것이 바로 서비스라는 것이군. 큐너드 기선 회사와 영국 선원의 멋진 전통이란 이걸 말하는 거다! 침대 옆의 마루 위에 커다란 과일 바구니가 놓여 있었다. 그는 작은 흰 봉투를 서둘러 집어 들었다. 봉투 안 카드에는 다음과 같이 씌어 있었다.

무사 항해를 빌겠습니다. 동행하고 싶은 마음을 담아서.
에밀리와 하버드 그린리프

바구니에는 높은 손잡이가 달려 있고, 노란 셀로판 종이로 전체를 씌웠다. 안에는 사과, 배, 포도, 그리고 캔디 두 개와 작은 리큐어(알코올에 설탕, 식물성 향료 따위를 합성하여 만든 혼성주) 병이 몇 개 들어 있었다. 톰은 지금까지 무사 항해를 비는 바구니 같은 것을 받아본 적이 없었다.

그에게 있어 그런 바구니는 꽃집 윈도 속에 장식해 놓은 터무니없는 가격의, 평생 자신의 것이 될 수 없을 것 같은 물건이었다. 그는 갑자기 눈물이 나와 두 손에 얼굴을 묻고 훌쩍거리기 시작했다.

6

톰은 침착하고 평화로운 기분이었다. 그러나 사교적인 일과는 거리가 멀었다. 그는 천천히 생각할 시간을 가지고 싶어, 배 안의 다른 사람들과는 아무와도 친해지고 싶지 않았다. 그러나 식사 테이블에 함께 앉은 사람들을 만나면 상냥하게 웃으며 인사했다. 그리고 그는 배 안에서의 한 가지 역할을 하기 시작했다. 그것은 소중한 일을 앞에 둔 착실한 청년이라는 역이었다. 그는 정중하고, 차분하며 기품이 있고, 더구나 무슨 일엔가 골몰하고 있는 사람처럼 보였다.

그는 갑작스레 모자가 탐이 나서 신사용품 판매소에서 수수한 푸른 빛이 도는 회색의 부드러운 영국제 털모자를 하나 샀다. 그가 갑판에 마련된 의자에서 낮잠을 잘 때라든가, 자는 시늉을 할 때에는 얼굴이 거의 가려질 정도로 챙을 깊숙이 당겨 놓으면 되었다. 모자는 머리에 쓰는 것 중에서 가장 용도가 많은 물건이다. 왜 지금까지 한번도 안 썼는지 이상할 정도였다. 모자를 쓰는 법에 따라서 시골 신사, 폭력단원, 영국인, 프랑스 인, 호기심 많은 미국인 등 자기를 무엇으로도 보이게 할 수가 있다. 톰은 자기 방 거울 앞에서 여러모로 써 보며 즐겼다. 그는 자기 얼굴이 이 세상에서 제일 재미없게 생겼다고 여겨 왔다. 어찌된 것인지 몹시 얌전하고, 그러면서도 도무지 지울 수가 없는 겁에 질린 듯한 표정이 남아 있는, 그리고 금방 잊혀질 것 같은 얼굴이다. 그런데 모자를 쓰니까 그것을 싹 바꿀 수가 있다. 시골 촌티가 나기도 하고, 그리니치빌리지의 예술가풍으로도, 코네티컷식의 착해 빠진 모습으로도 될 수 있었다. 지금 프린스턴 대학을 갓 나온, 재산 있는 청년이 한번 되어 볼까? 그는 모자에 어울리는 파이프를 샀다.

자, 이제부터 새 생활을 시작하자. 최근 3년 간 뉴욕에서 서로 왔다갔다하면서 사귄 저속한 친구들과도 이젠 모두 안녕이다. 톰은 친구도 친척도 과거의 잘못도 모두 버리고, 신세계 미국을 향해 출발한 이민들이 느꼈던 것과 같은 마음이었다. 새로 갱생하는 것이다! 디키가 어떻게 되어 있거나 톰은 잘 해낼 자신이 있었다. 그린리프 씨도 자기의 수고를 알아줄 테고, 그 때문에 자기를 존중해 줄 것이라는 확신이 있었다. 그린리프 씨에게서 받은 돈을 다 쓰더라도 다신 미국에 돌아가지 말아야지. 호텔이나, 무슨 마음에 드는 일거리를 찾을 수 있겠지. 머리가 좋고 인품이 좋으며, 영어를 지껄일 수 있는 사람이라면 잘 팔릴 거야. 그렇지 않으면 어느 유럽 회사의 대리인이 되어 온 세계를 여행하고 다녀도 좋고, 차 운전을 하고 계산을 잘 하면 나이 든 할머니의 상대도 될 수 있고, 딸의 댄스 파티에 가는 동행자가 될 수 있는 청년을 구하는 사람이 나타나지 않는다고 볼 수도 없겠지. 톰 자신은 뭐든지 할 수 있고, 한 번 직장을 구하면 질릴 줄 모르고 그것에 들어붙어 있어야겠다고 스스로 맹세했다. '끈기와 인내다! 나에겐 항상 전진과 향상이 있을 뿐이다.'

"헨리 제임스의 〈사자(使者)들〉 있습니까?"

톰은 일등실 선객 도서실 직원에게 물었다.

"공교롭게도 없는데요."

직원이 대답했다.

톰은 실망했다. 그것은 그린리프 씨가 읽었느냐고 묻던 책이다. 톰은 꼭 읽어 두어야겠다고 생각했다. 그래서 이등실 선객 도서실로 가보았더니, 그곳에는 있었다. 그 책을 꺼내들고 선실 번호를 말하니까, 그 직원은 안됐지만 일등실 선객은 이등실 선객 도서실 책을 가져갈 수 없다고 말했다. 톰도 혹시 그렇지 않을까 생각하고는 있었다. 그 책을 살짝 웃옷 속에 감추어 가지고 오면 되는 일이지만, 톰은 얌전하게 그것을 책장에다 꽂아 놓았다.

아침마다 톰은 매우 천천히 걸어서 갑판을 대여섯 번씩 돌았다. 그러니까 아침 일과로 숨을 헐떡거리며 빠르게 걷는 패들은, 그가 한 번 돌 동안에 두 번 세 번 돌았다. 돌고 나서 그는 갑판 의자에 앉아 수프를 마시며 자기의 장래 운명을 생각했다. 점심 식사가 끝나면 그는 자기 선실에 틀어박혀 혼자만의 시간을 즐기면서 아무것도 하지 않고 지냈다. 때에 따라서는 마크 플리민저, 크레오, 그린리프 부부에게 공손한 인사와 함께 출발할 때 보내준 바구니와 편안한 일등실을 마련해 준 데 대한 감사의 편지를 쓰곤 했다. 쓰는 일에 흥이 생겨, 앞으로의 일에 관해 상상되는 대로 섰다. 디키를 찾아내어 몬지베로에 있는 그의 집에서 같이 사는 일, 얼마쯤 시간이 걸릴 테지만 디키에게 귀국을 재촉하고 있는 일, 바다에서 헤엄을 친 일, 낚시에 대한 일, 카페에서 시간을 보내는 일 등을 너절하게 써 나가는 동안에 편지지가 8장, 10장으로 불어났다. 어차피 이것은 보내지 않을 편지라고 정하고 나서 그는 디키가 머지에게 로맨틱한 감정을 품고 있지 않다는 것(그는 머지의 성격을 완전히 분석해서 썼다), 따라서 미세스 그린리프가 걱정하듯 디키를 붙잡고 있는 것은 머지가 아니라는 사실 등을 썼다. 테이블 위에 편지지가 가득 찰 무렵에 저녁 식사를 알리는 신호종이 울렸다.

다음 날 오후, 그는 도티 고모에게 공손한 편지를 썼다. 그의 편지는 '그리운 고모님'이라는 말로 시작되는데 그는 도티 고모를 마주 대했을 때나, 편지를 쓸 때나 이 말을 이전에는 한번도 사용한 일이 없었다.

그리운 고모님
이 편지지로도 알 수 있듯, 저는 지금 바다 한가운데에 있습니다. 여기에는 쓸 수 없지만 어떤 일 때문에 떠나왔습니다. 갑자기 출발하게 되어서 보스턴으로 인사하러 갈 틈이 없었습니다. 매우 유감스럽습니다만 몇 개월 혹은 몇 년 간 못 돌아갈지도 모릅니다.
부디 제 일은 걱정하지 마십시오. 그리고 이제 수표는 보내 주지 않으셔도 됩니다. 한 달쯤 전에 보내 주신 수표는 정말 감사했습니다. 그 이후로는 아직 보내지 않으셨으리라고 생각합니다. 저는 지금 아주 건강하고 행복합니다.

톰으로부터

고모의 건강을 빌어 줄 필요는 없다. 황소처럼 튼튼하니까. 그리고 한 가지 덧붙였다.

그리고 제 주소는 아직 모르기 때문에 여기에는 쓰지 않습니다.

다 쓰고 나니 그는 마음이 후련했다. 이로써 그녀와는 완전히 인연을 끊은 셈이다. 이제 그녀에게 주소를 알릴 필요가 없어졌다. 이제 이것으로 심술궂은 험담을 늘어놓은 편지로 그의 죽은 아버지와 얄궂게 비교되는 일도 없을 테고, 그리고 6달러 48센트라든가, 12달러 95센트라든가 하는 묘한 금액의 쩨쩨한 수표를 받을 일도 없어졌다. 그것은 마치 상점에 계산을 치른 거스름돈이나, 가게에 무슨 물건을 되돌려 주고 받은 돈을 빵 부스러기처럼 그에게 던져 준 것과 같다. 도티 고모의 수입에서 그에게 보내주어도 좋을 만한 금액을 생각하면, 그런 수표는 차라리 모욕이었다. 도티 고모는 그를 양육하는 데 아버지가 남긴 보험금보다 훨씬 많은 돈을 들였다고 입버릇처럼 말하지만――그리고 확실히 그렇겠지만 그렇더라도, 그의 얼굴에 인쇄하듯, 언제까지나 말할 필요는 없을 것이다. 인간으로서 자식의 얼굴에 그런 것을 문질러 박을 사람이 있겠는가. 그리고 타인조차도 무상으로 아이를 기르고, 그것을 즐거움으로 삼는 예는 얼마든지 있다.

도티 고모에게 보낼 편지를 다 쓰고 나서, 그는 자리에서 일어나 갑판을 성큼성큼 걸어다니며 편지에 대한 것을 잊어버리려고 했다.

그는 고모에게 편지를 쓸 때마다 화가 났다. 그녀에게 예의를 차려야만 하는 것이 분했다. 그래도 톰은 지금까지 언제나 고모에게 주소를 알려 두지 않으면 안 되었다. 왜냐하면 아무래도 그녀의 쩨쩨한 수표가 필요했기 때문이다. 그가 도티 고모에게 화를 내면서도 주소 변경의 편지를 쓸 수밖에 없었던 일은 스무 번도 넘는다. 그러나 지금은 고모의 돈 따위는 필요 없다. 이제 톰은 영구히 독립할 수 있다.

톰은 갑자기 12살 무렵의 어느 여름날의 일이 생각났다. 그때 그는 도티 고모와 그녀의 여자 친구에게 이끌려 드라이브를 했는데, 어디선가 차가 몹시 혼잡해져서 도로가 꽉 막힌 일이 있었다. 매우 더운 여름의 한낮으로, 도티 고모는 톰에게 보온병을 주며 주유소에 가서 찬물을 담아 오라고 시켰다. 그런데 그 사이에 차가 차례차례 움직이기 시작했다. 톰은 지금도 똑똑히 기억한다.

많은 큰 차들이 천천히 움직여 가는 사이를 누비며 그는 마구 달렸다. 그리고 겨우 도티 고모의 차 문에 닿을 정도의 거리까지 갔는데도 도무지 잡을 수가 없었다. 그것은 고모가 그를 기다려 주지 않고 되도록 빨리 앞으로 앞으로 차를 몰았기 때문이다. 그 사이에 고모는 차창으로 "빨리, 빨리, 느림보구나!" 하고 계속 소리쳤다. 그가 겨우 따라붙어 굴욕과 분노의 눈물로 뺨을 적시며 올라타는데 고모는 동행한 친구에게 말했다. "무기력한 녀석 같으니! 이애는 태어날 때부터 무기력했어. 제 아비를 꼭 닮았어!" 그런 모욕을 당하면서도 그가 그곳에서 벗어날 수 없었던 것은 정말 이상할 정도였다. 도티 고모는 무엇을 근거로 내 아버지를 무기력한 사람으로 판정하는 것일까? 그런 증거를 하나라도 들 수 있단 말인가? 든 일이 있었던가? 없었다.

사치스러운 환경 덕에 성격은 어기차지고 풍족한 좋은 식사 덕에 몸 안이 꽉 차서, 톰은 갑판 의자에 편하게 누워 자기 과거의 생활을 객관적으로 반성해 보려고 했다.

  그는 최근 4년 간을 무의미하게 보냈다. 그것은 부정할 수 없는 사실이다. 그가 새롭게 계획하고 시작한 일은 어느 한 가지도 제대로 되지 않았으며, 그 사이에 긴 실업 기간이 시작되었고 돈이 없었기 때문에 점차 타락해 갔다.

  그리고 쓸쓸한 나머지 어리석은 무리들과 사귀고 마크 플리민저와 같은, 당분간이라도 뭘 주는 사람에게 들어붙곤 했었다. 그토록 큰 야심을 품고 뉴욕에 나온 것과 비교해 보면 그에게 이것은 결코 자랑할 만한 이력이 아니었다.

  그는 원래 배우를 꿈꾸고 있었다. 그런데 20살이 되어서도, 배우가 되기 위해 극복해야 할 여러 난관, 힘든 수업, 그리고 타고난 재질 등이 필요하다는 사실조차 전혀 몰랐다. 그는 재능이 충분히 있다고 생각하고, 자기가 생각한 일인 연기를 프로듀서 앞에서 해 보이면 간단히 배우가 될 수 있는 줄 알았다. 예를 든다면, 미혼모가 있는 병원을 한 번 찾아간 미세스 루즈벨트가 그것만으로 《마이 데이》를 썼듯이.

  그런데 처음의 세 가지 조건에서 막히자, 그의 용기와 희망은 단번에 꺾여 버렸다. 저축한 돈이 없기 때문에 하는 수 없이 바나나 보트의 일자리를 발견하고, 적어도 뉴욕을 떠날 수는 있었다. 그는 도티 고모가 경찰에 전화를 해 뉴욕에서 그를 찾게 하지 않을까 걱정했다. 그는 보스턴에서 아무 잘못도 저지르지 않았다. 그는 몇백만의 청년이 해온 것처럼 세상에 나가 독립하려고 가출했을 뿐이다.

  톰은 자기의 주된 과오는 무슨 일이나 찬찬히 차분하게 하지 않는 점이라고 생각했다. 백화점의 회계 직원이 되었을 때도, 만약 자기의 승급이 늦은 것에 실망하지 않고 참았다면 괜찮았을 것이다. 자기에게 참을성이 모자란 것도 도티 고모 때문이라고 그는 생각했다. 톰이 나이에 비해서 힘든 일을 잘 버티고 해낼 때, 고모는 그것을 조금도 칭찬해 주지 않았다. 예를 든다면 13살에 신문 배달을 할 때 그랬다. 톰은 신문사에서 '예의, 서비스, 신뢰성'을 인정받아 은메달을 받은 일이 있었다. 당시의 자신을 돌아보면, 어쩐지 남의 일 같은 생각이 들었다. 그는 깡마르고 늘 코감기에 걸려 코를 훌쩍거리고 있는 꼬마였는데, 열심히 일을 해서 마침내 예의, 서비스, 신뢰성으로 수상한 것이다. 그런데 도티 고모는 그가 감기에 걸린 것을 극도로 싫어했다. 그녀는 언제나 손수건을 꺼내서는 톰의 코를 비틀어 자르듯 닦아 주었다.

톰은 그 일이 생각나자 갑판 의자에서 몸을 비틀었다. 그러나 바지 주름을 걱정하며 모양 좋게 비틀었다.

그는 겨우 8살 때, 도티 고모 밑에서 도망치려고 마음에 맹세했던 일을 생각해 냈다. 그리고 그가 마음속으로 그린 난폭한 장면을 떠올렸다. 도티 고모가 그를 집 안에 가두려고 했기 때문에 그는 두 주먹으로 그녀를 때렸다. 그리고는 땅 위에 엎어놓고 목을 조르고, 마지막으로 그녀의 드레스에 붙어 있는 커다란 브로지를 떼어서 그녀의 목을 백만 번도 더 찌르는 장면을 생각해 냈다. 그는 17살 때에 가출을 했다가 도로 끌려갔고, 스무 살 때 다시 도망쳐 나온 것이 드디어 성공한 것이다.

그 무렵의 그가 얼마나 소박한지, 그리고 세상의 짜임새와 물정을 얼마나 몰랐는지, 지금 생각하면 어처구니가 없고 그랬던 자신이 가엾기까지 할 정도였다. 톰은 도티 고모를 미워하고 그녀에게서 도망칠 계략만을 생각했기 때문에, 공부하거나 성장할 틈이 없었던 것 같다. 톰은 처음 뉴욕에 나온 그 달에 고용된 창고에서 파직당했을 때 어떤 생각이 들었는지 지금도 잊혀지지 않는다. 왜 파직을 당했는가 하면, 힘이 약해서 오렌지 상자를 하루에 8시간 계속해서 나를 수가 없었기 때문이었다. 톰은 직장을 잃고 싶지 않아서 녹초가 될 때까지 온 힘을 다해서 일했다. 그래서 파직당할 때 얼마나 불공평하다고 생각했는지, 지금도 확실히 기억하고 있다. 그때 톰은 세상이란 곳은 사이먼 레그리(스토 부인의 《엉클 톰스 캐빈》에 나오는 잔혹한 노예 중매인)가 득실거리는 곳이어서 야수가 되지 않으면 굶어 죽는다는 사실을 깨달았다. 그로부터 얼마 되지 않아서, 톰은 데리카티센의 카운터 위에 있는 빵을 훔쳤다. 집에 가지고 와 그는 세상에는 빵을 빌려 주는 사람이 얼마든지 있다는 생각을 하면서 그 빵을 탐식했었다.

"리플리 씨."

2, 3일 전 티타임에, 라운지의 소파에 같이 앉았던 영국 부인이 그의 위로 몸을 굽히며 말했다.

"게임룸에서 브리지를 하는데 당신도 들어가지 않겠어요? 앞으로 15분쯤이면 시작되니까요."

톰은 의자에 품위 있게 바로 앉았다.

"고맙습니다. 그러나 저는 좀더 밖에 있고 싶군요. 그리고 브리지는 잘 할 줄도 모르니까요."

"어머, 그래요? 우리도 서툴러요! 그럼 또 나중에" 하고 그녀는 웃으며 가 버렸다.

톰은 다시 갑판 의자에 깊이 누워서 모자를 눈까지 끌어내리고 허리 위에 두 손을 얹었다. 사람을 피하는 듯한 그의 태도가 선객들 사이에 소문이 났음을 그는 알고 있었다.

톰은 밤마다 저녁 식사 뒤 댄스 파티에서 끊임없이 탐나는 듯 그를 보며 깔깔거리고 웃는 바보 같은 여자들 누구와도 춤을 춘 일이 없었다.

톰은 선객들이 말할 자기 이야기를 상상해 보았다. 저 사람 미국인인지 몰라! 아마 그럴 거야. 하지만 미국인처럼 버릇이 없지는 않죠? 미국인은 떠들썩한데, 저 사람 꽤 착실하잖아요? 겨우 23살쯤 되지 않았을까요? 뭔가 꽤 중대한 일을 생각하고 있는 모양이에요……."

그렇다, 바로 그렇다. 톰 리플리는 자신의 현재와 장래를 생각하고 있다.

7

톰은 파리를 열차 창에서 슬쩍 보았을 뿐이다. 전등불이 밝은 카페 정면, 빗물 자국이 줄무늬처럼 나 있는 비 가리개며, 보도의 테이블, 상자에 심은 생울타리 등이 관광 포스터의 그림처럼 완전히 갖추어져 있었다. 그 밖에는 역의 긴 플랫폼이 몇 줄이나 있었다. 그는 그의 짐을 든 파란 옷의 무뚝뚝한 짐꾼을 따라 겨우 로마까지 날라다 줄 침대 열차에 당도했다. 파리에는 언젠가 다시 오게 되리라고 그는 생각했다. 그는 빨리 몬지베로에 가고 싶었다.

이튿날 아침, 톰이 잠에서 깨니 벌써 이탈리아였다. 그날 오전 중에 매우 유쾌한 일이 생겼다. 톰이 창 밖의 경치를 바라보고 있는데, 그의 차창 밖에서 두세 명의 이탈리아 인이 지껄이는 말 가운데서 '피사'라는 단어가 들려왔다. 그의 차창과 반대쪽으로 시가가 자꾸 미끄러져 지나갔다. 톰은 재빨리 복도에 나가 눈으로 사탑을 찾았다. 그 시가가 피사인지, 그 탑이 거기서 보이는 것인지 알 수 없었으나 분명 사탑은 있었다. 굵고 흰 원기둥이 시내의 낮은 흰색 집들 위에 기울어 솟아 있지 않은가. 톰은 지금까지 줄곧 피사의 사탑이 과장된 것이라고 생각했다. 그는 그것을 보았을 때, 이탈리아는 모두 그가 예상한 대로이며, 디키와 그와의 모든 일이 잘 될 전조처럼 생각되었다.

그날 오후 늦게, 톰은 나폴리에 도착했다. 그리고 몬지베로행 버스가 이튿날 아침 11시까지는 없다는 사실을 알았다. 톰이 역에서 돈을 바꾸고 있는데 때묻은 셔츠와 바지에 군화를 신은 16살쯤의 소년이 다가왔다. 그리고 그에게 달라붙어 알아들을 수 없는 말을 지껄이며 열심히 무엇인가를 권했다. 아마 여자나 마약 종류일 텐데, 톰이 아무리 거절해도 그 소년은 막무가내였으며, 마지막에는 그가 잡은 택시에 억지로 함께 올라탔다. 그 소년은 운전기사에게 행선지를 지시하고, 톰을 보고는 좋은 곳으로 안내할 테니 두고 보면 안다는 듯이 손가락을 하나 세우며 뭐라고 지껄였다.

톰은 체념하고 구석에 기대고 앉아 팔짱을 끼었다. 이윽고 택시는 만에 위치한 커다란 호텔 앞에 섰다. 톰은 그린리프 씨의 돈으로 계산을 치르는 것이 아니라면, 그 호텔의 웅장함에 망설일 뻔했다.

"산타루치아!"

그 소년은 바다 쪽을 가리키며 자랑스럽게 말했다.

톰은 고개를 끄덕거렸다. 이 소년은 순수한 호의로 안내해 준 모양이었다. 톰은 운전기사에게 요금을 치르고, 소년에게 100리라짜리 지폐를 주었다. 이것은 미화로 16달러하고 몇 센트가 되니까, 배 안에서 읽은 관광 안내서에 따르면 이탈리아에선 적당한 팁의 액수였다. 그런데 소년이 매우 마땅찮은 얼굴을 하기에, 그는 다시 100리라를 주었다. 그래도 아직 소년은 불만스러운 태도였으나, 톰은 그에게 손을 흔들어 보이고, 벌써 자기의 짐을 가지고 걸어가기 시작한 호텔 보이의 뒤를 따라 호텔에 들어갔다.

그날 밤, 톰은 영어를 아는 호텔 매니저의 권고에 따라 해변이 가까운 치테레사라는 레스토랑에서 저녁 식사를 했다. 그는 요리를 주문할 때 말을 몰라 곤란했다. 결국 처음 코스에는 작은 낙지가 나왔다. 그것은 메뉴를 인쇄하는 잉크로 삶았는가 싶을 만큼 칙칙한 보라색이었다. 그가 다리 끝을 조금 맛보니 연골이라도 씹는 듯 질겨서 여간해서는 이로 자를 수가 없었다. 다음 코스도 실패로 여러 가지 종류의 생선 프라이가 큰 접시에 가득 담겨 나왔다. 세 번째는——이것은 디저트임에 틀림없으리라고 생각했는데——작고 붉은 물고기가 두 마리였다. 아아, 이것이 나폴리인가? 그러나 요리 같은 거야 아무려면 어떠랴. 그는 포도주로 아주 기분이 좋아졌다. 멀리 왼쪽에서 베수비오산(이탈리아 남부에 있는 이중화산)의 톱날 같은 산정 위에 반달이 걸려 있었다. 톰은 이미 그 광경을 여러 번 보았던 사람처럼 그것을 조용히 바라보았다. 불룩하게 나온 곳을 돌면 베수비오산 저쪽에 리처드가 사는 마을이 있겠지.

톰은 이튿날 아침 11시에 버스를 탔다. 버스는 해안 옆에 나 있는 도로를 달리다가, 도중에 작은 도시에 잠깐씩 선 뒤 다시 달리곤 했다. 토레 데르그레코, 토레 아눈치아타, 카스테르라마레, 소렌토 등. 톰은 운전기사가 안내하는 도시 이름을 열심히 들었다. 소렌토를 지나서 버스는 톰이 그린리프 씨 집에서 사진으로 본 기억이 있는 험한 벼랑 중턱을 깎은 좁고 위험한 길을 가기 시작했다. 가끔 먼 아래의 물가에 작은 마을이 잠깐 보이다가는 숨었다. 흰 빵 부스러기 같은 집들과 해안 가까운 곳에서 헤엄치는 사람들의 머리가 점점이 보였다. 길 한가운데 벼랑에서 굴러떨어진 듯한 커다란 바위가 길을 막고 있었다. 운전기사는 아주 무관심하게 핸들을 꺾어 그것을 피했다.

"몬지베로!"

톰은 펄쩍 뛰어 그물 선반 위에서 슈트케이스를 끌어 내렸다. 버스 지붕에 올린 다른 슈트케이스는 버스의 보이가 내려 주었다. 버스가 지나가 버린 다음, 톰은 슈트케이스 두 개를 발 옆에 놓고 도로 위에 서 있었다. 그가 위를 올려다보니 산 중턱에 드문드문 집이 보였다. 그리고 파란 바다를 배경으로 한 아래쪽엔 타일로 인 지붕이 보였다. 톰은 길 저쪽에 있는 우체국이라고 표시된 작은 집으로 가서, 창구에 있는 사람에게 리처드 그린리프의 집이 어디냐고 물었다. 톰은 영어로 지껄였는데, 그 남자는 알아들은 모양이었다. 그는 문 있는 데로 나와, 톰이 방금 버스를 타고 온 쪽을 가리키며 이탈리아 어로 가는 방향을 가르쳐 주었다.

"쭉 왼쪽으로, 왼쪽으로!"

톰은 감사의 뜻을 표시하고, 슈트케이스 두 개를 잠깐 우체국에서 맡아 줄 수 있겠느냐고 물었다. 남자는 이 말도 알아들은 듯 자기 손으로 우체국 안까지 날라다 주었다.

리처드 그린리프의 집이 어디에 있는지는, 다시 두 사람의 남자에게 물어야만 했다. 두 번째 남자는 그린리프의 집을 알고 있는 듯 친절하게 알려 주었다. 도로로 향한 철문이 달린 이층 집인데, 벼랑 가장자리에 테라스가 있었다.

톰은 문 옆에 있는 벨을 눌렀다. 그랬더니 집안에서 이탈리아 인 여자가 에이프런에 손을 닦으며 나왔다.

톰이 물었다.

"미스터 그린리프는?"

여자는 방긋 웃으며 아래쪽 바다를 가리키고, 이탈리아 어로 길게 대답했다. 톰은 고개를 끄덕였다.

"고마워요."

이대로 해변으로 내려갈까, 아니면 편하게 수영복으로 갈아입고 갈까? 아니면 차나 칵테일 시간까지 기다릴까? 그보다는 먼저 전화를 거는 편이 나을까? 수영복을 준비해 오지 않았지만 이곳에 온 이상 하나쯤은 필요하겠지.

톰은 우체국 옆에 있는 작은 쇼윈도에 셔츠니 수영복을 늘어놓은 작은 가게에 들어갔다. 그는 쇼트를 몇 개 입어 보았는데, 모두 몸에 맞지 않거나, 수영복 대용이 될 것 같지가 않았다. 그래서 하는 수 없이 검정과 노란색이 섞여 있는 작은 팬츠를 샀다. 그리고 입고 있던 옷을 레인코트에 솜씨 있게 싸 가지고 맨발로 가게에서 나왔다. 그는 황급히 가게 안으로 들어갔다. 길에 깐 돌이 석탄처럼 뜨거웠다.

"신발은? 샌들은?"

그는 가게의 남자에게 물었다.

가게에서는 신발은 팔고 있지 않았다.

하는 수 없이 톰은 다시 자기 신발을 신고 길을 가로질러 우체국으로 갔다. 그는 옷을 슈트케이스와 함께 맡길 셈이었는데 우체국의 문은 잠겨 있었다. 일찍이 유럽에서는 이렇다고 들었지. 상점은 정오부터 4시쯤까지 닫는다고 했다. 그는 되돌아 해변으로 통한다고 생각되는, 부석으로 포장된 작은 길을 터덜터덜 걸어 내려갔다. 그리고 경사가 가파른 돌계단을 열 단쯤 내려가 가게와 주택 사이에 있는 부석으로 된 고개를 넘었다. 다시 돌계단을 몇 단 내려가니까 겨우 해변보다 조금 높고 평평한 넓은 보도가 나왔다. 그곳에는 카페가 두 집, 레스토랑이 한 집 있었고 옥외에는 테이블이 놓여 있었다.

한길 가의 나무 벤치에 새까맣게 그을은 열대여섯 살 된 이탈리아 소년이 몇 명 앉아 있는데, 톰이 그 앞을 지나니까 모두 빤히 바라보았다. 이번 여름에 그는 아직 한 번도 바다에 가지 않았다. 그는 바다가 싫었다. 바닷가의 중간까지 나무로 된 디딤판이 깔려 있었는데 사람들이 타월을 깔고 그 위에 누워 있는 것을 보니, 맨발로 걷는다면 꽤 뜨거울 것 같았다. 그러나 그는 좌우간 구두를 벗고 뜨거운 판자 위에 서서 가까이에 있는 사람들을 천천히 둘러보았다. 누구를 보나 리처드 같지 않았다. 멀리에 있는 패들은 그곳의 열기로 시야가 흔들려 잘 보이지 않았다. 톰은 한 발을 모래 위에 디뎠으나, 바로 주춤거리며 끌어올렸다. 그리고 크게 숨을 들이쉰 다음 나머지 디딤

판을 달려 모래 위를 지나 차가운 얕은 물가로 가서 기분 좋게 발을 담그고 걷기 시작했다.

톰은 한 블록쯤 되는 거리에서 리처드를 발견했다. 틀림없는 디키다. 몸은 짙은 다갈색으로 그을렸고, 물결치는 금발은 톰이 기억하고 있는 것보다 훨씬 밝은 색이지만 틀림없는 그였다. 그는 머지와 함께 있었다.

"디키 그린리프 아닌가?"

톰이 빙긋 웃으며 물었다.

디키는 얼굴을 들었다.

"그런데?"

"나는 톰 리플리야. 3, 4년 전에 미국에서 만났지. 기억하고 있나?"

디키는 기억 못 하는 듯 멍한 표정을 지었다.

"자네 아버지가 내 이야기를 편지에 쓴다고 하셨는데?"

"아, 그랬어!"

디키는 까맣게 잊고 있었다는 듯이 이마에 손가락을 댔다. 그리고 일어나서 물었다.

"톰 뭐였지? 이름이?"

"리플리야."

"이 사람은 머지 셔우드" 하고 이어서 "머지, 톰 리플리 군이야."

"잘 부탁합니다" 하고 톰이 말했다.

"잘 부탁해요."

"이곳에는 언제까지 있게 되나?"

디키가 물었다.

"아직 몰라. 당분간 이곳을 보고 나서 정하겠어."

톰은 디키가 자신을 쳐다보는 눈빛에서 자신을 별로 환영하지 않는다는 것을 느낄 수 있었다. 디키는 팔짱을 끼고 깡마른 다갈색 발로 모래를 밟고 있었다. 그는 뜨거움이 조금도 싫지 않은 모양이다. 톰은 다시 구두 속에 발을 넣었다.

"집을 빌릴 건가?"

디키가 물었다.

"글쎄, 어떻게 할까?"

톰은 그렇게 생각하고 있기나 한 것처럼, 아직 결정하지 못한 어조로 말했다.

여자가 말했다.

"만약 겨울을 지낼 셈으로 집을 찾는다면 지금이 제일 좋은 시기예요. 여름의 관광객들은 벌써 대부분 돌아갔고, 저희는 이번 겨울에 미국 사람이 좀더 있어 준다면 좋겠다고 생각했어요."

디키는 아무 말도 하지 않았다. 그는 다시 커다란 타월 위에 여자와 나란히 앉았다. 톰은 자기가 돌아가기를 디키가 기다리고 있다고 느꼈다. 톰은 알몸으로 태어난 날처럼 의지할 곳 없이 그곳에 서 있었다. 톰은 수영복이 싫었다. 특히 지금 입은 것은 너무 노출이 심했다. 그는 레인코트에 싼 윗옷에서 겨우 담뱃갑을 꺼내 디키와 여자에게 권했다. 디키가 한 개비 뽑아 들기에 톰은 자기 라이터로 불을 붙여 주며 물었다.

"자네는 나와 뉴욕에 있던 일을 기억하지 못하는 모양이군?"

"실은 기억이 없어. 자네와 어디에서 만났더라?"

"아마 바디 랭크노의 집이 아니었을까?"

사실은 아니었지만 디키는 바디 랭크노를 알고 있을 테고 그가 매우 훌륭한 사람이라고 생각할 것이 분명했기 때문이다.

"아, 그랬던가" 하고 디키는 아리송하게 말했다. "기분 나쁘게 생각지 말게. 요즘은 자칫하면 미국 일을 잘 잊어서 말이야."

"정말 그래요." 옆에서 머지가 덧붙였다. "점점 무엇을 잘 잊어버려요. 당신은 언제 이곳에 도착하셨어요, 톰?"

"한 시간쯤 전이오. 슈트케이스는 우체국에 맡기고 왔지요."

톰은 웃었다.

"앉으세요, 타월이 또 하나 있으니까."

그녀는 옆의 모래 위에 조금 작은 흰 타월을 깔았다.

톰은 기꺼이 앉았다.

"또 한바탕 뒤집어쓰고 몸을 식혀 볼까."

디키가 일어났다.

"저두요!" 머지는 톰을 쳐다보았다. "톰, 당신은?"

톰은 두 사람을 따라갔다. 디키와 여자는 꽤 멀리까지 갔다. 둘 다 수영을 잘하는 모양이었다. 톰은 물가에 한참 서 있다가 올라와 버렸다. 디키는 여자와 돌아왔는데, 여자가 시킨 듯 "우린 그만 돌아가려는데 자네도 같이 가서 집에서 점심이나 먹지 않겠는가?" 했다.

"좋구말구, 고맙네."

톰은 두 사람을 거들어 타월, 선글라스, 이탈리아 신문 따위를 챙겼다.

톰은 도저히 그곳까지 가지 못할 것 같았다. 디키와 머지는 그의 앞에 서서 언제 끝날지도 모르게 긴 돌계단을, 천천히 확실히 한번에 두 단씩 뛰어올라갔다. 톰은 강한 태양 때문에 완전히 기력을 잃었다.

평평한 곳이 나와도 그의 다리 근육은 부들부들 떨렸다. 어깨는 벌써 핑크빛이 되었다. 셔츠를 뒤집어 써 햇볕을 막고 있는데도 광선은 머리칼을 쨍쨍 내리쬐어, 톰은 현기증이 나고 속이 메슥거렸다.

"괴롭지요?" 머지는 숨도 헐떡이지 않고 말했다. "여기서 얼마간 있으면 곧 익숙해져요. 7월의 가장 뜨거운 때를 보여 드린다면 좋을 텐데."

톰은 대답을 하고 싶어도 말이 나오지 않았다.

15분 뒤에 톰은 훨씬 기분이 가라앉았다. 그는 샤워를 하고 나서 손에 마티니를 들고 디키의 집 테라스에 놓인 등의자에서 쉬었다. 그는 머지가 권하는 대로 다시 수영복을 입고 위에 셔츠를 걸치고 있었다. 샤워를 하는 사이에 테라스의 테이블에는 삼인분의 식사 준비가 되어 있었다. 톰은 머지가 디키와 함께 이 집에 살고 있는 것이 아닌가 싶었다. 이 정도로 넓은 집이라면 충분히 묵을 수 있다. 톰이 보기에 적은 수이지만, 이탈리아의 오래된 가구와 미국제 보헤미아풍의 가구가 보기 좋게 배합되어 있었다. 홀에는 피카소의 오리지널 그림이 두 장 걸려 있었다.

머지가 자기의 마티니를 가지고 테라스로 나왔다.

"저기 보이는 집이 제 집이에요" 하고 그녀는 손가락으로 가리켰다. "보여요? 네모 반듯한 흰 칠을 한 집인데, 빨간 지붕이 이웃보다 훨씬 짙은 편이에요."

많은 집들이 있는 속에서 그 집을 발견하기는 거의 무리였으나, 톰은 발견한 시늉을 했다.

"당신은 이곳에 오래 있었어요?"

"일 년쯤 있었어요. 지난 겨울엔 쭉 여기 있었지요. 굉장한 겨울이었어요. 꼭 석 달 동안 단 하루를 빼놓고는 계속 비가 내렸으니까요!"

"정말입니까!"

"그래요."

머지는 마티니를 마시며, 그녀가 사는 작은 마을을 자못 만족한 듯이 바라보았다. 그녀도 토마토 색의 수영복 차림에 줄무늬 셔츠를 입고 있었다. 톰은 결코 그녀의 용모가 못생긴 편이 아니라고 생각했다. 실팍한 타입을 좋아하는 남자가 본다면 꽤 좋아할 몸매였다. 그러나 톰의 기호에는 맞지 않았다.
"디키는 보트를 가지고 있다던데?"
톰이 물었다.
"그래요, 피피예요, '피피스토레로'를 줄여서 그렇게 말해요. 보여 드릴까요?"
그녀는 테라스 끝으로 가면 보이는 작은 선창가의 복잡한 곳을 가리켰다. 보트는 모두 똑같아 보였는데, 머지의 설명으로는 디키의 것은 다른 보트보다 크고 돛대가 두 개나 있다고 했다.
그때 디키가 나타나 테이블의 주전자에서 칵테일을 따랐다. 그는 솜씨 없이 다림질을 한 즈크 바지에 그의 살갗색과 같은 적갈색 마직 와이셔츠를 입고 있었다.
"얼음이 없어서 미안해. 냉장고가 없어서 말야."
톰은 빙긋 웃음지었다.
"자네의 가운도 가져왔어. 자네 어머니가 자네에게 부탁받았다고 하시더군. 양말도 좀 가져왔지."
"자네가 내 어머니를 알고 있나?"
"뉴욕을 떠나기 얼마 전에 우연히 자네 아버지를 만났지. 그리고 자네 집 저녁 식사에 초대되었어."
"그래? 어머니는 어떤 상태이시던가?"
"그날 밤은 일어나 계셨어. 그러나 곧 피로해지는 모양이시더군."
디키는 고개를 끄덕였다.
"이번 주에 편지를 받는데 조금 좋아졌다고 쓰셨어. 적어도 지금은 그렇게 위험하진 않으시겠지?"
"그러신 것 같아. 2, 3주일 전에는 자네 아버지가 상당히 걱정하셨던 모양이야."

여기서 톰은 조금 망설이다가 "그리고 자네가 귀국하지 않는 것이 조금 걱정이신 모양이야."

"아버지는 언제나 습관처럼 무엇인가 걱정을 하고 계셔."

디키가 말했다.

부엌에서 머지와 하녀가 김이 나는 스파게티를 담은 큰 접시와 커다란 샐러드 볼과 빵을 담은 접시를 날라 왔다.

디키와 머지는 해안의 레스토랑이 확장된 이야기를 했다. 가게 주인이 테라스를 넓혀서 댄스를 할 수 있게 했다는 것이다. 그 두 사람은 한가하게 세세한 일을 이야기했다. 작은 도시의 사람들이 근처의 더할 나위 없는 사소한 변화에도 관심을 나타내는 것과 꼭 같았다. 톰에게는 참견할 여지가 없었다.

톰은 심심풀이로 디키의 반지를 바라보았다. 둘 다 좋은 반지였다. 오른손 무명지에는 커다랗고 네모 반듯한 보석을 박은 금반지를, 그리고 왼손 새끼손가락에는 도장이 있는 반지를 끼고 있는데, 그린리프 씨의 도장 반지보다 훨씬 크고 장식도 달려 있었다. 디키의 손은 앙상하고 갸름했다. 톰은 자기의 손과 흡사하다고 생각했다.

"이야기는 다르지만, 내가 출발하기 전에 자네 아버지는 나에게 버크 그린리프 조선소를 보여주셨어" 하고 톰은 말했다. "자네가 전에 그곳을 보았을 때보다 상당히 변했다더군. 정말 감탄했어."

"아버지는 자네에게 회사에 근무하지 않겠느냐고도 말씀하셨지? 언제나 장래성이 있는 젊은이를 찾고 계시니까."

디키는 포크를 빙글빙글 돌리며 솜씨 있게 뭉친 스파게티를 입에 넣었다.

"아니, 별로 아무 말씀도 하지 않으셨어."

톰은 점심 식사가 이렇게 실패로 돌아가리라고는 생각지도 않았다. 그린리프 씨는 디키에게 보낸 편지에, 톰이 귀국을 권하는 설교를 하러 간다고 쓰기라도 했다는 말인가? 아니면 디키가 기분이 나쁠 때에 부딪쳤는가? 디키는 톰이 마지막으로 만났을 때와 비교해서 확실히 변했다.

디키는 높이 60센티미터나 되는 번쩍번쩍하는 에스프레소(커피의 일종. 가루에 스팀을 이용해 만듦)의 기계를 꺼내 놓고 테라스에 있는 콘센트에 코드를 꽂았다. 한참 있으니까 작은 컵으로 네 잔의 커피가 되었다. 머지가 그 중 하나를 부엌의 하녀에게 가지고 갔다.

"어느 호텔에 묵으실 생각이신가요?"

머지가 물었다.

톰은 빙긋 웃으며 "아직 찾지 못했는데 어디 좋은 곳이 있나요?"

"미러머레 호텔이 제일 좋아요. 조르죠 호텔이 있긴 하지만……."

"조르죠에는 침대에 벼룩이 있다고 하던데……."

디키가 말했다.

"조르죠는 싸요. 하지만 서비스는……."

"없는 것과 마찬가지야."

디키가 뒤를 이어 말했다.

"당신 오늘은 기분이 좋군요?"

머지는 이탈리아 치즈 조각을 디키에게 던졌다.

"그럼 미러머레로 가볼까. 이만 실례하겠네."

톰이 일어나며 여운을 두고 말했다.

두 사람 중 어느 쪽도 그를 붙잡지 않았다. 디키는 밖의 철문까지 배웅하러 나왔으나 머지는 꼼짝도 하지 않았다. 톰은 디키와 머지가 과연 연애 관계에 있는 것일까 의아스러웠다. 있다면 일시적인 연애 놀음에 불과할 것이다. 왜냐하면 쌍방이 다 같이 별로 정열이 없어 보였기 때문이다. 머지는 확실히 디키를 사랑하는 것 같은데, 디키 쪽은 그녀를 쉰 살이 된 이탈리아 하녀가 거기 앉아 있는 정도로밖에 생각하지 않는 것 같았다.

톰이 인사를 챙겼다.

"언젠가 자네의 그림을 보고 싶네."

"좋아. 자네가 이곳에 계속 머문다면 다시 만날 수 있을 테니까" 하고 디키는 말했는데, 톰은 자기가 디키의 가운과 양말을 가지고 왔기 때문에 그가 그런 말을 한다고 생각했다.

"점심 고마웠어. 그럼 또 만나지, 디키."

"그럼 다시 만나세."

철문이 소리를 내고 닫혔다.

8

톰은 미러머레 호텔에 숙소를 잡았다. 그가 우체국에서 슈트케이스를 찾아 방으로 나르게 했을 때는 벌써 4시가 다 되었다. 톰은 제일 좋은 양복을 옷걸이에 걸 기력도 없어 무턱대고 침대에 뒹굴었다. 창밖에서 열심히 지껄이는 이탈리아 소년들의 목소리가 방안에서 이야기하는 것처럼 똑똑히 들리고, 그 빠르게 지껄이는 사이사이에 들리는 누군가의 요란한 웃음소리 때문에 톰은 몇 번이나 몸을 뒤척였다. 아마 이 녀석들은 톰이 그린리프 집에 들이닥친 것을 이야깃거리로 삼고, 다음에는 어떻게 될까 하고 제멋대로 상상하는 것일거야.

그 사람은 무엇을 하러 이곳에 왔을까? 이곳에는 친구도 없고, 말도 통하지 않는다. 만약 병에 걸리면 어떻게 될까? 누가 간호해 주지?

톰은 토할 것 같아 일어났다. 그는 토할 때를 알고 있어서 목욕실까지 갈 여유는 있다고 생각하고 조용히 몸을 움직였다. 그는 목욕실에서 점심 먹은 것을 모두 토해 버렸다. '나폴리의 생선도 나왔군' 하고 그는 생각했다. 그리고 침대로 돌아와 바로 잠들었다.

톰이 잠에서 깨자 머리가 흔들리고 몸에 힘이 없었다. 태양은 여전히 쨍쨍 내리쬔다. 손목시계를 보니 5시 반이었다. 그는 창으로 가서 밖을 내다보았다. 눈앞의 비탈에 점점이 보이는 핑크색 또는 하얀 집들 사이에 있는 디키의 큰 집과 내민 테라스 쪽으로 자신도 모르게 시선이 갔다. 그 테라스에는 튼튼해 보이는 빨간 색 난간이 있었다. 머지는 아직도 저곳에 있을까? 둘이서 자기의 이야기를 하고 있는 것은 아닐까? 시내의 희미한 웅성거림 속에서 한결 높은 웃음소리가 들렸다. 기운이 넘치고 잘 울리는 미국 말씨 속에 섞인 듯한 웃음소리였다.

그 순간 큰길 가의 집과 집 사이로, 디키와 머지가 지나가는 모습이 얼핏 보였다. 그들이 모퉁이를 돌 때, 톰은 잘 보려고 옆의 창으로 옮겨갔다. 그가 보고 있는 창 바로 밑이 이 호텔의 옆 골목인데 디키는 흰 바지와 적갈색 셔츠, 머지는 스커트와 블라우스 차림이었다. 그녀는 그 사이에 자기 집에 다녀왔구나 싶었다. 그렇지 않다면 머지는 디키의 집에 옷을 맡겨 놓고 있는 것이겠지.

디키는 자그마한 나무 선창에 매어 있는 보트의 밧줄을 풀었다. 그리고 머지를 보트에 태웠다. 흰 돛이 오르기 시작했고 두 사람의 왼쪽으로 오렌지색 태양이 바다에 가라앉으려고 했다. 머지의 웃음소리와 선창을 향해서 이탈리아 어로 외치는 디키의 목소리가 톰의 귀에 들렸다.

톰은 그들의 전형적인 하루를 보고 있다는 사실을 느꼈다. 늦은 점심 식사 뒤엔 낮잠을 자겠지. 그리고 해가 질 무렵엔 디키의 보트를 타고 바다로 나가겠지. 다음에는 해변의 카페에서 식전 술을 마시고 …… 그들은 나 같은 사람은 존재하지도 않는 것처럼 여기고 완전한 일상 생활을 즐기고 있다. 이러니까 디키가 지하철, 택시, 딱딱한 칼라, 9시부터 5시까지의 근무로 돌아가고 싶지 않은 것도 당연한 일이 아닌가? 운전기사가 딸린 차를 타고 플로리다 주나 메인 주로 휴가 여행을 갈 수 있더라도 현재의 생활만은 못하겠지. 디키가 평상복으로 배를 타든 어떤 방법으로 시간을 보내든, 아무도 잔소리하는 사람 없고, 게다가 자기 집을 갖고 있으며, 뭐든지 시중을 들어주는 마음씨 좋은 하녀가 있다. 그런데 그까짓 휴가 여행이 무슨 재미가 있을까. 더구나 여행을 하고 싶으면 돈도 얼마든지 있으니…… 톰은 부러움에 심장이 찢어질 듯 아팠다. 자신이 더없이 가엾어졌다.

디키의 아버지가 아들에게 보내는 편지 속에 반발케 할 내용을 쓴 것은 아닐까 하고 톰은 생각했다. 해변의 카페에 그냥 앉아 있다가 우연히 디키를 만나 친근해질 수 있도록 하는 편이 훨씬 나았을지 모른다. 그런 방법으로 시작했다면, 디키를 움직여 귀국시킬 수 있었을지도 모른다. 그런데 지금과 같은 방법으로 디키의 마음을 변화시킨다는 것은 불가능한 일이다. 오늘처럼 서투른 솜씨에 재미도 없는 행동으로 끝내 버린 자기 자신이 저주스러웠다. 그가 필사적으로 진지하게 한 일 치고 지금까지 성공한 일이 한 번도 없었다. 그런 줄은 벌써 몇 년 전부터 잘 알고 있었다.

4, 5일은 이대로 가만두자고 톰은 생각했다. 어쨌든 무엇보다 중요한 것은 디키가 호의를 가질 수 있도록 만드는 일이다. 그리고 그것이야말로 톰이 무엇보다도 원하는 일이다.

9

톰은 3일 간을 그냥 보냈다. 4일째 정오 가까운 시각에 톰이 바닷가로 내려가니, 디키가 혼자서 처음 그를 발견한 그 장소에 있었다. 그곳에는 회색 바위가 자신의 모습을 자랑하듯 위엄 있게 서 있었다.

"일찍 나왔군" 하고 톰이 물었다. "머지는 어떻게 됐나?"

"잘 잤나? 그녀는 어젯밤 늦게까지 일을 한 모양이야. 이제 곧 오겠지."

"일이라면?"

"그녀는 작가야."

"그래……?"

디키는 입 끝으로 이탈리아 담배를 확 뱉어냈다.

"자넨 어디에 틀어박혀 있었나? 되돌아가 버렸나 했지."

"아팠어" 하고 톰은 아무렇지도 않은 듯이 말하고, 디키의 수건에서 조금 떨어진 모래 위로 뭉친 수건을 내던졌다.

"위가 이상해진 게로군."

"삶과 목욕실 사이를 방황하고 있었지." 톰은 웃으며 말했다. "이젠 괜찮아."

톰은 호텔에서 나올 수도 없을 만큼 몸이 좋지 않은데도, 창으로 들이비치는 햇빛을 쫓아 방바닥 위를 기어다녔다. 피부가 너무 하얘서는 다음 번에 해변으로 나갈 때 어색할 것 같았기 때문이다. 그리고 약해진 힘의 나머지를 짜내어, 호텔 로비에서 산 회화책을 가지고 이탈리아 어를 공부했다.

톰은 물 속으로 내려가 자신 있는 것처럼 허리 깊이까지 잠기고는 손으로 어깨에 물을 끼얹었다. 그리고 턱까지 잠기도록 물 속에 쭈그리고 앉아, 그 근처를 조금 헤엄쳐 다니다가 다시 해변으로 올라왔다.

"집에 돌아가기 전에 호텔로 와서 한잔 하지 않겠나?" 하고 톰은 디키에게 물었다. "머지도 함께. 만약 나오면 말이지만. 아무튼 가운과 양말을 자네에게 주어야 할 테니까."

"아, 그렇지. 고맙네. 한잔 얻어 마실까?"

디키는 다시 이탈리아 어 신문을 읽기 시작했다.

톰은 자기의 수건 위에 몸을 뉘었다. 마을 어디에선가 시계가 1시를 쳤다.

"머지는 오지 않는 모양이군. 그냥 우리끼리 가도록 하지."

톰도 일어났다. 두 사람은 아무 말 없이 미러머레 호텔로 향했다. 톰이 점심 식사를 대접하겠다고 했으나 디키는 하녀가 집에서 점심을 준비하고 있다며 사양했다. 두 사람은 톰의 방으로 올라갔다. 디키는 가운을 입어 보고 나서 양말을 맨발에 대 보았다. 가운이나 양말이나 사이즈가 꼭 맞았다. 그리고 톰이 생각한 대로 디키는 가운을 매우 마음에 들어했다.

"그리고 이거." 톰은 옷장 서랍에서 약국 포장지에 싼 네모진 상자를 꺼냈다. "자네 어머니께서 축농증 약도 부탁하셨네."

디키는 빙긋 웃었다.

"그건 이제 필요 없어. 코가 다 나았으니까. 그렇지만 받아두지."

이것으로 디키는 톰으로부터 전해 받아야 할 물건을 모두 받았다. 톰은 디키가 한잔 마시자는 말도 거절하려 하고 있음을 느꼈다. 톰은 문까지 그를 따라갔다.

"자네 아버지는 자네가 귀국하기를 몹시 기다리고 계시더군. 나는, 그걸 자네와 잘 이야기해 보라는 부탁을 받고 왔지만, 물론 자네에게 그런 설교를 할 생각은 없네. 그렇지만 자네 아버지에게 뭐라고 보고를 드리지 않을 수 없어. 편지를 드리기로 약속하고 왔으니까 말이야."

디키는 열려고 하던 문고리를 쥔 채 돌아다보았다.

"아버지께서는 내가 여기에서 무얼 하고 있다고 생각하실까. 내가 술독에 빠져 죽기라도 할까봐 그러시는 걸까? 이번 겨울에는 한 4, 5일쯤 미국으로 돌아가 있을 생각이지만, 그대로 거기에 가서 죽 있을 생각은 없어. 여기서 사는 편이 훨씬 즐겁거든. 만약 고국에 돌아가서 산다면 아버지는 나를 마구 몰아세워 선박 회사의 일을 시킬 것이 뻔해. 그렇게 되면 나는 도저히 그림을 그릴 수 없게 되겠지. 그런데 나는 그림을 참 좋아하거든. 그림으로 일생을 보내는 것이 내 일이라고 생각해."

"그건 나도 알아. 그러나 자네 아버지는 자네가 돌아와도, 설계부 일을 하고 싶지 않다면, 회사 일은 시키지 않는다고 하시던데…… 설계는 자네가 참 잘 한다고도 말씀하시더군."

"그러나 그건 아버지와 벌써 이야기를 끝냈어. 아무튼 고맙네, 톰. 소식과 옷을 전해 주어서…… 신세졌네."

디키는 손을 내밀었다. 톰은 도저히 그 손을 잡을 수가 없었다. 이것은 모든 것의 실패를 의미하는 것이다. 그린리프 씨에 관한 한 실패다. 아니, 디키와의 교제도 실패로 끝나고 말겠지.

"그럼 이 말도 해주지 않으면 안 되겠는데" 하고 톰은 빙긋 웃음을 지으며 다시 말했다. "실은, 나는 자네 아버지로부터 특별히 부탁을 받고 자네에게 귀국을 권하려고 온 것일세."

"뭐라고? 아버지가 비용을 내서 말인가?"

디키는 얼굴을 찡그리며 말했다.

"그래."

디키를 기쁘게 하거나 화나게 하거나, 이것이 마지막 기회다. 디키로 하여금 뱃살을 거머쥐고 웃게 하든가, 화가 나서 문을 탕 닫고 나가게 하든가 둘 중 하나겠지. 그런데 그의 얼굴이 풀어지고 긴 입술의 양끝이 약간 올라가는가 싶더니 끝내는 톰의 기억 속에 있는 디키의 빙긋 웃음 짓는 얼굴이 되었다.

"아버지가 자네의 여비를 냈다고? 이거 놀랐는데! 아버지가 상당히 화가 나신 모양이지?"

디키는 가려고 열었던 문을 도로 닫으며 톰의 이야기에 귀를 기울였다.

"그분은 뉴욕의 바에서 나에게 이야기를 하셨어. 나는 자네와 그다지 친한 친구가 아니라고 말씀드렸는데도 아버지는 만약 내가 이곳에 오면 반드시 잘 될 거라면서 듣지 않으셨어. 그래서 나는 해보겠다고 한 거야."

"아버지는 어떻게 해서 자네를 만나게 되셨을까?"

"슐리버 부부를 통해서였어. 나도 슐리버와는 거의 안다고 할 수도 없는 사이인데 어떻게 하다 보니 이렇게 됐어. 나는 자네 친구니까, 나라면 자네를 귀국시키는 데 도움이 될 거라고 생각하신 듯해."

두 사람은 소리를 내어 웃었다.

"나는 자네에게, 아버지의 약점을 노리고 득을 보려는 놈으로 여겨지고 싶지 않아" 하고 톰은 말했다. "나는 유럽에 오면 무엇인가 일이 있겠지 하고 생각했어. 그렇게 되면 언젠가 자네 아버지께 여비를 돌려 드릴 수 있을 거야. 왕복표까지 사주셨거든."

"그런 것은 걱정하지 마. 어차피 버크 그린리프 회사의 경비에서 내는 거니까. 그것보다도 아버지가 바에서 자네에게 교섭을 벌이는 장면이 눈에 선하네. 어느 바였지?"

"라오르 주점이야. 말하자면 그분은 그린케이지에서부터 나를 미행하신 거야."

톰은 디키의 얼굴에, 유명한 주점인 그린케이지를 생각하는 표정이 나타나리라 생각했으나 아무런 반응도 없었다.

두 사람은 호텔 아래층에 있는 바에서 한잔 마셨다. 그리고 하버드 그린리프를 위해 건배했다.

"마침 오늘은 일요일이군. 머지는 교회에 갔을 거야. 자네도 함께 가서 점심을 먹지 않겠나? 일요일에는 닭고기를 먹기로 하고 있어. 미국의 오랜 습관에 따라서 일요일에는 닭고기를 먹어."

디키는 머지의 집 앞을 지나며 혹시 그녀가 있는지 보자고 했다. 두 사람은 한길에서 꺾여 돌담으로 이어진 돌계단을 올라가 다른 집 뜰 끝을 지나서 다시 돌계단을 올라갔다. 머지의 집은 별로 산뜻하지 못한 단층집이었다. 한쪽에 어수선한 뜰이 있고, 양동이 둘과 물 뿌리는 호스가 통로를 따라 문까지 이어져 있었다. 여성다운 분위기를 느낄 수 있게 하는 것은 창틀에 걸린 토마토색 수영복과 브래지어뿐이었다. 열린 창 너머로 보니 어질러진 테이블 위에 타이프가 놓여 있었다.

"잠깐" 머지가 문을 열고 불렀다. "어서 와요, 톰! 지금까지 어디에 가 있었어요?"

두 사람에게 마실 것을 권하려고 했으나 술병에는 술이 1.5센티미터정도밖에 남아 있지 않았다.

"염려하지 말라구. 이제부터 모두 우리 집에 가는 거야" 하고 디키는 말했다. 디키는 그 집에서 살고 있는 듯한 여유 있는 행동으로 머지의 침실과 거실을 걸어다녔다. 그리고 작은 화초를 심은 화분 앞에 쭈그리고 앉아 집게손가락으로 그 잎을 살짝 만지기도 했다.

"톰이 재미있는 이야기를 해줄 거야. 톰, 머지에게 이야기해 주라구."

디키는 톰과 머지를 번갈아보며 말했다.

톰은 숨을 크게 들이마시고 이야기를 시작했다. 톰이 재미있고 우습게 이야기를 하자 그녀는 우스운 이야기를 몇 년 동안 들어 보지 못한 사람처럼 깔깔거리고 웃었다.

"나는 그분이 나를 미행하여 라오르 주점에 들어오는 모습을 보고, 하마터면 뒤꼍의 창으로 도망칠 뻔했어!"

톰의 혀는 뇌에서 독립해서 멋대로 지껄여댔다. 그리고 그의 뇌는 디키와 머지에게 자기의 주가가 얼마나 올랐는지 계산하고 있었다.

그는 두 사람의 얼굴 표정만 보아도 충분히 읽어낼 수 있었다.
 톰에겐 디키의 집으로 돌아가는 고갯길이 전의 반 정도로밖에 느껴지지 않았다. 로스트 치킨의 맛있는 냄새가 테라스까지 흘러나왔다. 디키는 마티니를 만들었다. 톰이 샤워를 한 뒤 디키가 샤워를 하고 나오더니, 디키는 처음 왔을 때처럼 직접 마실 것을 따랐다. 그러나 지금은 그때와 분위기가 사뭇 달랐다.
 디키는 등의자에 걸터앉아 한쪽 다리를 의자의 팔걸이에 걸쳤다.
 "더 이야기해 줘. 자넨 어떤 일을 했지? 일자리를 찾겠다고 했던 것 같았는데?"
 디키는 싱글벙글 웃으며 물었다.
 "왜 그래? 자네에게 어디 생각해 둔 곳이라도 있나?"
 "있다고 할 순 없지만……."
 "아, 그래. 나는 여러 가지 일을 할 수 있어. 호텔 보이, 아이 보기, 회계 직원…… 나에게는 계산을 잘 한다는 불행한 재능이 있어. 아무리 취해도 웨이터가 계산을 속이면 바로 알아버려. 가짜 사인을 잘하고, 헬리콥터도 조종할 수 있지. 주사위놀이의 심판도 할 수 있고, 다른 사람으로 변장도 할 수 있어. 그리고 요리도 하고, 나이트 클럽에서 고정 출연하는 연예인이 아파서 못 나오면 대신 원맨쇼도 해 보일 수 있다네. 더 계속할까?"
 톰은 손가락을 꼽으며 몸을 내밀었다. 그는 얼마든지 계속할 수 있었다.
 "어떤 원맨쇼야?"
 디키가 물었다.
 "그럼 한번 볼래?"
 톰은 벌떡 일어섰다.
 "이를테면 이런 거야."

그는 한 손을 허리에 대고 한쪽 발을 쑥 내밀고 포즈를 취했다.
"이것은 레이디 아스바덴이 시험삼아 미국의 지하철을 타는 장면이야. 그녀는 런던의 지하철에는 한 발짝도 내려간 일이 없으니까, 미국에서 보고들은 일들을 이야기하려는 거야."

그리고 톰은 끝까지 무언극으로 해냈다. 백동전을 찾는 시늉, 그런데 그것이 제대로 투입구에 들어가지 않는 장면, 대용 코인을 사는 장면, 어느 계단을 내려가야 하는지 몰라 어리둥절해하는 장면, 열차의 굉음에 놀라는 장면, 그리고 쾌속 열차에 타고 멀리까지 끌려간 장면, 다시 출구를 몰라 곤란해하는 장면 등을 연출해 내고 있는데 머지가 나타났다. 디키가 이것은 영국 부인이 지하철을 타는 장면이라고 설명했다. 그러나 머지는 무슨 이야기인지 납득이 가지 않는 모양인지 "뭐라구요?" 하고 물었다. 그러나 톰은 머지가 알든 모르든 상관하지 않고 계속했다. 다음에 문을 들어서니 그곳이 남자 화장실인 장면을 몸을 트는 놀라움과 공포로 표현하고, 그것이 점점 심해져서 마침내 부인은 실신한다. 톰은 테라스에 매단 의자 위에 매우 고상하게 실신한 모습을 해 보였다.

"잘하는데!"

디키가 손뼉을 치며 소리쳐 웃었다.

머지는 웃지 않았다. 그녀는 멍한 얼굴로 그냥 서 있었다. 두 남자는 아무도 그녀에게 설명해 주지 않았다. 톰은 그녀가 이러한 종류의 유머에 대한 센스는 갖고 있지 않은 모양이라고 생각했다.

톰은 아주 의기양양해 가지고 마티니를 꿀꺽 마셨다.

"당신에게는 다음에 다른 것을 보여주겠어."

톰은 디키에게 아직도 얼마든지 다른 것을 할 수 있음을 과시했다.

"식사는 다 됐나?" 디키가 그녀에게 물었다. "배가 고파 못 견디겠어."

"그 엉겅퀴 나물이 끓기를 기다리고 있는 거예요. 그 앞쪽에 있는 구멍을 아시죠? 뭘 올려놓아도 좀처럼 끓지 않는단 말이에요"라고 말하고는 톰을 보며 빙긋 웃었다.

"디키는 어떤 것에 대해선 아주 구식이에요, 톰. 자기가 쓰는 것이 아닌 물건까지 말이에요. 집에선 아직도 장작을 때는 난로를 사용하고 있어요. 냉장고는 물론이고, 아이스박스조차 사려 하지 않는다니까요."

"내가 미국에서 도망쳐 나온 이유 중의 하나가 바로 그런 것 때문이야" 하고 디키는 말을 꺼냈다. "가정부를 고용할 수 있는 나라에 오면 그러한 물건들은 돈 낭비가 돼. 만약 삼십 분으로 요리가 다 돼 버린다면 에르메린더는 할 일이 없어져 버리잖아."

디키는 일어섰다. "이리 오게, 톰. 내 유화를 보여줄 테니까."

디키는 앞장서서 톰이 샤워를 하고 돌아오다 두 번쯤 흘깃 보았던 커다란 방으로 안내했다. 두 개의 창 아래에 길다란 침대 의자가 놓여 있고, 마루 한가운데에 큰 이젤이 놓여 있었다.

"이 그림은 지금 내가 그리고 있는 머지의 초상이야."

디키는 이젤 위에 있는 유화를 가리켰다.

"그래?" 톰은 흥미가 솟아난다는 듯이 말했다. 만약 톰에게 그림에 대해 말하라고 하면, 그것은 잘 그려진 그림은 아니라고 대답할 것이다. 누구든지 그렇게 느낄 것이다. 그녀의 미소에서 느낄 수 있는 사나울 정도의 열정이 그림에는 약간 결여되어 있었다. 그리고 피부색이 인디언처럼 빨개서, 만약 이 근처에 있는 금발의 여자가 머지만이 아니라면, 톰은 그림에서 머지와 닮은 점을 전혀 찾아낼 수 없었을 것이다.

"그리고 이것은…… 풍경화인데" 디키는 겸손하게 웃음 지으며 말했다. 톰이 뭐라고 칭찬해 주기를 기대하는 태도가 역력히 보였다.

왜냐하면 디키가 그 그림을 자랑삼아 보여 주고 있다는 사실을 알 수 있었기 때문이다. 그 풍경화들은 어느 것을 보아도 모두 그리는 법이 거칠고 날림이며, 단조로울 정도로 닮아 있었다. 어느 것이나 모두 적갈색과 검푸른 색의 배합이었다(적갈색의 지붕과 산들, 그리고 검푸른 색깔의 바다였다. 머지의 초상화 눈도 그랬다).

"이 그림은 내 초현실주의 노력의 결실이야."

디키는 또 한 장의 캔버스를 무릎 위에 세웠다.

톰은 자기까지 창피한 생각이 들어 얼굴을 찡그렸다. 그것도 머지를 그린 그림이었다. 무엇보다도 톰의 관심을 끈 것은 뱀처럼 긴 머리카락과 양쪽 눈이 서로 다르게 그려져 있다는 점이었다. 한쪽 눈엔 몬지베로의 집들과 산의 작은 풍경화가, 다른 한쪽 눈엔 빨간 사람들이 꽉 찬 해안의 풍경이 그려져 있었다. "옳지, 이건 좋은데" 하고 톰은 말했다.

역시 그린리프 씨가 한 말이 틀림없었다. 톰은, 디키가 그림만 그리고 있으면 할 일이 있기 때문에 쓸데없는 마찰을 일으킬 이유도 없다고 생각했다. 미국 안에 있는 몇천 명의 역겨운 아마추어 화가들에게는 그림 덕분에 뭔가 할 일이 주어진 것과 마찬가지였다. 다만 톰으로서 유감스러운 일은 디키도 화가로 이 범주에 빠져들어 버렸다는 사실이다. 왜냐하면 톰은 디키가 좀더 나은 일을 해주었으면 하고 생각했기 때문이다.

"나는 화가로서 화려하게 이름을 날리지는 못할 거야. 그러나 나는 이 일이 재미있어 견딜 수가 없어."

"그렇겠지."

톰은 유화에 관해서는 모두 잊고 싶었다. 그리고 디키가 그림을 그린다는 사실까지도 잊고 싶었다.

"집 안의 다른 곳도 보여 주지 않겠나?"

"좋지! 아직 거실을 보여 주지 않았지?"

디키가 홀의 문을 열자 그곳은 매우 큰방이었다. 난로, 소파, 책장, 그리고 세 개의 출구가 있었는데 하나는 테라스, 하나는 집 뒤곁의 부지, 그리고 하나는 밖의 뜰로 통해 있었다. 디키는 여름엔 그 방을 사용하지 않는다고 말했다. 겨울이 되면 기분을 바꾸기 위해 그대로 둔다는 말이다. 그 방은 거실이라기보다 오히려 책을 가까이 할 수 있는 서재라는 편이 좋겠다고 톰은 생각했다. 그것은 톰에게는 뜻밖이었다. 그는 일찍이 디키라는 사내를 별로 머리가 좋은 편이 아니며, 놀면서 시간을 보내는 타입이라고 생각했기 때문이다. 이것은 잘못된 생각이었던 모양이다. 그런데 현재 디키는 지루해서, 누군가 재미있게 해주는 사람이 나타나기를 기다리고 있었음이 틀림없었다.

"이층은?" 하고 톰은 물었다.

이층에는 실망했다. 집 귀퉁이의 테라스 위에 해당하는 디키의 침실에는 전혀 장식이 없었다. 2인용 침대가 하나, 장롱이 하나, 흔들의자가 하나가 아무렇게나 여기저기 놓여 있었다. 더구나 침대는 좁아 일인용 침대와 다름이 없었다. 이층의 다른 세 방에는 가구조차 없었다. 방 하나에는 장작이 잔뜩 쌓여 있고, 필요 없는 캔버스가 쌓여 있었다. 머지가 있던 낌새는 아무 데에도 없었다. 어디보다도 디키의 침실에서는 머지가 있었던 흔적을 느낄 수 없었다.

"언제 나와 함께 나폴리에 가보지 않겠어?" 톰이 물었다. "나는 이곳에 오는 도중에 그곳에 내릴 기회가 없었어."

"좋겠지. 머지와 나는 토요일 오후에 갈 작정이야. 토요일 저녁엔 대개 그곳에서 식사를 하고, 택시나 사륜마차를 타고 돌아오곤 해. 자네도 함께 가세."

"나는 주일의 낮이 좋겠어. 조금 구경을 하고 싶어."

톰은 이 소풍에는 머지를 떼어놓고 가고 싶었다.

"자네는 하루 종일 그림을 그리나?"

"그렇지는 않아. 12시에 나가는 버스가 있는데 월요일, 수요일, 금요일에만 다녀. 만약 자네만 괜찮다면 내일 가도 좋아."

"그렇게 하세" 하고 톰은 말했는데 머지를 데리고 가는 문제는 결정하지 않았다.

"머지는 가톨릭인가?"

톰은 계단을 내려오며 물었다.

"그녀는 홀딱 반한 어느 이탈리아 인 덕분에 여섯 달 전에 개종했어. 그렇게 말 잘하는 녀석은 본 적이 없어! 그 녀석은 스키를 타다가 부상을 입고 여기서 두세 달 요양을 하고 있었어. 머지는 에드워드를 잃은 자기 자신을 위로하기 위해서 그의 종교를 끌어안고 있는 거야."

"나는 그녀가 자네를 사랑하고 있는 줄 알았는데?"

"나를? 웃기면 못써!"

그들이 테라스에 나가니 식사 준비가 되어 있었다. 머지가 구운 버터가 든 핫비스킷도 있었다.

"자네는 뉴욕의 빅 시몬즈를 알고 있나?"

톰이 디키에게 물었다.

빅은 뉴욕에서 화가, 작가, 댄서 등이 모이는 훌륭한 살롱을 가지고 있는 사람인데, 디키는 그에 대해서 아무것도 몰랐다. 톰은 다른 두세 사람에 대해서도 물었으나 역시 아무런 반응이 없었다.

톰은 머지가 커피를 마시고 돌아갔으면 했으나 그녀는 돌아가지 않았다. 그녀가 테라스에서 잠깐 자리를 떴을 때 톰이 말했다.

"오늘 밤에 내가 있는 호텔로 저녁 식사를 하러 오지 않겠나?"

"고마워. 몇 시에?"

"7시 반이면 어떨까? 그렇게 하면 나중에 칵테일 시간을 조금 가질 수도 있겠지. 말하자면 자네 아버지의 돈으로 먹게 되는 셈인데."

톰은 빙긋 웃으며 덧붙였다.

디키도 웃었다.

"좋아, 결정했어. 칵테일과 좋은 포도주야. 머지!"

그때 마침 머지가 돌아왔다.

"오늘 밤엔 미러머레 호텔에서 식사하자. 아버지 그린리프 씨가 인사치레로 내는 거래!"

역시 머지도 오는구나. 그러나 톰으로서는 어찌할 수가 없었다. 디키의 아버지 돈으로 먹게 되는 거니까.

그날 밤의 저녁 식사는 정말 즐거웠다. 그러나 머지가 있기 때문에 톰은 하고 싶은 이야기를 하나도 꺼낼 수 없었다. 그리고 머지 앞에서는 멋진 이야기를 하고 싶은 생각도 들지 않았다. 식당에는 머지를 아는 사람들도 몇 있어, 저녁 식사가 끝나자 그녀는 잠깐 실례한다고 하고, 자기 커피를 가지고 다른 테이블로 가더니 거기서 한참을 있었다.

"자넨 언제까지 이곳에 있을 예정인가?"

디키가 물었다.

"적어도 일주일은 있겠어."

톰이 대답했다.

"왜냐하면……." 디키의 얼굴은 광대뼈 근처가 약간 붉어져 있었다. 포도주로 기분이 좋아진 것이다. "만약 자네가 이곳에 좀더 오래 있게 된다면 우리 집에서 묵는 게 어떨까? 자네가 정말 호텔이 마음에 들어서가 아니라면, 호텔에 묵고 있을 필요는 없겠지?"

"그것 참 고마운데."

"자네에게는 보이고 싶지 않았는데, 가정부 방에 또 하나의 침대가 있어. 에르메린더는 그걸 사용하지 않아. 만일 자네만 좋다면 여기 저기 흩어져 있는 가구류를 모아 대충 방 모양을 갖추겠네."
"꼭 그렇게 해주었으면 좋겠네. 그리고 나는 자네 아버지한테서 경비로 600달러를 받았어. 그 중 500달러가 아직 남았어. 이걸로 둘이서 조금 재미있는 일을 하지 않겠나, 어때?"
"500달러라고?"
디키는 이제까지 그런 큰돈은 가져 보지 못한 사람 같은 소리를 냈다.
"그만한 돈이라면 작은 차도 살 수 있어."
톰은 자동차를 산다는 아이디어에는 별로 찬성할 수 없었다. 재미있는 일이라는 톰의 아이디어는 그런 것이 아니었다. 그는 비행기를 타고 파리에 가고 싶었다. 머지가 돌아왔다.

그 이튿날 아침 톰은 짐을 옮겼다. 디키와 에르메린더가 이층의 한 방에 큰 옷장과 의자 두 개를 날라다 주었다. 디키는 산마르코 성당에 있는 모자이크 성화의 복제를 몇 장 압정으로 벽에 붙여 주었다. 톰은 디키를 도와 가정부 방에서 좁은 철제 침대를 날라 올렸다. 그들은 일하면서 홀짝홀짝 마신 술 덕분에 꽤 기분이 좋아져서 12시 전에 모든 일을 끝마쳤다.

"나폴리에 가 보겠어?" 톰이 물었다.
"가고말고 아직 12시 15분 전이야. 12시 버스를 탈 수 있어."
두 사람은 저마다 웃옷과 톰의 여행자용 수표책만을 가지고 나섰다. 우체국까지 가니까 마침 버스가 도착했다. 톰과 디키가 문 옆에 서서 승객이 내리기를 기다리는데, 디키가 갑자기 멋진 와이셔츠를 입은 빨간 머리의 사내에게 다가섰다. 미국인이었다.
"디키!"
"프레디!" 디키가 고함쳤다. "뭐 하러 왔지?"

"자네를 만나러 왔어! 그리고 체키 부부도, 3, 4일 묵게 해줘."
"그것 잘 됐어! 나는 지금부터 친구와 나폴리에 가려는 참이야, 톰!"
디키는 톰을 불러 두 사람을 소개시켰다.
그 미국인은 프레디 마일즈라는 사람이었다. 톰은 싫다는 생각이 들었다. 원래 그는 빨간 머리가 싫었다. 특히 이런 주근깨투성이의 흰 피부와 빨간 무 같은 빨간 머리의 배합이 싫었다. 프레디의 빨간 빛이 도는 다갈색의 커다란 눈알은 사팔뜨기처럼 흘끔흘끔 움직였다. 어쩌면 이 사람은 이야기하는 상대를 똑바로 볼 수 없는 종류의 인간일지도 모른다. 더구나 프레디는 매우 살쪘다. 톰은 그에게서 떨어져 디키의 이야기가 끝나기를 기다렸다. 정신을 차리고 보니 이 두 사람이 버스를 세워두고 있는 셈이었다. 디키와 프레디는 스키 이야기를 하고 있었는데, 톰이 들은 적도 없는 어느 도시에서 12월에 만나자고 약속하고 있었다.
"코르타니에는 15명쯤의 친구들이 모일 거야. 작년과 마찬가지로 멋진 파티가 될 거라구! 예정은 3주일 간이야. 만약 돈이 모자라지 않는다면 말이야."
"돈이 모자라지 않는다면이라구? 오늘 밤에 만나자구, 프레디!"
톰은 디키 뒤를 따라 버스에 탔다. 좌석은 만원이었다. 두 사람은 마르고 땀내 나는 남자와 더욱 체취가 고약한 농촌 할머니 사이를 비집고 들어갔다. 버스가 마을 어귀 밖에 이르자, 디키는 머지가 언제나처럼 점심 식사에 올 것이 생각났다. 왜냐하면 그들은 어제, 톰의 이사 때문에 나폴리행이 취소되리라고 생각했기 때문이다. 디키는 운전기사에게 차를 세우라고 소리쳤다. 버스가 삐걱거리며 섰기 때문에, 서 있던 승객들이 모두 쓰러질 뻔했다. 디키는 창으로 머리를 내밀고 "지노! 지노!" 하고 불렀다.

길가에 있는 작은 사내아이가 달려와서 디키가 내민 100리라의 사례금을 받았다. 디키가 이탈리아 어로 뭐라고 하니까, 소년은 "예, 바로 가겠어요, 시뇨르!" 하고 날 듯이 뛰어갔다. 디키는 운전기사에게 미안하다는 양해를 구했고 버스는 다시 움직이기 시작했다.

"오늘 밤에 돌아오지만 늦을 거라고 머지에게 전하라고 했어" 디키가 말했다.

"잘했어."

버스가 나폴리의 커다랗고 혼잡한 광장에 그들을 내려놓았다. 그 순간 그들은 포도, 무화과 열매 과자, 멜론 등을 쌓은 손수레에 둘러싸이고, 만년필이니 태엽 장치를 한 장난감 등을 권하는 열대여섯 살 된 소년들의 외침을 들었다. 디키가 관심을 나타내지 않고 걸으니까 그들은 길을 비켰다.

디키가 앞장섰다.

"맛있는 요리를 파는 가게가 있어. 본격적인 나폴리풍의 피잣집이야. 자넨 피자를 좋아하나?"

"그럼."

그 피잣집은 차가 다닐 수 없는 좁고 가파른 고개 위에 있었다. 입구에는 구슬을 꿰어 만든 발이 걸려 있고, 테이블마다 포도주 병이 놓여 있었다. 가게 안에 식탁은 6개밖에 없고, 몇 시간 앉아서 포도주를 마시고 있어도 훼방꾼이 들어올 것 같지 않은 가게였다. 5시까지 그 집에 앉아 있다가, 디키가 슬슬 상점 거리에 갈 시간이라고 말했다. 디키는 톰에게 다빈치니 그레코의 오리지널 작품이 진열되어 있는 미술 박물관에 안내를 못해서 미안하다고 하며, 언제 다시 오자고 했다. 디키는 그날 오후 내내 거의 프레디 마일즈 이야기만으로 시간을 보냈다. 듣고 있는 톰은 프레디의 얼굴과 마찬가지로 통 재미가 없었다. 프레디는 미국의 어느 호텔 체인 소유주의 아들인데, 그는 극작가라고 했다(톰의 판단으로는 자칭 극작가인 모양이었다. 왜냐하면, 프레디는 극을 두 편밖에 쓰지 않았고, 그 어느 쪽도 아직 브로드웨이의 무대에 오르지 않았기 때문이다). 카뉴 슈르 메르에 집이 있는데 디키는 이탈리아에 오기 전에 그의 집에서 몇 주일 동안 신세를 졌다고 했다.

"나는 이렇게 하고 있는 것이 아주 좋아" 하고 디키는 갈레리아 안에서 자못 여유 있게 말했다. "이렇게 테이블에 앉아서, 지나는 사람들을 바라보고 있으면 인생을 보는 눈이 깊어져. 앵글로색슨 민족이 범한 커다란 과오는 길거리에 놓인 테이블에서 사람들을 바라보는 것을 게을리한 일이지."

톰은 고개를 끄덕거렸다. 그는 그런 말을 어디서 들은 적이 있었다. 그는 디키에게서 더 깊이 있고 독창적인 말을 듣고 싶었다. 디키는 잘생겼다. 훌륭하고 균형 잡힌 얼굴, 민첩하고 재치 있는 눈, 의복 따위에 무관심하고, 자신을 가지고 행동하는 일 등 디키는 확실히 뛰어난 인물다운 품격이 있다. 그는 지금도 헌 샌들에 꽤 더러워진 흰 바지를 입고 있지만, 갈레리아의 소유주처럼 거기 앉아서 에스프레소를 날아온 종업원과 이탈리아 어로 이야기를 하고 있었다.

"챠오!" 디키는 지나가는 이탈리아 소년을 불렀다.

"챠오, 디키!"

"저 앤 토요일마다 머지의 여행자용 수표를 바꿔주는 아이야."

디키는 톰에게 설명했다.

단정한 복장을 한 이탈리아 인이 디키에게 인사하고 상냥하게 악수를 하더니 두 사람의 테이블에 앉았다. 톰은 두 사람이 하는 이탈리아 어의 대화를 듣는데, 가끔 아는 단어가 나올 뿐이었다. 톰은 차차 따분해지고 피로를 느끼기 시작했다.

"로마에 가보지 않겠어?"

느닷없이 디키가 물었다.

"좋겠지."

톰이 대답했다.

"지금 바로 말이야?"

톰은 종업원이 커피 컵 밑에 찔러 놓고 간 영수증을 계산하기 위해서 주머니의 돈을 찾으며 일어섰다.

그 이탈리아 인은 긴 회색 캐딜락을 가지고 있었다. 그 차에는 챙, 네 가지 소리가 나는 경적, 잘 울려 퍼지는 라디오 등이 달려 있었다. 톰과 디키는 불평하지 않고 라디오에 지지 않는 큰 소리로 지껄였다. 이탈리아 인이 특히 톰에게 보여 주고 싶다면서 아피아 가도를 달릴 때에 이곳을 처음 와 보는 톰은 몸을 일으켰다. 가도는 군데군데 울퉁불퉁했다. 거기는 옛날 로마의 도로가 어떻게 생겼는지 사람들에게 느끼게 하려고 로마 시대의 벽돌을 그대로 남겨 둔 곳이라고 이탈리아 인이 설명했다. 좌우의 평평한 밭들이 저녁 어둠 속에서 매우 황량하게 보였다. 마치 고대의 묘지 같았다. 몇 개의 묘지와 묘비의 유적이 지금도 그곳에 서 있었다. 이탈리아 인은 로마의 도로 한복판에 두 사람을 내려놓고 갑자기 사라져 버렸다.

"저 사람은 서두르고 있는 거야. 여자 친구의 남편이 11시에 돌아오니까. 그전에 그녀를 끌고 바로 도망하겠다는 거야. 저곳이 내가 가고 싶은 뮤직홀이야. 자, 가자구."

둘은 뮤직홀에서 그날 밤 공연하는 쇼 입장권을 샀다. 그들은 공연 시작까지 한 시간쯤 여유가 있었기 때문에, 베네트 거리로 가서 어느 카페의 길거리 테이블에 앉아 코카콜라를 주문했다. 톰은 디키가 로마에는 아는 사람이 없다는 것을 알았다. 적어도 지나다니는 사람들은 아무도 모르는 모양이었다. 두 사람은 몇백 명인지도 모르는 이탈리아 인과 미국인들이 테이블 앞을 지나가는 것을 바라보고 있었다.

톰은 뮤직홀의 쇼가 무슨 내용인지 통 알 수 없었다. 그러나 되도록 알려고 노력했다. 디키는 쇼가 끝나기도 전에 돌아가자고 했다. 둘은 사륜마차를 잡아타고 시내를 돌았다. 분수 옆을 지나고 대광장을 빠져나가 대형 경기장 주위를 돌았다.

달이 떠올랐다. 톰은 조금 졸음이 왔으나 처음 로마에 왔다는 흥분 때문에 졸음 속에 약간의 황홀감마저 느끼게 했다. 두 사람은 사륜마차에 축 늘어진 채 둘 다 다리를 꼬고 앉았다. 톰은 자기 다리 옆에 나란히 있는 디키의 다리를 보고 있자니까, 거울을 보는 듯한 느낌이 들었다. 톰과 디키는 서로 신장도 비슷하고, 몸집도 디키가 조금 무거울 뿐 거의 비슷했다. 같은 사이즈의 가운, 양말, 와이셔츠를 입을 것 같았다.

톰이 사륜마차의 마부에게 요금을 치렀다. 마부는 디키에게 "고맙습니다, 그린리프 씨" 했다. 톰은 어쩐지 이상한 기분이 들었다.

밤 한 시쯤, 저녁 식사 때 마신 한 병 반쯤의 포도주가 효력을 나타내어 두 사람 다 점점 기분이 좋아졌다. 두 사람은 서로 어깨를 끌어안고 노래를 부르며 걸었다. 그리고 어두운 모퉁이를 도는 순간, 어떻게 된 일인지 갑자기 한 여자에게 부딪쳐서 그녀를 넘어지게 했다. 두 사람은 그녀를 일으켜 주고 사과한 다음, 집까지 바래다주겠다고 말했다. 여자는 거절했으나 두 사람은 자기들 사이에 여자를 세우고 바래다주겠다고 고집했다. 여자는 시내 전차를 타겠다고 했으나 디키는 들은 척도 하지 않고 택시를 불렀다.

디키와 톰은 두 사람의 종복처럼 서로 팔을 끼고 다소곳이 보조석에 앉았다. 디키가 여자에게 이야기를 걸어 그녀를 웃겼다. 톰은 디키가 지껄이는 이야기를 대부분 알 수 있었다. 그들은 나폴리처럼 좁은 거리에서 그녀를 부축해 내려주었다.

그녀는 "정말 고마워요!" 하고 두 사람과 악수를 나눈 뒤에 불이 켜져 있지 않은 어두운 문 안으로 사라져 버렸다.

"지금 한 이야기를 들었나?" 디키가 말했다. "그녀는 우리같이 친절한 미국 사람은 본 일이 없다고 했어."

"이런 경우에 대개의 지저분한 미국인은 무슨 짓을 하는지 알고 있겠지? 그녀에게 난폭한 짓을 해." 톰이 말했다.

"그런데 여기가 어디지?" 디키는 한바퀴 빙 돌아보았다.

그들은 어디에 있는지 짐작을 할 수 없었다. 몇 블록을 걸어 보았지만 도로 표지판도 없고, 들은 적이 있는 거리 이름도 나타나지 않았다. 두 사람은 어두운 벽을 향해 나란히 서서 소변을 보고, 다시 비틀비틀 걷기 시작했다.

"날이 밝으면 어딘지 알 수 있어" 하고 디키는 신나는 목소리로 말하면서 손목시계를 들여다보았다. "앞으로 두 시간만 있으면 돼."

"좋아."

"예쁜 여자를 집까지 바래다 준 만큼 득을 본 셈이지?" 디키는 약간 비틀거리며 물었다.

"그야 그렇지. 여자란 좋은 것이니까 말이야" 하고 톰은 조금 거슬린다는 듯이 말을 이었다. "그런데 오늘 밤, 머지가 함께 오지 않기를 잘했어. 머지가 있었다면, 그 여자를 집까지 바래다 줄 수 없었을 테니까."

"그건 어떨지 몰라." 디키는 엉킬 것 같은 발 아래를 내려다보았다. "머지는 그런······."

"내가 하는 말은 만약 머지가 함께 있었다면, 오늘 밤 묵을 호텔을 걱정하지 않으면 안 되었다는 이야기야. 아마 보잘것없는 호텔에 갇혀서 로마를 절반도 못 봤을 거야."

"그건 그래!"

디키는 톰의 어깨에 팔을 감았다.

디키가 톰의 어깨를 사납게 흔들었다. 톰은 흔드는 것을 막으려고 그의 손을 잡았다.

"디키!"

톰이 눈을 뜨니 눈앞에 경찰의 얼굴이 보였다.

톰은 일어나 앉았다. 그곳은 공원이었다. 새벽이다. 디키는 톰의 옆 잔디 위에 앉아서, 경찰과 매우 조용히 이야기하고 있었다. 톰은 네모진 여행자용 수표를 만져 보았다. 분명히 주머니에 들어 있었다.

"여권 말이야!"

경찰이 두 사람에게 호통을 치니까 디키는 다시 조용히 변명하기 시작했다.

톰은 디키가 무슨 말을 하는지 똑똑히 알 수 있었다. 우리는 미국인인데, 지금 여권을 가지고 있지 않다. 왜냐하면 우리는 별을 보기 위해서 잠깐 산책을 나왔기 때문이다. 톰은 하마터면 웃음을 터뜨릴 뻔했다. 톰은 일어서서 조금 비틀거리며 옷의 먼지를 털었다. 디키도 일어났다. 경찰이 아직도 고래고래 소리를 지르고 있는데 두 사람은 걷기 시작했다. 디키는 뒤를 돌아보고 공손한, 사과하는 듯한 어조로 뭐라고 말했다. 경찰은 더 이상 쫓아오지 않았다.

"우린 상당히 더러운 복장을 하고 있으니까 말이야."

디키가 말했다.

톰은 고개를 끄덕거렸다. 톰은 어디서 넘어진 듯 바지 무릎께가 길게 찢어져 있었다. 두 사람 다 옷이 풀로 더러워지고 진흙과 땀으로 지저분해져 있었다. 그리고 추워서 떨고 있었다. 그들은 최초로 눈에 띈 카페에 가서 커피 우유와 스위트 롤을 먹고 인디언 브랜디를 몇 잔 마셨다. 맛이 없는 술이지만 그래도 몸이 후끈해졌다. 먹고 나서 두 사람은 웃었다. 그들은 아직도 숙취가 남아 있었다.

두 사람은 11시에 나폴리로 돌아가 몬지베로행 버스를 탔다. 그들은 다시 한 번 단정한 복장으로 로마에 가서, 구경하지 못한 박물관을 보고 다닐 생각을 하니 멋이 있고, 오늘 오후 몬지베로의 해변에 누워 일광욕할 것을 생각하니 그것 또한 멋이 있었다.

그러나 오후에 두 사람 다 해변에는 가지 않았다. 디키의 집에서 샤워를 하고 나서 저마다의 침대로 파고들어, 4시경에 머지가 깨우러 올 때까지 잠을 잤다.

머지는 디키가 어젯밤 로마에서 잔다는 전보를 치지 않았다고 매우 불만이었다.

"저는 잔 일을 가지고 이러쿵저러쿵 하는 게 아녜요. 당신이 나폴리에 간 줄로만 알았어요. 나폴리에선 무슨 일이 생길지 모르거든요."

"젠장."

디키는 톰을 흘끔 보면서 일부러 길게 끌어서 말했다. 디키는 모두를 위해서 블러디 매리(보드카와 토마토 주스를 섞은 칵테일)를 만들고 있었다.

톰은 일부러 입을 다물고 있었다. 어젯밤 두 사람이 한 일을 머지에게 이야기할 필요는 없다. 그녀가 멋대로 상상하게 내버려두면 된다. 디키의 행동으로 두 사람이 상당히 즐겁게 지냈다는 사실은 똑똑히 알 것이다. 머지는 디키의 숙취, 다박수염이 난 얼굴, 지금 마시고 있는 음료까지 나무라는 듯한 눈매로 빤히 보고 있었다.

머지가 매우 진지하게 되면, 눈에 뭔가 특별한 빛이 나타나서, 허술한 옷, 흩어진 머리카락, 어린 소녀 같은 겉보기와는 달리 현명한 연장자답게 보인다. 지금의 그녀는 어머니나 누나 같은 얼굴을 하고 있다. 나쁜 장난을 한 작은 사내아이나 어른을 나무라는 전형적인 옛날 여성의 모습이었다. 역시 여자구나! 아니면 질투일까? 머지는 디키가 가까운 24시간 동안에 톰과 매우 친해진 줄로 생각하는 것 같았다. 즉 그것은 남자들끼리니까 그렇고, 그녀로서는 도저히 그토록 친하게 디키와 가까워질 수는 없다. 비록 그가 자기를 사랑하고 있거나 말거나. 더구나 그는 사랑하고 있지 않으니까. 머지는 곧 긴장을 풀고, 눈매가 원상태로 돌아갔다.

 디키는 톰과 머지를 두고 테라스에서 나갔다. 톰은 그녀가 지금 쓰고 있다는 소설에 대해서 물어 보았다. 그것은 몬지베로와 그녀 자신을 모델로 한 작품이라고 했다. 머지는 오하이오주 태생이라며 지갑 속에서 자기가 태어난 집의 사진을 꺼내 보였다. 머지는 웃으면서, 허술한 판잣집이지만 그래도 즐겁고 행복한 가정이라고 했다. 그녀가 그 말을 '크랫바드'라고 발음했기 때문에 톰은 우스웠다. 왜냐하면 머지는 주정뱅이를 말할 때 언제나 그 말을 사용하기 때문이었다. 방금도 그녀는 디키를 향해서 '당신은 마치 크랫바드(썩은 우유) 같아요!' 하고 꾸짖었다. 어쨌든 그녀는 입이 걸다. 톰은 그녀의 말씨도 발음도 돼먹지 않았다고 생각했다. 디키는 머지에게는 특히 상냥하게 하려고 애썼다. 그 정도의 일은 못할 것도 없으니까. 디키는 문까지 그녀를 배웅하러 나가서 허물없는 말로 헤어지는 인사를 했다. 그런데 그날 밤 내일 또다시 모두 만나자는 말은 어느 쪽도 하지 않았다. 머지가 디키에게 조금 화를 내고 있다는 사실만은 틀림없었다.

10

 그로부터 3, 4일 간 그들은 해변에서 만나는 것 말고는 머지와는 거의 만나지 않았다. 해변에서 만날 때도 머지는 쌀쌀맞은 태도로 그들을 대하는 것처럼 느껴졌다. 그녀는 방글거리며 이야기를 하고 말수도 전보다 오히려 많아진 것 같았지만 말하는 품이 조금 공손해져서 그것이 오히려 차가움을 느끼게 했다. 디키는 아무래도 그것을 걱정하는 모양이었지만, 머지와 단둘이서 이야기하고 싶다는 정도는 아니었다. 하긴 톰이 디키의 집으로 옮긴 뒤부터는 그와 그녀가 단둘이서 이야기한 일은 없었다. 톰이 디키에게 줄곧 달라붙어 있었기 때문인지도 모른다.

톰은 머지의 기분을 무시한다고 오해받기 싫어서 디키에게 그녀의 태도가 조금 이상하지 않느냐고 말해 보았다.

"아, 그녀는 마음이 잘 변해. 아마 일이 잘 되는 모양이지. 일에 열중하게 되면 남을 잘 만나려고 하지 않아."

디키와 머지의 관계는 역시 톰이 처음에 상상한 대로인 모양이었다. 디키가 머지를 생각하는 것보다 머지는 훨씬 디키를 좋아하는 것이다.

아무튼 톰은 끊임없이 디키를 즐겁게 해주었다. 톰은 디키에게 뉴욕에서 알았던 사람들에 관해서 재미있는 이야기를 많이 들려주었다. 그 중에는 사실도 있었으나 꾸민 이야기도 섞여 있었다. 두 사람은 거의 매일 디키의 보트로 바다에 나갔다. 디키는 톰에게 언제 돌아가겠느냐는 이야기를 한 번도 물은 적이 없었다. 디키는 톰이 머무는 것을 확실히 좋아했다. 디키가 그림을 그리려고 할 때 톰은 되도록 그의 옆에 가지 않도록 하고, 디키가 산책이나 보트를 타거나 천천히 앉아 이야기를 하고 싶어하는 것 같을 때는 톰은 무엇을 하다가도 곧 그만두고 그것에 응했다. 디키는 톰이 열심히 이탈리아 어를 공부하는 것을 좋아하는 모양이었다. 톰은 하루에 두 시간은 문법과 회화책에 매달렸다.

톰은 그린리프 씨에게 편지를 썼다. 그는 편지에다 디키의 집으로 옮긴 지 벌써 며칠이 되었다는, 디키는 이번 겨울에 잠깐 귀국할 생각인 것 같다는, 그리고 그때 좀 오래 뉴욕에 머물도록 권할 자신이 있다는 얘기 등을 썼다. 처음에 낸 편지에는 몬지베로의 호텔에 묵고 있다고 썼는데, 이번엔 디키의 집에서 묵는다고 썼으니까 훨씬 효과적일 것이다. 그리고 그는 돈이 떨어지면 이곳 호텔이나 어디에서 직장을 구할 셈이라고 썼다. 이런 얘기를 아무렇지 않게 써 두면 이중의 효과가 있다(600달러가 거의 없어져 간다는 사실을 그린리프 씨에게 생각나게 하는 효과와, 톰은 생활을 위해 일할 의욕을 가진 청년이라는 인상을 줄 수 있다는 효과). 톰은 디키에게도 같은 인상을 주려고, 그 편지를 봉하기 전에 디키에게 넘겨주고 읽게 했다.

이상적인 좋은 기후와 한가한 나날이 다시 1주일 동안 계속되었다. 그 사이 톰의 가장 심한 육체적 고역은, 매일 오후 해변에서 돌아오는 길에 돌계단을 오르는 일이고, 가장 고된 정신 노동은 파우스트라는 23살의 이탈리아 청년을 상대로 이탈리아 어 회화를 하는 일이었다. 파우스트는 1주일에 세 번, 디키가 톰에게 이탈리아 어의 레슨을 시키기 위해 마을에 가서 찾아온 사람이었다.

어느 날, 디키와 톰은 디키의 보트를 타고 카프리 섬에 갔다. 카프리 섬은 몬지베로에서 겨우 눈으로 보이지 않을 정도의 거리에 있었다. 톰은 여러 가지로 기대하며 떠났는데, 디키는 언제나처럼 뭔가 걱정이 되는 듯 우울해져서 무슨 일이나 자진해서 흥미를 나타내지 않았다. 디키는 피피스토레로호를 맨 독(dock)의 관리인과는 말다툼을 하고, 광장에서 사방으로 뻗은 굉장히 깨끗한 작은 가로를 산책하기도 싫어했다. 두 사람은 광장에 있는 카페에서 페르네트 브랭커(식후에 마시는 술)를 두 잔쯤 마시고 나서, 디키는 어두워지기 전에 돌아가자는 말을 꺼냈다. 톰은 디키가 이곳에서 하룻밤 묵는 것을 승낙한다면 호텔료는 자기가 치러도 좋다고 생각하고 있었던 차였다. 그러나 톰은 카프리 섬에 다시 올 일이 생길 듯해서, 그날 일은 없었던 것으로 잊으려고 했다.

톰의 편지와 엇갈려서 그린리프 씨의 편지가 왔다. 그 편지에서 그린리프 씨는 디키의 귀국 건을 반복하고, 톰이 성공하기를 바라며 그

결과가 어떻게 되었는지 서둘러 알려 주기를 바란다고 했다. 톰은 다시 펜을 들고 충실히 답장을 썼다. 그린리프 씨의 편지는 굉장히 사무적으로 씌어 있었다.

두 사람은 언제나 점심 뒤에는 포도주를 마셔 얼마쯤 취해 있는 편이었다. 술이 거나하게 취한 기분은 커피를 두 잔쯤 마시고 조금 산책을 해서 곧 없앨 수 있는가 하면, 한가한 오후의 일을 하면서 포도주를 홀짝홀짝 더 마셔 이 좋은 기분을 계속할 수도 있었다. 톰은 장난삼아 편지에 어렴풋이 희망을 적어 넣어 보았다. 그는 그린리프 씨의 문체로 썼다.

……제 판단이 틀림없다면, 리처드는 다시 한겨울을 이곳에서 보낼까를 결정 못하고 있는 모양입니다. 이미 약속한 대로 저는 온갖 노력을 다해서 그가 이번 겨울을 이곳에서 보내지 않도록 설득할 생각입니다. 그리고 그가 미국에 한 번 돌아간 이상은——이것은 크리스마스 무렵이 되리라고 생각합니다만——저의 힘으로 충분히 그를 본국에 붙잡아 둘 수 있을 것입니다.

톰은 그것을 쓰면서 웃음 짓지 않을 수 없었다. 왜냐하면 그와 디키는 이번 겨울에 그리스 제도를 배로 돌아보자고 의논했기 때문이고, 디키는 그때까지 어머니의 병이 중해지지 않는 한, 단 며칠이라도 미국에 가겠다는 생각을 갖고 있지 않았기 때문이다. 그리고 그들은 몬지베로에서 가장 기후가 나쁜 1월과 2월에 마조르카 섬에서 지내자고도 이야기했다.

그때에도 머지가 함께 가지 않을 것으로 톰은 확신하고 있었다. 그와 디키가 여행 계획에 대해 의논할 때에 그녀는 빼놓고 했기 때문이다. 그런데 디키가 조심성없이 이번 겨울에 배로 어디론가 여행한다는 계획을 머지에게 말해 버렸다. 디키라는 사내는 무슨 일에나 어이가 없을 만큼 개방적이었다. 지금 디키는 톰과 단둘이서 여행할 결심을 굳히고 있으면서도, 머지에 대해서 이상하게 마음을 썼다. 그 이유는 그녀가 혼자 남게 되면 쓸쓸할 테니까, 그녀에게 여행을 권하지 않는 것은 이쪽의 불친절이라고 했다. 디키와 톰은 입을 모아, 되도록 절약하며 다니는 그리스 여행이라는 인상을 머지에게 주어 따돌리려고 시도했다. 타는 배는 소를 수송하는 화물선이며, 여행 중엔 쭉 시골 사람들과 함께 갑판에서 자게 되니까, 여자로서는 도저히 할 수 없는 여행이라고 말했더니 머지는 실망의 빛을 내비쳤다. 그것을 안쓰러워한 디키는 그녀를 종종 점심이나 저녁 식사에 초대해서 얼마간이나마 보상을 하려고 노력했다. 디키는 가끔 해변에서 집으로 돌아올 때 머지의 손을 잡았다. 그러나 그녀는 언제나 그에게 손을 맡기지는 않았다. 때로는 언제까지나 잡아 주었으면 하는 태도이면서도 곧 손을 뿌리치는 일까지 있었다.

그리고 그들이 헤르쿨라네움(나폴리 가까이에 있는 로마 시대의 도시. 79년의 베수비오 화산의 분화로 매몰됨)에 가자고 권했을 때도 그녀는 거절했다.

"저는 집에 있겠어요. 당신들이나 가서 즐기고 오세요."

머지는 애써 밝게 웃으려 하면서 말했다.

"하는 수 없지. 그녀는 안 가겠다고 하니까."

톰은 디키에게 말한 뒤, 디키와 그녀가 단둘이 이야기하고 싶으면 할 수 있도록 재치 있게 집안으로 들어갔다.

톰은 디키의 서재에 있는 커다란 창에 걸터앉아 햇볕에 그을은 팔짱을 끼고 바다를 바라보았다. 그는 새파란 지중해를 바라보며 디키와 단둘이서 좋은 곳으로 항해할 일을 생각하니 즐거웠다. 탕헤르, 소피아, 카이로, 세바스토폴…… 그가 가진 돈이 없어질 무렵에 디키는 그가 아주 좋아지고 완전히 흠허물이 없어져서, 언제까지나 같이 사는 일이 당연하다고 생각할 것이다. 디키의 월 500달러의 수입이라면 둘이 살아가는 데는 충분하다. 테라스에서는 디키의 간원하는 듯한 목소리와 머지의 무뚝뚝한 대답이 들려왔다. 이윽고 '탕' 하는 철문 소리가 났다. 머지가 돌아가 버린 것이다. 그녀는 함께 점심 식사를 할 예정이었는데.

톰은 창에서 내려와 테라스에 있는 디키에게로 갔다.
"그녀는 뭣 때문에 화가 났나?"
"아니, 따돌림을 당한다고 생각하는 모양이야."
"우리는 그녀도 끼워 주려고 했는데······."
"이번 일뿐만이 아냐."
디키는 테라스를 건들건들 걸어다녔다.
"그녀는 이번엔 나와 같이 코르티나에도 가고 싶지 않대."
"12월이 가까워지면 그녀는 틀림없이 코르티나로 찾아올 거야."
"글쎄, 어떨지" 하고 디키가 말했다.

톰은, 그것은 자기도 코르티나에 가기 때문이라고 생각했다. 그는 지난주에 디키에게 권유를 받은 것이다. 두 사람이 로마에서 돌아와 보니, 프레디 마일즈는 돌아가 버리고 없었다. 머지의 이야기에 따르면 프레디는 갑자기 런던에 갈 일이 생겼다는 것이다. 디키는 프레디에게 편지를 내서 친구 한 사람을 데리고 가겠다고 전해 두겠다고 했다.

"디키, 나를 두고 가는 편이 좋지 않아?" 톰은 그렇게 물었으나 마음속으로는 자기를 두고 갈 리가 없다고 확신했다. "아무래도 내가 자네와 머지 사이에 방해가 되는 것같이 생각되는데 말이야."
"천만에! 방해는 무슨 방해야?"
"그녀의 입장에서 하는 말인데."

"아냐, 그게 아냐. 내가 그녀에게 빚이 조금 있을 뿐이야. 나는 최근에 별로 그녀에게 상냥하게 해주지 못했으니까 말이야."

톰은 잘 알고 있었다. 디키는 길고 우울한 지난 겨울 동안, 이 마을에서 단둘뿐인 미국인으로서 죽 머지와 친하게 지냈다. 그런데 지금 다른 사람이 나타났다고 해서 그녀에게 소홀히 대한다는 것은 미안한 일이라고 생각하는 것이다.

"코르티나에 가도록 내가 권해 볼까?"

톰이 조심스럽게 물었다.

"그런 짓을 하면, 그녀는 더 안 갈 거야."

디키는 쌀쌀맞게 말하고 집으로 들어갔다.

디키가 에르메린더에게 아직 점심을 먹고 싶지 않으니 준비를 그만두라고 말하는 소리가 들렸다. 이탈리아 어로 말하지만, 톰은 디키가 주인다운 어조로 아직 점심을 먹고 싶지 않다고 하고 있음을 알 수 있었다. 디키가 담배에 불을 붙이려고 라이터를 손으로 가리며 테라스로 나왔다. 디키는 아름다운 은 라이터를 가지고 있는데, 그것은 조금이라도 바람이 불면 잘 켜지지 않았다. 결국 톰이 군대의 비품처럼 볼품은 없지만, 능률적인 라이터를 꺼내어 불을 붙여 주었다. 톰은 뭐라도 마시겠느냐고 말하려다가 그만두었다. 부엌 선반에 있는 세 병의 진은 톰이 돈을 내서 샀지만 이곳은 그의 집이 아니니까.

"벌써 2시가 지났는데" 톰은 말했다.

"우체국 근처까지 산책하지 않겠어?"

그곳 주인인 루이지는 2시 반경에 우체국을 여는가 하면, 4시가 되어도 열지 않는 일이 있어 통 짐작을 할 수 없었다.

두 사람은 말없이 고갯길을 내려갔다. 대체 머지는 디키에게 나를 뭐라고 말했을까, 톰은 생각했다. 톰은 갑자기 양심의 가책을 받아 이마에 땀이 흘렀다. 그것은 확실히 모양은 알 수 없으나 매우 강렬

한 죄책감이었다. 이를테면 그가 무엇을 훔쳤다든가, 무슨 파렴치한 짓을 했다고 머지한테서 고자질을 당한 것처럼. 머지가 그냥 냉담하게 행동했을 뿐이라면, 디키가 이런 태도를 취할 리가 없다고 톰은 생각했다. 디키가 몸을 앞으로 굽히고 앙상한 무릎을 불쑥불쑥 내밀며 내리막길을 걷고 있어서, 톰도 모르는 사이에 디키와 같은 걸음걸이가 되었다. 디키는 턱을 가슴에 묻는 것처럼 하고 두 손을 바지 주머니에 찌르고 있었다. 그리고 루이지에게 고맙다고 인사하고, 편지를 받을 때만 겨우 입을 열었다. 톰에게는 편지가 와 있지 않았다. 디키의 편지는 나폴리의 은행에서 온 것인데, 전표 용지의 적요란에 타이프로 '500달러'라고 친 글씨가 보였다. 디키는 그 전표를 아무렇게나 주머니에 쑤셔 넣고 봉투를 쓰레기통에 버렸다. 디키의 돈이 나폴리에 닿으면 매월 알려주는 통지서인 모양이었다. 디키는 그의 신탁은행이 나폴리의 은행으로 송금한다고 했었다. 두 사람은 다시 고갯길을 내려갔다. 톰은 전에 산책할 때처럼 한길을 쭉 걸어가, 마을을 지나간 반대쪽 벼랑을 돌아 길이 구부러진 데까지 가는가 싶었다. 그런데 디키는 머지의 집으로 올라가는 곳에서 발을 멈추었다.

"나 잠깐 머지를 만나고 오겠어. 곧 돌아갈 테니까 자넨 기다리지 않아도 돼."

"그래, 좋아."

톰은 어쩐지 갑자기 쓸쓸해졌다. 톰은 디키가 벽 사이에 낀 좁고 가파른 돌계단을 올라가는 모습을 물끄러미 바라보고 있다가, 갑자기 몸을 돌려 집 쪽으로 걸어갔다. 그는 고개를 중간까지 올라가다가 서서, 조르죠에 가서 술이나 마실까 하는 충동에 사로잡혔다(그런데 조르죠의 마티니는 형편이 없다).

다음에는 머지의 집으로 갈까, 생각했다. 그녀에게 사과한다는 구실로 가서, 그 두 사람을 놀라게 하고, 싫게 해서, 이 분노의 앙갚음을 해주자. 톰은 갑자기 '디키가 지금쯤 그녀를 안고 있지 않을까' 하는 생각이 들었다. 그렇게까지는 아니더라도 지금 디키는 그녀를 만지고 있을 것만 같았다. 톰은 그 꼴을 보고 싶기도 했고, 그 꼴을 보겠다는 생각 자체가 싫어지기도 했다.

그는 돌아서서 머지의 집 문까지 갔다. 그녀의 집은 위쪽에 있으니까 소리가 들릴 리 없는데도 톰은 문을 살짝 닫았다. 그리고 돌계단을 두 단씩 뛰어올라갔다. 마지막 한 단을 올라가 그는 걸음을 늦추었다. 그녀에게 이렇게 말해 주자. "머지, 내가 여기 와서 모두의 기분을 상하게 해서 미안해. 오늘 우리는 당신도 같이 가자고 말하려고 했어. 정말이야. 적어도 나는 그렇게 생각했어"라고 말이다.

창이 보이자 톰은 멈춰 섰다. 디키가 한쪽 팔을 그녀의 허리에 감고 키스하고 있었다. 그녀에게 웃음을 보내며 그녀의 볼에 몇 번이나 가볍게 입술을 대고 있었다. 불과 4.5미터쯤밖에 떨어지지 않았으나 톰이 서 있는 곳은 밝은 양지인데 비해 방안은 그늘져 있었기 때문에 자세히 보지 않으면 볼 수가 없었다. 지금은 머지의 얼굴이 조금 위를 향하고 황홀한 듯 디키의 얼굴을 정면으로 보고 있었다.

톰이 견딜 수 없이 싫은 것은, 디키가 진심으로 그런 짓을 하고 있지 않다는 점이었다. 디키는 그녀와 계속 교제하고 싶기 때문에 이런 속이 뻔히 들여다보이는 편한 방법을 쓰고 있는 것이다. 그리고 톰에겐, 디키가 한 팔로 누르고 있는 그녀의 허리 아래의 시골티 나는 스커트가 뒤로 크게 부풀어 있는 것이 무엇보다도 싫었다. 디키! 설마 디키가 그런 짓을 하다니?

톰은 갑자기 뒤돌아 외치고 싶은 마음으로 돌계단을 뛰어내렸다. 톰은 문을 '탕'하고 닫았다. 그는 계속 달려 고갯길을 올라, 숨을 헐떡거리며 디키의 집 문을 들어서서 그곳 난간을 붙잡았다. 그리고 머리가 멍해서 디키의 서재에 있는 침대 의자에 한참 앉아 있었다. 키스…… 그것은 처음 하는 키스로는 여겨지지 않았다. 그는 디키의 이젤이 있는 데로 가서 무의식중에 이젤에 걸려 있는 서투른 그림은 보지 않고, 팔레트 위의 지우개를 집어서 힘껏 창 밖으로 내던져 버렸다. 그리고 그것이 원을 그리며 바다 쪽으로 사라져 가는 것을 응시했다. 이어서 그는 테이블 위에 있는 지우개, 펜촉, 나이프, 파스텔 조각 등을 닥치는 대로 방구석이나 창 밖으로 집어 던졌다.

그의 머리는 안정되고 분별을 잃지 않았는데, 몸을 자제할 수 없는 묘한 느낌을 맛보고 있었다. 톰은 난간에 올라가 춤을 추거나 물구나무서기를 하려고 테라스로 뛰어내려갔다. 그러나 난간 저쪽이 아무것도 없는 공간이어서 그만두었다.

톰은 이층 디키의 방으로 올라가서 주머니에 손을 찌른 채 한참 동안 걸어다녔다. 디키는 언제 돌아올 작정인가? 그대로 오후 내내 그 집에 있으면서 정말 그녀를 침대까지 데리고 갈 생각일까?

톰은 디키의 옷장을 열고 그 안을 들여다보았다. 안에 디키가 입은 것을 본 적이 없는 막 다려 놓은 듯한 새 회색 플란넬 양복이 있었다. 톰은 그 옷을 꺼냈다. 그는 무릎까지 닿는 쇼트를 벗고 회색 플란넬 바지를 입었다. 다음에 디키의 구두를 신었다. 그리고 옷장 아래 서랍에서 파랑색과 흰색 줄무늬 와이셔츠를 꺼냈다.

그는 다음에 짙은 감색 넥타이를 골라 조심스럽게 매었다. 양복은 그에게 딱 맞았다. 그리고 디키가 하듯이 머리를 한쪽으로 고쳐 갈랐다.

"머지, 나는 너를 사랑하고 있지 않아. 알아 달라구."

톰은 거울을 향해 디키의 목소리로 말했다. 디키는 의미 있는 말은 소리를 높게 발음하고, 구절의 끝은 조금 목구멍을 울리는 것처럼 하는 버릇이 있다. 그것이 디키의 기분에 의해서 유쾌하게도 불쾌하게도 들린다.

"머지, 그만두지 못해!"

톰은 갑자기 뒤돌아, 머지의 목을 움켜잡듯 두 손으로 공기를 잡았다. 그가 그녀를 흔들고 팔을 비틀어 엎어누르니까 그녀는 고꾸라지더니 마침내 마루 위에 축 늘어져 버렸다. 톰은 숨을 헐떡였다. 그는 디키가 하는 것처럼 이마의 땀을 닦으려고 손수건을 찾았으나, 옷에는 손수건이 들어 있지 않았다. 그는 장롱 위의 서랍에서 손수건을 꺼내어 거울 앞에서 땀을 닦았다. 톰은 디키가 헤엄을 치고 난 뒤나 숨을 몰아쉴 때처럼 입술을 반쯤 벌리고 아랫니 밑으로 조금 끌어내리고 있었다. 그는 거울에 비친 자기를 보면서, 아직도 헐떡거리며 머지를 향해 말했다.

"내가 왜 이런 짓을 했는지 너는 알겠지. 너는 톰과 나 사이에 들어서 훼방을 놓았어…… 아냐, 아냐! 우리 둘 사이는 확실하게 맺어져 있어."

톰은 돌아서서 마루 위에 있는 상상 속의 시체를 넘어 발소리를 죽이며 창으로 걸어갔다. 길이 구부러진 저쪽에 머지의 집 높이까지 올라가는 돌계단이 희미하게 보였다. 그 돌계단이나 도로의 어디에도 디키의 모습은 없었다. 두 사람은 자고 있을지도 모른다.

이렇게 생각하니, 톰은 혐오스러움 때문에 목이 막히는 것 같았다. 톰은 흉하고 보잘 것 없는 디키와 그런 사람을 좋아하는 머지의 모습을 상상했다. 그녀는 디키가 못살게 굴어도 좋아하고 있다! 톰은 다시 옷장으로 뛰어가 선반 위에서 모자를 내렸다. 그것은 챙에 녹색과 흰색 깃털이 달린 작은 회색 티롤리언 모자였다. 그는 그 모자를 멋지게 비스듬히 썼다. 톰은 머리 위쪽을 가리니까 디키와 흡사해지는 자기 모습을 보고 놀랐다. 디키와 다른 점은 머리 색깔이 좀더 짙다는 것뿐이었다. 그것 외에는 코,──적어도 그 대개의 모양──좁은 턱, 제대로 닮게 하려면 눈썹까지…….

"대체 뭘 하고 있나?"

톰은 홱 돌아섰다. 디키가 문간에 서 있었다. 그렇다면 지금 자기가 거울을 보고 있을 때 디키는 이미 문까지 와 있었다는 것인가.

"아니, 혼자서 장난을 하고 있었어." 톰은 난처할 때는 언제나 하는 것처럼 굵은 목소리로 말했다. "미안해, 디키."

디키는 말을 못할 정도로 화가 난 듯, 입을 조금 벌렸다가 다시 다물었다. 톰에겐 그것이 야단을 맞는 것보다 더 큰 충격이었다. 디키는 성큼성큼 걸어 들어왔다.

"디키, 미안하다고 하지 않나."

'탕'하고 닫히는 문소리에 톰은 말을 끊었다. 디키는 톰을 거들떠보지도 않고 셔츠의 단추를 풀기 시작했다. '이건 내 방이야. 대체 너는 뭘 하러 왔지?' 하는 듯한 태도였다. 톰은 두려움으로 몸이 굳었다.

"내 옷을 벗어 주었으면 좋겠어" 하고 디키는 말했다.

톰은 벗기 시작했다. 충격과 분함 때문에 손가락이 제대로 움직이지 않았다. 왜냐하면, 디키는 지금까지, '저걸 입어라, 이걸 써라' 하고 톰에게 말했다. 디키는 두 번 다시 그런 말을 하지 않겠지.

디키는 톰의 발을 보았다.

"구두까지 신었는데? 정신이 돌기라도 했나?"

"아냐." 톰은 되도록 평정을 되찾으려고 애쓰며 벗은 옷을 옷걸이에 걸고 나서 물었다. "머지와 화해를 했어?"

"머지와 나는 사이좋게 지내고 있어." 디키는 톰을 따돌리듯 딱 잘라 말했다. "한 가지 말해 두겠어. 나는 동성애를 하려는 사람이 아냐. 자넨 어떻게 생각하는지 모르지만."

"동성애라구?"

톰은 웃었다.

"나는 자네가 변태자라고 생각한 일은 없어."

디키는 다시 무슨 말을 하려다가 그만두었다. 디키가 몸을 똑바로 뻗으니까 다갈색으로 그을린 가슴에 갈비뼈가 보였다.

"아무튼 머지는 자네를 그렇게 생각하고 있어."

"어째서지?"

톰은 얼굴이 붉어졌다. 톰은 남은 디키의 구두를 힘없이 벗어 가지런히 장에 넣었다. '어째서 그녀는 그렇게 생각할까? 내가 어떻게 했다는 것일까?' 톰은 정신이 아찔해졌다. 이제까지 그에게 이렇게 거침없이 말한 사람은 아무도 없었다.

"그건 자네의 행동 때문이야."

디키는 화가 난 목소리로 이렇게 말하고 문으로 나갔다.

톰은 서둘러 자기의 쇼트를 입었다. 그는 속옷을 입고 있었지만 옷장 그늘에 반쯤 숨어서 입었다. 디키가 나를 좋아하기 때문에, 머지가 이런 누명을 씌워서 비난한 모양이다. 그런데 디키에겐 나를 감싸고, 그녀의 말을 취소하게 할 만한 용기가 없다.

아래층으로 내려가니까 디키가 테라스의 바 선반에서 자기가 마실 음료를 만들고 있었다.

"디키, 나는 확실히 말해 두고 싶어" 하고 톰은 말을 꺼냈다. "나 역시 동성 연애를 하는 변태자는 아냐. 누구한테도 그런 말을 듣고 싶지 않아."

"그까짓거 괜찮아."

디키는 조용히 말했다.

그 말투에서 톰은, 언젠가 뉴욕에 있는 이러이러한 사람들을 아느냐고 물었을 때, 그가 대답한 말이 생각났다. 톰이 디키에게 물어 본 사람들 가운데 어떤 사람은 확실히 동성애를 하는 변태자였다. 그때 톰은 디키가 그 사람들을 알면서도 일부러 모르는 체하는 것이 아닐까 하고 의심을 품은 일이 있었다. 아무튼 좋아! 이런 이야기를 꺼낸 사람은 누구야? 디키가 아닌가! 톰은 입 밖에 내지는 않았으나 마음속에는 자기가 할 것 같은 신랄한 말, 달래는 말, 감사와 적의의 말 등이 뒤죽박죽이 되어 소용돌이치고 있었다.

톰은 뉴욕에서 한때 사귀었으나, 그 전부와 절교해 버린 어느 그룹의 일이 떠올랐다. 그리고 그들과 사귄 일들이 뉘우쳐졌다. 그들은 톰이 재미있어서 패거리에 끼워 주었지, 톰이 그들과 특별히 친하게 지낸 것은 절대로 아니다! 그들 가운데 두 사람이 톰에게 은근히 사랑을 고백했으나 당연히 거절했다. 하기는 나중에 그들과 화해를 하려고, 음료에 넣는 얼음을 날라다 주거나, 일부러 멀리 돌아 택시로 배웅해 주기도 했지만, 그것은 모두에게서 미움을 받지 않기 위해서였다.

톰은 정말 바보였다. 그리고 빅 시몬즈에게서 '무슨 소릴 하는 거야. 톰, 집어치워!' 하는 말을 들었을 때의 창피함은 지금도 잊을 수 없다. 톰은 모여 있는 패거리들에게 '나는 남자가 좋은지 여자가 좋은지 도무지 결정을 못하겠어. 그래서 양쪽 다 그만두려고 해' 했던 것이다. 톰이 그런 말을 한 것은 세 번째인가 네 번째 만났을 때인데, 마침 빅 시몬즈가 같은 자리에 있었다. 그 무렵에는 모두 곧잘 정신분석의한테 갔기 때문에, 톰도 정신분석의한테 다니는 시늉을 했다. 그리고 분석의와 주고받은 어리석고 우스꽝스러운 이야기를 꾸며내서는 파티의 패거리들을 기쁘게 해주었다. 그 말 중에서도 '남자든 여자든 양쪽 다 그만두겠어' 하는 이야기는 톰의 말하는 태도가 우스워서, 크게 웃음을 자아냈다. 그런데 '무슨 소리를 하는 거야. 톰, 집어치워!'라는 말을 들은 뒤로는, 톰은 두 번 다시 그 이야기를 하지 않았고, 정신분석의 이야기도 그만두었다. 그러나 톰은 이 이야기가 많은 사실을 말해 준다고 생각하고 있었다. 세상 사람들에 비하면 자기는 가장 죄가 없는 깨끗한 인간이다. 디키와의 사이가 이렇게 된 것은 얄궂었다.

"아무래도 나 때문에……" 하고 톰은 말을 이었으나 디키는 들으려고 하지도 않았다. 디키는 험상궂은 입을 하고 저쪽으로 돌아서더니 음료 잔을 들고 테라스 구석으로 갔다. 톰은 테라스에서 내던져지거나 갑자기 집에서 나가라고 호통을 받을까봐, 쭈뼛거리며 디키에게로 다가갔다. 그리고 조용히 물었다.

"디키, 자넨 머지를 사랑하고 있나?"

"아니, 그러나 불쌍하다고 생각해. 소중히 해주고 싶어. 꽤 신세를 졌거든. 둘이서 상당히 즐겁게 지내왔어. 그 점을 자넨 모르겠지?"

"알고는 있어. 자네와 그녀 사이의 일은 처음부터 눈치채고 있었어. 자네로서는 플라토닉한 것이겠지만, 그녀는 자네를 사랑하는 모양이라고 생각했어."

"그녀는 그래. 자기를 사랑해 주는 사람의 마음을 상하지 않게 하려면, 마음에도 없는 짓을 하지 않으면 안 될 때도 있어."

"그야 그렇지." 톰은 말을 고르려고 우물거렸다. 톰은 디키가 자기에게 화내지 않고 있다는 것은 알 수 있었으나, 그래도 아직 마음이 편하지 않았다. 아무튼 디키는 톰을 쫓아낼 작정은 아니었다. 톰은 어느 정도 차분해진 목소리로 말했다.

"만약 자네들이 뉴욕에 있었다면, 자네도 이토록 빈번히 그녀를 만날 필요가 없겠지――전혀 만나지 않을지도 모르지――그러나 이 마을에서는 너무 쓸쓸하니까……."

"정말 그래. 난 그녀와 침대에 든 일도 없고, 그럴 생각도 없어. 그러나 친구로서는 계속 사귀고 싶어."

"내가 혹시 자네들에게 방해가 된 일은 없을까? 전에도 말했듯이 내가 자네와 머지의 우정에 방해가 된다면 당장에라도 이곳에서 나가겠어."

디키는 흘끔 쳐다보았다.

"아냐, 자넨 특별히 잘못한 일이 없어. 그런데도 그녀가 오는 것을 싫어하고 있지 않은가. 그녀에게 뭔가 친절한 말을 하려 할 때는 자네가 애써 그렇게 한다는 것을 알 수 있어."

"미안해." 톰은 뉘우치는 것처럼 말했다. 그는 별로 노력하지 않은 자신이 유감스러웠다. 좀더 잘 할 수 있는데도 그만 서투른 짓을 해버렸다.

"아무튼 좋아. 이 이야기는 그만두기로 하세. 머지와 나는 별일 없으니까."

디키는 명백히 말했다. 그리고 얼굴을 돌려 바다를 바라보았다.

톰은 부엌으로 가서 자기가 마실 커피를 끓였다. 그는 에스프레소를 사용하고 싶지 않았다. 디키가 그것을 소중히 하며, 자기 이외의 사람이 쓰는 것을 별로 좋아하지 않기 때문이다. 톰은 커피를 자기 방으로 가져가서, 파우스트가 오기 전에 이탈리아 어를 예습해 두리라고 생각했다. 지금은 디키와 화해할 시기가 아니다. 디키에게도 자존심이 있다. 오후에는 쭉 아무 말도 않고 있다가 디키가 한참 그림을 그리고 난 오후 5시쯤에 나가자. 그리고 디키의 양복 사건 따위는 없었던 것 같은 표정을 해야 한다.

톰은 자신이 있었다. 디키는 그가 이곳에 묵고 있는 것을 좋아하고 있다. 디키는 단 혼자 사는 생활에 질리고, 머지에게도 진절머리가 나 있다. 톰은 그린리프 씨에게서 받은 돈이 아직도 300달러나 남아 있으니까, 디키와 둘이 파리에 가서 그 돈으로 호화스럽게 놀자고 의논했었다. 머지를 빼놓고 말이다. 톰이 파리를 열차의 창으로 얼핏 보았을 뿐이라고 했더니 디키는 깜짝 놀란 표정을 지어 보였다.

톰은 커피가 끓기를 기다리며 점심에 먹을 예정인 요리를 잘라 놓앉다. 그는 요리가 들어 있는 그릇 두 개를 각각 물이 담긴 더 큰그릇에 담갔다. 개미를 막기 위해서였다. 그 밖에 종이에 싼 작은 버터, 달걀 두 개, 롤빵 네 개가 있는데, 그것은 에르메린더가 내일 아침 식사용으로 사다 둔 것이다. 냉장고가 없기 때문에 무엇이든 매일 조금씩 사야만 했다.

디키는 톰이 가진 돈의 일부로 냉장고를 사고 싶어 두 번쯤 말을 했다. 톰은 그 생각을 단념해 달라고 했다. 왜냐하면 냉장고를 사려면 두 사람의 여행 비용을 줄여야 하기 때문이다. 디키는 자기의 월수입 500달러의 쓸 곳을 미리 세워놓고 있었다. 디키는 어떤 면에서는 돈에 더할 수 없이 자상한 편이었다. 선창이나 마을의 주점 같은 데서는 기분 좋게 팁을 뿌렸고 거지가 오면 아까운 줄도 모르고 500리라 짜리 지폐를 선뜻 내주기도 했다.

5시에는 디키의 기분이 보통 때처럼 좋아졌다. 오후 내내 기분 좋게 그림을 그린 모양이었다. 한 시간쯤 전부터 디키가 서재에서 휘파람을 불고 있는 소리가 들렸다. 톰은 테라스에서 이탈리아 어 문법을 다시 보고 있는데 디키가 나와서 발음을 고쳐 주었다.

"그들은 '…… 하고 싶다'는 말을 그다지 똑똑하게 발음하지 않아" 하고 디키가 말했다.

"'이오 부오 프레젠타아레 미아 아미카 머지, 페르 이젠피오(가령, 나는 친구인 머지를 소개해 드리고 싶다)'야."

디키는 그 긴 손을 뒤로 높이 번쩍 들었다. 디키가 이탈리아 어를 지껄일 때는 언제나 손으로 제스처를 한다. 오케스트라에서 '매끈하게'의 부분을 지휘하는 것 같은 우아한 제스처였다.

"자네는 문법을 읽는 것보다, 파우스트가 하는 말을 더 자세히 듣고 있는 편이 좋아. 나는 이탈리아 어를 거리에서 배웠어." 디키는 빙긋 웃으며 나가려고 했고 마침 파우스트가 문을 열고 들어오는 중이었다. 톰은 그들이 웃으며 이야기하는 이탈리아 어를 한마디도 남기지 않고 이해하려고 가만히 듣고 있었다.

파우스트는 벙글벙글 웃으며 테라스에 올라와서 의자에 앉고 그 맨발을 난간에 걸쳤다. 그의 얼굴은 웃고 있는지 찡그리고 있는지, 순간순간 어느 쪽으로도 변했다. 디키가 말하는 바로는, 그는 이 마을에서 남이탈리아의 방언을 사용하지 않는 아주 적은 사람들 중의 한 사람이었다. 파우스트는 밀라노에 살고 있는데, 수개월 동안 몬지베로에 사는 고모 집에 와 있다. 그는 일주일에 세 번, 5시부터 5시 반 사이에 틀림없이 왔다. 그리고 모두 함께 테라스에 앉아 포도주나 커피를 마시며 한 시간쯤 이야기를 했다. 파우스트는 바위에 대한 이야기, 바다 이야기, 정치 이야기(디키의 말로는, 파우스트는 정식 공산당원으로, 미국인에게는 기꺼이 그 당원 증명서를 보인다고 했다. 그것을 본 사람이 깜짝 놀라는 모습이 재미있어서라고 했다), 그리고 이 마을에 사는 일부 사람들이 몰래 살금살금 하고 있는 정신병자 같은 성생활에 대한 이야기 등을 차례로 했는데, 톰은 그것을 일일이 외우려고 노력했다. 파우스트는 가끔 무슨 이야기를 해야 좋을지 모르게 되면 톰의 얼굴을 보며 큰 소리로 웃었다. 그래도 톰은 놀라울 정도로 진도가 빨랐다. 톰이 지금까지 흥미를 가지고 공부하며, 언제까지나 계속할 수 있다고 느낀 것은 이탈리아 어뿐이었다. 톰은 디키만큼 이탈리아 어를 잘 하고 싶었다. 만약 이대로 공부를 계속한다면, 톰은 앞으로 한 달이면 어느 정도는 될 수 있을 것 같았다.

11

톰은 테라스를 성큼성큼 가로질러 디키의 서재로 들어갔다.
"어때, 관 속에 들어앉아 파리에 가보지 않겠어?"
톰이 물었다.

"뭐라고?"
수채화를 그리고 있던 디키는 얼굴을 쳐들었다.
"나는 방금 조르죠에서 이탈리아 인과 이야기를 하고 왔어. 트리에스테에서 출발한대. 프랑스 인이 수행하는 관 속에 들어가서 화물 열차로 가는 거야. 한 사람 앞에 10만 리라를 준대. 아마 마약을 운반하는 모양이야."
"관 속에 마약을 넣어서 말이야? 낡아빠진 수법 아냐?"
"이탈리아 어로 이야기하기 때문에 다 알아들을 수는 없었지만 내가 대강 알아들을 수 있었던 것으로는 관이 세 개 있는데 세 번째 관에는 진짜 시체가 들어 있고 또 그 속에 마약을 넣었다더군. 하여간 그 일을 하면 여비도 벌고 경험도 된다는 거야."
톰은 주머니에서 디키를 위해 길가의 상인에게서 사온 선박 용품인 럭키스트라이크(미국산 담배의 한 가지)를 몇 갑 꺼냈다.
"자네 생각은 어때?"
"멋진 아이디어가 아닌가. 관 속에 들어가서 파리에 간다는 것은!"
디키는 묘한 웃음을 띠고 있었다. 찬성할 생각은 전혀 없는데, 찬성하는 듯한 시늉을 하며 톰을 놀릴 셈인가 보다.
"나는 진지하게 말하는 거야" 하고 톰은 말했다. "그 사람은 할 생각이 있는 청년을 두 사람쯤 진심으로 찾고 있어. 그 관 속에는 인도차이나 전선의 프랑스 군 전사자 시체가 들어 있는 걸로 돼 있대. 그리고 그 프랑스 인의 시중은 전사자의 가족이 들게 되는 것인가 봐."
그것은 그 남자가 한 말 그대로인지 아닌지는 모르겠으나 대체로 거기에 가까웠다. 두 사람에게 20만 리라라고 하면, 300달러 이상이 된다. 파리에서 즐겁게 놀고도 남을 만한 금액이었다. 그런데 디키는 아직 파리에 가기를 꺼리고 있었다.

디키는 그를 찌르듯 쏘아보고 피우던 담배를 비벼 끄고는 럭키스트라이크 한 갑을 뜯었다.

"그 녀석은 마약에 취해서 그런 말을 하는 게 아냐?"

"자넨 요즘 되게 조심스러워졌어!" 톰은 웃었다. "자네의 타고난 인내심은 어디로 갔지? 나마저 신용 못하겠다는 말투인데! 같이 가 보자구, 그 사람을 보여 줄 테니. 아직도 나를 기다리고 있을 거야. 카를로라는 남자야."

디키는 움직이려 하지 않았다.

"그런 이야기를 꺼내는 녀석은 절대로 자세한 말은 하지 않는 법이야. 그들은 틀림없이 트리에스테에서 파리까지 폭력배를 둘쯤 딸려 보낼 것이 뻔해. 그렇다 해도 줄거리가 통하지 않는 이야기야."

"함께 가서 이야기해 보지 않겠어? 내 말은 신용할 수 없더라도…… 어쨌든 그 녀석을 한번 만나 보라구."

"좋아" 하고 디키는 갑자기 일어섰다.

"100만 달러로 내기를 걸어도 좋아."

디키는 서재의 침대 의자 위에 펼친 채 엎어 놓은 시집을 덮고 톰을 따라 방을 나왔다. 머지는 시집을 많이 가지고 있었다. 디키는 최근 그것을 자주 빌려 보았다.

두 사람이 들어가 보니 그 남자는 아직도 조르죠의 구석 테이블에 앉아 있었다. 톰은 그에게 웃으며 고개를 끄덕거렸다.

"여어, 카를로. 앉아도 되나?"

"어서 앉아요" 하며 그 남자는 테이블의 의자를 가리켰다.

"이 사람은 내 친구야."

톰은 이탈리아 어로 조심스럽게 말했다.

톰은 카를로가 디키를 살피는 모습을 보았다. 그 쌀쌀하고 험한 검은 눈길이, 실례가 되지 않을 정도의 흥미 외에는 아무 표정도 나타내지 않는데 놀랐다. 더구나 그는 디키의 의심스러운 듯한 엷은 웃음, 수개월에 걸친 일광욕이 아니고는 그렇게 될 것 같지 않은 그을린 안색, 낡은 이탈리아제 옷과 미국식 반지 등을 순간적으로 알아본 모양이었다.

그 남자의 엷고 납작한 입술이 천천히 풀어지더니 톰을 흘끔 보았다.

"어때?"

톰은 애가 타서 재촉했다.

남자는 스위트 마티니를 마셨다.

"이 일을 실행하는 데 당신 친구는 적합하지 않아."

톰은 디키를 바라보았다. 디키는 아까와 같은 묘한 표정의 웃는 얼굴로 그 남자를 찬찬히 보고 있었다. 톰은 갑자기 그것이 모멸하는 웃음이라는 것을 알았다.

"하여간 거짓말은 아니지?"

톰은 디키에게 물었다.

"응" 하고 디키는 아직도 그 남자를 빤히 보고 있었다. 그것은 상대가 약간 흥미 있는 동물이긴 하지만 죽이려고 생각만 하면 언제든지 죽일 수 있다는 눈매였다.

디키는 이탈리아 어로 이야기하는 것은 아무런 문제도 아닌데, 그 남자에게는 한마디 말도 하지 않았다. 만약 이것이 3주일 전이라면, 디키는 그의 요청에 응했을지도 모른다고 톰은 생각했다. 남자를 체포하기 위해 응원대가 오기를 기다리는 경찰의 스파이나 형사처럼, 언제까지나 거기에 앉아 있을 이유가 없었다.

톰은 마침내 "어때, 신용해 주겠지?" 하고 물었다.

디키는 그를 보고 "일에 대해서 말야? 알게 뭐야" 했다.

톰은 독촉하듯 이탈리아 인을 바라보았다.

이탈리아 인은 어깨를 움츠렸다.

"이야기해 보았자 헛일이겠지요?"

남자는 이탈리아 어로 물었다.

"헛일이야." 톰이 수긍했다.

톰은 심한, 어찌할 수 없는 분노가 끓어올라 몸이 떨렸다. 톰은 디키에게 화를 냈다. 디키는 그 남자를 빤히 쳐다보고 있었다. 더러워진 손톱, 더러워진 셔츠의 깃, 그 추하고 거무튀튀한 얼굴은 최근에 수염을 깎은 모양인데 씻은 일은 없는 듯, 수염을 깎은 자국만이 그 주위의 피부보다 훨씬 희다. 그러나 그 이탈리아 인의 검은 눈은 침착하고 상냥하며 디키의 눈빛보다 훨씬 강했다.

톰은 숨이 막혔다. 톰은 이탈리아 어로는 자기 생각을 제대로 표현할 수 없었다. 톰은 디키와 그 남자가 한꺼번에 자기 말을 들어주었으면 했다.

"필요 없어. 수고한다, 벨트." 디키는 주문을 받으러 온 웨이터에게 조용히 말하고 톰을 보았다. "갈까?"

톰이 갑자기 일어서는 바람에, 등받이가 반듯한 의자가 뒤로 넘어졌다. 톰은 의자를 일으키고 이탈리아 인에게 고개를 끄덕였다. 그는 이탈리아 인에게 사과를 해야겠다고 생각했으나 보통 인사인 '안녕'이라는 말조차 입에서 나오지 않았다. 이탈리아 인은 안녕이라고 하며 빙긋 웃었다. 톰은 디키의 뒤를 따라 바에서 나왔다.

밖에 나와서 톰은 "난 적어도 사실이라는 걸 알아주었으면 했어. 알았겠지?" 했다.

"알았어. 분명히 사실이었어. 자네는 대체 어떻게 된 건가?"

"자네야말로 어떻게 된 거야?"

"그 녀석은 건달이야. 자네가 나한테 알게 하려고 한 일이 고작 그것인가? 알았다구."

"어쩌자고 자네는 그렇게 거만하게 굴지? 그가 자네에게 무슨 짓을 했나?"

"나보고 그 녀석 앞에 무릎을 꿇란 말인가? 건달은 보면 바로 알 수 있어. 이 마을에는 상당히 많이 있어." 디키는 금발 아래의 미간을 찌푸렸다. "대체 자네는 어떻게 하자는 거야? 그런 얼토당토 않은 요청을 들을 작정인가? 하고 싶거든 혼자서 하라구!"

"하고 싶어도 이젠 할 수 없어. 자네가 그런 태도를 취한 이상 이제는 안 돼."

디키는 길 한복판에서 멈춰 섰다. 두 사람이 너무 큰 소리로 말다툼을 하니까, 그들 주위에 대여섯 명의 구경꾼이 모여서 바라보고 있었다.

"해보면 틀림없이 재미있을 거야. 그러나 자네와 같은 식으로 받아들이면 안 돼. 한 달 전에 로마에 갔을 때라면, 자넨 이런 일이 재미있다고 생각했을 텐데 말이야." 톰이 말했다.

"아니, 천만에." 디키는 고개를 저었다. "그렇지 않아."

실패라는 생각과 잘 말할 수 없다는 사실이 톰에게는 고통이었다. 구경하는 사람들 때문에 견딜 수 없어서 톰은 하는 수 없이 걷기 시작했다. 톰은 누군가에게 쫓기는 것처럼 급히 걸었다. 디키가 뒤따라온다는 사실을 알 때까지, 디키는 아직도 난처한 듯한, 의심스러운 듯한 얼굴을 하고 있었다. 톰은 그가 자신의 뜻밖의 반응에 난처해하고 있음을 잘 알 수 있었다. 톰은 그 까닭을 설명하고, 디키의 본심에 호소해서 이해시키고 둘 다 같은 생각이 되고 싶었다. 한 달 전에는 디키도 그와 같은 생각이었다.

"자네의 태도는 못써." 톰은 말했다. "그런 태도를 취할 필요가 뭐 있어? 그 녀석이 자네 체면을 손상시킨 것도 아닌데."

"그 녀석은 질이 나쁜 건달이야! 그렇게까지 가고 싶으면 가면 될

게 아냐! 내가 하는 대로 해야 된다는 의무는 없으니까!"

톰은 발을 멈추었다. 갑자기 돌아가고 싶은 충동에 사로잡혔다. 그 이탈리아 인이 있는 곳을 향해서가 아니고, 디키에게서 떨어지고 싶었다. 그러나 톰의 긴장은 갑자기 꺾여 버렸다. 양쪽 어깨가 처지고, 아프기 시작했으며 숨이 가빠지기 시작했다. 그는 화해하기 위해, 디키가 그것을 잊게 하기 위해, 적어도 '괜찮아, 디키'라고 말해 주고 싶었다.

그런데 혀가 움직이지 않았다. 그는 디키의 파란 눈을 응시했다. 아직도 눈살을 찌푸리고 있었다. 햇빛을 받은 눈썹이 하얗게 보이고, 눈 그 자체는 번뜩거리기는 하나 아무런 표정도 없었다. 한가운데에 검은 점이 있는 작고 푸른 제리처럼 아무런 의미도 나타나지 않고, 그와 전혀 무관한 눈이었다. 눈을 통해 정신이 보이고, 눈을 통해 사랑을 느낄 수가 있다. 남의 마음속을 들여다보고 안에서 어떤 일이 생기고 있는가를 알려면 눈밖에는 없다.

톰은 지금 디키의 눈을 보고 있으면서도 단단해서 피가 통하지 않는 거울을 보고 있는 듯한 느낌이었다. 톰은 가슴이 죄는 듯한 아픔을 느끼고, 두 손으로 얼굴을 가렸다. 그는 갑자기 디키를 빼앗긴 것 같은 느낌이 들었다. 두 사람은 친구가 아니다. 서로 본 일도 없고 알지도 못하는 타인이다.

톰은 문득 무서운 진실을 깨달았다. 그것은 옛날부터 항상 진실이고, 과거에 알았던 사람들에게도, 앞으로 알게 될 사람들에게도 진실이다. 어떤 사람이 그의 앞에 서 있었고, 장래에도 그의 앞에 서 있겠지. 그런데 그는 언제나 그들을 알지 못했었다고 깨닫는 때가 온다. 무엇보다도 잘못된 것은 언제나 반드시 아주 짧은 기간이나마 그는 그들을 알고 있었고 그들과 완전히 융합되었다는 착각을 일으킨다. 이것을 깨닫는 순간, 필설로는 나타낼 수 없는 충격에 그는 도무지 견딜 수가 없었다. 갑작스러운 발작 때문에 땅바닥에 쓰러지는 것이 아닌가 싶기까지 했다. 그것은 너무하다! 여기는 알지도 보지도 못한 타국, 말은 통하지도 않고, 자기는 실패하고, 더구나 디키는 자기를 미워하고 있다! 그는 적의에 찬 낯선 사람들에게 둘러싸인 듯한 느낌이 들었다. 그때, 눈을 누르고 있는 그의 두 손을 디키가 떼는 것을 느꼈다.

"대체 어떻게 된 거야?"

디키가 물었다.

"그 녀석이 뭘 한잔 먹였나?"

"아니."

"정말이야? 음료에 뭘 넣지 않았어?"

"안 넣었어."

빗방울 하나가 이마에 떨어졌다. 멀리서 천둥소리가 들렸다. 하늘까지도 적이다!

"난 죽고 싶어."

톰은 작은 소리로 말했다.

디키는 그의 팔을 끌어당겼다. 기다시피 하여 겨우 우체국 옆의 작은 주점으로 갈 수 있었다. 디키가 브랜디를 주문했다. 이탈리아의 브랜디를 달라고 덧붙였다. '그래 나에겐 프랑스 것은 과분하다 이거군.' 톰은 금방 잔을 비웠다. 조금 단맛이 나는 약 같은 술을 세 잔이나 마셨다. 그 술은 신비의 약처럼, 그를 그의 마음을 알고 있는 현실로 되돌려 놓았다. 디키가 손에 들고 있는 나쵸나레의 향기, 그의 손가락 밑에 있는 카운터의 소용돌이치는 나무공이, 누군가의 주먹이 배꼽을 누르고 있는 듯 명치에 느껴지는 압박감, 지금부터 집에 돌아가려면 긴 고갯길을 걷지 않으면 안 된다는 사실, 그 때문에 양쪽 넓적다리가 조금 아파진다는 사실 등.

"난 아무렇지도 않아." 톰은 침착하고 굵은 목소리로 말했다. "어떻게 된 것인지 나도 모르겠어. 아마 더위 때문에 조금 이상해진 모양이야."

그는 조금 웃어 보였다. 그가 디키를 만나고 나서 최근 5주 사이에 일어난 일보다도 더 중요한 어떤 일, 그에게 있어 처음으로 일어난 이 고독감을 웃음으로 얼버무리고, 시시한 일이라고 생각해 버려야 하는 것이 현실이다.

디키는 아무 말도 하지 않고 가지고 있는 담배를 입에 물고, 검은 악어 가죽 지갑에서 100리라 짜리 지폐 두 장을 꺼내어 카운터에 놓았다. 톰은 디키가 아무 말도 하지 않은 것에 몹시 감정이 상했다. 그것은 구토증으로 주위 사람에게 폐를 끼친 아이가 그 구토증이 낫고 나서, 적어도 친절한 말 한마디쯤을 걸어 주었으면 하고 기대하는데, 걸어 주지 않아 마음이 상한 것과 비슷했다. 그런데 디키는 더할 수 없이 냉담했다. 디키는 브랜디를 사주었으나, 그것은 우연히 만난 낯선 사람이 기분이 나쁘고, 돈이 없는 자기에게 브랜디를 마시게 해 주는 것처럼 매우 쌀쌀하게 느껴졌다.

톰은 갑자기 '디키는 내가 코르티나에 가는 것을 싫어하고 있다'고 생각했다. 톰이 그렇게 생각한 것은 지금이 처음은 아니었다. 머지가 코르티나에 가게 되겠군. 그녀와 디키는 요전에 모두 나폴리에 갔을 때 코르티나에 가지고 갈 커다란 보온병을 샀다. 그들은 그에게 그 보온병이 마음에 드느냐고 묻지도 않았다. 그 두 사람은 조용히, 그리고 서서히 그를 준비에서부터 따돌리고 있었다. 디키는 코르티나 여행을 떠나기 전에 그가 돌아갔으면 하는 것이 분명했다. 2주일쯤 전에 디키는, 코르티나에서 스키 예선 시합이 몇 가지 있는데 지도에 표시를 해두었으니까 보여 주겠다고 했다. 그런데 어느 날 밤, 디키는 지도를 보고 있으면서도 그에게는 한마디도 하지 않았다.

"이제 괜찮은가?"

디키가 물었다.

톰은 개처럼 디키의 뒤를 따라 주점에서 나왔다.

"자네 혼자 집에 돌아갈 수 있다면 나는 잠깐 가서 머지를 만나고 오겠어."

디키가 걸어가면서 말했다.

"이제 괜찮아."

"됐어." 디키는 그쪽으로 가면서 어깨 너머로 말했다. "우편물을 받아 가지고 가지 않겠나? 난 잊어버릴지도 모르니까."

톰은 고개를 끄덕거렸다. 그리고 우체국에 들렸다. 편지가 두 통 와 있었다. 한 통은 디키의 아버지로부터 톰에게 보내온 것이고, 다른 한 통은 톰이 모르는 뉴욕 사람에게서 디키 앞으로 온 편지였다. 그는 우체국 문간에 선 채 그린리프 씨의 편지를 뜯어 접은 타이프 용지를 조심스럽게 폈다. 그것에는 버크 그린리프 조선회사의 엷은 녹색 인쇄 문구가 있었고, 그 한가운데에 트레이드마크인 배의 핸들이 있었다.

  톰 군에게

  귀하가 디키의 집으로 간 지 이미 한 달 남짓 되는데, 그 애는 귀하가 가기 전과 마찬가지로 귀국할 조짐이 보이지 않는 점으로 보아, 귀하의 노력은 실패로 끝났다고 단정하지 않을 수 없습니다. 그 애가 귀국을 고려하고 있다고 귀하가 보고한 호의는 고맙지만, 솔직히 말해서 10월 26일자의 디키의 편지엔 그 건에 관해서 한마디도 언급하지 않았습니다. 따라서 그 애는 전보다 더 그곳에 체류할 결의를 굳힌 것으로 판단됩니다.

  나와 아내는, 귀하가 우리와 그 애를 위해 여러 가지로 노력해 준 것에 크게 감사하고 있습니다. 앞으로는 귀하가 나에 대해서 어떤 의무를 가지고 있다고 생각하지 않아도 좋습니다. 지난 한 달 동안 귀하에게 너무 큰 폐가 되지 않았는지요? 이번 여행의 주요한 목적은 실패로 끝났더라도, 귀하에게 얼마만큼의 즐거움이라도 줄 수 있었다면 다행으로 생각합니다.

아내와 함께 인사 겸 사의를 표합니다.

19××년 11월 10일
H.R. 그린리프

이것은 톰에게 최후의 일격이었다. 냉담한 투로——공손한 인사말을 넣었기 때문에, 평소의 사무적인 냉담함 이상으로 느껴진다——그린리프 씨는 깨끗이 그를 잘랐다. 그는 실패한 것이다. '너무 큰 폐가 되지 않았는지요?'라니! 불쾌감을 주기 위한 표현이 아닌가? 그린리프 씨는 그가 미국으로 돌아오면 다시 만나고 싶다고도 쓰지 않았다.

톰은 기계적으로 고갯길을 올라갔다. 그는 지금 디키가 머지의 집에 있는 상황을 상상했다. 주점에 있던 카를로의 이야기며, 그 뒤에 있었던 톰의 묘한 행동에 관해서 그녀에게 이야기하고 있을 것이 뻔했다. 머지가 뭐라고 할지 톰은 알고 있었다. '디키, 어째서 그 사람을 쫓아 보내지 않아요?' 그 집으로 들이닥쳐서, 억지로라도 두 사람에게 이유를 이야기해 줄까? 톰은 머리를 돌리고 고개 뒤에 있는 머지의 집의 수수께끼 같은 네모진 어두운 창을 올려다보았다. 그의 윗옷은 비에 흠뻑 젖어 있었다. 그는 깃을 세웠다. 그리고 디키의 집을 향해 잰걸음으로 고갯길을 올랐다. 적어도 그린리프 씨를 속여서 돈을 더 뜯어내지는 않았다고 생각하니 톰은 조금 자랑스러워졌다. 더구나 하려면 할 수 있었는데 말이다. 그리고 디키의 기분이 좋을 때를 보아, 그에게 부탁한다면 돈은 쉽게 얻을 수 있었을 것이다. 이런 경우라면 다른 사람이 했어도 잘 되었으리라. 아무나 말이다. 그런데도 그는 그렇게 하지 않았다. 그것은 자기로서는 훌륭한 일이었다.

톰은 테라스의 구석에 서서 아무것도 생각하지 않고 배 한 척 떠 있지 않는 부옇게 보이는 수평선을 바라보았다. 아득한 꿈과 같은 허탈감과 고독감 외엔 아무것도 머리에 떠오르지 않았다. 디키와 머지조차 먼 곳에 있는 것으로 생각되어, 두 사람이 무슨 이야기를 하건 아무래도 좋다고 생각되었다. 그는 외톨이였다. 그것만이 중요한 문제였다. 그는 등뼈 끝에서부터 욱신거리는 듯한 두려움을 느끼기 시작했고 나중에는 엉덩이까지 아파왔다.

문 열리는 소리가 났다. 디키가 싱글벙글하면서 작은 길을 올라오고 있었다. 톰에게는 그것까지도 억지로 꾸민 웃음으로 보였다.

"비가 내리고 있는데 그런 곳에 서서 뭘 하고 있어?"

디키가 홀의 문에서 목을 내밀고 물었다.

"이렇게 하고 있으니까 아주 기분이 좋아." 톰은 쾌활하게 말했다. "자네 앞으로 편지가 왔어."

톰은 디키에게 편지를 주고, 그린리프 씨의 편지는 주머니에 쑤셔 넣었다.

톰은 홀에 있는 장에 윗옷을 걸었다. 디키가 편지를 다 읽고 났을 때——그는 그것을 읽으며 큰 소리로 웃었다——톰은 말했다.

"우리가 파리에 갈 때에 머지도 함께 가고 싶어할까?"

디키는 톰의 말에 깜짝 놀라는 것 같더니 "그렇게 말하겠지"라고 애써 대답했다.

"그럼 가자고 권해 보는 게 좋겠어." 톰은 밝게 말했다.

"나는 파리까지 가는 일은 좀 어떨까 싶어. 4, 5일 어디에 가는 것은 괜찮겠지만 파리는 왠지……" 하려다가 그는 담배에 불을 붙였다. "나는 산레모나 제노아에 가보고 싶어."
"그러나 파리는…… 제노아와 비교도 안 되겠지?"
"그야 물론, 그렇지만 훨씬 가깝다구."
"그럼, 우린 언제쯤 파리에 갈 수 있지?"
"모르겠는데. 언젠가는 갈 수 있겠지. 파리는 언제나 그곳에 있으니까."
톰은 귀에 남은 말의 여운에 귀를 기울이고, 그 말을 알아들으려고 했다.
그저께 일이다. 아버지로부터 디키에게 편지가 왔다. 디키는 처음엔 얼마쯤 소리 내어 읽었고, 둘은 그 무슨 내용 때문에 웃었다. 편지의 나머지는 전부 읽지 않았다. 그린리프 씨는 디키에게, 톰 리플리에게는 정나미가 떨어졌다고 쓰고, 톰이 그 돈을 노름에 쓰고 있지 않은가 의심하는 모양이었다. 톰은 이런 일이 한 달 전에 있었다면, 디키도 함께 휩쓸려 웃었을 텐데 지금은 그렇게는 안 될 거라고 생각했다.
"내 돈이 아직 좀 남았을 때, 파리 여행을 해두는 편이 좋은데."
톰은 끈질기게 주장했다.
"자네 혼자 가면 될 게 아닌가. 나는 지금으로서는 갈 생각이 없어. 코르티나에 가기 위해 힘을 절약해 두는 거야."
"그래, 그럼 산레모로 할까?"
톰은 울고 싶은 마음을 누르고 애써 쾌활하게 말하려고 애썼다.
"그게 좋아."
톰은 홀에서 부엌으로 뛰어들어갔다. 부엌 구석에 있는 크고 하얀 냉장고가 그의 시야 속으로 다가왔다. 톰은 얼음을 넣은 음료가 탐이 났지만 지금은 그것을 만지기조차 싫었다.

톰은 디키와 머지와 함께, 나폴리에서 하루를 완전히 소비해서 냉장고를 찾아다녔었다. 제빙 그릇을 살펴보고, 부속 장치의 수를 세는 등 톰은 한꺼번에 너무 많은 냉장고를 보았기 때문에 정신을 차릴 수 없었다. 그런데 디키와 머지는 신혼 부부 같은 열정으로 오랫동안 이것저것 구경했다.

그리고 셋이서 카페에 들어가 그곳에서 또 몇 시간을 소비하며, 방금 보고 온 냉장고들의 장점을 검토한 다음, 겨우 하나를 사기로 결정했다.

냉장고를 장만한 뒤 머지는 지금까지보다 더 빈번히 이 집에 드나들기 시작했다. 그것은 그녀가 자기의 음식물을 그 냉장고에 넣어 두게 되고, 종종 얼음을 빌리러 왔기 때문이다. 톰은 자기가 왜 냉장고를 밉게 생각하는가, 갑자기 그 이유를 깨달았다. 냉장고는 디키가 쭉 이곳에 눌러 앉는다는 것을 의미한다. 냉장고 덕분에 이번 겨울의 그리스 여행도 틀어졌다.

그리고 톰이 이곳에 온 처음 1주 동안에 디키와 의논한, 파리나 로마로 이사하겠다는 것도 없던 일로 되어 버렸다. 디키는 이곳에서 움직이지 않을 것이다. 이것은 이 마을에 네 대밖에 없는 유명한 냉장고로서, 제빙 그릇이 여섯 개나 달려 있고 문 뒤에는 많은 선반이 달려 있어서, 문을 열 때마다 슈퍼마켓이 눈앞에 전개되는 것 같았다. 이런 냉장고를 두고서 디키가 이곳에서 움직일 리 없었다.

톰은 얼음을 넣지 않고 음료를 만들었다. 그의 손이 떨렸다.

바로 어제의 일이다. 무슨 이야기 도중에, 디키는 자못 아무렇지도 않게 "자넨 크리스마스에는 집에 돌아가나?" 하고 물었다.

디키는 그가 크리스마스에 돌아가지 않는다는 사실을 뻔히 알고 있지 않은가. 톰에게는 집이 없다는 것을, 디키는 그것을 잘 알고 있는데 말이다. 그는 보스턴에 있는 도티 고모의 이야기를 전부 디키에게 털어놓았다. 그러니까 디키의 말은 하나의 커다란 암시에 불과하다.

머지는 크리스마스에 대한 여러 가지 계획을 세우고 있었다. 그녀는 소중히 간직해 둔 영국제 플럼 푸딩 통조림을 갖고 있고, 어느 농사꾼으로부터 칠면조를 감쪽같이 가로채 올 작정이었다. 그녀가 얼마나 달콤하고 감상적인 말로 크리스마스를 축하할지 톰은 상상할 수 있었다. '깨끗한 이 밤', 에그 노그(우유와 설탕이 든 달걀 술), 디키에게 감상적인 선물, 머지의 수편물이겠지. 그녀는 언제나 디키의 양말을 가지고 돌아가서 기워 주었다. 그리고 그 두 사람은 몰래 무리 없이 톰을 따돌리겠지. 그들이 그에게 던지는 친절한 말에는 비상한 노력이 필요하겠지. 톰은 그것을 상상하니까 견딜 수가 없었다. 좋다, 떠나자! 그 두 사람과 함께 참고 크리스마스를 보낼 정도라면, 차라리 떠나서 무엇인가 하자.

12

머지는 그들과 함께 산레모에는 가고 싶지 않다고 말했다. 그녀가 소설 쓰기에 마음이 내키기 시작한 참이었다. 머지는 언제나 기분이 좋아지면 생각난 듯이 일에 착수했다. 그러나 톰이 보기엔 그 시간의 75퍼센트는 그녀의 소위 '움직일 수 없는 상태'가 되는 모양이었다. 더구나 그녀는, 그러한 상태가 되어 있는 것을 언제나 웃으면서 모두에게 이야기했다. 변변한 소설은 될 것 같지 않다고 톰은 생각했다. 톰은 글을 쓰는 작가에 대해 알고 있다. 소설은, 반나절이나 해변에 누워 있고, 저녁 식사 때는 무엇을 먹을까 걱정하면서 새끼손가락 끝으로 쓸 수 있는 것이 아니다. 그러나 그와 디키가 산레모에 가고 싶다고 생각한 바로 그때에 그녀가 소설 쓰기에 마음이 내키기 시작했다는 사실은 고마웠다.

"디키, 그 향수를 사다 주지 않겠어요. 오 드 콜로뉴(상쾌한 감귤류 향내가 나는 향수)라고 하는데, 나폴리에서는 팔고 있지 않아요. 산레모라면 꼭 있을 거예요. 프랑스 제품을 파는 가게가 많이 있으니까."

톰은 두 사람이 산레모에서 하루를 소비하며 그것을 찾아다니는 모양을 상상했다. 나폴리에서도 토요일 하루를 소비해서 냉장고를 찾은 일이 있었다.

3박 4일 예정이므로, 짐은 디키의 슈트케이스 하나만을 두 사람 공용으로 가져가기로 했다. 디키는 어쩐지 평소보다 쾌활하게 보였다. 그런데 톰에겐 이것이 마지막 여행이라는 두려움이 앞섰다. 디키가 열차 안에서 상냥하고 쾌활하게 행동하는 모습을 보고, 톰은 싫은 손님을 맞은 주인이 상대가 자기의 마음을 눈치챌 것을 두려워해, 손님이 돌아갈 무렵에야 상냥하게 해 보이는 행동이 생각났다. 톰은 지금까지 환영받지 못하고, 폐가 되는 손님이 된 것 같은 기분을 느낀 것은 이 때가 처음이었다. 열차 안에서 디키는 산레모에 관해서 이야기를 하고, 그가 처음 이탈리아에 도착했을 때 프레디 마일즈와 함께 그곳에서 지낸 1주일 간의 일을 세세하게 이야기했다.

디키의 이야기로는 산레모는 자그마한 도시로서, 국제적인 쇼핑의 중심지로 유명한 곳이며, 많은 사람이 프랑스 국경을 넘어 물건을 사러 온다고 했다. 톰은 문득 머리에 떠올랐다. 디키는 자기를 이 도시 어딘가에 판 뒤, 몬지베로에 돌아오지 말고 혼자 여기서 살라고 권할 작정은 아닐까? 톰은 아직 도착도 하지 않은 이 도시에 반감을 느꼈다. 열차가 산레모 역에 미끄러져 들어가려는 때에 디키가 말했다.

"그런데 톰, 자네가 기분 나쁘게 생각할지 몰라 이런 말은 하고 싶지 않은데, 나는 머지와 단둘이서 코르티나 단페츠에 가고 싶어. 그녀가 그걸 원하고, 나로서도 즐거운 휴가 여행이라도 해서 그녀에게 답례를 하지 않으면 안 되겠어. 자네는 별로 스키를 좋아하는 것 같지 않으니까 말야."

톰은 몸이 굳어지고 한기가 들기 시작했다. 그래도 아무렇지도 않은 것처럼 하려고 노력했다. '머지 탓으로 돌리고 있군!'

"좋아, 물론이지."

톰은 말했다. 디키가 그물 선반에서 슈트케이스를 내리는데, 톰은 손에 든 지도를 펴고 산레모 근처에 어딘가 갈 곳이 없는가 하고 열심히 찾았다.

"여기서 니스는 그리 멀지 않겠지?"

톰이 물었다.

"멀지 않아."

"그리고 칸도 그렇군. 여기까지 온 김에 나는 칸을 보고 싶어. 적어도 칸은 프랑스니까."

톰은 약간 탓하듯 덧붙였다.

"글쎄, 가도 좋겠지. 자넨 여권을 가지고 왔겠지?"

톰은 여권을 가져왔으므로 톰과 디키는 칸행으로 갈아타고, 그날 밤 11시경에 그곳에 도착했다.

톰은 깨끗한 도시라고 생각했다. 밋밋하고 크게 구부러진 항구 도시의 많은 작은 불빛들이 가는 초승달처럼 보이고, 해안으로 이어져 있는 열대풍의 고상한 큰길에는 야자나무가 심어져 있고, 호화로운 호텔이 줄지어 있었다. 과연 프랑스다! 이탈리아보다 훨씬 차분한 모습이었고 훨씬 세련되었다. 그는 어둑한 야경을 보면서도 그것을 느낄 수 있었다. 그들은 뒷골목에 있는 그레이 다르비온이라는 호텔에 들었다. 그곳은 나무랄 데 없이 세련된 호텔인데, 지갑을 털 만큼 비싸지도 않다고 디키가 말했다.

그러나 톰은 아무리 돈이 들어도 좋으니 바닷가에 위치한 최고급 호텔에 묵고 싶었다. 두 사람은 호텔에 슈트케이스를 맡기고, 디키가 칸의 최고급 바라고 말하는 호텔 카르톤의 바에 갔다.
 디키가 말한 대로 바에는 손님이 드문드문 있었다. 지금은 칸도 1년 가운데 가장 관광객이 적은 시기여서 그렇겠지.
 톰은 두 잔째의 술을 주문하자고 했는데 디키는 거절했다.
 이튿날 아침, 두 사람은 카페에서 아침을 먹고 해안으로 내려갔다. 둘 다 바지 밑에 수영 팬츠를 입고 있었다. 몬지베로에서는 더 추운 날에도 헤엄을 쳤다. 해변에는 통 사람이 없고, 군데군데 아베크족이 몇 쌍 보이고, 제방 위에서 한 무리의 사람들이 무슨 게임을 하고 있었다. 밀려오는 파도가 힘 있게 모래를 부수고 있었다. 제방 위의 사람들은 아크로바티크(곡예)를 하고 있었다.
 "그들은 프로임에 틀림없어. 모두 같은 노란색 유니폼을 입고 있어."
 톰이 말했다.
 톰은 피라밋이 되어 가는 것을 재미있게 보고 있었다. 튼튼한 사람 위에 발이 단단히 디뎌지고, 손은 어깨를 움켜잡았다. 그들의 '힘을 내고'나 '하나, 둘!'이니 하는 맞춤소리가 들려왔다.
 "저런! 꼭대기로 한 녀석이 올라가는데!"
 톰은 멈춰 서서, 열일곱 살쯤 된 제일 작은 소년이 아래 사람들 어깨에 올라선 세 사람의 한가운데 사람의 어깨에 올려지고 있는 것을 바라보고 있었다. 소년은 자세를 취하고, 갈채를 받는 것처럼 양팔을 벌렸다.
 "브라보!"
 톰이 외쳤다.
 소년은 톰에게 웃어 보이고 나서, 부드럽지만 호랑이 같은 단호한 움직임으로 뛰어내렸다.
 톰은 디키를 보았다. 디키는 바로 옆의 해변에 앉아 있는 동행인 두 남자를 보고 있었다.

"'흘긋 보았더니 1만 명, 고개를 끄덕이며 쾌활하게 춤을 춘다'로 군(워즈워드의 시 〈수선화〉에서 인용한 말).”

디키가 몹시 불쾌하게 말했다.

톰은 움찔하며 불쾌한 굴욕감을 느꼈다. 그것은 몬지베로에서 '머지는 자네를 그렇게 생각하고 있어'라는 말을 들었을 때에 느낀 것과 같은 굴욕감이었다. 어차피 그런 거라구. 아크로바티크는 동성애 같은 거야. 칸에는 동성애를 하는 사람이 많아.

그래서 어떻다는 말이야? 톰은 주머니 속에서 주먹을 부르쥐었다. 톰은 도티 고모의 비웃는 말이 생각났다. '무기력한 녀석 같으니! 이 애는 태어날 때부터 무기력했어. 제 아비를 꼭 닮았어!'

디키는 팔짱을 끼고 바다를 바라보고 있었다. 톰은 바다를 바라보는 것보다 아크로바티크를 보는 편이 훨씬 재미있다고 생각했으나, 일부러 그쪽을 보지 않았다.

"자넨 바다에 들어가겠어?"

톰은 갑자기 물이 차가울 것처럼 느껴졌으나 용감하게 셔츠의 단추를 풀며 물었다.

"그만두겠어. 자네는 여기서 아크로바티크나 보고 있으라구. 난 돌아가겠어."

톰의 대답도 기다리지 않고 디키는 걸어갔다.

톰은 서둘러 단추를 꿰며, 아크로바티크를 하는 데로부터 멀리 돌아가는 디키를 보았다. 아크로바티크를 하고 있는 가까운 돌계단을 오르면 지금 가는 길보다 두 배 이상 빨리 보도로 나갈 수 있는데, 맘대로 해라! 무엇 때문에 저렇게 언제나 거만하게 남을 내려다보는 듯한 태도를 취할까? 남자 곡예사를 보지 않았다는 태도다! 디키의 어디가 안 좋은지 뻔히 알 수 있다.

그가 단 한 번이라도 좋으니 스스럼없이 되어 보았으면 좋겠다! 그래서 무슨 손해가 있다는 것인가? 잃으면 곤란할 만큼 소중한 것은 가지고 있지도 않으면서 말이다. 톰은 디키를 쫓아 달리면서, 통렬한 야유를 퍼부어주고 싶었다. 그러나 뒤를 돌아보는 디키의 싫은 듯한 차가운 눈빛을 보았을 때, 톰은 최초의 야유조차 입 안에서 사라져 버렸다.

두 사람은 그날 오후, 3시 조금 전에 산레모를 향해 호텔에서 나왔다. 3시가 지나면 호텔료를 하루 분 더 주어야 하기 때문이었다. 3시까지 호텔에서 나가자고 한 사람은 디키였는데, 하룻밤의 호텔료 3,430프랑을 지불한 사람은 톰이었다. 이것을 미국 달러로 환산하면 10달러 8센트였다. 디키는 프랑화를 많이 가지고 있었다. 그런데도 산레모까지의 열차표를 톰이 샀다. 디키는 매달 송금 수표를 이탈리아에서 가지고 와 프랑화로 현금 교환을 했다. 그것은 최근 프랑이 세어졌기 때문에 나중에 리라로 바꿀 때 유리하다고 생각해서였다.

열차 안에서 디키는 한마디도 하지 않았다. 자는 체 팔짱을 끼고 눈을 감고 있었다. 톰은 그와 마주 앉아서, 그의 앙상하고 오만하며 단정한 얼굴이며, 녹색 보석 반지와 도장이 붙은 금반지를 낀 손을 쳐다보고 있었다. 톰은 떠날 때, 저 녹색 반지를 훔쳐 갈까 하고 문득 생각했다. 그런 거야 아주 간단하다. 디키는 헤엄을 칠 때 언제나 그것을 빼어 놓으니까 말이다. 집에서 샤워를 할 때도 빼는 일이 있었다. 마지막 날에도 아마 빼겠지. 톰은 디키의 감은 눈꺼풀을 바라보고 있으려니까, 증오, 애정, 초조감, 좌절감, 그리고 미칠 듯한 생각이 가슴 가득히 치밀어 올라 숨이 가빠졌다. 디키를 죽이고 싶었다. 이런 생각은 톰의 가슴속에서 자제하기 힘들 정도로 여러 번 치밀었다.

그것은 분노라든가 실망이라든가의 충동과 함께 일어나는데, 그 충동은 굴욕을 느끼면 바로 사라져 버리곤 했다. 그러나 지금 톰은 그 일을 넉넉히 2분 간은 계속 생각했다. 어차피 디키와 헤어져야 할 입장이다. 이제 더 이상 창피한 생각을 할 필요가 없다. 톰은 디키에게 여러 가지 점에서 실패했다.

지금까지 일어난 일들을 아무리 반성해 보아도, 톰의 실패는 그 자신 때문도 아니고, 그의 행동이 야기시킨 것도 아니며, 모두 디키의 인정머리 없는 고집이 원인이었다. 모든 것은 디키가 뻔뻔스럽고 무례하기 때문이었다. 그는 디키에게 우정, 친교, 존경 등 할 수 있는 것은 뭐든지 제공했다. 그런데 디키는 배신으로 보답하고 지금은 그에게 적의마저 품고 있다.

디키는 그를 따돌려 쫓아내려 한다. 이 여행 중에 디키를 죽이고 돌아가서 디키의 죽음은 단지 사고였을 뿐이라고 말하면 그만인 것이다. 만약 할 수 있다면——그때 그는 굉장한 아이디어가 떠올랐다——자기가 디키 그린리프로 둔갑해 버릴 수도 있다는 생각이 떠올랐다. 디키가 하던 일을 그는 뭐든지 할 수 있다. 우선 몬지베로로 돌아가 디키의 소유물을 정리하고, 머지에게는 적당한 거짓말을 한 다음, 로마나 파리로 이사를 한다. 그리고 매월 디키 앞으로 오는 수표를 받고 그것에 디키의 가짜 서명을 하면 된다. 그는 완전히 디키가 되어서 디키의 아버지인 그린리프 씨가 보내는 돈으로 먹고 살 수 있다. 물론 언젠가는 탄로가 나겠지만, 그런 위험성이 있기 때문에 그는 오히려 꼭 해 보고 싶었다. 그리고 그 방법을 생각하기 시작했다.

물이 좋을까? 그러나 디키는 수영의 명수다. 벼랑은 어떨까? 산책을 할 때 벼랑에서 디키를 밀어뜨리면 간단하다. 그러나 그때 디키가 그를 붙잡고 함께 떨어진다면? 그렇게 생각하니, 몸이 긴장해서 양쪽 허벅지가 아파오고, 손을 꽉 쥐어서 엄지손가락에 빨갛게 손톱 자국이 났다.

반지도 빼앗자. 머리카락은 좀더 밝은 색으로 물들여야겠지. 그러나 디키의 친지가 있는 지방에서 살 수는 없다. 여권을 제대로 쓸 수 있을 정도로 디키를 닮으면 된다. 다행히 그는 디키와 흡사하다.

디키가 눈을 뜨고 그를 똑바로 보았기 때문에, 톰은 그 순간 축 늘어져 좌석 구석에 머리를 붙이고 눈을 감았다. 실신한 사람처럼 보이게 빠른 동작을 취했다.

"톰, 어떻게 된 거야?"

디키는 톰의 무릎을 흔들었다.

"괜찮아."

톰은 약간의 웃음을 빙긋 지으며 말했다. 디키는 화가 나는 듯 좌석에 기대었다. 톰은 왜 그런지 바로 알았다. 디키는 자신도 모르게 톰에게 관심을 표한 스스로에게 화를 내고 있는 것이었다. 톰은 자기가 그렇게 빨리 정신을 잃은 것 같은 흉내를 낼 수 있었던 것이 우스워 속으로 웃었다. 그때 그는 매우 이상한 표정을 하고 있었으므로, 디키가 수상하게 여기지 않게 하기 위해서는 그렇게 할 수밖에 없었다.

산레모에 도착하니, 산레모는 꽃으로 가득했다. 여기에도 해안에 위치한 번화가가 있어서 상점이 늘어서고, 프랑스 인, 영국인, 이탈리아 인 관광객이 줄을 이어 걸어다니고 있었다.

발코니에 꽃이 가득 피어 있는 어느 호텔에 묵기로 했다. 어디서 할까? 오늘 밤 좁은 뒷골목에서 할까? 밤 1시가 되면 거리도 어두워지고 조용해지겠지. 그런 시각까지 디키를 자지 못하게 할 수 있을까? 바다 속에서 할까? 하늘이 조금 흐리기는 해도 춥지는 않다. 톰은 생각하고 또 생각했다. 호텔 방에서 결행하면 제일 간단하기는 하나, 시체를 어떻게 운반해 낸다? 시체는 절대로 없애 버려야만 한다. 그렇다면 역시 바다에서 하는 수밖에 없다. 더구나 바다라면 디키 몸의 일부나 같다. 돛 달린 보트, 노 젖는 보트, 작은 모터 보트…… 해안에서 얼마든지 빌릴 수 있다.

어느 모터 보트에나 밧줄을 단 둥근 콘크리트 추가 갖추어져 있고, 닻 대신으로 배를 세울 수 있게 되어 있다.

"디키, 보트나 타 볼까?"

톰은 설레는 마음이 목소리에 나타나지 않도록 노력했다. 디키는 이곳에 도착한 뒤 아무것에도 흥미를 느끼고 있지 않았다. 그런데 톰의 이런 제안에 디키가 그의 얼굴을 바라보았다.

파란색과 하얀색 또는 초록과 하얀색으로 갈라 칠한 작은 모터 보트가 열 척쯤 나무 선창에 매어 있었다. 보트상 주인인 이탈리아 인은 흐리고 으스스한 아침이어서 손님이 올지 어떨지 걱정하고 있는 모양이었다.

디키는 비가 올 것 같지는 않지만 엷은 안개가 낀 지중해를 바라보았다. 이런 회색 하늘은 하루 종일 맑아지지 않고 태양은 얼굴을 보이지 않겠지. 10시 30분경. 아침 식사를 마친 뒤 나른한 시각으로, 지루한 이탈리아의 오전은 아직도 계속되었다.

"그럼, 타 볼까. 한 시간쯤 항구를 돌고 올까?" 하고 디키는 말하기가 무섭게 바로 한 척의 보트에 올라탔다. 톰은 디키가 전에도 보인 일이 있는 엷은 웃음을 보고, 어느 날 아침 프레디나 머지와 함께 이곳에서 지낸 일을 추억하려고 한다는 것을 눈치챘다. 디키의 코르덴 윗옷의 주머니에는 머지에게 부탁받은 오 드 콜로뉴 향수병 때문에 볼록했다. 그것은 방금 번화가에 있는 미국의 백화점 같은 상점에서 샀다.

이탈리아 인 보트상 주인은 끈을 잡아당겨 모터에 시동을 걸면서 디키에게 그 취급법을 아느냐고 물었다. 디키는 안다고 대답했다. 그리고 보트 바닥에 노가 하나 있었다. 노가 하나인 것을 톰은 바로 알아차렸다. 디키는 키의 손잡이를 쥐고 보트가 시가를 뒤로 하게 하며 곧바로 바다로 나갔다.

"시원하다!"

디키가 빙긋 웃음을 지으며 소리쳤다. 머리카락이 바람에 나부꼈다.

톰은 좌우를 둘러보았다. 한쪽은 깎아 세운 듯한 벼랑으로 몬지베로와 흡사했다. 다른 한쪽은 평평한 육지가 쭉 이어져 있었으며 그 끝은 바다에 낀 안개 속으로 사라졌다. 어느 쪽으로 가는 것이 좋을지 톰은 바로 결정할 수 없었다.

"자네는 이 근방 지리를 잘 아는가?"

톰은 모터의 소음 속에서 소리쳤다.

"아니!"

디키는 쾌활하게 대답했다. 보트 타기가 즐거운 모양이었다.

"키를 잡는 건 어려운가?"

"아무것도 아냐! 해보고 싶은가?"

톰은 망설였다. 디키는 아직도 곧바로 배를 몰고 있었다.

"아니 그만두겠어."

톰은 오른쪽을 보고 또 왼쪽을 보았다. 왼쪽 먼 곳에 돛을 올린 보트 한 척이 보였다.

"지금부터 어디로 가는 거야?"

톰은 외쳤다.

"걱정되나?"

디키는 빙긋 웃음을 띠었다.

누가 걱정을 한단 말이냐!

디키는 갑자기 오른쪽으로 선회했다. 너무 갑작스러웠기 때문에, 보트가 기우는 것을 막기 위해 두 사람 다 몸을 낮추고 한쪽으로 체중을 실었다. 톰의 왼쪽에 흰 물보라가 바람벽처럼 튀어오르더니 그것이 차차 떨어지고 나니까 아무것도 없는 수평선이 보였다. 그들은 다시 아무것도 없는 물 위를, 아무것도 없는 쪽으로 달렸다. 디키는 그 파란 눈으로 허공을 향해 빙긋 웃음 지으며 맹렬한 스피드를 시험하고 있었다.

"작은 보트에 타고 있으면 실제보다 훨씬 빨리 달리는 것처럼 느껴지는 법이야."

디키가 큰 목소리로 말했다.

톰은 고개를 끄덕거리고는 안다는 듯이 웃음 지었다. 그러나 실제로 톰은 떨고 있었다.

이 바다가 얼마나 깊은지 알 수 없다. 만약 갑자기 보트에 이변이 생긴다면, 둘 다 해안으로 돌아갈 가망은 전혀 없다. 하지만 적어도 톰은 안 된다. 그러나 그와 동시에 두 사람이 여기서 무슨 짓을 저질러도 아무에게도 들킬 염려도 전혀 없다. 디키는 안개가 뽀얗게 낀 기다란 갑을 향해서 약간 오른쪽으로 키를 당겼다.

여기서 톰이 디키를 때리거나, 덤벼들거나, 키스를 하거나, 바다에 집어 던지거나, 이런 원거리에서는 아무에게도 들킬 염려가 없었다. 톰은 땀을 흘리고 있었다. 옷 아래가 뜨거워지고, 이마에는 식은땀이 흘렀다. 그는 두려웠다. 물이 아니라 디키가 무서웠다. 톰은 여기서 해치우려 하고 있다. 이미 자신의 감정을 자제할 능력을 잃었다. 막고 싶어도 막을 수가 없다. 그리고 실패로 끝날지도 모른다!

"여기서 뛰어들어 볼까?"

톰은 윗옷 단추를 풀며 소리쳤다.

디키는 그 말을 듣더니 먼 곳을 응시한 채, 입을 벌리고 크게 웃었다. 톰은 옷을 계속 벗었다. 구두를 벗고 양말도 벗었다. 바지 속에는 디키와 마찬가지로 수영 팬츠를 입고 있었다.

톰은 소리쳤다.
"자네도 뛰어든다면, 내가 해보이지. 어떻게 하겠어?"
그는 디키가 속도를 낮추게 하고 싶었다.
"내가 말야? 하고말고!" 디키는 느닷없이 모터를 멈추었다. 디키는 키 손잡이를 놓고 윗옷을 벗기 시작했다. 보트는 타력을 잃고 흔들거리기 시작했다. 디키는 아직 바지를 벗지 않은 톰을 보고, 턱을 치켜 올리며 재촉했다.
"빨리 하라구!"
톰은 흘끔 육지를 보았다. 산레모는 핑크빛 어린 초록색으로 희미했다. 톰은 양 무릎 사이에서 가지고 놀 듯, 아무렇지도 않게 노를 집어 들었다. 그리고 톰은 디키가 바지를 내리고 벗으려 할 때 노를 높이 들어 머리를 향해 후려쳤다.
"이봐!"
디키는 얼굴을 잔뜩 찡그리고, 보트의 나무 시트에서 반쯤 미끄러져 내리며 소리쳤다. 그는 아찔한 놀라움에 엷은 금빛 눈썹을 치켜들었다.
톰은 일어서서 다시 노로 후려쳤다. 온몸의 힘을 담은, 고무줄이 튕기는 듯한 날카로운 일격이었다.
"어째서……!"
디키는 무서운 눈으로 노려보며 입 안으로 중얼거리더니 이내 그 파란 눈이 홱 돌아가고 정신을 잃었다.
톰은 노 왼쪽으로부터 옆으로 쳐서 디키의 옆머리를 때렸다. 노의 가장자리가 닿은 곳에 둔한 상처가 생기고 순식간에 피가 스며 나왔다. 디키는 보트 바닥에서 몸을 틀며 몸부림을 쳤다. 디키가 저항하는 듯한 사나운 신음소리를 내기 때문에 톰은 더욱 두려웠다. 톰은 노의 가장자리로 목 옆을 세 번이나 쳤다. 노가 도끼고 디키의 목은 나무였다. 보트가 흔들리고 뱃전을 딛고 있는 톰의 발에 물보라가 덮였다. 그는 디키의 이마를 가로 쳤다. 노에 맞은 곳에서 피가 넓게 뿜어져 나왔다. 노를 높이 들고 휘두르는 사이에 톰은 잠시 피로를 느꼈다. 아직도 디키의 긴 다리가 그를 밀려고 내어 뻗쳤다. 톰은 노를 총검처럼 고쳐 잡고, 그 자루로 디키의 옆구리를 정통으로 찔렀다. 누워 있는 몸뚱이가 축 처지더니 움직이지 않았다. 톰은 몸을 뻗치고 괴로운 숨결을 겨우 가라앉혔다. 주위를 둘러보았으나 다른 보트도 아무것도 보이지 않았다. 다만, 아득히 먼 곳에서 흰 점이 오른쪽에서 왼쪽으로 움직이고 있을 뿐이었다. 해안을 향해 달려가는 모터 보트였다.

톰은 몸을 굽히고 디키의 녹색 반지를 뽑아 그것을 주머니에 넣었다. 다른 하나의 반지는 상처로 피투성이가 된 손가락에 꼭 끼워져 있어서 겨우 뺐다. 바지 주머니를 잘 폈다. 프랑스와 이탈리아의 동전이 조금 있었으나 그것은 그대로 넣었다. 다음에 그는 디키의 윗옷을 집어 들고 주머니에서 머지에게 줄 오드 콜로뉴를 꺼냈다. 담배와 디키의 은 라이터, 디키가 쓰는 연필 등을 꺼내고, 그리고 악어 가죽 지갑과 작은 카드 몇 장을 안쪽 가슴 주머니에서 꺼냈다. 톰은 그것들을 모두 자기의 코르덴 윗옷에 쑤셔 넣었다. 그리고 이번에는 흰 시멘트의 추, 위에 뭉쳐져 있는 밧줄에 손을 뻗었다. 그 밧줄 끝은 뱃머리의 쇠고리에 단단히 매어져 있었다. 톰은 그것을 풀려고 했다. 그러나 몇 년 전부터 그렇게 돼 있었는지, 물이 스며든 매듭은 꼼짝도 하지 않는다. 그는 주먹으로 두들겼다.

"칼을 가져올 걸 그랬군."

그는 디키를 보았다. 죽었을까? 톰은 보트 뱃머리의 좁은 곳에 앉아서 디키가 살아 있는지 응시하고 있었다. 디키를 만지기가 무서웠다. 가슴이나 손목에 손을 대고 맥을 보기가 무서웠다. 톰은 뒤로 돌아 자포자기가 되어 밧줄을 잡아당겼다. 그러나 더욱 굳게 맺어질 뿐이라는 것을 깨닫고 그만두었다.

그렇다, 라이터가 있다. 그는 배 바닥에 있는 자기 바지 주머니를 뒤져 라이터를 꺼냈다. 불을 켜서 밧줄의 마른 곳을 불꽃 위에 댔다. 직경이 4센티미터나 되는 굵은 밧줄이어서 좀처럼 불이 붙지 않았다. 톰은 그 사이에 다시 주위를 둘러보았다. 저쪽으로 모터보트를 타고 있는 이탈리아 인이 보였다. 그 모터보트의 이탈리아 인에게 이 거리에 있는 자기가 보였을까? 튼튼한 회색 밧줄은 도무지 불이 붙지 않았다. 처음에는 빨갛게 타고 조금 그을릴 뿐이었으나, 차츰 올이 한 가닥 한 가닥씩 잘려나갔다. 톰이 팽팽히 당기니까 라이터 불이 꺼졌다. 다시 라이터 불을 켜고 밧줄을 계속 당겼다. 겨우 밧줄이 끊기자, 톰은 무서워하고 있을 틈도 없이 곧 디키의 벗은 발목에 네 번 감아 크고 볼품없는 매듭을 만들었다. 그는 밧줄 매는 것이 서툴기 때문에 풀리지 않도록 정성들여 불필요할 정도로 몇 번이나 매었다. 얼른 보기에 그 밧줄은 12미터쯤 되어 보였다. 그는 점점 냉정을 되찾고 정확하게 천천히 일을 해 나갔다. 이 콘크리트 추라면 시체를 바다 밑바닥에 가라앉혀 두기에 충분하겠지. 시체는 물 속에서 얼마쯤 표류할지 모르나 해면으로 떠오르지는 않겠지.

톰은 추를 바다에 던져 넣었다. 소리 내며 떨어진 추는 투명한 물 속으로 잔거품을 일으키며 가라앉아 보이지 않게 되었고, 결국에는 디키의 발목을 팽팽하게 끌어당겼다. 톰은 그 사이에 양쪽 발목을 뱃전에서 밖으로 내놓고, 제일 무거운 디키의 어깨를 배 가장자리 너머로 떨어뜨리려고 두 팔을 잡아당겼다. 축 늘어진 디키의 두 손은 아직도 미지근해서 쥐기 힘들었다. 시체의 어깨가 보트 바닥에 달라붙어 아무리 당겨도 팔만 고무처럼 늘어날 뿐 전혀 끌려오지 않았다.

톰은 한쪽 무릎을 꿇고 시체를 들어올려 배에서 떨어뜨리려고 했다. 순간 보트가 심하게 흔들거림을 느꼈다. 톰은 잠시 자신이 물 위에 있다는 것을 잊었던 것이다. 시체를 보트의 뒤쪽에서 떨어뜨리는 도리밖에 없었다. 앞쪽보다도 뒤쪽이 물 속에 깊이 잠겨 있으니까 말이다.

그는 밧줄을 배 가장자리를 따라 끌면서 축 늘어진 시체를 뒤쪽으로 질질 끌었다. 추가 물 속에서 움직이는 것으로 보아 추는 아직도 바다 밑바닥에 닿지 않은 모양이었다. 이번에는 디키의 머리와 어깨부터 떨어뜨리기로 하고 디키 몸뚱이를 배 중심으로 홱 돌려놓고 조금씩 밀어냈다. 겨우 디키의 머리가 물에 잠기고 몸뚱이가 둘로 꺾여 허리가 배의 가장자리에 걸렸다. 그런데 이번에는 두 다리가 무거워서 움직이지 않았다.

두 다리는 보트 바닥에 자석에 끌리는 것처럼 되어, 어깨 때와 마찬가지로 톰의 힘으로는 도저히 움직일 수 없을 만큼 무거웠다. 톰은 숨을 깊이 들이마시고 단숨에 들어올렸다. 디키는 보트 밖으로 떨어졌는데, 톰도 몸의 균형을 잃고 모터의 조정간에 넘어졌다. 그 순간에 지금까지 느리게 공전하던 모터가 갑자기 윙윙거리기 시작했다.

톰은 황급히 조정간에 덤벼들었으나, 그와 동시에 보트는 얼토당토 않은 방향으로 원을 그리며 선회하기 시작했다. 그는 순간 눈 아래의 물을 보았다. 그리고 그의 손이 그쪽으로 뻗었다. 그는 배 가장자리를 잡으려고 했으나, 배는 이미 그곳에 없었다.

주위는 물이었다.

그는 헐떡이며 몸부림쳐 뛰어올라 보트를 붙잡으려고 했으나 소용없었다. 보트는 계속 빙글빙글 돌고 있었다. 톰은 다시 뛰어올랐지만 곧 아까보다 더 깊이 물 속으로 들어갔다. 그리고 무서울 만큼 천천히 물이 머리 위로 덮여와 숨을 쉴 수가 없었다. 눈이 수면 밑으로 들어가려고 할 때 코로 물을 듬뿍 들이마셔 버렸다. 보트는 훨씬 멀어져 버렸다.

그는 전에도 이렇게 선회하는 보트를 본 일이 있다. 누군가가 기어 올라가 모터를 그치게 하지 않으면 언제까지 멈추지 않는다. 그는 물 밖에 아무것도 없는 무서운 공허 속에서 죽는다는 예감에 몸부림치며 수면 밑에 잠겨 있다. 귀에는 물이 들어오고, 동시에 모터의 소리가 멀어지고, 자기의 몸속에서 울리는 호흡, 미친 듯한 몸부림, 혈관의 심한 맥박 소리밖에는 들리지 않게 되었다. 그는 다시 떠올라 무의식 중에 보트를 향해 첨벙첨벙 다가가려고 했다. 떠 있는 물체는 보트뿐인데, 빙글빙글 돌고 있어 잡을 수가 없었다. 그리고 그가 숨을 들이마시려는 사이에 보트의 뾰족한 뱃머리는 두 번, 세 번, 네 번, 그의 눈앞을 스쳐 지나갔다.

그는 큰 소리로 구조를 청했으나, 물이 입 가득이 들어왔을 뿐이었다. 물 속에서 보트 밑바닥에 손이 닿았으나, 뱃머리가 야수처럼 와서 부딪쳐 그를 떨쳐 버렸다. 그는 프로펠러의 날도 상관하지 않고 정신없이 배 뒤쪽을 잡으려고 했다. 손가락이 키에 닿았다. 그리고 황급히 몸을 움츠렸으나 늦어, 배 밑의 용골이 머리에 부딪치고 지나갔다. 이윽고 다시 배 뒤쪽이 눈앞으로 왔다. 붙잡으려고 하는데 손가락이 키에 닿아 미끄러져 떨어졌다. 그때 다른 한쪽 손이 배 뒤쪽 가장자리에 걸렸다. 그는 팔을 쭉 뻗어서 프로펠러로부터 몸을 떼었다. 그리고 자기도 뜻밖일 정도의 힘을 내어, 배 뒤쪽의 모서리를 덮쳐누르듯 해서 한쪽 팔을 가장자리에 걸쳤다. 그리고 손을 뻗어 레버를 잡았다.

모터가 회전을 늦추었다.

톰은 두 손으로 배 가장자리에 매달렸으나 안심과 불안으로 머리가 멍해졌다. 숨을 쉴 때마다 목구멍이 타는 듯이 아프고, 가슴이 무엇엔가 찔리는 것 같아 정신을 차릴 수가 없었다. 얼마 동안 의식을 찾으려고 애썼다. 오로지 보트로 기어오를 힘을 축적하는 외에 아무것도 생각하지 않았다. 그리고 겨우 물 속에 몸을 위아래로 흔들어 탄력이 붙게 해서, 힘껏 뛰어올라 체중을 배 가장자리에 걸치고 보트 안에 엎드렸다. 두 발은 배 밖에 축 늘어져 있었다. 그는 손가락에 묻은 디키의 피가 자기의 코와 입에서 나오는 물에 섞여 끈적끈적하다는 것을 희미하게 의식하면서 가만히 쉬고 있었다.

그는 움직일 수 있게 될 때까지 여러 가지 생각을 했다. 보트는 피투성이가 되었으니 도저히 반환할 수 없음과, 일어나면 바로 모터에 시동을 걸지 않으면 안 되며, 그리고 방향에 대한 것 등이었다.

디키의 반지가 있었지. 그는 윗옷 주머니를 뒤져 보았다. 두 개 다 제대로 있었다. 그런 소동을 벌였는데도 용케 무사히 있군! 그는 갑자기 기침이 나왔다. 혹 가까운 곳에 보트가 있는가, 이쪽으로 오는 보트는 없는가 둘러보려 했으나, 눈물 때문에 흐려서 보이지 않았다. 그는 눈을 비볐다. 아까 본 멋진 작은 모터보트가 아득히 먼 곳에서 그의 일 따위는 아랑곳없이 크게 원을 그리며 달리고 있을 뿐, 다른 보트는 하나도 보이지 않았다. 톰은 보트의 바닥을 보았다. 이 핏자국이 깨끗이 씻길 것인가? 전부터 들은 이야기인데, 핏자국은 좀처럼 벗겨지지 않는다고 했다. 그는 보트를 돌려주러 가서 보트상 주인이 친구는 어떻게 되었느냐고 물으면 다른 곳에서 내려주었다고 대답할 셈이었다. 그러나 이제 그렇게도 될 것 같지 않다.

톰은 조심스럽게 레버를 움직였다. 공전하고 있던 모터의 회전이 빨라졌다. 그는 그것조차도 쭈뼛거리며 해보았다. 바다에 비하면 모터 쪽이 훨씬 친근미가 있고 다루기 쉬우며 생각한 것처럼 무섭지 않았다.

그는 해안을 비스듬히 보고 산레모의 북쪽으로 뱃머리를 돌렸다. 해안 어딘가에 인기척이 없는 작은 후미라도 찾아내어 그곳에 보트를 끌어 올리고 가 버리면 된다. 그런데 보트가 발견된다면? 이것은 큰 문제가 될지도 모른다. 그는 냉정해지자고 스스로에게 타일렀다. 그러나 그는 보트를 어떻게 처분해야 할지 몰랐다.

소나무가 보이고 아무도 없는 다갈색 마른 해변이 이어지고 녹색으로 흐릿해진 올리브 숲이 보였다. 톰은 그 근처에 인기척이 없나 좌우로 살피며 천천히 보트를 돌렸다. 아무도 없었다. 그는 모터가 갑자기 큰 소리를 내지 않게 하려고 드로틀 레버를 신중하게 조작하면서 얕고 짧은 해안을 향해서 곧바로 들어갔다.

이윽고 뱃머리가 바다 밑에 닿아 기우뚱기우뚱 흔들리는 것을 느꼈다. 그는 레버를 '정지'로 돌리고, 다른 하나의 레버로 모터를 그치게 했다. 그렇게 해놓고 깊이 2, 30센티미터 정도의 물에 조심스럽게 내려 보트를 되도록 위로 끌어 올리고 두 벌의 윗옷과 자기의 샌들과 머지의 오 드 콜로뉴 상자를 보트에서 해변으로 옮겼다. 폭이 불과 4, 5미터밖에 안 되는 작은 해변에 있으니까 안전하고, 남의 눈에 띄지 않는 평온함이 있었다. 사람이 발을 들여놓은 흔적이 아무 데도 없었다. 톰은 이곳에다 보트를 가라앉히려고 마음먹었다.

그는 돌을 모으기 시작했다. 대개 사람들의 머리 크기 만한 돌을. 너무 큰 돌은 무거워서 들 수 없었다. 그것을 하나하나 보트에 던져 넣었다. 마지막에는 큰 돌이 없어서 작은 돌을 주워야만 했다. 그는 쉴 새 없이 움직였다. 한순간이라도 마음을 늦추면 피로 때문에 정신을 잃고 쓰러져, 결국 누구에겐가 들킬 염려가 있기 때문이다. 거의 뱃머리에 꽉 찰 정도로 돌을 담고 나서 그는 보트를 밀어내고 흔들었다. 그러는 사이에 배 가장자리부터 점점 물이 들어가기 시작했다. 그리고 보트가 가라앉기 시작했을 때 그는 배를 물의 깊은 곳으로 쑥 밀어내고 허리 깊이까지 밀고 갔다. 이윽고 보트는 손이 닿지 않는 곳으로 가라앉아 들어갔다. 그러고 나서 그는 물을 가르고 해안으로 돌아와 한참 동안 모래 위에 엎어져 있었다. 그는 계획을 세우기 시작했다. 호텔에 돌아가는 일, 이야기를 꾸며 내는 일, 그리고 그 다음의 행동, 밤이 되기 전에 산레모를 떠나 몬지베로에 돌아갈 것, 그리고 거기서 어떤 이야기를 하면 좋을지 등.

13

 해질 무렵, 온 마을의 이탈리아 인 관광객들이 샤워를 마치고 옷을 갈아입은 다음, 카페의 보도 테이블에 모여 무슨 재미있는 일이 없나 하고, 길을 지나는 사람들을 바라보고 있는 시각에, 톰은 걸어서 마을로 들어왔다. 그는 디키의 코르덴 옷을 입고, 수영복을 샌들 차림으로 조금 피가 묻은 자기의 바지와 윗옷을 들고 있었다. 그는 점잔 뺄 힘도 없는 나른한 모습으로 걷고 있었다. 완전히 피곤해 있었기 때문이다. 그는 해안 부근의 호텔에 들어가려면 아무래도 쭉 늘어선 카페 앞을 지나야만 하기 때문에, 몇백 명이나 되는 사람들이 보고 있는 앞에서는 되도록 머리를 꼿꼿이 하고 걸었다. 그는 변두리 길가의 주점에서 설탕을 듬뿍 넣은 에스프레소 다섯 잔과 브랜디 세 잔으로 힘을 돋우고 왔다.

 지금 그는 스포츠맨 역을 하고 있다. 추위 따위는 문제 삼지 않는 수영의 명인으로 오후 늦게까지 수영을 하다가 이제야 물 속에서 나온 스포츠맨 역을.

 겨우 호텔까지 와서 방에 들어가 무너지듯 침대에 쓰러졌다.

 한 시간 정도만 쉬자. 자다가 떠날 시간을 넘기면 큰일이니까, 잠들면 안 된다. 그는 쉬고 있는 사이에 졸음이 몰려 왔기 때문에 얼굴을 씻고 젖은 수건을 가지고 침대로 돌아왔다. 잠들면 안 되니까 손에 감아 두기 위해.

 이윽고 그는 일어나 코르덴 바지의 한쪽 다리 부분에 묻은 피를 씻기 시작했다. 비누와 칫솔로 몇 번이나 문지르는 사이에 피로해졌다. 그는 쉬는 사이사이에 슈트케이스의 짐을 꾸렸다. 그는 디키의 소지품을 언제나 디키가 하는 것처럼 채워갔다. 치약과 칫솔은 뚜껑의 왼쪽 주머니에 넣는 식으로 그 일이 끝나고 바지의 한쪽 다리를 빨았다. 그의 윗옷에는 피가 너무 많이 묻어서 다시 입을 수 없으니까 처분해야 되겠지. 그리고 디키의 윗옷을 입으면 된다. 그의 옷과 같은 베이지색인데, 사이즈도 거의 같았다. 톰은 디키의 옷에 맞추어서 몬지베로의 같은 맞춤집에서 자기 옷을 맞추었다. 그는 자기 윗옷을 슈트케이스에 넣고, 짐을 가지고 프런트로 내려가서 계산서를 내달라고 했다.

프런트의 남자가 "친구 분은?" 하고 묻기에, 톰은 역에서 만나게 될 거라고 대답했다. 그러자 그 남자는 상냥하게 웃으면서 인사를 했다.

톰은 거리 모퉁이를 둘쯤 지나서 그곳에 있는 레스토랑에 들어가, 짙은 수프를 한 접시 억지로 먹어 치웠다. 힘을 내지 않으면 안 된다. 그는 보트상 주인인 이탈리아 인이 있을지도 모른다고 생각하고 조심스럽게 밖을 살펴보았다. 무엇보다 중요한 일은, 오늘 밤 안으로 산레모를 떠나는 일이다. 만약 기차나 버스가 없다면 다음 도시까지 택시로 갈 셈이었다.

그는 역에 가서 10시 24분발 남행 열차가 있다는 사실을 알았다. 침대 열차다. 내일 아침 로마에서 나폴리 행으로 갈아타면 된다. 그는 모든 일이 시시할 정도로 간단하고 갑자기 편해진 것 같았다. 그리고 넘칠 정도의 자신감이 생겨, 이 기세로 2, 3일 간 파리에 가 볼까 하는 생각이 들었다.

"잠깐 기다려요."

차표를 주려는 역무원에게 말했다. 톰은 파리에 가는 일을 생각하면서 슈트케이스 주위를 서성거렸다. 야간 열차로 갈 수 있다. 이틀쯤 구경하면 된다. 머지에게는 이야기 해주지 않아도 된다. 그러나 파리 행은 그만두기로 하자. 도저히 마음이 편하지 않을 것이다. 빨리 몬지베로에 돌아가 디키의 소지품을 조사해 보고 싶었다.

열차 침대의 새하얗고 팽팽한 시트가 그로서는 굉장히 사치스럽게 생각되었다. 그는 전등을 끄기 전에 두 손으로 시트를 쓰다듬었다. 청결한 블루 그레이의 모포, 머리 바로 위에 있는 검고 작은 망의 놀라운 편리함——톰은 디키의 돈, 여러 지방의 침대, 테이블, 바다, 슈트케이스, 셔츠, 몇 년이나 계속될 자유, 배, 몇 년이나 계속될 쾌락 등, 그의 앞에 놓인 갖가지 향락을 생각하면 자신을 잊을 만큼 황홀해졌다. 그는 전등을 끄자마자 금방 잠들어 버렸다. 행복하고 만족한, 그리고 완전히 자신에 찬, 만족스러운 잠은 처음이었다. 그는 깊은 잠을 잘 수 있었다.

나폴리에 도착해서 그는 역의 남자 화장실에 들어가, 슈트케이스에서 디키의 칫솔과 머리빗, 자기의 코르덴 윗옷, 피가 묻은 디키의 바지를 꺼내 디키의 레인코트에 말아 묶었다. 그는 그 보통이를 들고 역을 나와 거리를 가로지른 다음 저쪽 골목의 담에 있는 커다란 쓰레기통에 던져 넣었다. 그리고 나서 버스 정류소 광장에 있는 카페에서 커피 우유와 롤빵으로 아침을 먹고, 11시 출발 몬지베로 행 버스에 탔다.

그는 머지의 집 바로 앞 정류장에서 내렸다. 그녀는 언제나 해변에 나갈 때 입는 수영복과 느슨한 흰 재킷을 입고 있었다.

"디키는?"

머지가 물었다.

"로마에 있어."

톰은 완전히 준비하고 있던 대로 평안하게 웃었다.

"그는 4, 5일 더 묵는데 나는 그의 소지품을 조금 가지러 왔어."
"누구 집에 묵고 있나요?"
"아니, 호텔이야."

톰은 안녕이라고나 하듯 다시 한 번 빙긋 웃으며 슈트케이스를 들고 고개를 오르기 시작했다. 이윽고 머지가 코르크 창을 댄 샌들을 신고 종종걸음으로 쫓아오는 소리가 들렸다. 톰은 기다렸다.

"우리들의 집에는 별다른 일이 없었나?"
"시시해요. 언제나 그대로예요."

머지는 빙긋 웃었다. 그녀는 그와 같이 있으면 아무래도 차분해지지 못하는 모양이었다. 그러나 그녀는 그를 따라 집 안으로 들어왔다. 문을 열고 난 다음에 톰은, 시들어가는 관목이 심어진 썩은 통나무 뒤에서 늘 하던 대로 테라스의 문을 여는 큰 철제 열쇠를 꺼냈다. 그리고 두 사람은 함께 테라스에 올라갔다. 테이블이 조금 옮겨져 있었다. 매단 의자 위에는 책이 놓여 있었다. 두 사람이 집에 없는 사이에 머지가 왔었구나, 톰은 생각했다. 그는 겨우 3일 집을 비웠을 뿐인데도, 한 달이나 집을 비웠던 것처럼 생각되었다.

"스키피는 어떻게 됐지?"

톰은 밝은 목소리로 묻고, 냉장고를 열어 제빙 그릇을 꺼냈다. 스키피는 4, 5일 전에 머지가 주워 온 길 잃은 개 이름이었다. 하양과 검정 얼룩이 진 추한 녀석인데, 머지는 애완동물에 홀딱 빠진 노처녀처럼 무턱대고 귀여워하고 여러 가지 것을 먹였다.

"가 버렸어요. 어차피 붙어살리라고 생각하지는 않았지만."
"저런 저런."
"당신들은 꽤나 즐거웠던 모양이군요?"

머지는 조금 원망스러운 듯이 말했다.

"그랬어." 톰은 빙긋 웃었다. "마실 것을 만들까?"

"괜찮아요. 디키는 언제까지 집을 비워둘 셈인지 모르겠어요."

"글쎄……." 톰은 미간을 조금 모으고 말했다. "잘 모르겠어. 그곳에서 미술 전람회를 많이 보겠다고 했어. 아무래도 장소와 분위기 변화에 대한 호기심 때문일 거요."

톰은 자기의 잔에 진을 가득 따른 다음 소다수와 얇게 자른 레몬을 넣었다.

"일주일쯤이면 돌아올 거라고 생각해. 아, 그렇지!"

톰은 슈트케이스로 손을 뻗어 오 드 콜로뉴 상자를 꺼냈다. 가게의 포장지는 피가 묻어 벗겨 버리고 없었다.

"당신의 오 드 콜로뉴야. 산레모에서 샀어."

"어머, 고마워요."

머지는 싱글벙글하며 받아들고, 황홀한 얼굴로 공손하게 열기 시작했다.

톰은 술잔을 가지고 머지에겐 말도 걸지 않고, 약간 딱딱한 거동으로 테라스를 걸어다니며 그녀가 돌아가기를 기다렸다.

이윽고 머지가 테라스로 나왔다.

"당신은 언제까지 있으실 생각인가요?"

"어디에?"

"여기에."

"오늘 밤뿐이야. 내일 다시 로마에 가. 아마 오후가 될 거야" 하고 그가 덧붙인 이유는 내일은 오후 2시가 지나지 않으면 우편물이 오지 않기 때문이었다.

"당신과는 만날 수 없을지도 몰라요. 당신이 해변에 나오지 않는다면."

머지는 애써 상냥하게 말했다. "만날 수 없을지도 모르지만 즐겁게 지내다 오세요. 그리고 디키에게 그림엽서를 보내 달라고 말해 주세요, 지금 어느 호텔에 있지요?"

"그것은…… 아아…… 뭐라고 했더라? 스페인 광장의 옆인데?"

"잉기르테러인가요?"

"그래! 그러나 우편물은 아메리칸 익스프레스를 사용하고 있다고 하는 것 같던데."

톰은 그녀가 디키에게 전화를 걸지 않으리라고 생각했다. 그녀가 편지를 냈다고 하더라도 내일 그 호텔로 찾으러 가면 된다.

톰은 말했다.

"나도 내일 오전 중에 해변에 나갈지 모르겠어."

"그래요. 오 드 콜로뉴, 고마워요."

"천만에!"

그녀는 작은 길을 내려가 철문을 나갔다.

톰은 슈트케이스를 들고 이층 디키의 침실로 뛰어올라갔다. 그는 디키의 장롱 맨 위의 서랍을 열었다. 편지류, 주소록 두 권, 작은 공책이 두 권, 시계의 쇠줄, 묶어 놓지 않은 열쇠가 몇 개, 그리고 무슨 보험증서 같은 것이 들어 있었다. 그리고 다른 서랍도 차례차례로 열고, 열어 둔 채로 두었다. 와이셔츠, 쇼트, 개켜 놓은 스웨터, 흩어진 양말 등이 있었다. 방구석에는 종이끼우개니 헌 도화지 등이 쌓여 있었다.

톰은 입고 있는 옷을 모두 벗어 버리고 알몸으로 아래층에 뛰어 내려가서 차가운 물을 뒤집어쓴 다음, 옷장에 걸려 있는 디키의 하얀 즈크 바지를 입었다.

샤워를 하고 돌아와 그는 제일 위의 서랍부터 정리해 나가기 시작했는데, 거기에는 두 가지 이유가 있었다. 우선 최근의 편지는 중요하다. 왜냐하면, 바로 처리하지 않으면 안 될 문제가 있을지도 모르기 때문이다. 다른 한 가지는 만약 오늘 오후에라도 머지가 찾아와,

그가 이렇게 서둘러 집안을 휘젓고 있다고 생각하면 곤란하기 때문이다. 그러나 톰은 적어도 밤까지는, 제일 큰 슈트케이스에 디키의 최고급 옷을 넣을 수 있으리라고 생각했다.

톰은 한밤중이 되어서도 아직 꾸물꾸물 집안의 것을 치우고 있었다. 디키의 슈트케이스는 다 꾸려 놓았다. 이번에는 가구류가 어느 정도의 금액이 될지 계산해 보았다. 그리고 머지에게는 무엇을 남겨 주면 좋은가, 그 밖의 물건은 어떻게 처분하면 좋은가 등. 머지에게는 저 화가 치미는 냉장고를 주어 버리자. 그녀도 좋아할 것이 틀림없다. 현관 옆에 놓아 둔 조각이 있는 무거운 장롱엔, 디키가 테이블 보니 속옷류를 넣어 두었는데, 수백 달러의 값어치가 있을 것이다. 전에 톰이 물어 보니까, 디키는 400년이나 된 옛날 물건이라고 했다. 16세기의 물건이다. 톰은 생각했다. 미러머레 호텔의 부지배인 푸치에게 집과 가구를 파는 대리인이 되어 달라고 부탁해야지. 보트도 팔지 않으면 안 된다. 디키의 이야기로는, 푸치는 이 마을의 주민들에게 부탁을 받고 그런 일을 하고 있다고 했다.

톰은 당장 디키의 소지품 전부를 로마로 가져가고 싶었다. 그러나 지금 많이 날라가면 머지가 수상하게 여길지 모르니까, 나중에 디키가 로마에 이사하기로 결정한 것처럼 하는 게 좋겠다고 생각했다.

톰은 이튿날 오후 3시경에 우체국에 갔다. 디키에게 미국 친구로부터 편지가 한 통 와 있을 뿐이고, 자기에게는 아무것도 오지 않았다. 그러나 톰은 돌아오는 고갯길을 천천히 걸으면서 디키에게서 받은 가공의 편지를 읽고 있는 장면을 상상했다. 경우에 따라서는 그 편지의 일부를 머지에게 이야기해 주어야 할지도 모르니까, 그 편지의 한 구절 한 자까지 정확히 마음에 그려 냈다. 그리고 톰은 디키가 갑자기 생각을 바꾼 데 대해서 자기가 깜짝 놀라는 대목까지 상상해 두었다.

집에 도착한 톰은 디키가 가장 잘 그린 그림 몇 장과 최고급인 마직 속옷류를 커다란 종이 상자에 넣기 시작했다. 그는 이 상자를 우체국에서 돌아오는 길에 식료품상 주인 아르도에게서 얻어 왔다. 그는 머지가 언제 나타날 것인가를 생각하며 침착하게 차근차근 처리해 나갔다. 그녀가 찾아온 것은 오후 4시가 지나서였다.

"아직 안 가셨군요?"

머지는 디키의 방에 들어서자마자 물었다.

"응, 오늘 디키에게서 편지가 왔어. 로마로 이사하기로 결정했대."

톰은 몸을 일으키고, 자기도 놀랐다는 듯이 조금 웃어 보였다.

"그의 소지품을 전부 가지고 오라는 거야. 내가 가지고 갈 수 있는 것은 전부 말이야."

"로마로 옮긴다고요? 언제까지 있는데요?"

"내가 알게 뭐야. 좌우간 겨울이 지날 때까지인 모양이야."

톰은 부지런히 캔버스를 모아 묶었다.

"겨울 동안엔 쭉 돌아오지 않겠군요?"

머지는 벌써 실망하는 듯한 표정이었다.

"안 올걸. 집도 팔고 싶다는 말을 하는 것 같아. 아직 결정은 하지 않은 모양이지만."

"어머! 어떻게 된 걸까?"

톰은 어깨를 움츠렸다.

"아무래도 이번 겨울은 로마에서 지낼 모양이야. 당신에게도 편지를 보내겠다고 하더군. 당신도 오늘 오후에 편지를 받았으려니 했는데?"

"안 받았어요."

둘은 그대로 침묵하고 있었고 톰은 계속 짐을 꾸렸다. 정신을 차려 보니, 그는 자기 소지품은 하나도 꾸리지 않았다. 아직 자기 방에 들어가지도 않았다.

"그래도 디키는 코르티나에는 가겠지요?"

머지는 물었다.

"아냐, 안 간대. 프레디에게 편지를 내서 취소하겠다고 했어. 그런데 그것이 당신도 가지 말라는 말은 아니겠지."

톰은 빤히 그녀를 보고 있었다.

"이건 다른 이야기인데, 디키는 당신에게 냉장고를 쓰라고 했어. 누구에게 부탁해서 나르도록 하면 좋겠다구."

냉장고라는 선물도 머지의 실망한 마음을 치료하는 데는 아무런 효과가 없었다. 톰은 잘 알고 있었다. 그녀가, 톰이 디키와 함께 사는 것이 아닐까 하고 생각한다는 사실을. 아니, 그녀는 톰의 기뻐하는 태도를 보고 틀림없이 디키와 공동 생활을 하는 줄로 생각하고 있다. 그는 그녀의 입술에 떠오르는 질문을 환히 알 수 있었다. 그녀는 어린아이같이 투명하다. 과연 그녀는 물어왔다.

"당신도 그와 함께 사나요?"

"당분간은 그래야지. 그가 안정될 때까지는 거들어 줄 셈이야. 나는 이번 달에 파리에 갈 예정이야. 그리고 12월 중순에 미국으로 돌아가려고 생각하고 있어."

머지는 완전히 풀이 죽었다. 그녀는 이제부터 앞으로의 쓸쓸한 몇 주일을 생각하고 있겠지. 비록 디키가, 가끔 그녀를 만나러 몬지베로에 와 준다고 하더라도, 공허한 일요일 아침이나 매일 저녁 혼자서 하는 외로운 식사 등을.

"크리스마스에는 어떻게 할 작정일까요? 당신은 그가 이곳에 돌아오리라고 생각하나요? 아니면 로마에서 보낼까요?"

톰은 약간 귀찮다는 듯이 말했다.

"글쎄, 오지 않을걸. 그는 혼자 있고 싶은 게 아닐까?"

여기서 그녀는 충격으로 말도 할 수 없게 되었다. 충격과 함께 완전히 기분이 상했다. '내가 로마에서 디키의 이름으로 편지를 보낼 테니 그 때까지 기다리고 있어' 하고 톰은 속으로 생각했다. 물론 디키가 쓴 것처럼, 되도록 친절한 편지를 써 보내 주지. 그러나 그녀를 두 번 다시 만나고 싶지 않다는 점만은 틀림없이 써 두어야지.

그대로 몇 분 있더니, 머지는 일어나 얼빠진 사람처럼 인사를 했다. 톰은 문득 어떤 생각이 떠올랐다. 그녀는 오늘 디키에게 전화를 하지 않을까? 어쩌면 로마까지 찾아 나설지도 모른다. 그러나 가 본들 어떻게 한다는 말이냐? 디키는 호텔을 바꾸었는지도 모른다. 로마에는 호텔이 수없이 많으니까, 그녀가 며칠을 걸려도 찾을 수 없을 것이다. 전화를 하거나, 로마로 직접 찾아가도 도무지 디키는 찾을 수 없게 된다면, 그녀는 디키가 톰 리플리와 함께 파리나 어디 딴 곳으로 가버린 줄 알겠지.

톰은 나폴리의 신문을 대충 훑어보며, 산레모 근처에서 가라앉은 보트가 발견되었다는 기사가 나왔나 살펴보았다. 나온다면 '산레모 부근에서 가라앉은 보트 발견'이라는 표제가 붙겠지. 핏자국이 지워지지 않은 채 발견되었다면, 그것은 큼직하게 다루겠지. 이탈리아 신문은, 이런 사건이 생기면 드라마틱한 문체로 어마어마하게 써대기를 좋아한다.

'산레모의 젊은 어부 조르죠 디 스테파노는 어제 오후 3시, 깊이 2미터의 해저에서 더할 나위 없이 가공스러운 발견을 했다. 그것은 작은 모터보트인데, 안에는 온통 핏자국이……'

그러나 신문에 그런 기사는 나와 있지 않았다. 어제는 사건다운 사건이 하나도 없었다. 톰은 그 보트가 발견되려면 적어도 몇 달은 걸릴 거라고 생각했다. 어쩌면 영원히 발견되지 않을지도 모른다. 발견된다고 하더라도, 디키 그린리프와 톰 리플리가 그 보트를 타고 나간 사실을 어떻게 알 수 있단 말인가? 그들은 산레모의 이탈리아 인 보트상에게 이름을 말하지 않았다. 보트상은 작은 오렌지색 표를 주었을 뿐이고, 톰은 그것을 주머니에 쑤셔 넣어 두었는데, 나중에 발견하고 찢어서 내버렸다.

톰은 6시경 조르죠의 가게에서 에스프레소를 마시고, 조르죠, 파우스트, 그리고 그와 디키가 아는 다른 사람들에게 인사를 한 다음, 택시로 몬지베로를 떠났다. 그는 누구에게나 마찬가지 말을 했다. 디키는 이번 겨울을 로마에서 지낸다. 디키는 여러분에게 안부의 말을 전했다. 톰은 디키가 머지않아 다시 이곳을 찾을 거라고도 했다.

톰은 그날 오후, 아메리칸 익스프레스에 부탁해서 디키의 마직 의류와 그림 캔버스를 상자에 꾸리게 했다. 그리고 그 상자는 디키의 커다란 트렁크와 무거운 슈트케이스 두 개와 함께 로마로 보내게 하고, 로마에서는 디키 그린리프를 수취인으로 모든 것을 끝내 놓았다. 톰은 자기의 슈트케이스 두 개와 디키의 슈트케이스 한 개를 택시에 싣고 갔다. 톰은 미러머레 호텔의 푸치를 만나, 그린리프가 집과 가구를 판다고 할지도 모르는데, 그때에는 푸치가 떠맡아서 알선해 주지 않겠느냐고 물어 보았다. 푸치는 기꺼이 수락해 주었다. 톰은 선창 관리인인 피에트로 만나서 피피스토레로 호를 살 사람을 찾아 달라고 부탁했다. 그것은 그린리프가 보트를 이번 겨울 중으로 처분하고 싶은 의향이기 때문인데, 5만 리라라면 그 배를 팔아도 좋다고 했다. 그 돈을 미국 달러로 환산하면 800달러가 채 못 된다. 피에트로는 두 사람분의 침실이 있는 그 배가 그런 값이라면 2, 3주일 안으로 살 사람이 나설 거라고 했다.

로마로 가는 열차 안에서 톰은 머지에게 낼 편지의 문구를 생각했다. 너무 열심히 생각했기 때문에 아예 암기해 버렸다.

그는 호텔 허슬러에 방을 잡고, 디키의 슈트케이스에 넣어 가지고 온 디키의 소형 타이프 앞에 앉아 곧 편지를 쳤다.

친애하는 머지

나는 이번 겨울에 좀 기분을 바꾸기 위해서, 한동안 정든 몬지베로를 떠나, 이곳 로마에서 아파트 생활을 하기로 했어. 나는 혼자 있고 싶어졌어. 갑작스러운 일로 당신에게 고별 인사를 하지 못해 미안해. 그러나 실제로는 그다지 먼 곳에 온 것도 아니니까, 당신을 가끔 만나고 싶어.

지금은 내가 짐을 가지러 갈 기분이 나지 않아서 이 까다로운 일을 톰에게 부탁하기로 했어. 당신과 내가 이런 일로 벌어질 사이도 아니고, 서로 한동안 떨어져 있으면 오히려 전보다 더 친해지지 않을까? 나는 당신을 싫증이 나게 한 것 같지만 나는 절대로 당신에게 싫증이 난 것이 아냐. 그러니까 내가 도망쳤다고는 생각하지 말기를 바라. 그보다도 로마는 나를 현실에 가깝게 해주고 있어. 몬지베로에서와는 다르게 말이야. 내 불만의 일부는 실은 당신과의 일이었어. 물론 내가 떠나온다고 해결되는 일은 아니겠지만, 이번 일이 내가 당신을 마음속으로 어떻게 생각하고 있는지를 발견하게 해주지 않을까? 그런 까닭에 나는 당분간 당신과 만나지 않는 편이 좋겠다고 믿어. 이런 기분을 당신도 알아주리라고 생각해. 만약 알아주지 않는다면…… '알아주지 않을 경우', 즉 나는 그런 위험을 무릅쓰고 하는 말이야. 나는 약 2주일 동안 톰과 함께 파리에 갔다 올 셈이야. 그가 몹시 가고 싶어하기 때문이야. 나는 최근에 디 머시모라는 화가와 알게 됐어. 나는 그 사람의 그림이 매우 마음에 들었어. 가난한 노인인데, 내가 조금만 사례금을 내면 기꺼이 제자로 삼아 주겠다고 했어. 그래서 그의 스튜디오에서 그림을 배우기로 했어.

시내에는 밤새도록 분수가 뿜어 오르고, 그곳에 모여 웅성거리는 사람들조차 멋있게 보여. 몬지베로와는 전혀 반대야. 그리고 당신은 톰을 오해하고 있는 것 같은데, 그는 얼마 안 있으면 미국으로 돌아갈 거야. 그는 사실은 절대로 나쁜 사람이 아니고, 나도 그를 싫어하지는 않아. 그러나 그가 언제 돌아가거나 나는 상관이 없어. 어차피 그는 우리와는 관계가 없는 사람이니까. 당신도 그 점을 이해해 주었으면 해.

내 주소가 확정될 때까지, 내 앞으로 보내는 편지는 로마의 아메리칸 익스프레스로 보내주었으면 해. 아파트를 찾아내면 곧 알리겠어. 그때까지 난롯불을 꺼지지 않게 하고, 냉장고를 끄지 말며, 타이프를 잘 보관해 주었으면 해. 크리스마스에 대해서는, 정말 당신에게 미안하게 생각해. 그러나 그렇게 빨리 당신을 만날 것 같지가 않아. 그 때문에 나를 미워하건 안 하건 그것은 당신 자유야.

사랑을 담아서

19××년 11월 28일 로마에서

디키

톰은 호텔에 들어가서도 쭉 모자를 벗지 않고 있었다. 어느 호텔에서나 여권의 사진은 보지 않고, 표지의 여권 번호만 적어 둔다는 것을 알고 있지만, 프런트 직원에게 자기 여권이 아닌 디키의 여권을 내보였다. 그는 숙박부에 디키의 사인을 했다. 그것은 독특한, 성급하게 쓴 엉성한 사인인데, R과 G의 대문자에 커다란 동그라미를 그린 것이다. 편지를 부치러 나간 그는, 몇 개나 거리를 가로지른 곳에 있는 백화점까지 걸어가서, 필요하다고 생각되는 메이크업 재료를 샀다. 그는 그곳 여점원에게 장난을 치면서, 지병인 위통으로 호텔에 틀어박혀 있는 아내가 화장 도구를 잃어 버렸기 때문에 사러 온 것처럼 말했다.

그는 그날 밤 늦게까지 은행 수표를 받기 위한 디키의 사인을 연습했다. 앞으로 열흘쯤 있으면 미국에서 매월 디키에게 보내오는 송금이 도착될 것이다.

14

 이튿날 톰은 에우로퍼 호텔로 옮겼다. 그것은 베네트 거리에서 가까운 시시한 호텔이었다. 허슬러는 비교적 야할 정도로 사치스럽고, 영화 관계자들이 즐겨 묵을 듯한 호텔이었다. 톰은 프레디 마일즈 같은, 디키를 아는 패들이 로마에 온다면 이런 호텔을 고를 거라고 생각했다.
 톰은 호텔의 자기 방에서 머지, 파우스트, 프레디 등과의 대화를 상상해 보았다. 그 중에서도 제일 먼저 로마에 나타날 것 같은 사람은 머지였다. 그래서 만약 그녀와 전화로 이야기하게 된다면 그는 디키로서 이야기하고, 만약 그녀와 직접 만나서 이야기하게 된다면 톰으로서 이야기할 셈이었다. 어느 때 그녀가 갑자기 로마에 나타나, 그의 호텔을 찾아내어 방으로 들어오겠다고 고집을 부릴지 모른다. 그러면 톰은 곧 디키의 반지를 빼고, 자기의 옷으로 갈아입어야 될 것이다.
 그리고 톰은 본래의 목소리로 돌아가서 이렇게 말해 주어야지.
 '그걸 알 수가 없단 말야. 당신도 디키의 성품은 알고 있겠지. 그는 모든 것으로부터 떠나고 싶어하고 있어. 디키는 나에게 4, 5일 그의 호텔 방을 사용해도 좋다고 했어. 내 방은 난방이 되지 않아서 말이야…… 물론 이틀이나 사흘 뒤면 돌아와. 아니면 그림 엽서나 전화로 무사하다고 알려 오겠지. 그는 디 머시모와 같이 어느 작은 도시에 가 있어. 그곳 교회에 있는 그림을 보기 위해서 말이야.'
 '그런데 북쪽으로 갔는지, 남쪽으로 갔는지 당신은 모르세요?'
 '정말 모르고 있어. 남쪽이 아닌가 생각하는데 말이야. 그러나 어느

쪽이든 우리에게는 관계가 없지 않을까?'
'모처럼 왔는데 그를 만날 수 없어 유감이에요, 행선지쯤 말해 두고 가면 좋을 텐데 말이에요!'
'정말 그래. 나도 물었거든. 나는 그가 어디로 갔는지 단서가 될 만한 지도나 뭐가 없을까 해서 온 방안을 뒤져보기까지 했어. 디키는 3일 전에 갑자기 전화를 걸어 와, 만약 내가 괜찮다면 자기의 방을 써도 좋다고 말했을 뿐이야.'

즉석에서 자기 자신으로 돌아가는 연습을 해두는 것은 좋은 착상이었다. 왜냐하면, 불과 몇 초 사이에 그렇게 하지 않으면 안 될 때가 올지도 모르는 일이고, 그는 이상하게도 톰 리플리의 정확한 목소리를 자칫하면 잊기가 일쑤였기 때문이다.

그러나 톰은 주로 디키로서 말하는 연습을 했다. 프레디나 머지를 상대로 낮은 목소리로 이야기하는 경우, 장거리 전화로 디키의 어머니나 파우스트와 이야기하는 경우, 그리고 디너파티에서 영어나 이탈리아 어로 모르는 사람들과 이야기하는 경우를 연습해 보았다.

연습중에는 디키의 휴대용 라디오를 계속 켜 놓았다. 홀을 지나는 호텔 종업원들에게, 그린리프는 남과 사귀기를 싫어하는 색다른 사람으로 여겨지면 곤란하다. 톰은 라디오에서 자기가 좋아하는 노래가 나오면 혼자서도 춤을 추었다. 그는 그런 때에도 디키가 여자와 춤출 때 같은 방법으로 추었다. 디키가 조르죠 호텔 테라스에서, 머지를 상대로 춤추는 모습을 본 일이 있고, 나폴리 쟈르디노 데리 오란지에서도 추는 모습을 보았다. 그것은 꽤 어색한 넓은 스텝인데, 결코 능란한 춤이라고 할 수는 없었다. 호텔 방에서 혼자 있을 때나 쇼핑과 아파트를 구하기 위해서 길을 걸을 때에도, 톰은 순간순간이 즐거웠다. 자기가 그린리프로 되어 있는 동안은 외롭다든가 지루하다든가 하는 일은 있을 수 없었다.

우편물을 받으려고 아메리칸 익스프레스에 들른 톰은 '시뇨르 그린리프'로 인사를 받았다. 머지에게서 온 최초의 편지는 다음과 같았다.

디키

저는 놀랐어요. 당신은 로마나 산레모에서 갑자기 어떻게 된 거예요? 톰은 당신과 함께 산다고만 할 뿐, 그 밖에는 아무것도 말해 주지 않았어요. 그는 미국으로 돌아갈 것이라고 저는 생각하고 있어요. 쓸데없는 말을 하는 것 같지만, 저는 톰이 싫어요. 저뿐이 아니라, 누가 보든지 그는 당신을 이용하고 있어요. 만약 당신이, 여기서 생각을 바꾸고 싶다고 여기신다면, 제발 그와 손을 끊어 버리세요. 그는 동성애의 변태자가 아닐지는 몰라도 확실히 무익한 사람이에요. 그리고 귀찮은 사람이에요. 여러 가지 의미에서 정상적인 생활을 할 사람이 아녜요. 저는 톰이야 어떻든 좋아요. 그러나 당신에게는 무관심하게 있을 수 없어요. 그렇게 생각하고 싶지 않지만 크리스마스에 당신이 없어도 저는 참을 수 있어요. 당신 일은 생각하지 않도록 하고——당신이 말한 대로——편한 마음으로 있을 작정이에요. 그러나 이곳에 있으면 당신 일을 생각하지 않을 수 없어요. 왜냐하면 저에게 있어서는 이 마을의 어디를 가든 당신이 따라 다니기 때문이에요. 더구나 이 집에서는 어디를 보아도 당신의 흔적이 남아 있어요. 둘이 함께 심은 생울타리, 둘이 수리하다 말고 그대로 둔 울짱, 당신에게서 빌려 읽고 아직 돌려 드리지 않은 책 등이에요. 식탁의 당신 의자를 보면 무엇보다도 괴롭답니다.

쓸데없는 참견을 계속하는 것 같지만, 톰은 당신에 대해서 특히 해가 되는 짓은 하지 않더라도, 당신에게 미묘한 악영향을 끼치고 있는 것만은 사실이에요. 그와 함께 있으면 당신은 함께 있는 것이 어쩐지 창피한 듯한 거동을 하는데 그것을 알고 계신가요? 그 마음을 분석해 보신 일이 있나요? 최근 2, 3주 사이에 당신은 이 일을 깨달으신 것 같아 보였는데, 지금 또다시 그와 함께 있군요. 솔직히 말해서 저는 그것을 어떻게 해석해야 할지 알 수가 없어요. 당신이 그가 언제 출발하거나 상관없다고, 진심으로 생각하고 있다면, 당장이라도 그에게 짐을 꾸리게 하면 될 것이 아녜요! 그 사람은 당신뿐 아니라 아무에게도 보탬이 되지 않는 사람이에요. 그 사람이 당신에게 언제까지나 칠칠치 못한 생활을 시키고, 당신의 아버님까지 끌어넣고 끌고 다닌다는 사실은, 모두 자기의 이익만 생각하고 하는 짓이에요.

오 드 콜로뉴를 사 보내 주셔서 고마워요. 그것은 조금만 쓰고 이 다음에 만날 때까지 보관해 두겠어요. 냉장고는 아직 이쪽으로 날라 오지 않았어요. 당신이 필요할 때는 언제든지 돌려 드리겠어요.

톰이 이야기했을 테지만 스키피는 도망쳐 버렸어요. 이번에는 도마뱀이라도 붙잡아서 목에 줄을 매 놓을까요?

저는 지금부터 곧 집의 벽을 청소하지 않으면 안 돼요. 그렇지 않으면 곰팡이가 가득 피어 벗겨져 머리 위로 떨어질 테니까. 당신만 여기에 계셔 주시면 되는데…….

편지 기다리겠어요.

머지

어머님, 아버님

저는 지금 아파트를 찾고 있는데, 아직 마음에 드는 방이 없어요. 이곳의 아파트는 너무 넓거나 좁은 것뿐이에요. 너무 넓으면,

겨울에는 난방을 하기 위해, 한 방을 제외하고 나머지 방은 모두 폐쇄하지 않으면 안 돼요. 저는 적당한 넓이와 가격인, 너무 큰 돈을 들이지 않고 완전히 난방이 되는 곳을 찾고 있어요.

요즘 편지를 못 드려서 죄송합니다. 이곳에서는 약간 조용히 살 수 있으니까 더 자주 편지를 쓸 수 있겠지요. 저는 생각을 바꾸기 위해 몬지베로에서 떠날 필요를 느꼈습니다. 이것은 그 전부터 두 분의 의견이셨지만, 그래서 짐을 모두 옮기고, 경우에 따라서는 집이나 보트도 팔 작정입니다. 이번에 디 머시모라는 이름의 훌륭한 화가와 알게 되었습니다. 그는 자기의 스튜디오에서 저를 지도해 주겠다고 해요. 저는 앞으로 수개월, 열심히 일을 하고 그 결과를 볼 작정입니다. 지금은 저에게 일종의 시련 기간입니다. 아버님으로서는 별로 흥미가 없는 일인 줄 압니다만, 언제나 저의 생활 양상에 대한 물음이 계셨기 때문에 이렇게 보고 드립니다. 저는 내년 여름까지는 더할 수 없이 조용한, 노력하는 생활을 계속할 작정입니다.

그리고 버크 그린리프 사의 최근에 나온 영업 편람을 보내 줄 수 없으신지요? 저는 오랫동안 떨어져 있었으니까, 회사의 현황을 알고 싶습니다.

어머님께서는, 제 크리스마스 선물 일로 너무 걱정하지 마시기를 부탁드립니다. 당장 필요한 물건은 아무것도 없습니다. 병세는 어떠신지요? 외출은 하실 수 있으신지요? 극장 같은 데는 어떨까요? 에드워드 아저씨는 건강하세요? 제가 안부 전하더라고 말씀드려 주세요.

19××년 12월 12일
로마

톰은 편지를 다시 읽었다. 그는 편지에 쉼표가 너무 많은 것 같아, 참을성 있게 다시 타이프를 쳐서 사인을 했다. 그는 전에 한 번 타이프에 끼어 있는 디키가 부모에게 보낸 편지를 본 일이 있어, 디키의 문체를 대략 알고 있었다. 보통 디키는 편지를 쓰는데 고작 10분 정도밖에 걸리지 않는다. 이 편지가 언제나의 편지와 다른 데가 있다면, 좀 개인적인 일이 많고, 다소 열의를 담았다는 점뿐이다. 다시 한 번 읽어 본 톰은 꽤 만족했다. 에드워드 아저씨는 미세스 그린리프의 동생인데, 무슨 암 때문에 일리노이주에 있는 병원에서 요양중이다. 톰은 그 사실을 최근 디키가 어머니로부터 받은 편지를 통해 알고 있었다.

톰은 그로부터 며칠 뒤에 비행기를 타고 파리에 갔다. 그는 로마를 떠나기 전에 잉기르테러 호텔에 전화를 해보았는데, 리처드 그린리프 앞으로는 편지도 전화도 오지 않았다고 했다. 그는 오를리 공항에 오후 5시에 착륙했다. 여권을 조사하는 검사관은 그를 흘끔 쳐다보았을 뿐 바로 여권에 스탬프를 눌렀다. 톰은 검사관을 속이기 위해 과산화수소로 머리카락 빛깔을 조금 밝게 한 데다가 헤어오일로 웨이브를 내고, 디키의 여권에 붙은 사진처럼 조금 얼굴을 찌푸려 보였다.

톰은 오테르 듀 케이 보르테르에 숙소를 잡았다. 그곳은 로마의 카페에서 알게 된 미국인이 권한 호텔로서, 출입에 편리한 장소에 있고, 무엇보다도 미국인이 별로 묵지 않는 호텔이었다. 짐을 푼 그는 안개 낀 파리의 으스스한 12월의 밤 속으로 나갔다. 그는 머리를 높이 들고 얼굴에 빙긋 웃음을 띠고 천천히 걸었다. 이것이야말로 그가 사랑한 도회의 분위기였다. 이것이 일찍이 들은 적이 있는 구부러진 도로, 천장에 창이 달린 회색의 집들, 시끄러운 자동차의 경적, 도처에 있는 공중 화장실, 사치스런 갖가지 색의 극장 포스터를 붙인 광고탑이 있는 파리 시가의 분위기였다. 그는 이 분위기를 천천히 몸에 배게 하고──그러려면 며칠 걸리겠지만──그런 다음, 루브르 박물관을 찾는다든가, 에펠탑에 오른다든가 하고 싶었다. 그는 〈피가로〉지를 사고, 돔 속의 테이블에 앉아 피이느 어 로를 주문했다. 그것은 언젠가 디키가 '프랑스에 가면, 피이느 어 로를 마시거든' 하고 말했기 때문이다. 톰은 프랑스 어를 별로 잘 하지 못하고, 디키도 마찬가지였다. 그를 디키로 보고 그 카페의 유리 칸막이 밖에서 들여다보는 사람이 두세 명 있었으나 들어와서 말을 거는 사람은 없었다.

톰은 누가 갑자기 와서 '디키 그린리프! 자네였군?' 하고 말하지 않는다고 볼 수도 없어, 끊임없이 그런 마음의 준비를 하고 있었다.

톰은 체격은 좀 차이가 있지만 표정만은 완전히 디키가 되어 있다고 생각했다. 그는 남에게서 얼마쯤 경계당하기 쉬울 정도로 상냥하게 웃는 얼굴을 꾸미려고 노력했다. 그것은 옛 친구나 연인에게 말을 걸기에 알맞을 듯한 웃는 얼굴로서, 디키가 기분이 좋을 때 언제나 짓는, 가장 상냥한 그 특유의 표정이었다. 톰은 아주 기분이 좋았다.

여기는 파리다. 유명한 카페에 앉아, 디키로 변해 버린 내일, 모레, 그리고 그 다음 날의 일을 생각한다는 것은 정말 멋지다! 커프스 버튼, 흰 견직 와이셔츠, 오래 입은 양복, 벗겨진 놋쇠 버클이 달린 벨트, 낡은 다갈색 그레인레더의 구두, 이것은 〈펀치〉지(미국에서 발행되는 잡지)에 평생 신을 수 있다고 광고가 난 구두다. 그리고 낡은 겨자색 주머니가 느슨하게 입을 벌리고 있는 코트형 스웨터 등. 이것이 모두 그의 물건이고 그것은 모두 그의 마음에 들었다. 그리고 금으로 된 머리글자가 든 작은 만년필. 다음에는 지갑, 구치 가게에서 산 악어 가죽 지갑. 더구나 그 속에는 앞으로 많은 돈이 들어오게 된다.

톰은 이튿날 오후, 애비뉴 크레베에서 개최되는 파티에 초대되었다. 초대한 사람들은 한 사람은 프랑스 여성이고, 또 한 사람은 미국

청년이다. 생제르맹 대로의 큰 카페 레스토랑에서 갑자기 이야기를 나누었던 사람들이다. 그 파티의 손님들은 3, 40명 정도로 대개 중년들이었다. 그들은 크고, 쌀쌀한, 그리고 딱딱한 느낌의 아파트 안에서 추운 듯이 서 있었다. 아마 유럽에서는 겨울에 난방이 불충분한 데서 지내는 것으로 세련되었음을 증명하는 모양이었다. 여름에는 얼음을 넣지 않은 마티니가 멋이 있는 것처럼. 톰은 생각났다. 로마에서 더 따뜻하게 지내고 싶어 값이 비싼 호텔로 옮겼더니, 그런 호텔일수록 더 추웠다는 사실을.

이 집은 음침하고 구식인 것이 멋인 모양이었다. 집사가 있고 하녀가 있으며 커다란 테이블엔 기계로 저민 고기 파이, 칠면조 슬라이스, 고급 카스텔라, 그리고 많은 샴페인이 줄지어 놓여 있고, 소파의 천이나 긴 커튼 따위는 닳고 너무 낡았기 때문에 색이 변해 있었다. 더구나 홀의 엘리베이터 옆에는 쥐구멍까지 있었다.

톰이 소개받은 손님 가운데 적어도 대여섯 명은 백작이나 백작 부인이었다. 한 미국인이 톰에게 가르쳐 주기를, 그를 초대한 그 청년과 처녀는 곧 결혼하기로 되어 있는데, 처녀의 부모는 별로 찬성하지 않는다고 했다. 그 홀에는 어떤 긴장이 감돌고 있어, 톰은 아무에게나 되도록 쾌활하게 대하려고 노력했다. 짐짓 점잔 뺀 얼굴을 한 프랑스 인들에게까지 '유쾌하군요'라고밖에 말을 못해도 상냥하게 웃어 보였다. 전력을 다해서 애를 쓰는 톰에게 초대해 준 프랑스 여성은 빙긋 웃음으로 답해 주었다. 그는 이곳에 올 수 있었다는 사실이 행운이라고 생각했다. 단 혼자서 파리에 찾아온 미국인 가운데 불과 일주일 정도 체류하면서 프랑스 인의 자택에 초대되는 사람이 몇이나 될 것인가? 톰은 프랑스 인들은 좀처럼 타인을 자기 집으로 초대하지 않는다고 들었다.

미국인 손님 가운데 톰의 이름을 아는 사람은 한 명도 없었다. 그는 완전히 침착한 기분이 되었다. 지금까지 파티에 가서 이런 기분이 된 일은 한 번도 없었다. 그는 파티에 나가면 이렇게 행동하고 싶다고, 전부터 생각하고 있던 대로 행동했다. 미국에서 올 때, 배 안에서 생각한 갱생은 바로 이것을 두고 한 말이다. 이것이야말로 그의 과거와 그 자신, 즉 그 과거에 의해서 만들어진 톰 리플리를 완전히 말살하고, 완전히 새로운 다른 사람으로 다시 태어남을 뜻한다.

한 프랑스 부인과 미국인 두 사람이, 저마다 자기 파티에 톰을 초대했으나 그는 어느 쪽에나 같은 대답으로 정중히 거절했다.

"대단히 고맙습니다. 그런데 저는 내일 파리를 떠납니다."

톰은 이런 사람들과 너무 친하게 지내면 좋지 않다고 생각했다. 그 중의 누군가가 디키를 잘 알고 있을지도 모르고, 다음 파티 손님 중에 그런 인물이 없다고 단정할 수도 없으니까.

톰은 11시 15분에 그날 밤의 여주인공과 그 부모에게 이제 떠나야겠다고 하니 모두 아쉬워하며 붙들었다. 그러나 그는 자정까지는 노트르담에 가고 싶다고 했다. 마침 그날이 크리스마스 이브였으니까.

그 처녀의 어머니가 그의 이름을 물었다.

"무슈 그란느라프예요." 그녀는 어머니에게 되풀이해서 말하고 되물었다. "디키 그란느라프 씨, 그렇죠?"

"그렇습니다."

톰은 웃음 지으며 대답했다.

아래층 홀까지 내려왔을 때, 톰은 문득 코르티나에서 개최된 프레디 마일즈의 파티 일이 생각났다. 12월 2일이다. 벌써 한 달쯤 전 일이다! 그는 프레디 앞으로 가지 않겠다는 편지를 낼 셈이었다. 머지는 갔을까? 디키가 가지 않는다는 사실을 편지로 알리지 않았기 때문에 프레디는 이상하게 생각하지 않았을까? 머지가 프레디에게 말해 주었으면 좋은데. 곧 프레디에게 편지를 써야겠다. 디키의 주소록에는 프레디가 사는 플로렌스의 주소가 씌어 있었다. 이것은 약간의 실수지만 그다지 중대한 일은 아니겠지. 이런 일이 두 번 다시 없도록 주의하지 않으면 안 된다.

톰은 캄캄한 길을 걸어, 뼈처럼 희게 조명된 개선문 있는 데로 갔다. 그는 혼자인데도 무엇인가의 일부에 속해 있는 듯했다. 파티에서 느낀 것과 같은 이상한 마음이었다. 노트르담 대성당 앞 광장을 메운 군중의 외곽에 섰을 때에도, 그는 그런 것을 느꼈다. 사람이 많아 도저히 대성당 안으로 들어갈 수 없을 듯했다. 확성기가 광장의 구석구석까지 대성당 안의 음악을 똑똑히 전해 주었다. 그가 곡명도 모르는 프랑스의 크리스마스 캐롤, 〈거룩한 이 밤〉, 엄숙한 캐롤, 그리고 다음에는 활발한, 마구 지껄여대는 것 같은 캐롤, 남성만의 성가.

그의 옆에 있는 프랑스 인들은 모자를 벗었다. 그는 몸을 똑바로 하고 한결 진지한 얼굴로 서 있었다. 누가 이야기를 건다면 바로 빙긋 웃음으로 응할 태세를 갖추고 있었다. 그는 배 안에서도 느낀 일인데, 지금 더한층 자기가 선의에 찬 신사이며, 과거에 품격을 손상시킬 만한 일을 한 번도 하지 않았다고 느끼고 있었다. 그는 디키인 것이다. 호인이면서 아무에게나 웃는 얼굴로 대하고, 부탁을 받으면 아무에게나 몇천 프랑의 돈을 주는 소박한 디키였다.

톰이 노트르담의 광장을 떠나려 할 때, 어느 노인이 그에게 돈을 달라고 졸랐다. 그는 빳빳한 파란 1천 프랑짜리 지폐를 주었다. 노인은 환하게 웃고 모자에 손을 댔다.

톰은 조금 배가 고팠다. 그러나 그는 오늘 밤은 공복인 채 잠자리에 들고 싶었다. 한 시간쯤 이탈리아 어 회화 책을 공부하고 나서 자자. 그러다가 그는 문득 5파운드쯤 체중을 불려야 된다는 것을 깨달았다. 왜냐하면 디키의 옷은 그에게 약간 크고, 얼굴도 조금 살이 쪘기 때문이다. 그래서 그는 스낵바에 들러 긴 껍질의 딱딱한 빵인 햄

샌드위치를 주문하고, 카운터 옆의 남자가 우유를 마시기에 그도 우유를 주문했다. 우유는 싱겁고 통 맛이 없었다. 그것은 수도원 안에서 오블레이트(수도 생활에 몸을 바친 사람)가 먹는 음식의 맛 같았다.

그는 한가한 기분으로 파리를 떠나 리옹에서 하룻밤을 묵은 다음, 아를르에 들러 반 고흐가 화폭에 담았던 풍경을 구경하고 다녔다. 매우 악천후였지만 그는 평정을 잃지 않았다. 그는 아를르에서 반 고흐가 이젤을 세우고 그림을 그린 정확한 장소를 찾아다니는 사이에, 맹렬한 북서풍이 몰고 온 호우에 피부까지 스미도록 흠뻑 젖었다.

파리에서 반 고흐의 멋진 복제화 화집을 사가지고 왔는데 비를 맞으며 꺼낼 수는 없어, 그 현장을 확인하기 위해서는 호텔에서 몇 번이나 다시 나와야 했다. 마르세유도 대충 구경을 했는데, 번화가 칸느비에르 외에는 별로 재미가 없었다. 그리고 그는 열차를 타고 동쪽으로 향해, 산트로페즈, 칸, 니스, 몬테카를로 등에서 저마다 하룻밤을 묵으며, 명소로 알려진 곳만 구경하며 다녔다. 그러나 12월인 탓인지 어디에나 울적한 겨울 구름이 드리워져 있었다. 만톤에서의 그 해 마지막 날에도 화려한 군중은 볼 수 없었다. 톰은 그 장소에 모여 있는 사람들의 모습을 마음속에 그려 보았다.

몬테카를로에 있는 도박장의 넓은 계단을 내려오는 정장 차림의 신사 숙녀들. 니스의 부르바르 데 장그리아의 야자나무 그늘을 산책하는 사치스런 수영복 차림을 한 사람들의, 뒤피(대담한 색채, 자유로운 환상적 스타일로 해안 풍경 등을 즐겨 그린 20세기 프랑스의 화가)의 수채화에나 있을 듯한, 밝고 눈부신 분위기 등. 사람들은 미국인, 영국인, 프랑스 인, 독일인, 스웨덴 인, 이탈리아 인 등. 그리고 로맨스, 실의, 언쟁, 화해, 살인. 이 코트다쥐르(리베라 지방에 연한 프랑스의 남동 해안)는 톰에게 지금까지의 세계의 어디에서도 맛보지 못한 기쁨과 흥분을 느끼게 했다. 지중해 연안의 작은 해안에는 훌륭한 이름들이 줄지어 있었다. 툴롱, 프레쥬, 상 라파엘, 칸, 니스, 망통, 그리고 산레모.

톰이 1월 4일에 로마에 돌아오니, 머지에게서 편지가 두 통 와 있었다. 머지는 3월 1일에 집을 팔겠다고 했다. 지금 쓰고 있는 소설의 초고가 아직 완성되지는 않았으나, 4분의 3 정도를, 삽입할 사진과 함께 미국 출판사에 보낸다고 했다. 머지가 이번 여름에 출판사에 편지를 보냈더니, 그녀의 작품에 흥미를 나타냈다고 한다. 그리고 그녀는 다음과 같이 써 보냈다.

당신을 언제 만날 수 있을까요? 저는 또 지독한 겨울을 지내고 났더니, 유럽에서 다시 한 번 여름을 보내기가 싫어졌어요. 그래서 3월 초에 귀국할 예정이에요. 마침내 저는 정말로 향수 병자가 돼 버렸어요. 만약 당신과 함께 같은 배로 돌아갈 수 있다면 얼마나 즐거울까요. 그렇게 될 가능성이 있을까요? 있으리라고 생각되지는 않는군요. 당신은 이번 겨울에 잠시라도 미국에 돌아갈 예정은 없겠지요?

저는 짐을 전부(꾸린 짐이 8개, 그리고 작품 등) 나폴리에서 느리게 운항하는 배에 실어 놓고, 로마를 거쳐, 만약 당신만 괜찮다면, 함께 다시 한 번만이라도 좋으니 연안을 여행하며, 포르테 디 마르미와 비아레죠 등 좋아하는 곳을 구경하고 싶어요. 마지막으로 말이에요. 날씨 같은 거야 아무래도 좋아요. 어차피 지독할 게 뻔하니까. 저는 마르세유에서 그 배를 탈 생각이에요. 당신에게 그곳까지 와 달라고 하지는 않겠어요. 우리 제노아에서 만날까요? 당신은 어떻게 생각하세요?

다른 한 통의 편지는 더 소극적이었다. 왜 그런지 톰은 알 수 있었다. 거의 한 달이나 그는 그림 엽서조차 머지에게 보내지 않았기 때문이다. 그녀는 이렇게 썼다.

저는 리베라로 가는 것을 단념했어요. 이 눅눅한 날씨 때문에 마음이 내키지 않아서요. 혹은 이 소설 때문인지도 모르겠군요. 하여간 더 빨리 출항하는 배로 나폴리에서 떠나겠어요. 2월 28일에 출항하는 콘스티튜션 호예요. 멋지지요! 올라타자마자 이내 미국이에요. 미국의 식사, 미국인들, 음료도 경마도 모두 달러로 쳐요. 디키, 당신을 만나지 못하는 것이 유감이에요. 아무런 소식도 없는 것을 보면 당신은 저를 만나고 싶지 않은 모양이에요. 그렇지만 그 일은 걱정하지 마세요. 저를 당신 손에서 떠난 사람으로 생각해 주세요.

물론 다시 만나고 싶어요. 미국에서도 그리고 다른 지방에서도. 만약 28일 전에 몬지베로에 잠깐 와 보겠다고 생각하신다면, 말할 필요도 없이 대환영을 하겠어요.

그리고 저는 당신이 아직 로마에 계신지 어떤지조차도 모른답니다.

머지

톰은 그녀가 편지를 쓰는 모습이 눈앞에 선하게 보이는 듯했다. 그는 동정하는 편지를 그녀에게 써 보낼까 생각했다. 그리스 여행에서 막 돌아온 참이라며, 그림 엽서를 두 통 보냈는데 받았느냐고 물어볼까? 그러나 역시 그의 거처를 확실히 모르는 채 그녀가 떠나는 것이 더 안전하다고 생각했다. 그래서 톰은 그녀에게 편지를 쓰는 것은 그만두었다.

다만 한 가지 불안한 것은——뭐 대단한 불안은 아닌데——자신이 아파트에 들어가기 전에, 머지가 디키를 만난다고 오지 않을까 하는 점이었다. 그녀가 호텔을 모조리 찾아다닌다면 그는 들키고 말 것이다. 그러나 아파트에 있으면 여간해서는 들킬 염려가 없다. 체류허가증에 써 있는 규정에 의하면 주소를 변경한 경우에는 경찰에 신고하도록 되어 있는데, 돈에 자유로운 미국인은 특히 주소를 경찰에 신고할 필요가 없는 모양이다.

톰은 로마에서 아파트 생활을 하는 미국인에게 여러 가지를 물어본 결과, 그 남자는 경찰 같은 것은 문제 삼은 일이 없다고 했다. 그는 신경 쓰지 않기로 했다. 톰은 옷장에 자기 옷을 많이 걸어놓고 머지가 갑자기 로마에 나타나도 괜찮도록 대비하고 있었다. 그가 자기 몸에 변화를 주고 있는 점은 머리카락 색깔을 밝게 한 것뿐인데, 그것도 햇빛 탓이라고 하면 해명이 된다.

그래서 그는 진심으로 걱정하지 않았다. 톰은 처음에 재미로 눈썹연필을 가지고 눈썹을 칠해 보았다. 디키의 눈썹은 더 길고, 바깥쪽 끝이 조금 올라가 있었다. 그리고 코끝에 조금 퍼티(접합제의 한 가지)를 붙여 조금 길고 뾰족하게 보이려고 했다. 그러나 이것은 금방 눈에 띄기 때문에 그만두었다. 톰은 타인으로 위장하는 데 있어서 가장 중요한 점이, 위장하려고 하는 인물의 분위기와 기질을 먼저 익히는 일과 그 분위기와 기질에 어울리는 얼굴 표정을 수반해 나가는 일이라고 생각했다. 그 밖의 일은 자연스럽게 그것에 맞추어 나가면 된다.

1월 10일에 톰은 머지에게 편지를 썼다. 자기(즉 디키)는 혼자 파리에 가 3주일 동안 묵다가 로마에 돌아왔다는 얘기, 톰은 한 달 전에 먼저 파리에 갔다가 미국으로 돌아간다고 로마를 떠났는데, 자기는 파리에서 톰을 만나지 못했다는 얘기, 로마에서는 아직 아파트를 구하지 못했는데, 구하는 대로 그 주소를 그녀에게 알릴 작정이라는 얘기 등을 늘어놓았다. 톰은 또 크리스마스 선물에 대한 감사의 뜻을 정성들여서 썼다. (그녀는 빨간 V자형 줄무늬가 든 흰 스웨터를 디키 앞으로 보내 왔다. 그것은 그녀가 10월경부터 디키의 몸에 맞추어서 뜨고 있던 옷이다. 그 소포에는 15세기 이탈리아의 유화 화집과 뚜껑에 H.R.G라는 디키의 머리글자가 든 면도기 세트도 들어 있었다). 그 소포는 1월 6일에 겨우 도착했는데, 톰은 그 때문에 편지를 쓰게 된 것이다. 디키가 아직 소포를 받으러 가지 않았나 하고 그녀가 생각하면 재미없다. 디키가 증발해 버렸는가 생각하고 그녀가 수색이라도 시작하면 곤란하니까 말이다. 그는 그녀에게 보낸 소포는 도착했느냐고 썼다. 파리에서 발송했는데 늦지나 않는지 모르겠다고 썼다. 그리고······.

나는 다시 디 머시모 밑에서 그림을 그리기 시작했어. 무척이나 흥미롭고 즐거워. 나도 당신을 만나고 싶어. 그러나 당신이 내가 하고 있는 실험에 협력하는 뜻으로 참아 준다면, 앞으로 몇 주 동안은 만나지 않는 편이 좋겠어(하긴 당신이 갑자기 2월 중에 귀국한다면 별문제지만 말야. 설마 그런 일은 없겠지!). 그 무렵이 되면 당신은 이제 나를 만나고 싶지 않겠지. 조르죠와 그의 부인, 그리고 아직도 있다면 파우스트와 선창의 피에트로에게도 안부 전해 주면 좋겠어······.

그것은 디키의 어느 편지에나 있는, 어딘지 맥 빠진 애조를 띤 편지로, 따스한 데가 있는 것도 같고 없는 것도 같은, 핵심적인 말은 아무것도 없는 편지였다.

사실 그는 핀치오 문에 가까운 인페리아아르로의 커다란 아파트에서 방 하나를 찾아냈다. 그리고 그는 일 년 간의 임대 계약서에 사인을 했다. 그러나 그는 쭉 로마에서 살 생각은 아니었으며 더군다나 겨울에는 질색이다. 그는 주거가 확실하지 않은 생활을 몇 년 간 한 뒤여서인지 자기 집이 갖고 싶었다. 어디엔가 근거지가 필요했다. 더구나 로마는 새로웠으며 그의 새 생활의 일부였다. 가령 마조르카나, 아테네나, 카이로나 그 어딘가에 갔을 때 '그렇습니다. 로마에 살고 있어요, 아파트가 있어요'라고 말할 수 있게 말이다. 아파트가 '있다'고 하면 자기의 소유물이 국제적으로 여러 곳에 있는 것처럼 들린다. 미국에서 '차고가 있다'고 하는 것처럼, 유럽에 '아파트가 있다'는 말이다. 손님은 최소한도로 억제할 생각이지만 아파트는 고상한 것으로 갖고 싶었다. 그리고 전화는 되도록 놓고 싶지 않았다. 전화번호부에 실리지도 않는데…… 그러나 위험을 초래할 염려보다도 안전을 지키기 위해서 놓기로 했다. 그 아파트에는 큰 객실, 침실이 하나, 거실, 부엌, 그리고 욕실이 있었다. 꽤 칙칙한 장식이었지만, 이웃의 고상한 환경과 품위 있게 살고 싶다는 그의 목적에는 딱 들어맞았다. 집세는 겨울엔 난방비를 포함해서 1개월에 175달러, 여름엔 125달러였다.

머지는 좋아서 어쩔 줄 모르는 답장을 보내 왔다. 파리에서 보내 준 아름다운 실크 블라우스를 방금 받았다고, 정말 꿈에도 생각지 않은 일이며, 더구나 옷이 몸에 딱 맞는다고 했다. 크리스마스에는 파우스트와 체키 부부를 그녀 집에 초대해서 저녁을 먹었는데, 밤과 닭의 내장을 삶은 고기 국물을 친 칠면조가 훌륭했고, 플럼 푸딩도 맛이 있었다. 다만 한 가지 디키가 없어 유감스러웠다는 것 등. 그리고 그는 무엇을 하고 있는가? 무엇을 생각하고 있는가? 전보다 즐겁게 살고 있는가? 그리고 수일 안으로 주소를 알려 준다면, 파우스트가 밀라노로 돌아가는 도중에 그를 찾아보고 싶다고 했다. 아니면 현재의 주소를 아메리칸 익스프레스에 알려 놓아, 파우스트가 그곳에 들렀을 때에 말을 전할 수 있도록 했으면 좋겠다는 내용이었다.

톰은 그녀가 이렇게 기분 좋은 편지를 쓴 이유를 상상해 보았다. 그것은 톰이 파리를 경유해서 미국으로 돌아가 버린 줄로 생각하고 있기 때문이리라. 머지의 편지와 함께 푸치의 편지도 와 있었다. 거기에는, 가구 중 세 점은 나폴리에서 15만 리라에 팔렸다는 얘기, 보트는 몬지베로에 사는 아나스타시오 마르치노라는 사람이 사 줄 것이고, 그는 1주일 이내에 우선 대금의 일부를 현금으로 지불하겠다고 약속했다는 얘기, 그러나 집은 여름이 되어 다른 미국인이 오기 전까지는 팔릴 것 같지 않다는 얘기 등이 씌어 있었다.

푸치에게 15퍼센트의 수수료를 지불하면, 가구의 실수입은 210달러 정도가 된다. 톰은 그날 밤 그 일을 자축하기 위해 로마풍의 나이트클럽에 가서 호화로운 만찬을 주문하고, 촛불을 켠 2인용 테이블에 앉아 혼자서 고상하게 식사를 했다. 그는 혼자 식사를 하거나 극장에 가는 일을 아무렇지도 않게 생각했다. 그런 때가 디키 그린리프가 되는 연습을 하는 좋은 기회였다. 그는 디키와 같은 손놀림으로 빵을 자르고, 디키처럼 왼손으로 포크를 입속 깊숙이까지 밀어 넣고, 다른 테이블이나 춤을 추고 있는 사람들을 호인다운 눈으로 바라보고, 웨이터가 두 번쯤 부르면 알아듣는 시늉을 했다.

누군가가 테이블에 앉은 채로 그에게 손을 흔들었다. 보니까 그 사람은 크리스마스 이브에 파리의 파티에서 만났던 미국인 부부였다. 톰은 손짓으로 답례를 했다. 그는 이름도 외고 있었다. 스우더 부부다. 그는 그 파티에서 쭉 그들 쪽을 보지 않았고, 두 사람은 그보다 먼저 돌아갔었다.

그때 스우더가 톰의 테이블에 와서 말을 걸었다.

"당신 혼자 오셨습니까?"

그는 조금 취한 것 같았다.

톰은 느긋하게 대답했다.

"네, 저는 매년 한 번 여기서 제 자신과 데이트를 하지요. 어떤 기념일을 축하하는 뜻으로."

그 미국인은 좀 멍해져서 끄덕거렸다. 뭔가 재치 있는 말을 하려는데 막히는 모양이었다. 작은 시골 도시의 미국인이 돈 있어 보이고 좋은 옷을 입은 국제인다운 인물 앞에서 자기도 모르게 침착성을 잃고 마는 꼴이었다. 비록 그것이 다른 미국인 돈으로 산 옷이라도 말이다.

"당신은 분명 로마에 살고 계시지요?"

스우더의 아내가 물었다.

"성함은 잊었지만, 크리스마스 이브에 뵈었기 때문에 잘 기억하고 있어요."

"그린리프, 리처드 그린리프입니다."

"아, 그랬어요! 이곳에 아파트가 있으세요?"

그녀는 마치 그의 주소를 알아두기라도 하려는 듯한 기세였다.

"지금은 호텔 생활을 하고 있지만, 실내 장식이 되는 대로 아파트로 옮길 생각입니다. 지금은 에리시오 호텔에 있습니다. 한 번 들러 주십시오."

"찾아뵙고 싶어요. 3일쯤 있다가 마조르카에 갑니다만, 아직 시간은 충분히 있으니까."

"만나 뵙기를 잘했습니다."

다시 혼자가 된 톰은 혼자만의 몽상으로 돌아갔다. 그는 생각했다. 톰 리플리 명의의 은행 예금 계좌를 개설할 필요가 있다. 그리고 가끔 100달러 정도씩 예금을 해 두어야겠다. 디키 그린리프는 두 은행에 예금하고 있었다. 나폴리와 뉴욕, 그리고 양쪽에 각각 5,000달러 정도의 예금이 있었다. 우선 2,000달러 정도로 리플리 명의의 계좌를 만들어 놓고 몬지베로의 가구 수입 15만 리라를 그곳에 예치해야겠다. 그리고 그 다음부터는 두 사람의 명의를 잘 조종해 나가야지.

15

톰은 카피토리노 언덕과 보르게세 공원을 두루 돌아다녔으며 대광장도 구석구석 보고 다녔다. 그리고 그는 이웃집에 개인 교수의 간판을 내걸고 있는 노인에게서 이탈리아 어 레슨을 여러 번 받았다. 그 노인에게 그는 가명을 말해 두었다. 여섯 번의 레슨을 마친 톰은 자기의 이탈리아 어의 실력도 디키와 같은 정도라고 생각했다. 그는 디키가 가끔 지껄이던 이탈리아 어의 문장을 몇 가지, 한 단어 한 단어씩 외우고 있었는데, 지금 그것이 잘못이었음을 알았다. 예를 든다면, 어느 날 밤 조르죠의 주점에서 머지가 오기를 모두 기다릴 때, 디키가 '안 오는 게 아닐까, 조르죠'라고 말한 일이 있다. 이것은 '아닐까' 하고 마음에 있지도 않은 것을 나타내는 말의 다음이니까, 가정법을 사용해서 '싀어 아리봐아타'라고 해야 한다. 디키는 이탈리아 어에서는 가정법을 써야 할 곳에서 가끔 쓰지 않고 지나가 버렸다. 톰은 가정법의 바른 사용법을 일부러 외우지 않으려고 특히 조심했다.

톰은 아파트의 객실에 있는 커튼이 마음에 들지 않아, 짙은 빨간색의 비로드를 사와서 커튼으로 하려고 했다. 그래서 아파트 관리인의 아내인 시뇨라 뷔피에게 그것을 꿰매 줄 여자가 없느냐고 물었더니, 그녀는 자기가 꿰매 주겠다고 했다. 그녀가 요구한 품삯은 2,000리라로 고작 3달러 정도밖에 되지 않았다. 톰은 그녀에게 받지 않겠다는 것을 억지로 5달러를 주었다. 그는 아파트를 깨끗이 장식하려고 작은 물품을 몇 개 샀다. 그는 결코 다른 사람을 초청하지 않았다.

단 한 번, 별로 영리하지는 못하나 꽤 잘생긴 청년을 데리고 온 일이 있을 뿐이다. 그 사람은 우연히 카페 그레코에서 만난 미국인으로, 거기서 엑세르시아 호텔로 가는 길을 톰에게 물었다. 톰은 엑세르시아가 집으로 가는 길에 있었기 때문에, 한잔 마시러 들르지 않겠느냐고 청했던 것이다. 톰은 아파트의 깨끗한 곳을 한 시간쯤 구경시키고 그냥 돌려보낼 생각이었다. 제일 좋은 브랜디를 대접하고, 아파트 안을 걸어 다니면서 로마에서 사는 즐거움을 이야기한 다음에, 톰은 예정대로 그를 돌려보냈다. 그 청년은 이튿날 뮌헨으로 간다고 했다.

톰은 로마에서 살고 있는 미국인과는 되도록 얼굴을 마주치지 않으려고 했다. 그들은 그를 파티에 초청할 뿐 아니라, 답례로 초대받기를 기대하기 때문이다. 그는 카페 그레코나 마르그타로에 있는 학생들을 상대하는 레스토랑 같은 데서, 미국인이나 이탈리아 인들과 이야기하기를 좋아했다.

그는 마르그타로의 주점에서 알게 된 카르리노라는 이탈리아 인 화가에게만은 자기의 이름을 알려 주었다. 그리고 자기도 그림을 좋아하고, 디 머시모라는 화가 밑에서 공부했다고 말했다. 만약 경찰이 로마에서의 디키의 행동을 조사하는 일이 생긴다면 그때는 이미 디키가 사라지고, 그가 다시금 톰 리플리로 돌아간 훨씬 뒤의 일이 되겠지만 이 한 사람의 이탈리아 인 화가가, 디키 그린리프가 1월에 로마에서 그림을 그리고 있었다는 사실을 증언하리라고 생각했기 때문이다. 카르리노는 디 머시모라는 화가의 이름을 들은 일이 없다고 하지만, 톰이 그 화가에 대해서 꽤 생생하게 이야기했으니까, 그는 디 머시모라는 이름을 잊지 않을 것이다.

톰은 고독감은 느꼈어도 쓸쓸하다고 생각하지는 않았다. 그것은 파리에서 크리스마스 이브 때에 느낀 감정과 흡사했다. 전 세계가 그의 청중이 되어 그를 주목하고 있다는 느낌이었다. 그 느낌 때문에 그는 무척 긴장을 하고 있었다. 그것은 만에 하나라도 실수를 하거나 잘못을 저지르면 파멸이기 때문이었다. 그러면서도 그는 절대로 실수를 하지 않을 자신이 있었다. 그렇기 때문에 자기에게는 독특하고 순수한 분위기가 있다고 느꼈다. 그것은 명배우가 무대에서 중요한 역을 연기할 때 갖는, '지금 자기가 하고 있는 이 역은, 다른 누가 하더라도 이 이상 멋지게 연기할 수 없다'는 확신과 같았다.

그는 자기 자신이면서도 자기 자신이 아니었다. 그는 하나하나의 동작을 의식적으로 조정하면서도, 한 점 빈틈도 없이 자유자재로 행동한다고 느끼고 있었다. 그리고 그는 몇 시간 뒤엔 처음 같은 피로를 전혀 느끼지 않게 되었다. 그는 혼자 있을 때에도 늘 긴장 속에서 지냈다. 아침에 침대에서 나와 이를 닦으러 갈 때부터, 톰은 이미 디키였다. 오른쪽 팔꿈치를 내밀고 이를 닦는 디키. 계란 껍데기를 스푼 위에서 돌리며 계란을 먹는 디키, 넥타이 걸이에서 처음 벗긴 넥타이는 반드시 되걸고, 두 번째의 넥타이를 고르는 디키. 톰은 디키와 같은 방법으로 그림을 그렸다. 1월 말에는 파우스트가 로마에 왔다 가겠지. 그러나 머지의 편지에는 그것에 대해 아무것도 언급하지 않았다. 머지는 아메리칸 익스프레스로 보내는 편지를 일주일에 한 통 꼴로 보내 왔다.

머지는 소설을 쓰는 사이사이에 뜨개질을 할 시간이 충분히 있으니까, 양말이나 머플러가 필요하면 알려 달라고 썼다. 그녀는 어느 편지에나, 그들이 알고 있는 마을 사람들의 우스운 소문을 한두 가지씩 적어 보냈다. 그것은 머지가 디키에게 열중하고 있지 않음을 보이려는 의도겠지만 열중하고 있는 것은 뻔하다. 그녀는 몇 통의 긴 편지를 보냈지만 톰은 답장을 보내지 않았다. 언젠가는 양말과 머플러를 가지고 직접 디키를 만나러 올 것이 뻔한 일인데…… 톰은 머지가 디키를 만나지 않고 2월에 미국으로 돌아가는 일은 있을 수 없다고 생각했다. 그는 그녀의 편지가 매우 불쾌했다. 만지기조차 싫어, 대충 읽어 보고는 잘게 찢어 쓰레기통에 넣었다.
그러나 그는 마침내 편지를 쓸 수밖에 없었다.

나는 당분간 로마에서의 아파트 생활을 그만두기로 했어. 디 머시모가 서너 달 동안 시칠리아 섬에 가기 때문에 나도 따라갈 예정이야. 거기에서 다시 다른 곳으로 갈지 모르기 때문이야. 내 계획은 언제나 막연하지만 나름대로 자유라고 하는 장점이 있어. 지금 나의 분위기에는 그것이 딱 맞아.
양말 같은 것은 보내지 말아, 머지. 나는 실제로 아무것도 필요 없어. 당신은 '몬지베로'에서 행복하게 살아 줘.

톰은 마조르카 섬으로 가는 표를 샀다. 나폴리까지 열차로 가서 나폴리에서는 배로, 1월 31일부터 2월 1일에 걸쳐 마조르카 섬의 바르미에 도착할 예정이었다. 그는 로마에서 제일가는 피혁 제품점인 구치에서 새 슈트케이스를 두 개 샀다. 하나는 영양 가죽으로 만든 커다랗고 부드러운 제품이고, 다른 하나는 멋진 황갈색 캔버스 제품인데 다갈색의 가죽 띠가 달려 있었다. 둘 다 디키의 머리글자를 새기게 했다. 톰은 전부터 가지고 있던 낡아빠진 슈트케이스 가운데 두 개는 버리고, 나머지 한 개는 긴급한 경우에 대비해서 자기 옷을 꽉 채워서 장에 넣어두었다.
산레모에서 가라앉힌 보트는 아직도 발견되지 않았다. 톰은 매일 신문을 샅샅이 뒤지며 읽었다. 특히 가라앉힌 배에 대한 기사가 나오지 않는가에 주의를 기울이고 있었다.
어느 날 점심 시간 전에, 톰이 슈트케이스를 꾸리고 있는데 초인종이 울렸다. 그는 관리인에게 약속 없이 찾아오는 사람이 있으면 귀찮으니까, 초인종에 이름을 붙이지 않겠다고 했기 때문에 톰의 방 초인종에는 이름이 붙어 있지 않았다. 처음에 벨이 울렸을 때는 세일즈맨이나 누가 잘못 누른 것으로 생각하고 무시했다. 벨이 다시 울렸으나, 톰은 여전히 무사하고 짐 꾸리기를 계속했다. 그는 짐 꾸리는 것이 재미있었다. 천천히 시간을 들여서 하는 것이다. 온전히 하루 또는 이틀이 걸리는 때도 있었다. 그는 디키의 옷가지를 소중하게 슈트케이스 속에 담다가, 가끔 고급 와이셔츠나 윗옷을 입고는 거울 앞에서 보곤 했다. 그가 마침 거울 앞에 서서 디키가 한 번도 입어 보지 않은 새끼 용 무늬가 있는 스포츠 셔츠의 단추를 꿰고 있는데, 갑자기 문에서 노크 소리가 들렸다.

톰은 문득 파우스트가 아닌가 생각했다. 파우스트라면 온 로마를 뒤져서라도 디키를 놀라게 하려고 올지도 모른다. 그렇지만 그가 그런 어리석은 짓을…… 그러나 그는 문 쪽으로 걸어가면서 두 손에 땀이 배어 나오는 것을 느꼈다. 그는 머리가 흔들리는 것 같았다. 그러나 톰은 실신한다는 바보 같은 짓과 잘못 무릎이라도 꿇고 마루에 넘어진 꼴을 발견당할 위험을 깨닫고, 정신을 차려 두 손으로 문손잡이를 쥐고 조금 열었다.

"헬로!"

홀의 컴컴한 곳에서 미국 사람인 듯한 목소리가 말했다.

"디키니? 프레디야!"

톰은 문손잡이를 붙잡은 채 한 발짝 물러섰다.

"자네, 들어오지 않겠나? 디키는 지금 집에 없어. 좀 늦게 올 것 같은데 말이야."

프레디 마일즈는 안으로 들어오더니 빙 둘러 보았다. 그의 주근깨 투성이의 추한 얼굴이 여러 방향으로 버릇없이 돌아갔다. 톰은 재빨리 디키의 반지를 빼서 주머니에 넣었다. 그리고 또 뭐가 있더라?

프레디는 방안을 호기심에 차서 둘러보았다.
"자네도 디키와 함께 살고 있나?"
프레디는 사팔뜨기 같은 흰자위가 많은 눈으로 톰을 응시하며 물었다. 그 때문에 톰은 바보처럼 겁난 듯한 얼굴이 되었다.
"아냐, 그렇지 않아. 나는 잠시 들렀을 뿐이야."
톰은 아무렇지도 않은 듯한 태도로 셔츠를 벗으며 말했다. 그 안에는 다른 셔츠를 입고 있었다.
"디키는 점심을 먹으러 갔어. 오텔로의 가게라던가? 늦어도 3시에는 돌아오겠지."
틀림없이 뷔피 부부 가운데 누군가가 프레디를 들여 놓았어. 어느 벨을 누르면 된다고 가르쳐 주고, 시뇨르 그린리프는 집에 있다고도 말했겠지. 프레디는 디키의 옛 친구라고 했겠지. 자, 지금부터 어떻게 해서든, 아래층에서 시뇨라 뷔피와 마주치지 않고 프레디를 이 집에서 쫓아 버려야 한다. 왜냐하면 그녀는 언제나 '안녕하세요, 시뇨르 그린리프!'라고 인사를 하니까.
"자네와는 몬지베로에서 만났지? 자넨 톰이지? 자네도 디키와 함께 코르티나에 오리라고 생각했었는데……."
"뜻은 고마운데 가지 못할 사정이 생겨서. 코르티나는 어땠나?"
"아주 좋았어. 그런데 디키는 어떻게 된 거야?"
"자네에게 편지를 보내지 않았어? 그는 로마에서 겨울을 나기로 했어. 자네에게 편지를 보낸다고 하는 것 같던데."
"한 마디도 적어 보내지 않았어. 아니면 플로렌스로 보내서 내가 받지 못한 걸까? 나는 잘츠부르크에 있었고, 그는 내 주소를 알고 있을 텐데?"
프레디는 톰의 긴 테이블 위에, 녹색 실크 테이블보를 구기며 옆으로 걸터앉았다. 그는 빙긋 웃었다.

"머지는 그가 로마로 이사했다고 하던데 아메리칸 익스프레스라고만 알 뿐 주소를 모르고 있더군. 내가 이 아파트를 찾아낸 것은 정말 우연한 행운이었어. 어젯밤 카페 그레코에서 만난 녀석이 우연히 디키의 주소를 알고 있어서 말이야. 왜 이런 곳에……."
"그 사람이 누굴까? 미국인인가?"
"아냐, 이탈리아 인이야 아주 젊더군."
프레디는 톰의 구두를 보고 있었다.
"자네, 디키나 내 것과 똑같은 구두를 신었군. 쇠처럼 튼튼하지? 내 것은 8년 전에 런던에서 산 거야."
그것은 디키의 그레인레더 구두였다.
"이건 미국에서 샀어."
톰은 재빨리 말을 돌렸다.
"뭐 한잔 마시지 않겠어? 아니면 오텔로에 가서 디키를 찾겠나? 장소를 알고 있나? 여기서 기다려 보았자 별수 없을 것 같은데. 그는 언제나 3시경까지 천천히 점심을 먹거든. 그리고 나도 곧 돌아가야 하고."
프레디가 침실 쪽으로 걸어가 침대 위에 올려놓은 슈트케이스를 보았다.
"디키는 또 어디로 여행을 떠나는가? 아니면 지금 막 돌아왔나?"
프레디는 톰을 돌아보며 물었다.
"떠나는 거야. 머지가 아무 말도 하지 않던가? 디키는 한동안 시칠리아에 가 있겠대."
"언제?"
"내일이야. 어쩌면 오늘 밤에 떠날지도 모르지. 난 잘 모르겠어."
"이 사람아, 디키가 요즘 어떻게 된 거야? 무슨 생각으로 이렇게 사람을 피하는 걸까?"

프레디는 답답하다는 듯 얼굴을 찡그렸다.

"이번 겨울에 디키는 조금 지나치게 일에 열중했어. 본인도 그렇게 말하더군" 톰은 아무렇지도 않은 어조로 말을 이었다. "아마 혼자 있고 싶은 모양이야. 그러나 내가 알기로는 어느 누구와도 옛날처럼 사이좋게 지내고 있는 것 같지 않은데. 머지도 포함해서 말이야."

프레디는 커다란 폴로 코트의 단추를 풀면서 다시 빙긋 웃었다.

"더 이상 디키가 나를 바람맞힌다면 가만두지 않겠어. 자넨 그가 머지와 정말로 잘 지내는 줄 아는가? 그녀가 말하는 폼으로 봐선 두 사람은 싸운 것 같았어. 그래서 둘 다 코르티나에 오지 않았다고 생각해."

프레디는 톰의 반응을 기다리는 듯한 얼굴로 바라보았다.

"그건 나도 잘 모르겠어."

톰은 장으로 가서 윗옷을 꺼내려고 했다. 그는 외출하겠다는 생각을 프레디에게 알리고 싶은데, 지금 입고 있는 바지에 맞는 회색 플란넬 윗옷을 입으면, 프레디가 디키의 옷을 알고 있을 경우에 탄로날 염려가 있었다. 톰은 자기 윗옷을 꺼내고, 다음에 장 왼쪽 깊숙이 걸린 자기의 오버를 끌어냈다. 이 오버의 어깨에는 몇 주 동안이나 옷걸이에 걸려 있던 자국이 뚜렷이 나 있었다. 톰이 돌아다보니 프레디는 자기의 왼쪽 손목에 끼고 있는 은으로 된 신분 증명 팔찌를 빤히 보고 있었다. 그것은 디키의 팔찌였다. 톰은 그 팔찌를 디키의 잔물건 넣은 상자에서 찾아 자신의 손목에 끼고 있었던 것이다. 프레디는 본 기억이 있는 듯한 눈으로 그 팔찌를 보고 있었다. 톰은 그것을 눈치채지 못한 시늉을 하고 오버를 입었다.

프레디는 아까와 다른, 약간 놀란 듯한 표정으로 톰을 바라보았다. 프레디가 무엇을 생각하고 있는지 톰은 모르지 않았다. 톰은 위험을 느끼고 몸을 굳혔다.

"그럼 나가 볼까?"

톰이 물었다.

"자넨 여기서 살고 있지?"

"천만에!"

톰은 빙긋 웃으며 부인했다. 산뜻한 빨간 머리카락 아래에 있는 주근깨투성이의 추한 얼굴이 톰을 빤히 바라보고 있었다. 아래층에서 시뇨라 뷔피를 만나지 않고 밖에 나가야 할 텐데, 톰은 생각했다.

"자, 나가지."

"이런 귀중품을 모두 디키가 자네에게 사 주었군?"

톰은 뭐라고 할 말이 없었다. 얼버무리려 했으나 농담 한마디 나오지 않았다.

"이건 빌린 물건이야. 디키는 싫증이 나서 나보고 당분간 끼라고 했어." 톰은 팔찌 이야기를 하는데, 프레디는 G라는 글자가 새겨진 넥타이핀을 보고 있었다. 그 넥타이핀은 톰이 산 것이다. 톰은 방 저쪽에 있는 프레디 마일즈의 커다란 몸뚱이에서 열기가 피어오름을 느꼈다. 톰은 상대가 점점 투쟁적으로 되는 듯했다. 프레디라는 사내는 상대가 동성애를 하는 남자라면 그 자리에서 치고 덤비는 짓을 사양치 않을 황소 같은 녀석이다. 하물며 지금처럼 공격하기 좋은 조건이 갖추어져 있다면 무슨 짓을 할지 모른다. 톰은 그의 눈이 무서워졌다.

"좋아, 나가지."

프레디는 성난 듯이 말하고 일어섰다. 그는 성큼성큼 걸어가 문을 열더니 넓은 어깨를 홱 이쪽으로 돌리고 재우쳤다.

"오텔로라면 잉기르테러 호텔 근처지?"

"그래. 디키는 1시경에는 그곳에 갈 거야."

"다시 만나서 반갑군"

프레디는 고개를 끄덕이며 웃지도 않고 말하더니 문을 닫고 가버렸다.

톰은 작은 소리로 "제기랄!" 하고 중얼거리며 프레디가 빠른 걸음으로 계단을 내려가는 발소리를 들었다. 톰은 프레디가 뷔피 부부의 누군가와 다시 이야기를 하는지 확인해 두고 싶었다. 그런데 프레디가 관리인을 부르는 소리가 들려왔다. 톰은 계단 아래를 내려다보았다. 2층 아래에 프레디의 코트 소매가 보였다. 그는 시뇨라 뷔피와 이탈리아 어로 이야기하고 있었다. 여자의 목소리가 똑똑히 들려왔다.

"……시뇨르 그린리프뿐이에요. 아뇨, 혼자뿐이에요…… 누구라구요? 아뇨, 안 계세요. 오늘은 외출하지 않으신 것 같던데요. 그럼 제가 잘못 생각하고 있었나요?"

톰은 계단의 난간을 프레디의 목인 것처럼 비틀었다. 바로 프레디가 계단을 뛰어 올라오는 소리가 들렸다. 톰은 방 안으로 들어와서 문을 닫았다. 톰이 하려고만 하면, 자기는 여기에서 살고 있지 않다, 디키는 오텔로에 갔다, 또는 디키가 있는 곳을 모른다는 얘기 등을 끝까지 주장할 수 없는 것은 아니다. 그러나 이제 프레디는 디키를 찾아낼 때까지 가만있지 않을 것이다. 프레디는 그를 아래층으로 질질 끌고 내려가, 시뇨라 뷔피에게 이 남자는 누구냐고 물을 것이 틀림없다.

프레디가 문을 두드렸다. 손잡이가 돌아간다. 문은 잠겨 있었다. 톰은 무거운 유리 재떨이를 집어 들었다. 너무 커서 손가락이 걸리지 않기 때문에 가장자리를 잡았다. 그는 다시 잠깐 생각하려 했다.

이 자리를 지혜롭게 모면할 수 있는 방법은 달리 없을까? 시체를 어떻게 처리하면 좋을까? 생각할 여유가 없었다. 이것밖에 방법이 없다. 그는 왼손으로 문을 열었다. 재떨이를 가진 오른손을 치켜 올려 내리친다.

"이봐, 한 가지 묻고 싶은데······."

프레디가 방으로 들어와서 말하는 것과 동시에 재떨이의 둥근 가장자리가 프레디의 이마 한가운데를 쳤다. 프레디는 눈이 아찔해진 모양이다. 그의 무릎이 푹 꺾이고 미간을 해머로 얻어맞은 황소처럼 고꾸라졌다. 톰은 발로 차서 문을 닫았다. 그는 프레디의 뒤통수를 재떨이로 마구 쳤다. 그는 프레디가 정신을 잃은 시늉을 하고 있다가 느닷없이 그 굵은 팔로 양다리를 끌어안고 쓰러뜨리지 않나 싶어 몇 번이나 목을 후려치고 머리를 때렸는데 그것이 옆으로 빗맞아 피가 흘러나왔다.

톰은 "제기랄"을 연발하면서 뛰어가 욕실에서 타월을 가지고 와 프레디의 머리 밑에 댔다. 그리고 프레디의 손목의 맥박을 살폈다. 맥이 한 번 뛰더니, 그의 손가락이 그치게라도 한 것처럼 약하게 떨리다가 꺼졌다. 맥박은 멈춰버린 것이다. 톰은 문 밖의 소리에 귀를 기울였다. 시뇨라 뷔피가 방해가 되면 안 되는데······ 혹시 주뼛주뼛 빙긋 웃음을 짓고 문 밖에 서 있지는 않을까?

그러나 아무 소리도 들리지 않았다. 재떨이로 칠 때나 프레디가 넘어질 때나 별로 큰 소리가 나지 않은 모양이다. 톰은 마루 위에 쓰러져 있는 프레디의 산더미 같은 덩치를 바라보는 순간 갑자기 혐오감과 허탈감이 엄습해 왔다.

지금은 12시 40분이니까, 어두워지려면 아직도 몇 시간은 있어야 한다. 프레디는 어디엔가 사람을 기다리게 해 둔 것은 아닐까? 밖에 세워둔 차에 누가 있을지도 모른다. 그는 프레디의 주머니를 뒤져 보았다. 오버 안주머니에는 미국의 여권과 이탈리아와 다른 나라의 동전이 몇 개 섞여 있다. 열쇠고리에 달린 두 개의 자동차 열쇠에는 피아트라고 표시되어 있었다. 지갑 속에 운전 면허증은 없을까? 있다.

세세한 일이 모두 적혀 있다. 피아트 1400, 흑색 컨버터블, 1955년형. 이 차가 근처에 놓여 있다면 곧 찾을 수 있다. 그는 차고 티켓은 없나 주머니를 남김없이 뒤졌다. 담황색 조끼 주머니도 보았는데 티켓은 아무데도 없었다. 창으로 밖을 내려다본 톰은 일이 너무나 쉽게 풀렸기 때문에 자기도 모르게 웃었다. 이 집의 앞길 맞은편에 검은 컨버터블이 세워져 있었던 것이다.

차 안에는 아무도 없는 것 같았다.

톰은 곧 이제부터 어떻게 해야 할 것인가를 정했다. 그리고 방을 그럴듯하게 꾸미기 시작했다. 그는 리쾨르 캐비닛에서 진과 베르무트 병을 여러 개 가지고 나온 다음, 페루노 포도주의 냄새가 강한 것이 생각나 그것도 가져 왔다. 그는 긴 테이블에 그 병들을 쭉 늘어놓고, 글라스에 얼음을 두 개 넣어 마티니를 만들었다. 그리고 글라스에 자국을 내기 위해서 그것을 조금 마신 다음, 술을 다른 글라스로 옮기고, 그 글라스를 프레디에게로 가지고 갔다. 그리고 프레디의 힘없이 늘어진 손가락으로 글라스를 잡게 한 다음, 글라스를 테이블에 되돌려 놓았다.

톰은 프레디의 상처를 살펴보았다. 피는 금방 멎어 타월 밑의 마루까지 스미지는 않았다. 그는 프레디를 벽에 기대어 앉히고 목구멍에 진을 부어 넣었다. 좀처럼 목구멍으로 넘어가지는 않고, 대부분이 와이셔츠 앞자락에 스며 버렸다. 그러나 톰은 이탈리아 경찰이 프레디의 만취 정도를 체크하기 위해 혈액검사까지 할 것 같지는 않았다.

톰은 프레디의 더러워진 얼굴을 한참 보고 있다가, 갑자기 가슴이 메스꺼워져 서둘러 얼굴을 돌렸다. 이제 두 번 다시 보지 말아야지. 머리가 욱신욱신 울리기 시작해서 실신할 것만 같았다.

그는 창쪽으로 비틀비틀 걸어가며 여기서 실신이라도 한다면 큰일이라고 마음을 긴장시켰다. 그는 얼굴을 찡그리고 검은 차를 내려다보며 크게 바깥 공기를 들이마셨다.

그는 절대로 정신을 잃어서는 안 된다고 자신에게 말했다. 하지만 그는 이미 앞으로의 일에 대해서 계획이 잡혀 있다. 최후에 둘이서 페루노를 마시는 거다. 다른 두 개의 글라스에 두 사람의 지문을 내고 페루노를 남겨 두어야 한다. 재떨이는 담배꽁초를 가득 넣어 두지 않으면 안 된다. 프레디가 애용하는 담배는 체스터필드다. 그러고 나서 아피아 거리다. 묘지 뒤 어두운 곳이 좋다. 아피아 거리에는 가로등이 아주 드문드문 있다. 프레디의 지갑은 분실한 것으로 해둔다. 강도를 당한 사람처럼 보여야 한다.

아직 시간이 많았으나 톰은 쉬지 않고 방의 준비를 계속했다. 열 몇 개비의 체스터필드와 열 몇 개비의 럭키스트라이크를 계속 태워서 꽁초 하나하나를 재떨이에 비벼 껐다. 다음에 페루노를 따른 글라스를 욕실 타일 위에다 부셔 놓고, 그것을 반쯤 치우다 그만두었다. 그는 이렇게 신중히 술 마신 장면을 만들면서 생각했다. 이것을 깨끗이 치우는 것은 몇 시간 뒤라도 좋다. 이 시체가 발견되리라고 생각되는 오늘 밤 9시경부터, 경찰이 그를 신문하러 오리라고 생각되는 12시경까지면 되겠지. 왜냐하면 프레디 마일즈가 오늘 디키 그린리프를 방문한다는 사실을 알고 있는 사람이 있을지도 모르기 때문이다. 그러나 그는 8시경까지는 치워 두지 않으면 안 될 거라고 생각했다. 그것은 그는 경찰에게 프레디는 그의 집에서 7시에 나갔다고 진술할 작정인데(실제로 프레디는 7시에 운반할 예정이었다), 더구나 그린리프는 조금쯤 술이 들어갔어도 꽤 깔끔한 남자였기 때문이다. 그러나 방을 어느 정도 더럽게 해 두면, 더러운 것이 그가 진술하려는 꾸밈말의 구체적인 입증이 되고, 그만큼 그가 자신을 가지고 이야기할 수도 있게 된다.

그리고 그는 오늘 중 무슨 일로라도 경찰에 유치만 되지 않는다면 내일 아침 10시 30분, 열차로 나폴리를 향해 출발해서 파르마로 갈 작정이었다. 만약 내일 아침 신문에 시체가 발견된 기사가 나오고, 그래도 경찰이 그에게 아무런 연락도 해오지 않을 때는, 자기가 경찰에 출두해서, 프레디 마일즈가 어젯밤 늦게까지 그의 집에 있었다는 것을 진술하는 편이 낫지 않을까도 생각했다. 그런데 문득 생각해 보니, 의사가 프레디는 이미 낮 무렵에 죽었다고 할지도 모른다. 그러나 그는 지금 바로 프레디를 운반해 내려갈 수는 없는 일인데, 그의 희망은 죽은 지 얼마나 경과했는지 정확히 확정지울 수 없게 되는 일이었다. 그리고 다른 하나는, 그가 아무에게도 들키지 않고 이 집에서 나갈 수 있도록 정신을 잃은 주정뱅이를 데리고 나가듯, 아래층까지 잘 내려갈 수 있느냐 없느냐가 문제이다. 그렇지만 할 수 있다면, 나중에 그가 진술을 요구받았을 때, 프레디는 오후 4시인가 5시경에 이 집에서 나갔다고 말할 수가 있다. 톰은 날이 저물기까지 앞으로 대여섯 시간 기다려야 한다고 생각하니, 너무 두려워 도저히 참을 수 있을 것 같지 않았다. 마루 위의 저 산! 톰은 절대로 죽이고 싶지는 않았다. 프레디 녀석이 그런 쓸데없는 추잡하고 더러운 의심을 품은 것이 잘못이다. 그는 의자 끝에 걸터앉아 주먹을 쥔 채 떨고 있었다.

톰은 밖에 나가 조금 거닐고 싶은데 시체를 그곳에 놔둔 채 나가기가 걱정스러웠다. 프레디와 둘이서 오후 내내 이야기를 하고 마시고 했다면 당연히 무슨 소리가 들렸을 것이다. 그래서 그는 댄스 음악을 트는 방송국 스위치를 넣었다. 조금쯤 술을 마시는 편이 좋다. 이것도 연극의 일부분이니까. 그는 마시고 싶지 않았지만 마셨다.

그는 진이 속에 들어가니까 오히려 여러 가지 일이 아까보다 더 걱정되기 시작했다. 그는 일어나 프레디의 길고 무거워 보이는 몸뚱이를 내려다보았다. 꼬깃꼬깃해진 폴로 코트가 깔려 있는 것이 견딜 수 없이 싫었지만, 그는 단정히 고쳐 줄 만한 기력이 없었다. 그리고 그는 프레디를 죽인 일이 얼마나 슬프고 어리석고 솜씨가 없으며, 위험하고 불필요했는가를, 프레디에겐 얼마나 잔혹하고 부당한 짓을 했는가를 절박하게 느낄 수 있었다.

프레디가 싫은 녀석이었던 것만은 확실하다. 방자한 바보로, 자기 친구를 비웃는 그런 녀석이었다. 디키는 확실히 그의 친구 중 한 사람이었음에도 그 친구를 변태성욕자라고 의심하고 우롱하다니! 톰은 변태성욕자라는 말을 생각하니 우스워졌다. 어디에 성이 있어? 어디가 변태자야? 그는 프레디를 보면서 비통한 마음으로 낮게 중얼거렸다.

"프레디 마일즈, 자네는 자네의 비열한 마음에 희생이 된 거야."

16

톰은 결국 8시 가까이까지 기다리기로 했다. 왜 그런가 하면, 7시 전후가 이 집에서 하루 중 제일 사람의 출입이 많은 시간이기 때문이다. 8시 10분 전에 그는 슬슬 아래층으로 내려가, 시뇨라 뷔피가 홀을 어슬렁거리지나 않나 살폈다. 그는 오후에 한 번, 밖에 있는 자동차가 프레디의 것임을 확인해 두었는데, 다시 한 번 그 차에 아무도 없음을 확인했다. 그리고 프레디의 폴로 코트를 위의 좌석에 던져 넣었다. 그는 위층으로 돌아와 무릎을 꿇고 프레디의 한 팔을 자기 목에 돌리고, 이를 악물고 들어 올렸다. 그는 축 늘어져 무거운 시체를 어깨로 높이 끌어 올리면서 비틀거렸다. 그는 점심 시간이 지났을 무렵에 시험 삼아 프레디를 들어 보았는데, 그때는 프레디의 체중이 양쪽 발에 쏠려 두어 발자국 걷는 것이 고작이었다. 지금도 프레디의 무게는 마찬가지지만, 지금은 무슨 일이 있어도 운반해야만 한다는 마음의 준비가 되어 있었다. 그는 조금이라도 무게를 줄이기 위해서 프레디의 발을 질질 끌고, 팔꿈치로 겨우 문을 닫은 다음, 계단을 내려가기 시작했다. 처음 계단을 반쯤 내려갔을 때, 이층에서 누가 나왔기 때문에 그는 멈추었다. 그는 그 사람이 정문으로 나가기를 기다려, 다시 천천히 발을 옮기기 시작했다. 그는 피가 묻은 머리카락이 보이지 않도록 프레디의 머리에 디키의 모자를 깊숙이 씌워 두었다. 그는 거의 한 시간 가량 마신 진과 페루노의 칵테일 덕분에 예상한 대로 취기가 올라왔다. 이만큼 취하면 상당히 태연하게 움직일 수 있는 용기가 생겨, 위험한 일도 아무렇지 않게 생각하고 뻔뻔스럽게 해치울 수 있다.

그 위험한 일의 첫째는——이것은 최악의 위험인데——차까지 당도하기 전에 프레디의 무게로 자기가 지쳐 버리는 일이었다.

그는 계단을 내려가면서 절대로 도중에서 쉬지 않으리라고 속으로 맹세했다. 그는 쉬지 않았다. 다른 건물에서조차 아무도 나오지 않았고, 정문으로 아무도 들어오지 않았다. 톰은 방에서 수 시간을 보내는 동안에, 일어날 수 있는 온갖 경우를 일부러 최악의 상태로 상상해 보았다. 그가 계단 맨 아래까지 내려갔을 때에 시뇨라 뷔파나 그녀의 남편이 방에서 나오지 않을까, 또는 그가 정신을 잃고 프레디와 함께 계단에서 뻗은 것을 발견당하지 않을까, 또는 한 번 쉬고 나면 이제 프레디를 들어올릴 수가 없게 되지 않을까 등. 방에 틀어박혀 그러한 일들을 몸살이 날 정도로 세밀히 상상했는데, 그런 일이 하나도 일어나지 않고 긴 계단을 아래까지 내려와 버리니까, 그렇게도 무거운 짐을 메고 쉽게 내려올 수 있었다는 사실이 무슨 마술의 비호라도 받아 미끄러져 내려온 것 같았다.

톰은 입구에 있는 이중문의 유리 너머로 밖을 보았다. 거리는 보통 때와 같았다. 한 남자가 맞은편 보도를 걸어오고 있었다. 그는 문을 한 손으로 열고 발로 문을 제쳐놓고, 프레디의 두 발을 끌어냈다. 문과 문 사이에서 톰은 자기의 머리를 프레디의 몸 밑에서 돌리고, 그를 다른 어깨에 메었다. 톰은 순간 자기의 힘이 자랑스러웠는데, 편해진 쪽의 팔이 갑자기 아프기 시작해서 하마터면 고꾸라질 뻔했다. 그는 팔이 너무 아파서 프레디의 몸을 돌려 문을 지나게 하는 것이 고작이었다. 그는 더욱 이를 악물고 정면의 돌계단을 비틀비틀 내려와서는 돌의 난간 기둥에 엉덩이를 부딪쳤다.

보도를 걸어오던 남자가 걸음을 늦추고 서려다가 그냥 가 버렸다.

톰은 누군가 옆으로 다가오면 페루노 냄새 나는 입김을 얼굴에 뿜어 줄 작정이었다. 그렇게 하면 어떻게 된 거냐고 묻는 녀석은 없겠지. 그는 보도에서 차도로 내려가며 '제기랄, 제기랄' 하고 중얼거렸다.

이번에는 네 명이 온다. 그러나 이쪽을 흘끔 쳐다본 사람은 그 가운데 두 명뿐이었다. 그는 잠깐 기다려서 차를 한 대 통과시켰다. 그리고 그는 서둘러 몇 걸음을 나아가 프레디를 들어올려, 머리와 한쪽 어깨를 열린 차의 창 안에다 밀어 넣고, 자기의 몸으로 누른 다음 한숨을 내쉬었다. 그는 맞은편 가로등 불빛이 비친 주위를 둘러보고 나서 집 앞에 깔린 어둠을 응시했다.

그때, 뷔피 부부의 막내아들이 집에서 달려 나와 톰 쪽은 보지도 않고 보도를 달려갔다. 그리고 한 남자가 길을 가로질러 차에서 1미터쯤 되는 바로 옆을 걸어가며 약간 놀란 것처럼 프레디를 흘끔 보았다. 프레디는 거의 평범한 자세를 하고 있었다. 프레디는 창으로 목을 들이밀고 안에 있는 사람과 이야기를 하는 것처럼 보였다. 그 자세가 그 남자에겐 부자연스럽게 보인 모양이었다.

그러나 이것이 유럽의 좋은 점이다. 아무도 남에게 손을 빌려 주려 하지 않고, 아무도 쓸데없는 참견은 하지 않는다. 만약 여기가 미국이었다면……

"도와줄까요?" 이탈리아 인의 목소리가 났다.

"노, 노, 그라체." 톰은 술에 취한 듯이 쾌활한 목소리로 말했다. "이 녀석 집은 알고 있어." 톰은 영어로 중얼거렸다.

그 남자는 고개를 끄덕거리며 빙긋 웃고는 가버렸다. 마르고 키가 큰 남자인데, 얇은 오버를 입고 모자는 쓰지 않았다. 콧수염을 기르고 있었다. 톰은 이 일을 그 남자가 기억하지 않았으면 했다. 차는 기억하지 못하겠지.

톰은 프레디를 끌어 일으켜서 문을 열고 좌석에 올려놓았다. 그는 차 앞으로 돌아가 프레디를 운전석 옆에 끌어넣었다. 그리고 오버 주머니에 넣어 두었던 다갈색 장갑을 끼고 프레디의 열쇠를 꽂았다. 차는 부드럽게 시동이 걸렸고 거침없이 달려 나갔다.

차는 고개를 넘어 베네트로, 미국 도서관 앞, 베네치아 광장의 무솔리니가 연설을 한 발코니 앞, 비토리오 에마누엘레(이탈리아의 통일을 완성한 왕)의 거대한 기념비 앞, 대광장, 그리고 대경기장 옆을 지났다. 이것으로 로마의 명소를 대충 본 셈인데, 프레디는 전혀 구경하지 못했다. 좋은 경치를 보여 주려고 했지만 톰의 옆에서 자고 있는 것과 마찬가지였다.

이윽고 그의 앞에 구 아피아 가도가 쭉 나타났다. 그 길은 군데군데에 있는 가로등의 부드러운 빛에 비치어 잿빛인데 자못 고색창연했다. 길 양쪽에는 깨어진 묘비가 군데군데 검게 서 있어, 아직 완전히 캄캄해지지 않은 하늘을 배경으로 실루엣을 드러내고 있었다. 가로등이 적어 대체로 어두웠다. 앞에는 이쪽으로 오는 차가 한 대 보였다. 1월의 일몰 뒤에는 이런 울퉁불퉁하고 음침한 길을 골라 차를 달리는 사람은 좀처럼 없는 모양이다. 있다면 연인들 정도겠지.

맞은편에서 오던 차는 엇갈려 지나가 버렸다. 톰은 주위를 둘러보며 적당한 장소를 찾기 시작했다. 톰은 프레디를 멋진 묘 그늘에 눕혀 두리라고 생각했다. 조금 앞쪽 길 옆에 서너 그루의 나무가 서 있고 그 뒤에는 묘비 같은 것이 보였다. 그는 그 나무 옆에 차를 세우고 라이트를 껐다. 그는 반듯이 뻗은 빈 가도를 양쪽 끝까지 한참 살폈다.

프레디는 고무 인형처럼 축 늘어져 있었다. 사후 경직은 어떻게 된 것일까? 그는 그 축 늘어진 시체를 이번에는 사납게 질질 끌었다. 얼굴이 바닥에 닿는 것 따위는 상관하지 않고 제일 안쪽에 있는 나무 뒤까지 끌고 갔다. 거기에 1미터 남짓 높이의 묘비 자국이 있었다. 그곳은 무너진 벽의 아치가 붙어 있는 점으로 보아서 고대 로마 귀족의 묘인 모양이었다. 그는 이 돼지 같은 녀석의 묘로는 안성맞춤이라고 생각했다. 그는 그 시체의 너무 무거운 중량에 화가 나서 그 턱을 걷어찼다.

톰은 지쳐 있었다. 울고 싶을 정도로 지쳐서 프레디 마일즈를 보기만 해도 속이 메스꺼웠다. 그는 이 모습이 눈앞에 떠오르지 않는 날이 영원히 오지 않는 것이 아닌가 싶었다. 아직 저 진절머리 나는 코트가 남았다! 톰은 차로 돌아가 코트를 가져왔다. 그는 걸으면서 깨달은 일인데, 지면은 단단하게 말라 있었다. 그렇다면 발자국은 남지 않으리라. 그는 시체 옆에 코트를 내던지고 나서, 저려오는 다리로 곧 차를 타고 다시 로마로 향했다.

그는 운전하면서 차 문 바깥쪽을 장갑을 낀 손으로 문질러 지문을 닦아냈다. 장갑을 끼기 전에 차에 닿은 장소는 그곳뿐이라고 생각했기 때문이다. 그는 아메리칸 익스프레스로 가는 길모퉁이까지 가서, 플로리다 나이트클럽 반대쪽에 차를 세우고 키를 꽂아 둔 채로 내버렸다.

톰은 프레디의 지갑을 아직 주머니 속에 넣고 있었다. 그는 이탈리아 돈을 자기 지갑에 옮겨 넣고, 스위스의 20프랑 짜리 지폐와 오스트리아의 실링 지폐는 아파트에서 불태워 버렸었다. 그는 주머니에서 지갑을 꺼내어 지나는 길에 있는 하수도 구멍 속에 버렸다.
 그는 집으로 돌아가는 길에서 생각했다. 아무래도 두 가지 서투른 짓을 한 것 같았다. 논리적으로 보아, 강도라면 당연히 그 폴로 코트를 훔쳤을 것이다. 상당히 고급 코트였으니까 말이다. 그리고 오버 주머니에 들어 있는 여권도 그렇다.
 그러나 강도가 모두 논리적으로 행동한다고 할 수 없고, 특히 이탈리아 인 강도는 그렇지도 않을 것이다. 더구나 살인범이 모두 논리적이라고 할 수는 없다. 그는 프레디와 이야기한 것을 문득 생각해냈다.
 '…… 이탈리아 인이야. 아주 젊더군…….' 나는 집에 돌아갈 때 누구의 미행을 당했던 것일까? 왜냐하면 주소는 아무에게도 가르쳐주지 않았으니까 말이다. 그는 그걸 생각하고 아차 했다. 가게의 배달부 중에는 그의 주소를 아는 사람이 두세 명쯤 있는데, 배달부가 카페 그레코 같은 곳의 테이블에 앉았으리라고 생각되지는 않았다. 그는 실수했다는 부끄러움으로, 오버 안에서 몸을 움츠렸다. 톰은 자기를 쫓아온 거무튀튀한 젊은 얼굴이 숨을 헐떡거리며 자기가 집에 들어간 뒤 어느 창에 전등이 켜지나 올려다보고 있는 모습을 상상했다. 톰은 병적일 만큼 정열적인 추적자로부터 피하려는 듯이, 오버 안에서 몸을 굽히고 걸음을 빨리했다.

17

 톰은 아침 8시 전에 신문을 사러 그 집에서 나왔다. 그 일이 신문에 나와 있지 않았다. 이렇게 되면 상당한 시일이 지나도 발견되지 않을 것 같았다. 프레디를 두고 온, 그런 음침한 묘비 근처를 누가 어슬렁거릴 리가 없다. 톰은 안전하다는 생각은 굳어졌지만, 육체적으로는 완전히 녹초가 되었다. 그는 숙취 때문에 몹시 신경질적이 되고 무엇을 하든 주뼛주뼛하고 중도에서 그만두는 형편이었다. 그는 이를 닦으면서도 열차가 정말 10시 30분에 출발하는가, 아니면 10시 45분에 출발하는가 걱정이 되어 닦다 말고 확인해 보았다. 10시 30분 출발 차였다.

그는 옷을 갈아입고 오버와 레인코트를 침대 위에 놓음으로써, 9시에는 완전히 준비를 다 끝냈다. 시뇨라 뷔피에게도 3주일쯤 여행을 하는데, 경우에 따라서는 더 길어질지도 모른다고 말해 두었다.

시뇨라 뷔피는 별로 평소와 다른 것 같지도 않고, 어제의 미국인 손님 이야기도 입 밖에 내지 않았다. 톰은 그녀에게 뭔가 물어 보려고 했다. 어제 프레디가 그녀에게 한 질문에 대해서 실제로 어떻게 생각하고 있는지 염탐해 낼 수 있는 적당한 말이 좀처럼 떠오르지 않았다. 그래서 그에 대한 언급은 하지 않고 가만 두기로 했다. 만사가 제대로 진행되고 있었다. 톰은 심하게 취한 체할 필요가 없다고 자신에게 타일렀다. 왜냐하면 고작해야 마티니 세 잔과 페루노를 세 잔 정도 마셨기 때문이다. 숙취는 신경의 작용에 불과하다. 어제는 프레디를 상대로 많이 마신 것처럼 하려고 취한 체했는데, 톰은 그럴 필요가 없어진 지금도 무의식중에 취한 척을 하고 있었다.

전화 벨이 울렸다. 톰은 수화기를 들고 불쾌한 음성으로 말했다.
"여보세요."
"시뇨르 그린리프입니까?"
이탈리아 인 목소리였다.
"그런데요."
"이곳은 제83 경찰서입니다. 당신은 프레데릭 미이레스(프레디 마일즈)라고 하는 미국인의 친구입니까?"
"프레데릭 미이레스? 그렇습니다."
톰이 대답하자 상대의 긴장된 빠른 말이 들려왔다. 프레데릭 미이레스의 시체가 오늘 아침에 구 아피아 가도에서 발견되었는데 시뇨르 미이레스는 어젯밤 당신을 방문하지 않았느냐는 내용이었다.

"방문했습니다."

"정확히 몇 시였습니까?"

"정오쯤부터 오후 5시나 6시경까지였어요. 확실히는 기억하고 있지 않지만."

"좀 묻고 싶은데, 대답해 주실 수 있겠습니까? 뭐, 일부러 이곳까지 오실 필요는 없습니다. 질문할 사람이 그쪽으로 가겠습니다. 오전 11시면 어떻습니까?"

"도움이 된다면 기꺼이 협력해 드리지요." 톰은 적당히 흥분한 듯한 목소리로 대답했다. "그런데 그 질문하실 분이 지금 바로 오실 수 없겠는지요? 나는 10시에 집에서 나가야만 되는데."

상대방은 그건 좀 어렵지만 노력해 보겠다고 했다. 그리고 10시 전에 못 가더라도 절대로 집에서 나가지 말고 기다려 달라고 덧붙여 부탁했다.

"좋습니다."

톰은 점잖게 말하고 전화를 끊었다.

제기랄! 기차도 타기 글렀고, 배 시간에도 댈 수 없겠지. 그는 어떻게든 나가고 싶었다. 로마에서 떠나고, 이 아파트에서 떠나자. 그는 경찰에게 할 말을 여러 가지로 심사숙고했다. 모든 것이 아주 간단하게 끝나리라고 믿지만 귀찮았다. 절대적으로 사실을 말하면 된다.

'우리는 둘이서 술을 마셨다. 프레디는 열심히 코르티나 이야기를 했다. 둘은 꽤 오래 이야기했다. 그리고 프레디는 상당히 취했고, 매우 기분이 좋았다. 프레디가 어디로 갈 작정인지 확실하게 알 수는 없었으나 데이트가 있는 것 같은 생각이 들었다'라고.

톰은 침실로 가서 2, 3일 전부터 그리기 시작한 캔버스를 이젤에 올려놓았다. 팔레트를 부엌의 냄비 물에 담가 놓았기 때문에 그림물감은 마르지 않았다. 그는 파란색과 흰색을 섞어서 잿빛어린 파란 하늘에 조금씩 그림물감을 덧칠해 나갔다. 그 그림은, 디키 특유의 빨간 빛어린 브라운과 흐린 색으로 통일되어 있었다. 이 창에서 바라본 로마 거리의 지붕과 벽이었다. 단, 하늘만은 지금까지의 그림과 달랐다. 로마의 겨울 하늘은 매우 음산하니까 아무리 디키라 하더라도 파란색 대신에 잿빛어린 파란색으로 했겠지.

톰은 디키가 그림을 그릴 때에 얼굴을 찡그렸다.

다시 전화가 울렸다.

"제기랄!"

톰은 중얼거리며 전화를 받았다.

"여보세요."

"여보세요! 파우스트예요. 건강하세요?"

귀에 익은, 젊음이 솟아오르는 듯한 웃음소리가 들렸다.

"오오, 파우스트인가! 덕분에 건강하네! 뭐라구?"

톰은 디키의 웃는 듯한 얼빠진 이탈리아 어로 말을 계속했다.

"지금 그림을 그리고 있어. 막 시작한 참이야."

그것은 프레디와 같은 친구를 막 잃은 디키답게, 그리고 매일 아침 그림 제작에 열중하는 디키답게, 계산된 목소리였다.

"점심 같이 먹지 않겠어요? 나는 5시 15분 출발 밀라노행을 타야 하니까요."

톰은 디키처럼 '응' 하고 신음 소리를 냈다.

"나는 지금 나폴리로 떠나려는 참이야. 그래, 바로야. 앞으로 20분 뒤야!"

지금 파우스트를 멋지게 따돌려 버리면, 경찰에서 전화가 있었다는 말을 파우스트에게 알리지 않아도 된다. 프레디 사건에 관한 기사는 정오나 저녁때쯤이 아니면 신문에는 나오지 않겠지.

"그렇지만 나는 이곳에 와 있어요! 로마에 말예요! 당신 집은 어디예요? 나는 지금 역에 있어요!"

파우스트는 웃는 목소리로 기쁜 듯이 말했다.

"내 전화번호를 어디서 알았지?"

"하하하, 그럼 말하겠는데 전화국의 안내계에 물었지요. 당신은 번호를 발표하지 않는다고 하기에, 난 그 여자에게 당신이 몬지베로에서 복권에 당첨되었다는 이야기를 너절하게 지껄였어요. 나는 그녀가 진짜로 받아들이도록 대사건이라는 듯이 지껄였지요. 집, 소, 우물, 냉장고까지 맞았다고 말예요! 나는 그녀에게 세 번이나 전화를 했어요. 그건 그렇고, 디키, 당신은 어디에 있어요?"

"그런 거야 아무래도 좋아. 이 열차를 타지 않아도 된다면, 자네하고 점심을 같이 먹어도 되는데……."

"그렇다면 내가 짐을 들어다 주지요! 집은 어디예요? 바로 택시로 데리러 갈 테니까요!"

"시간이 없어. 앞으로 30분 후에 역에서 만나지 않겠나? 10시 30분발 나폴리행이야."

"좋아요."

"머지는 어떻게 하고 있지?"

"아, 당신 애인 말이지, 그녀를 만나러 나폴리에 가나요?"

"그렇지 않아. 곧 자네를 만나겠어. 파우스트, 서두르지 않으면 안 돼. 안녕."

"그럼 디키! 이따 봐요."

파우스트는 전화를 끊었다.

파우스트는 오후의 신문을 보면 그가 왜 역에 오지 않았나를 알게

태양은 가득히 197

될 것이고, 아니면 서로 엇갈려 못 찾은 줄로 생각하겠지. 그런데 파우스트는 점심때까지 신문을 보게 될까? 이탈리아의 신문은 과장해서 써낼 것이 뻔하다.

아피아 가도에서 미국인 참살!

톰은 경찰관과의 대면이 끝나면 다른 기차를 타고 나폴리에 갈 생각이었다. 4시가 지난 다음이 좋아. 그때쯤엔 파우스트도 역 부근을 어슬렁거리지 않겠지. 그리고 나폴리에서 다음 마조르카행 배를 기다려야지.

그는 파우스트가 다시 안내계를 멋지게 속여, 이곳 주소를 알아내 4시 전에 이곳에 온다면 곤란하다는 생각이 들었다. 더구나 경관이 와 있는 곳에 뛰어든다면 정말 큰일이다.

톰은 슈트케이스 두 개를 침대 밑에 밀어 넣고, 또 하나는 옷장에 넣고 문을 잠갔다. 그는 경찰에게 이 거리를 떠나려고 한다는 인상을 주고 싶지 않았다. 그런데 왜 이렇게 신경질이 날까? 경찰은 아직 단서를 잡지는 못했겠지. 프레디의 친구만이 프레디가 어제 디키를 만나려고 했다는 사실을 알고 있을 뿐이겠지. 톰은 테레빈유에 붓을 적셨다. 그는 경찰에게, 프레디가 죽었다는 뉴스에는 별로 놀라지 않고, 경찰을 기다리는 동안 유화에 조금 손질을 하는 것처럼 보일 셈이었다. 그는 외출복을 입고 있었다. 그것은 경찰에 외출할 셈이라고 말해 두었기 때문이다. 그는 프레디의 친구이지만, 아주 친한 사이같이 보이고 싶지는 않았다.

10시 30분에 시뇨라 뷔피가 경찰들을 맞아들였다. 톰이 계단 사이로 아래를 내려다보니 경관의 모습이 보였는데, 그들이 발걸음을 멈추고 그에게 뭐가 질문하는 것 같지는 않았다. 톰은 곧 방 안으로 돌아왔다. 코를 찌르는 테레빈유 냄새가 온 방에 감돌았다.

경관은 두 사람이었다. 나이 많은 사람은 상급 경관 제복을, 젊은 사람은 보통 경찰 제복을 입고 있었다. 나이 많은 경관이 공손히 인사를 하고 톰에게 여권 제시를 요구했다. 톰이 여권을 넘겨 주었더니, 경관은 톰의 얼굴과 디키의 사진을 날카로운 눈으로 비교했다. 지금까지 이 사진을 이렇게 날카롭게 본 사람은 아무도 없었다.

톰은 공격에 대비하듯 몸을 긴장시켰으나 별 일은 없었다. 경관은 조금 머리를 숙이고 빙긋 웃으며 여권을 돌려주었다. 그 경관은 키가 작은 중년의 이탈리아 인이었다. 흰털 섞인 검고 굵은 눈썹과 짧고 덥수룩한 콧수염을 기르고 있는 모습이 중년 이탈리아 인의 전형처럼 느껴졌다. 그 경관은 특히 머리가 좋을 것 같지도 않고, 그렇다고 어리석어 보이지도 않았다.

"프레디는 어떻게 해서 살해되었나요?"

톰이 물었다.

"머리와 목을 무슨 무거운 물건으로 얻어맞았습니다. 그리고 소지품을 모두 빼앗겼어요. 그는 취해 있었던 모양입니다. 어제 오후 당신 아파트에서 나갈 때, 그는 취해 있었나요?"

"그래요. 얼마쯤 취해 있었어요. 둘이서 마셨으니까요. 마티니와 페루로를 마셨지요."

경관은 그것을 수첩에 적어 놓고, 톰이 말한 프레디가 이곳에 있었다는 시간, 12시에서 6시경까지를 적었다.

그럭저럭 잘생긴데다 무표정한 얼굴을 한 젊은 경찰은 뒷짐을 지고 방 안을 돌아다니다가, 박물관 안에 혼자 있는 것처럼 편한 태도로 이젤 위에 몸을 굽혔다.

"이곳에서 나가 어디로 갔는지 모르세요?"

경관이 물었다.

"예, 모르겠는데요."

"그러나 당신은 그가 운전을 할 수 있다고 생각하셨겠지요?"

"그야 물론이지요. 그는 운전을 못할 만큼 취하진 않았으니까요. 만약 그랬다면 함께 갔을 겁니다."

그 경관은 다른 질문을 했다. 톰은 못 들은 척 했다. 그 경관은 다시 한 번 같은 질문을 다른 말로 바꿔서 한 다음, 젊은 경관과 얼굴을 마주 보고 조금 웃었다. 톰은 약간 원망스럽다는 듯이, 두 사람의 얼굴을 번갈아 보았다. 경관은 그와 프레디의 관계를 물었다.

"친구입니다. 별로 친한 사이는 아니지요. 두 달 가까이나 그의 소문을 못 듣고 만나지도 않았습니다. 오늘 아침에 그가 죽었다는 소식을 듣고 정말 놀랐습니다."

톰은 회화에 서투른 것처럼 떠듬거리며 말하고 그것이 부끄러운 듯 얼굴까지 붉히는 표정을 멋지게 연출했다. 톰은 그것을 잘한 일이라고 생각했다.

그래서 경관들은 슬슬 돌아갈 모양이었다.

"그가 살해된 것은 정확히 말해서 몇 시경이었습니까?"

톰은 태연히 물었다.

경관은 아직도 쓰고 있었다. 그는 굵은 눈썹을 들었다.

"여기서 나가서 바로였던 모양입니다. 의사는 적어도 12시간, 아마 더 전에 죽었을 거라고 말했습니다."

"발견된 시간은?"

"오늘 새벽입니다. 그 가도를 걷고 있던 노동자가 발견했어요."

"그거 다행이군요!"

톰은 중얼거렸다.

"그는 어제 당신 아파트에서 나갈 때, 아피가 가도 쪽으로 간다는 말은 하지 않던가요?"

"아뇨."

"당신은 어제 시뇨르 미이레스가 돌아간 뒤 뭘 하셨습니까?"

디키처럼 두 손을 벌리는 제스처를 쓰며 말했다.

"여기 있었습니다. 그리고 한참 자고 나서 8시인가 8시 반에 산책을 나갔지요."

톰은 어젯밤 9시 15분 전쯤에 밖에서 돌아올 때, 이 집에 살고 있는 이름 모르는 남자와 만났다. 그때 두 사람은 저녁 인사를 나누었다.

"산책은 혼자 가셨나요?"

"그래요."

"시뇨르 미이레스는 혼자 돌아갔구요? 누구, 당신이 알고 있는 사람과 만난다는 말은 하지 않던가요?"

"아뇨, 그런 말은 하지 않더군요."

프레디는 호텔이나, 혹은 누군가의 집에서 친구와 함께 있었던 것은 아닐까? 톰은 경찰이, 프레디의 친구로 디키를 알고 있는 사람과 자기를 만나게 한다면 곤란하다고 생각했다. 그렇게 되면, 그의 이름——디키 그린리프——이 이탈리아의 신문에 나오고, 동시에 그의 주소도 나오겠지. 바로 이사를 하지 않으면 안 되겠다. 엉뚱하게 일이 벌어지게 된다. 톰은 경찰이 그것을 죽은 친구의 비운을 한탄하는 중얼거림으로 알 것이라고 생각했다.

"그럼……"

경관은 빙긋 웃으며 수첩을 덮었다.

"당신들은 범인이 난폭한 사람이라고 생각하나요? 무슨 단서가 있습니까?"

톰이 자신의 궁금증을 알 리 없는 경관에게 물었다.

"우리는 지금 차에 묻은 지문을 찾고 있는 중이에요. 어쩌면 범인은, 피해자가 도중에서 태워 준 인물일지도 모르니까요. 차는 오늘 아침에 스페인 광장에서 발견되었어요. 오늘 밤까지는 뭔가 단서가 발견되겠지요. 여러 가지로 수고를 끼쳤습니다, 시뇨르 그린리프."
"천만에요! 만약 내가 할 수 있는 일이 있다면……."
경관은 문까지 가서 돌아보며 말했다.
"달리 뭐 물어 보고 싶은 일이 생기면 앞으로 며칠은 이곳으로 전화하면 되겠습니까?"
톰은 망설였다.
"나는 내일 마조르카로 출발할 예정인데요."
"그러나 그 질문이란, 용의자가 이러이러한 사람이라는 걸 알았을 때 그 사람이 고인과 어떤 관계가 있는지, 당신께 물으면 알지도 모르니까요."
경관은 제스처를 섞어가며 말했다.
"그럼 좋습니다. 그러나 나는 시뇨르 미이레스를 그다지 잘은 몰라요. 이곳에는 그와 더 친한 친구가 달리 없을까요?"
"누구입니까?"
경관은 문을 닫고 수첩을 꺼냈다.
"잘 모릅니다. 나는 그에겐 이곳에 몇 사람의 친구가 있을 거라고 생각할 뿐입니다. 나보다도 그를 훨씬 잘 아는 사람들 말입니다."
"안됐지만, 당신은 한 이틀쯤, 우리가 언제든지 연락을 취할 수 있는 곳에 계셨으면 합니다."
경관은 비록 톰이 미국인이라도 하라는 대로 하지 않으면 용서하지 않겠다고 다짐을 하듯, 점잖게 되풀이했다.
"당신이 나가셔도 좋을 때가 되면 곧 통지하겠습니다. 여행하실 계획이 있으셨다면 죄송하지만 연기해 주십시오. 아직 취소할 만한 여유는 있으시겠지요? 그럼 이만, 시뇨르 그린리프, 실례했습니다."
톰은 그들이 문을 닫고 간 뒤에도 그 자리에 서 있었다. 그는 경찰에 신고만 해 두면, 호텔로 옮기더라도 지장이 없으리라고 생각했다. 프레디의 친구, 디키의 친구들이 신문에서 이 주소를 알고 찾아온다면 큰일이다. 톰은 경찰 입장이 되어서, 지금의 자기 행동을 검토해 보았다. 그들이 그를 의심하는 듯한 낌새는 보이지 않았다. 그는 프레디가 죽었다는 뉴스를 듣고도 별로 놀라 당황하는 거동은 보이지 않았다. 그것은 그가 프레디와 특별히 친하지 않았다는 사실과 일치한다. 결코 서투른 연기는 아니었다. 언제든지 연락할 수 있도록 대기를 명령받은 사실만이 문제였다.

전화가 울렸다. 톰은 파우스트가 역에서 건 전화 같아서 일부러 받지 않았다. 지금은 11시 5분이니까 나폴리행 기차는 벌써 발차해 버렸다. 전화가 울리지 않게 되자, 톰은 수화기를 들고 잉그르테러 호텔을 불러내어, 지금부터 반시간 뒤에 도착한다며 방을 예약했다. 다음에 경찰서에 전화를 걸었다. 분명 제83 경찰서였다. 그런데 리처드 그린리프를 아는 사람이나 담당한 사람이 없었다. 그는 약 10분쯤 기다린 끝에 겨우 시뇨르 그린리프는 잉기르테러 호텔에 있으니까, 경찰에서 용건이 있을 때는 그곳으로 연락해 달라는 말을 일러둘 수 있었다.

그로부터 한 시간도 지나지 않아서 그는 잉기르테러에 가 있었다. 톰은 디키의 것들과 그 자신의 것 하나를 포함한 세 개의 슈트케이스 때문에 약간 우울했다. 그것들은 이러한 특별한 경우에 대비해서 꾸려 놓았다. 그런데 지금 이런 사태가 된 것이다!

그는 정오에 신문을 사러 방에서 나왔다. 어느 신문에나 나와 있었다. '구 아피가 가도에서 미국인 살해됨'…… '어젯밤 미국인 부호 프레데릭 미이레스가 아피가 가도에서 참살됨'…… 톰은 그 기사를 한 단어씩 읽었다. 단서는 전혀 없다. 적어도 아직은 발견되지 않았다. 발자국도 지문도 용의자도 없다. 그런데 어느 신문에나 프레디의 모습을 최후에 본 인물과 장소로서 리처드 그린리프의 이름을 들고, 그 주소가 씌어 있었다. 그러나 리처드 그린리프가 용의자인 것 같은 냄새를 풍기는 신문은 하나도 없었다. 어느 신문에나 마일즈가 약간 술을 마신 모양이라는 기사가 쓰이고, 그 술의 종류로, 이탈리아 저널리스트 특유의 방법으로 코카콜라부터 시작해서 스카치위스키, 브랜디, 샴페인에서 이 고장 술인 그래퍼까지 들고 있었다. 그런데 진과 페루노 주만이 빠져 있었다.

톰은 함정에 빠진 것 같은 우울한 기분으로 방안을 빙글빙글 돌면서 오후까지 틀어박혀 있었다. 그는 파르마까지의 표를 산 로마의 여행사로 전화를 걸어 취소해 주도록 부탁했다. 여행사에서는 지불한 돈의 20퍼센트를 돌려주겠다고 했다. 그리고 파르마에 가는 다음 배는 5일쯤 기다려야 떠난다는 사실을 알았다.

2시경에 전화가 요란스럽게 울렸다.

"여보세요."

톰은 디키의 초조하고 신경질적인 목소리를 흉내내어 말했다.

"헬로, 디키. 반 휴스턴이야."

"아아……."

톰은 그를 잘 아는 듯한 목소리로 대답했다. 그래도 이 한 마디에는, 필요 이상의 친근감이나 놀라움은 담겨 있지 않았다.

"자넨 뭘 하고 있었나? 꽤 오랜만이 아닌가?"

굵고 긴장된 목소리였다.

"오랜만이군. 자넨 지금 어디에 있나?"

"허슬러 호텔이야. 경찰과 같이 프레디의 슈트케이스를 조사하고 있어. 꼭 자네를 만나고 싶어. 어제 프레디의 태도는 어땠나? 어젯밤엔 밤새 자네를 찾았어. 프레디는 6시까지는 호텔에 돌아오기로 했거든. 그런데 자네 주소를 몰라서 곤란했어. 어제 무슨 일이 있었나?"

"나도 알고 싶어. 프레디는 6시경에 집에서 나갔어. 둘이서 마티니를 상당히 마셨지. 그래도 그는 운전할 수 없을 만큼 많이 취하지는 않았어. 아주 취했다면 내가 돌려보내지 않았을 거야. 그는 차를 밖에 놓아두었다고 하더군. 나로서는 전혀 짐작이 안 돼…… 프레디가 누군가를 태웠는데 그 녀석이 권총이나 뭘로 해치운 것이 아닐까?"
"그러나 그는 권총으로 당한 건 아냐. 나도 그가 억지로 그런 곳까지 운전을 하며 끌려갔거나 혹은 갑자기 당한 걸로 생각해. 거리를 가로질러서 아피아 가도까지 갔으니까 말야. 허슬러 호텔은 자네 있는 곳에서 겨우 두 블록밖에 떨어져 있지 않다구."
"그는 전에 갑자기 현기증이 나거나 한 적이 있는가? 운전 중에?"
"이봐, 디키. 어떻게 만날 수 없을까? 나는 지금 괜찮아. 단 오늘은 호텔에서 나가지 말라는 지시를 받았는데 말야."
"나도 그래."
"괜찮아. 행선지를 알리는 편지라도 써 놓고 와 주지 않겠나?"
"안 돼, 반. 앞으로 한 시간쯤 있으면 경찰이 오기로 돼 있어서, 나는 여기 있어야 해. 나중에 전화해 주지 않겠나? 밤에는 자넬 만날 수 있을 것 같으니까."
"알았어. 몇 시로 할까?"
"6시경에 나한테 전화해 보게."
"좋아. 힘을 내라구, 디키."
"자네도."
"그럼, 나중에 또."
그 목소리는 힘이 없었다.
톰은 전화를 끊었다. 반의 마지막 말은 반 울음 섞인 목소리였다.

톰은 전화를 잘깍잘깍 눌러 호텔의 교환을 불러내었다. 그리고 그는 경찰 외에는 아무도 만나지 않겠다, 그러니 누구도 그의 방으로 안내하면 안 된다는 말 등을 부탁했다. 절대로 말이다.

그 뒤로 오후 내내 전화는 걸려 오지 않았다. 톰은 어두워진 8시경에 아래층으로 내려가 석간을 샀다. 그는 작은 로비와 메인 홀 끝에 입구가 있는 호텔 바 안을 둘러보고, 반일지도 모를 남자가 없는가 해서 찾아보았다. 그는 무슨 일에 부닥쳐도 놀라지 않을 마음가짐이 되어 있었다. 설령 머지가 앉아서 그를 기다린다 해도 상관없다고 생각했는데 아무도 없었다. 형사인 듯한 사람도 눈에 띄지 않았다.

그는 석간을 몇 가지 사 가지고 호텔에서 조금 떨어진 레스토랑에 앉아 읽었다. 아직 단서는 없는 모양이었다. 신문에는 반 휴스턴의 이야기가 나와 있었다. 그는 프레디의 친한 친구로 28살. 프레디와 둘이 오스트리아를 시작으로 로마에 휴가 여행차 왔고, 프레디와 휴스턴이 저마다 집을 갖고 있는 플로렌스로 돌아갈 예정이었다.

경찰은 이 가공할 범행의 용의자로서 세 명의 이탈리아 청년을 조사했다. 두 사람은 18살, 한 사람은 16살이었다. 나중에 이 청년들은 석방되었다. 톰은 마일즈의 '아주 아름다운 피아트 1400인 컨버터블'에서 새로운 사실이나, 도움이 될 만한 지문은 하나도 발견되지 않았다는 기사를 보고 안심이 되었다.

톰은 송아지 커틀릿과 포도주로 천천히 식사를 하면서, 신문 기사를 하나하나, 마감 직전에 넣는 최신 기사까지 정성껏 훑어보았다. 마일즈 사건에 관해서는 그 이상 아무것도 씌어 있지 않았다. 그런데 마지막에 본 끝 페이지에 다음과 같은 표제가 있었다.

'산레모 부근의 얕은 해저에서 핏자국이 묻은 보트가 발견되었다.'

그는 서둘러 읽었다. 프레디의 시체를 메고 계단을 내려갈 때, 그리고 경찰이 신문을 하러 왔을 때보다도 더 그의 가슴은 공포로 떨렸다. 표제 글자만 읽어도, 이 기사는 천벌의 신처럼, 악몽이 실현된 것처럼 그를 때렸다. 그 보트의 모양은 상세히 적혀 있었다. 톰은 그때의 장면이 선하게 머리에 떠올랐다.

보트 뒤쪽에 앉아서 조절 레버를 누르고 있는 디키, 그에게 빙긋 웃음을 보내고 있는 디키, 잔거품의 꼬리를 끌며 물 속으로 가라앉아 가는 디키의 시체 등.

기사에는 보트 자국은 확실히 알 수는 없으나 핏자국 같다고 씌어 있었다. 경찰이나 누가 그것을 문제 삼고 있다고 씌어 있지는 않았지만, 톰은 이제 곧 경찰이 행동을 개시하리라고 생각했다. 보트상 주인이 그 보트를 분실한 날의 일을 경찰에 말할 것이고, 그렇게 되면 경찰은 그날의 일을, 호텔 같은 데로 조회해서 조사하겠지. 그 이탈리아 인 보트상은 그 보트에 타고 나간 채 돌아오지 않은 두 미국인을 기억하고 있겠지.

경찰이 그 무렵의 호텔 숙박부를 한쪽에서부터 모조리 조사한다면, 리처드 그린리프라는 이름이 붉은 깃발처럼 선명하게 떠오를 것이다. 물론 그 경우엔 행방불명이 된 톰 리플리가 되며, 그날 살해되었는지도 모르는 것으로 된다. 톰의 상상은 몇 가지 방향으로 뻗어 갔다. 만약 경찰이 수색해서 디키의 시체를 발견하면 어떻게 될 것인가?

지금으로서 그것은 톰 리플리의 시체로 추정되겠지. 그리고 디키에게 살인 혐의가 걸리겠지. 따라서 디키는 프레디의 살해 용의자로도 되겠지. 디키는 하룻밤 사이에 '살해용의자'로 주목받을 것이다. 그러나 그에 반해서, 이탈리아 인 보트상은 보트가 돌아오지 않은 날이 언제인지 생각해 내지 못할지도 모른다. 설령 그가 생각해 냈다고 하더라도, 경찰은 호텔 같은 곳을 일일이 조사하지 않을지도 모른다.

이탈리아의 경찰은 그런 사건에는 흥미를 갖지 않을지도 모른다. 그럴지도 모른다, 그럴지도 모른다, 그렇지 않을지도 모른다…….

톰은 신문을 접고, 계산을 치르고 나왔다.

그는 호텔로 돌아가서, 프런트에서 자신에게 온 전화가 없었느냐고 물었다. "있습니다, 시뇨르." 직원은 트럼프의 패라도 늘어놓듯 메모지를 데스크 위에 늘어놓았다.

반의 것이 두 장, 로버트 길버트슨 것이 한 장(디키의 주소록에 로버트 길버트슨이라는 이름이 있었던가?), 머지에게서 온 것이 한 장 있었다. 톰은 그 메모지를 집어들고 그 이탈리아 어를 조심해서 읽었다. 시뇨리나 셔우드에게서 오후 3시 35분에 전화. 나중에 다시 전화한다고 했음. 몬지베로에서 온 장거리 전화.

톰은 고개를 끄덕이고 메모지를 집어들었다.

"고맙군."

톰은 프런트 저쪽에 있는 호텔 직원을 보지 않도록 했다.

자기 방에 올라온 톰은 안락의자에 앉아 담배를 피우며 생각했다. 톰은 자기가 아무것도 하지 않고 있으면, 논리적으로 말해서 어떻게 될까? 자기가 행동을 일으킨다면 어떤 일을 일으킬 수 있을까? 아마 머지는 로마로 찾아 나올 것 같다. 그녀는 분명히 로마 경찰에 전화를 걸어서 디키의 주소를 물었겠지.

머지가 찾아온다면, 그는 톰으로서 만나지 않으면 안 된다. 그리고 디키는 잠시 외출하고 있는 것으로 그녀에게 생각하게 해야 한다. 그것은 프레디에게 사용한 방법과 마찬가지다. 그런데 그것에 실패하면…… 초조해진 톰은 두 손을 마주 비볐다. 그는 머지를 만나서는 안 된다. 달리 방법이 없다. 하물며 보트 문제가 표면화될 것 같은 이 때, 그 일은 절대로 안 된다.

머지를 만난다면 모든 일이 귀찮게 된다. 모든 계획이 깨어지고 만다! 그런데 이곳에 가만히 앉아 있을 수 있다면 아무 일도 일어나지 않을 것이 아닌가. 모든 일이 어려워진 것은, 현재 이 순간만의 일이다. 보트의 기사와 아직 미해결인 프레디 마일즈 살해 사건의 위기뿐이다.

톰이 누구에게든 틀림없이 행동하고 틀림없는 발언만 하고 있다면, 아무 일도 일어나지 않을지도 모른다. 그것만 제대로 극복하면 다시 조용한 항해의 날이 계속되겠지. 그렇다, 그리스나 인도에도 갈 수 있다. 스리랑카가 좋을까? 예전에 나를 알고 있었던 사람들이 찾지 못하는 멀고 먼 곳으로 가야 한다. 로마에 언제까지나 있으려고 생각한 자신은 어이없는 바보였다! 그랜드 센트럴 역을 방황하거나 루브르 박물관에 진열해도 좋을 만한 바보의 표본이다!

톰은 역으로 전화를 걸어 내일의 나폴리행 열차를 알아보았다. 네다섯 번 있다. 그는 그 발차 시간을 모두 베꼈다. 나폴리에서 마조르카행 배가 떠나는 날은 닷새쯤 뒤니까. 그때까지 나폴리에서 가만히 기다리고 있으면 된다. 톰은 무엇보다도 우선 경찰에서 해방되고 싶었다. 아무 일도 없다면 내일은 자유롭게 되겠지. 의심을 품을 만한 근거가 없으면, 가끔 질문하겠다는 이유만으로, 한 사람을 영원히 구속해 둘 수는 없겠지. 톰은 논리적으로 말한다면 해방되는 것이 아주 당연하니까, 틀림없이 내일은 해방되리라고 느끼기 시작했다.

톰은 수화기를 들고 교환을 불러, 미스 머지 셔우드가 다시 전화를 걸어온다면, 자기가 전화를 받겠다고 말해 놓았다. 톰은 그녀가 다시 전화를 해 오면, 2분 동안에 다 잘 될 거라고 납득시킬 자신이 있었다. 나는 프레디의 살해 사건과는 전혀 관계가 없다는 얘기, 호텔로 옮긴 것은 전혀 모르는 사람들로부터의 전화를 피하고, 경찰이 용의자를 검거했을 경우에 자기에게 그 인물의 확인을 요구해 올 테니까 가깝게 있지 않으면 안 된다는 사실 등을 설명하면 된다. 그리고 자기는 내일이나 모레쯤 비행기로 그리스에 갈 예정이니 그녀는 로마에 올 필요가 없다고 말해 주어야지. 그렇다! 파르마도 로마에서 비행기로 갈 수가 있다. 지금까지 어째서 그것을 깨닫지 못했을까?

  톰은 피로해서 침대에 벌렁 누웠다. 그러는 그는 오늘 밤에 무슨 일이 생길 것 같은 생각이 들어 옷은 벗지 않고 있었다. 그는 생각을 머지에게 집중하려고 했다. 그는 이 순간의 그녀를 상상했다. 조르죠의 바나 미러머레의 바에서 천천히 톰 코린즈(여름의 칵테일)를 홀짝거리면서, 다시 한 번 디키에게 전화할까, 생각하고 있겠지. 톰은 로마에서 어떤 일이 벌어지는지 걱정을 하면서 미간을 모으고 머리카락이 흩어진 채 앉아 있는 그녀의 모습이 눈에 보이는 듯했다. 그녀는 단 혼자서 테이블에 앉아 있고, 아무와도 이야기를 하고 있지 않겠지. 그는 그녀가 자리를 떠서 집으로 돌아가 슈트케이스를 가지고 내일 정오의 버스에 타는 장면을 상상했다. 그런데 톰은 우체국 앞 한길에 서서 가면 안 된다고 그녀에게 외치고 있다. 그는 버스를 세우려고 하는데 버스는 움직이기 시작한다……

  그 장면은, 몬지베로 해변의 모래와 같은 노란 회색 소용돌이 속에 녹아들고, 이번에는 디키의 얼굴이 톰에게 빙긋 웃음을 던진다. 디키는 산레모에서 입고 있던 그 코르덴 옷을 입고 있었다. 그 옷이 흠뻑 젖어 넥타이에서 물방울이 뚝뚝 떨어지고 있다. 디키는 위에서 몸을 구부리고 톰을 흔들면서 '나는 헤엄을 쳤어!' 했다. '톰, 일어나! 나는 무사해! 나는 살아 있어!' 톰은 디키가 몸을 못 만지게 하려고 몸을 비틀었다. 디키의 웃음소리가 들려왔다. 디키의 기쁜 듯한 굵은 웃음소리다. '톰!' 그것은 톰이 아무리 흉내내려고 해도 흉내낼 수 없는 굵고 풍부한 좋은 음색이었다. 톰은 손을 짚고 몸을 일으켰다. 톰은 몸이 깊은 물밑바닥에서 떠오르려고 몸부림치고 있을 때처럼, 묵직하고 동작이 둔했다.

'나는 헤엄을 쳤어!'

디키가 외치는 소리가 긴 터널 저쪽에서 들려오는 것처럼 톰의 귀 속에서 윙윙 울려 퍼졌다.

톰은 온 방 안을 둘러보았다. 마루에 있는 전기스탠드의 노란 빛 아래나, 높은 옷장 옆 어두운 구석에 디키가 없는가 들여다보았다. 톰은 자기의 눈이 겁에 질려 휘둥그레진 것을 느꼈다. 그리고 두려워한다는 일이 넌센스인 줄 알고 있으면서도, 창이 반쯤 열린 커튼 밑과 침대의 반대쪽, 마루쪽, 마루 위 등, 닥치는 대로 디키의 모습을 찾았다. 나중에는 침대에서 일어나 비틀비틀 창쪽으로 가서 창을 열어 보았다. 다음에는 다른 창도 열었다. 머리가 흔들린다. 마약을 마신 것 같다. 누군가가 포도주에 무엇인가 넣었다! 톰은 갑자기 그런 생각이 들어 창 아래에 무릎을 꿇고 찬 공기를 마시며 어떻게 해서라도 이 현기증을 쫓아내려고 했다. 빨리 하지 않으면 이 현기증 때문에 죽을지도 모르겠다. 그는 욕실에 가서 얼굴을 씻었다. 현기증이 차차 가셨다. 마약을 마신 것이 아니다. 너무 상상에 잠긴 나머지 그것에 휩쓸리고 말았다. 그래서 자기가 자기를 컨트롤할 수 없었다.

톰은 일어나서 침착하게 넥타이를 풀었다. 디키가 하던 대로의 동작으로 옷을 벗고, 목욕을 하고, 파자마로 갈아입고 침대에 누웠다. 그는 디키가 생각할 것 같은 일을 생각하려고 했다. 우선 디키의 어머니의 일이다. 그녀에게서 온 최근의 편지에는, 그녀와 그린리프 씨가 저마다 거실에 앉아 커피를 마시고 있는 스냅 사진이 두 장 들어 있었다. 그것은 톰이 그린리프 집안에서 저녁 식사 뒤에 커피를 마셨을 때와 같은 장면이었다. 미세스 그린리프는, 남편인 하버드가 셔터를 눌러 찍은 사진이라고 썼다.

톰은 그린리프 부부에게 보낼 다음 편지의 문안을 생각하기 시작했다. 그들은 아들이 이전보다 자주 편지를 보낸다고 기뻐하고 있다.

둘 다 프레디를 알고 있으니까, 이번의 프레디 문제는 너무 걱정하지 말라고 말해 주어야겠다. 미세스 그린리프는 어느 편지에서 프레디의 소식을 물은 일이 있었다. 그런데 톰은 편지 문안을 생각하면서도 전화에 주의를 기울이고 있었기에 좀처럼 생각이 정리되지 않았다.

18

잠에서 깬 톰의 머리에 제일 먼저 머지의 일이 떠올랐다. 그는 손을 뻗어 수화기를 들고 밤 사이에 그녀에게서 전화가 왔었는지를 물어보았다. 그녀에게서 전화는 없었다. 로마로 찾아오는 게 아닌가 하는 무서운 예감이 들었다. 그렇게 생각한 그는 갑자기 침대에서 뛰어내렸다. 그런데 아침마다 하는 일인 수염을 깎고 샤워를 하는 사이에 그의 생각이 달라졌다. 무엇 때문에 머지의 일을 걱정한다는 말이냐! 지금까지 그녀를 잘 구슬러 오지 않았는가. 그녀가 온다고 하더라도 이 시간에는 올 까닭이 없다. 몬지베로로 오는 첫 버스는 정오에 출발하며, 그렇다고 그녀가 나폴리까지 택시로 오리라고 생각되지는 않는다. 오전 중에 그는 로마를 떠날 수 있겠지. 10시가 되면 경찰에 전화를 해서 물어봐야지.

그는 밀크 커피와 롤빵과 조간신문을 자기 방으로 가져오도록 주문했다. 이상하게도 마일즈의 사건과 산레모의 보트 기사는 어느 신문에도 나와 있지 않았다. 그 때문에 오히려 그는 말할 수 없는 두려움을 느꼈다. 그것은 어젯밤 디키가 이 방에 서 있다고 상상했을 때와 같은 공포감이었다. 그는 신문을 의자 위에 내던졌다.

전화가 울리기에 그는 바로 수화기를 들었다. 머지나 경찰이겠지.

"여보세요?"

"여보세요, 경찰에서 오신 두 분이 당신에게 면회예요."

"좋아요, 올라오도록 말해 주세요."

1분 뒤에 홀의 카펫을 밟는 소리가 들렸다. 어제와 같은 중년의 경관과 다른 젊은 경찰이었다.

"안녕하세요?"

경관은 조금 머리를 숙이고 공손히 말했다.

"안녕하세요? 뭐, 새로운 사실을 알아냈습니까?"

톰이 물었다.

"아뇨." 경관은 신문할 때와 같은 어조로 말하고 톰이 권하는 의자에 앉았다. 그리고 다갈색 서류 가방을 열었다. "또 다른 문제가 생겼습니다. 당신은 토머스 리플리라는 미국인과도 친구입니까?"

"그렇습니다."

톰이 대답했다.

"그가 어디에 있는지 아십니까?"

"그는 한 달쯤 전에 미국으로 돌아간 걸로 알고 있는데요."

경관은 서류를 보았다.

"그래요. 그럼 미국의 정보부에 문의해 볼 필요가 있겠군요. 말하자면 우리는 토머스 리플리를 찾고 있어요. 그는 죽은 것이 아닌가 싶습니다."

"죽었다고요? 왜요?"

경관의 입술은 한마디 지껄일 때마다 덥수룩한 콧수염——흰털이 섞인——때문인지 빙긋 웃는 것처럼 보였다. 톰은 어제도 이 표정에 자칫 속을 뻔했다.

"당신은 11월에 그와 함께 산레모에 여행하지 않았나요?"

경찰은 호텔을 조사한 모양이다.

"했습니다."

"당신이 그 사람과 마지막 만난 곳은 어디였습니까? 산레모입니까?"

"아뇨, 로마에서도 또 만났습니다."

톰은 자기가 몬지베로에 갔다가 로마에 돌아온 사실을 머지가 알고 있다는 것이 생각났다. 그때 그는 디키가 로마에 무사히 도착하는 일을 도왔다고 말했기 때문이다.

"당신은 그를 마지막으로 언제 만났습니까?"

"정확한 날짜는 잘 모르는데 두 달쯤 전이었어요. 아마 그에게서 그림 엽서를 받았던 것 같아요. 제노아에서 보낸 것인데 미국으로 돌아간다고 했습니다."

"당신이 그렇게 생각하는 거지요?"

"아니, 분명히 받았습니다. 어째서 당신들은 그가 죽었다고 생각합니까?"

톰이 물었다.

경관은 납득이 안 간다는 표정으로 서류를 보았다. 톰은 젊은 경찰을 흘끔 보았다. 그는 팔짱을 끼고 장롱에 기대어서 톰을 무표정하게 바라보고 있었다.

"당신은 산레모에서 토머스 리플리와 함께 보트에 탔습니까?"

"보트에 탔냐구요? 어디서?"

"작은 보트였습니까? 항구 안을 돌았지요?"

경관은 톰을 보면서 조용히 말했다.

"탄 것 같아요. 그래요. 생각이 납니다. 왜 그러시죠?"

"실은 피인 듯한 자국으로 더러워진 작은 보트가 가라앉혀진 것을 발견했습니다. 그 배는 11월 25일에 행방불명이 되었어요. 그 11월 25일이라면 당신이 시뇨르 리플리와 함께 산레모에 있었던 날입니다."

경관의 눈은 그를 응시한 채 움직이지 않았다.

매우 조용한 그 눈매에 톰은 화가 났다. 속이고 있군 하고 톰은 느졌다. 그러나 톰은 비상한 노력으로 평정을 가장했다. 톰은 자기 자신에게서 옆으로 비켜서서 그 장면을 바라보고 있는 자신을 발견했다. 그는 자세까지도 바꾸어 침대 기둥에 한 손을 얹고 편한 자세를 취했다.

"그러나 그 보트에 탔을 때는 아무 일도 없었는데요. 사고 같은 건 없었습니다."

"당신들은 보트를 돌려주었나요?"

"물론이지요."

경관들은 톰을 빤히 쳐다보았다.

"조사해 본 결과, 11월 25일 이후에는 어느 호텔을 조사해 보아도 시뇨르 리플리는 숙박하지 않았어요."

"정말입니까? 얼마나 오래 조사했습니까?"

"이탈리아 안의 작은 마을을 전부 조사할 만큼 오래 걸리지는 않았지만, 주요 도시의 호텔은 다 조사했습니다. 당신이 11월 28일부터 30일까지 허슬러에 숙박했다는 사실도 알고 있습니다. 그리고 나서는……"

"톰은 로마에서는 나와 함께 있지 않았습니다. 시뇨르 리플리 말입니다만, 그는 그 무렵 몬지베로에 가서 이틀쯤 묵었을 겁니다."

"그는 로마에 와서는 어디에 묵고 있었나요?"

"작은 호텔일 겁니다. 어딘지는 기억하고 있지 않지만요. 나는 그를 찾아간 일이 없었으니까요."

"당신은 어디에 있었나요?"

"언제 말입니까?"

"11월 26일과 27일, 즉 산레모에 갔던 바로 다음이지요."

"포르테 드 마루미에 있었습니다. 돌아오는 도중에 그곳에 들러 하숙집에서 잤습니다."

태양은 가득히 215

"어느 하숙이지요?"

톰은 고개를 저었다.

"이름은 기억하고 있지 않습니다. 작은 집이었어요."

톰은 생각했다.

'머지에게 물으면 톰이 산레모에 갔다 온 뒤에 살아서 몬지베로에 나타난 사실을 증명할 수 있을 텐데. 그러면 경찰로서는 26일과 27일에 디키 그린리프가 어느 하숙에 있었는지를 조사할 필요가 없지 않을까?'

톰은 침대 끝에 걸터앉았다.

"나는 도무지 까닭을 모르겠어요. 경찰에서는 왜 톰 리플리가 죽었다고 생각하나요?"

경관은 대답했다.

"우리는 누군가가 산레모에서 죽은 것으로 생각하고 있어요. 그 보트에서 누군가가 살해되었어요. 그래서 보트를 가라앉혔어요. 핏자국을 감추기 위해서 말이오."

톰은 얼굴을 찡그렸다.

"그것은 정말로 핏자국일까요?"

경관은 어깨를 움츠렸다.

톰도 어깨를 움츠렸다.

"그날 산레모에서 보트를 빌려 탄 사람은 수백 명도 넘을 게 아닙니까?"

"그렇게 많지 않았어요. 30명쯤이었습니다. 이것은 사실입니다. 그 30명 가운데 한 사람일 겁니다. 또는 15쌍 중 한 쌍이든지."

경관은 빙긋 웃으며 덧붙였다.

"우리가 그들의 이름을 다 아는 것도 아닙니다. 그러나 우리는 토머스 리플리가 행방불명이 된 거라고 생각하기 시작했습니다."

경관은 방구석 쪽으로 시선을 돌렸다. 그의 표정으로 짐작하건대 뭔가 다른 생각을 하는 모양이었다. 아니면 라디에이터의 온기를 즐기고 있는 것일까?

톰은 애가 타는 듯 다리를 고쳐 포갰다. 이 이탈리아 인의 머리 속에서 무슨 생각이 시작되고 있는가는 아주 명료하다. 디키 그린리프라는 사내는 살인과 살인이라고 추정되는 장면에 두 번 다 등장하고 있다. 행방불명인 토머스 리플리는 11월 25일에 디키 그린리프와 함께 보트를 타고 나갔다. 그러므로…… 톰은 얼굴을 찡그리며 일어섰다.

"그럼 당신은 12월 1일경에 로마에서 톰 리플리를 만났다는 내 말을 신용할 수 없다는 말입니까?"

"아뇨, 그런 말을 하는 게 아닙니다. 정말입니다!" 경관은 달래듯 손을 흔들었다. "나는 당신이 산레모에 갔다 온 뒤 시뇨르 리플리와 함께 여행한 상황을 듣고 싶었을 뿐입니다. 그것은 우리가 그를 발견할 수 없기 때문입니다."

경관은 다시 빙긋 웃었다. 누런 이를 보이며 크게 웃었다.

톰은 화가 난다는 듯 어깨를 움츠리고 긴장을 풀었다. 이탈리아 경찰이 미국 국민을 마구 살인범 취급을 하는 일은 삼가야 한다는 충고의 모습을 역력히 드러냈다.

"그가 지금 어디 있는지 확실하게 말하지 못해 정말 유감입니다. 파리에서 찾아보면 어떨까요? 아니면 제노아? 그는 작은 호텔에 잘 묵어요. 넓은 곳보다 오히려 편하다고 좋아하지요."

"그가 제노아에서 보냈다는 그림 엽서를 지금 가지고 있나요?"

"아뇨, 가지고 있지 않습니다."

톰은 디키가 초조할 때 잘 하는 것처럼 손가락으로 머리를 쥐어뜯었다. 그는 비록 수초간이나마 디키가 되어서 한두 번 마루 위를 걸어다니고 나니까 훨씬 기분이 가라앉았다.

"당신은 토머스 리플리의 친구 중에 누구 아는 사람 없습니까?"

톰은 고개를 저었다.

"아뇨, 실은 나는 그와 아주 친한 사이가 아닙니다. 오래 사귄 사이도 아닙니다. 그가 유럽에 친구를 많이 가지고 있는지조차도 모릅니다. 파엔차에는 누군가 아는 사람이 있다고 들은 것 같습니다. 플로렌스에도 있는 모양입니다. 그런데 그 이름은 모릅니다."

이 이탈리아 인이, 그는 톰의 친구가 경찰의 질문 공세를 받지 않도록 하려고 일부러 그 이름을 덮어 둔다고 생각한다면 그렇게 생각하도록 내버려두면 된다.

"어쨌든 좋아요, 우리가 조사할 테니까요."

경관은 서류를 챙겨 넣었다. 그는 적어도 십여 가지 사항을 서류에 써넣었다.

"당신이 돌아가기 전에 하나 묻겠는데요? 나는 대체 언제쯤 이 시내에서 떠날 수 있나요? 시칠리아에 갈 예정인데 가능하다면 오늘이라도 떠나고 싶습니다. 팔레르모의 파르마 호텔에 묵을 예정입니다. 내게 용건이 있으면 곧 연락을 받을 수 있을 텐데요."

톰은 아까와 마찬가지로 화가 나는 듯한 목소리로 당당하게 말했다.

"팔레르모요? 글쎄, 연락은 되겠지요. 전화 좀 써도 되겠습니까?"

톰은 이탈리아 담배에 불을 붙이고 경관이 안리티노 총경을 불러내어 보고하는 것을 들었다. 경관은 아주 냉담한 어조로, 시뇨르 그린리프는 시뇨르 리플리의 거처를 모르고 있다는, 시뇨르 그린리프의 의견에 따르면 시뇨르 리플리는 미국으로 돌아갔거나, 아니면 플로렌스나 파엔차에 가 있을 것 같다는 보고를 했다. '파엔차'는 특히 주의

깊게 반복하고 '볼로냐 근처'라고 덧붙였다. 그리고 경관은 시뇨르 그린리프는 오늘 팔레르모에 가고 싶어한다는 말을 했다.

"그렇습니까? 좋습니다." 경관은 수화기를 놓고 톰을 돌아보며 말했다. "좋습니다, 오늘 팔레르모에 가셔도."

"고맙습니다."

톰은 두 사람을 따라 문까지 가서 자못 진지한 얼굴로 말했다.

"토머스 리플리의 거처를 알게 되면 나에게도 알려 주시지 않겠습니까?"

"물론이지요! 저희가 알게 되는 대로 연락드리겠습니다. 시뇨르, 그럼, 실례합니다."

혼자 남게 되자, 톰은 슈트케이스에서 꺼낸 물건들을 다시 넣으면서 휘파람을 불기 시작했다. 톰은 마조르카가 아니고 시칠리아에 간다고 한 말은, 자신이 생각해도 잘한 것 같았다. 시칠리아라면 이탈리아 안에 있지만 마조르카는 그렇지 않다(마조르카 섬은 스페인 영토). 이탈리아 경찰은 톰이 그들의 관할 밖으로 나가지 않는다는 사실을 알면, 별로 까다롭게 말하지 않고 여행을 시켜 줄 게 틀림없다.

톰이 이러한 출입국에 관해서 신중히 생각해야 한다고 느낀 것은, 요전에 톰 리플리의 여권에는 산레모에서 칸으로 여행한 뒤로는 다시 한 번 프랑스에 간 기록이 되어 있지 않다는 일을 문득 깨달은 때였다.

그는 몬지베로에 갔을 때 머지에게 '나는 파리에 갔다가 그대로 미국으로 돌아가려고 한다'고 말한 사실을 생각해 냈다. 그러니까 만약 경찰이 머지에게, 톰 리플리가 산레모에서 돌아와 몬지베로에 왔는지를 질문하는 일이 있다면, 그녀는 아마 '그는 그 뒤 파리에 갔을 거예요'라고 덧붙일 것이다.

그러니까 장래에 그가 다시 톰 리플리로 돌아갈 필요가 생겨 경찰에 여권을 제시했을 경우에, 경찰은 그가 칸 여행 뒤에는 프랑스에 입국하지 않았다고 생각할 게 뻔하다. 그때에는 그 뒤에 생각을 고쳐 이탈리아에 머무르기로 했다고 하면 된다. 별로 문제될 것은 없다.

톰은 갑자기 짐꾸리기를 그치고 기지개를 켰다. 이것은 속임수가 아닐까? 경찰은 고삐를 늦추고, 의심하지 않는 것처럼 시칠리아로 여행하게 할 셈은 아닐까? 그 교활하게 생긴 조그만 경관 녀석이! 한 번 이름을 말했는데 뭐였더라? 라비니던가? 로베리니던가? 고삐를 늦추어서 무슨 이익이 있다는 거지? 행선지는 똑똑히 말해 두었다. 그는 모든 일로부터 도피할 생각은 전혀 없었다. 그는 다만 로마에서 떠나고 싶을 뿐이다. 미치도록 떠나고 싶을 뿐이다! 그는 마지막 남은 물건을 슈트케이스에 던져 넣고, 뚜껑을 닫고 열쇠로 잠갔다.

다시 전화가 왔다! 톰은 수화기를 들었다.

"여보세요."

"오오, 디키!"

숨이 막힐 듯한 목소리였다.

머지다. 그녀가 아래층에 와 있다는 사실을 소리로 알 수 있었다. '아차!' 그는 톰의 목소리로 돌아가 말했다.

"누구세요?"

"톰이세요?"

"머지야? 여어, 안녕! 어디에 있지?"

"아래층이에요, 디키는 거기 있어요? 저 그리로 가도 괜찮아요?"

"5분쯤 있다가 와 주지 않겠어요?" 톰은 웃으며 "아직 옷을 갈아 입지 않았어."

프런트의 직원은 언제나 손님을 아래층의 칸막이실로 안내한다. 그러니까 이 전화를 엿들을 염려는 없다.

"디키는 거기 있어요?"

"지금은 없어. 반시간쯤 전에 나갔는데, 바로 돌아올 거야. 당신이 지금 바로 만나고 싶다면, 간 곳을 알려 줄 수는 있어."

"어디예요?"

"제83 경찰서야, 아니 틀렸어, 제87이야."

"무슨 일이라도?"

"아냐. 질문에 대답할 뿐이야. 10시까지 출두하기로 돼 있었어. 장소를 가르쳐 줄까?"

그는 톰의 목소리로 이야기를 시작한 것이 잘못이었다고 생각했다. 사환이나 디키의 친구 흉내를 내는 일쯤 문제가 아닌데. 그리고 디키는 몇 시간 후에나 돌아온다고 말해야만 했는데.

"아뇨, 저는 기다리겠어요."

머지는 신음하는 듯한 목소리로 말했다.

"여기 있어!" 톰은 그 장소를 발견한 듯한 목소리로 "페루지아로 21번지야. 찾을 수 있을까?"

톰은 자신도 알 수 없지만, 출발하기 전에 아메리칸 익스프레스에 들러 편지를 받아야 하기 때문에 그녀를 그 반대 방향으로 보내 버리지 않으면 안 된다.

"저는 가고 싶지 않아요. 괜찮다면 그리로 올라가 기다리고 싶어요."

"아니, 그건." 톰은 웃었다. 머지가 잘 아는 톰의 웃음소리였다. "실은 곧 나를 찾아올 사람이 있어서 말이야. 일에 관한 면회야. 취직 이야기야. 믿거나 말거나."

머지는 관심 없는 일인 듯이 심드렁하게 말을 받았다.

"아아, 그래요. 그래, 디키는 어떻게 된 거예요? 경찰에서 뭘 이야기하겠다는 거예요?"

태양은 가득히 221

"실은 그날 디키는 프레디와 술을 마시고 있었거든. 당신도 신문에서 보았겠지? 신문은 아무런 자료도 붙잡을 수 없으니까, 실제보다도 열배나 과장해서 써댔어."

"톰은 언제부터 이곳에 묵고 있었나요?"

"이곳에? 어젯밤에 왔을 뿐이야. 나는 북쪽 지방을 여행하고 있었는데, 프레디 사건을 듣고 디키를 만나러 로마로 돌아왔어. 경찰이 가르쳐 주지 않았다면 디키를 만나지 못할 뻔했어!"

"정말 그래요! 저도 어떻게 할지 몰라 경찰에 갔었어요! 걱정이에요, 톰. 그가 저에게 전화라도 주었으면 좋을 텐데 말이에요. 조르죠나 어디나 좋으니까요."

"당신이 와 주어서 정말 잘 됐어, 머지. 디키가 얼마나 기뻐할지 모르겠군. 신문에 그렇게 써댔으니 당신이 어찌 생각할지 모르겠다고 디키는 걱정을 하고 있었어."

"어머, 그래요?"

머지는 믿어지지 않는다는 목소리로 말했는데, 좋아하고 있는 것이 확실했다.

"당신은 안젤로의 가게에서 나를 기다려 주지 않겠어? 이 앞의 도로로 스페인 광장 돌계단 쪽으로 걸어가다가, 호텔 바로 앞에 있는 바야. 나는 살짝 나가서 5분쯤, 당신과 커피라도 마시고 싶은데 어때?"

"좋아요. 하지만 바라면 이 호텔에도 있어요."

"나는 바에 있는 모습을 미래의 보스에게 보이고 싶지 않아."

"그렇군요, 좋아요. 안젤로의 가게랬죠?"

"틀림없어. 이 앞 도로를 가다 보면 호텔의 바로 맞은쪽이야. 그럼."

톰은 전화를 끊자마자 홱 돌아서자 짐을 꾸렸다. 옷장에 있는 웃옷

들이 남아 있을 뿐 짐은 다 꾸린 거나 마찬가지였다. 그는 프런트에 전화를 해서 계산서를 만들어 두고, 짐을 나를 사람을 보내도록 부탁했다. 그리고 그는 가지러 오는 사환을 위해 짐들을 솜씨 있게 쌓아 올린 다음 계단을 통해서 아래층에 내려갔다. 그는 머지가 아직도 로비에서 기다리고 있거나, 다른 곳에 전화를 걸고 있을지도 모르기 때문에 살짝 보고 싶었다. 그녀가 경관들이 와 있는 동안에 와서 아래층에서 기다리고 있었으리라고 생각되지는 않았다. 경찰이 돌아가고 머지가 전화를 걸어오기까지 약 5분쯤의 시간이 있었다. 그는 자기의 금발을 감추기 위해 모자를 쓴 다음, 새 레인코트를 입고 톰 리플리 특유의 조금 부끄러워하는 겁먹은 듯한 표정을 하고 있었다.

그녀는 로비에 없었다. 톰이 계산을 치르는데, 프런트의 남자가 메모지를 전해 주었다. 반 휴스턴이 왔었다. 메모는 반의 자필인데, 그가 왔다 간 시간은 10분 전이었다.

　　자네가 나오기를 반시간이나 기다렸네. 자네는 산책도 하지 않는가? 이곳 사람들은 나를 위층으로 도무지 보내 주지 않더군. 허슬러에 있을 테니 전화를 걸어 주게.
　　　　　　　　　　　　　　　　　　　　　　　　　　반

반과 머지는 여기서 만났을지도 모른다. 두 사람이 서로 아는 사이라면, 지금쯤은 함께 안젤로의 바에 앉아 있겠지.
"다른 누군가가 나에 대해서 묻거든, 이곳을 떠났다고 말해 주지 않겠나?"
톰은 프런트 직원에게 말했다.
"알았습니다, 시뇨르."
톰은 그를 기다리는 택시로 가 운전사에게 말했다.

"아메리칸 익스프레스로 갑시다."

택시는 안젤로 가게가 있는 쪽으로 가지 않았다. 톰은 편히 앉아서 자신의 행운을 축복했다. 무엇보다도 어제 자기가 아파트에서 호텔로 옮긴 일을 자축했다. 그 아파트에 있었다면, 도저히 머지를 따돌릴 수 없었으리라. 그녀는 신문에서 디키의 주소를 알았을 테니까. 그렇게 되면 비록 그가 아까와 같은 속임수를 쓴다 하더라도, 그녀는 억지로 올라와서 아파트에서 디키가 돌아오기를 기다리겠다고 고집을 피웠을 것이다. 그는 운이 좋았다!

아메리칸 익스프레스에는 편지가 와 있었다. 세 통인데, 그 가운데 한 통은 그린리프 씨에게서 온 것이었다.

"오늘은 기분이 어떠세요?"

젊은 이탈리아 아가씨가 그에게 우편물을 넘겨주며 말했다.

그녀도 신문을 읽은 모양이었다. 그는 그녀의 어린아이처럼 호기심에 찬 얼굴을 쳐다보았다. 마리아라고 하는 아가씨이다.

"아주 좋아, 고마워. 당신은 어때?"

그는 바로 그곳을 떠나면서, 톰 리플리의 주소로는 로마의 아메리칸 익스프레스를 절대로 사용할 수 없겠다고 생각했다. 두 사람인가 세 사람의 직원이 그의 얼굴을 알고 있다. 그는 현재 톰 리플리 앞으로 오는 우편물은 나폴리의 아메리칸 익스프레스를 사용하고 있었다. 그러나 나폴리에서 받은 우편물은 없고, 그곳에서 전송해 달라고 부탁한 일도 없었다. 왜냐하면 톰 리플리 앞으로 오는 중요한 편지도 없고, 그린리프 씨로부터 두 번째의 폭풍이 날아올 리도 없기 때문이다. 모든 열기가 식으면, 언젠가 나폴리의 아메리칸 익스프레스로 선뜻 찾아가서 톰 리플리의 여권을 보이고, 도착한 우편물을 찾아오면 된다.

로마의 아메리칸 익스프레스를 톰 리플리 명의로 사용할 수는 없으나, 자기로서는 톰 리플리를 늘 끌고 다니지 않으면 안 된다. 오늘 아침에 일어난 머지의 전화 같은 돌발 사건에 대비해서, 여권이며 옷가지를 늘 가지고 다니지 않으면 안 되겠지. 하마터면 머지와는 같은 방에서 대면할 뻔했다. 경찰에서 디키 그린리프가 무죄인가 아닌가를 문제 삼고 있는 한, 디키의 이름으로 이 나라를 나간다는 일은 자살 행위나 다름없다. 왜냐하면 갑자기 톰 리플리로 돌아가지 않으면 안 될 사태가 생겼을 때, 리플리의 여권에 이탈리아를 출국한 일이 기재되지 않았다면 큰일이기 때문이다. 그러니까 만약——경찰의 눈으로부터 디키 그린리프라는 인물을 떼어놓기 위해서——이탈리아에서 나가 버리고 싶을 때는, 톰 리플리로서 출국해야 할 것이다. 그리고 이윽고 톰 리플리로서 재입국하고, 경찰이 수사를 중단한 시기를 적당히 가늠해서, 다시 디키 그린리프로 돌아가면 된다. 그런 경우도 있을 수 있다.

이것이 간단하고 가장 안전한 방법이라고 생각되었다. 그로서는 이제부터 앞으로의 수일 간을 잘 뚫고 나가기만 하면 된다.

19

배는 그 새하얀 뱃머리로 너절하게 떠 있는 오렌지 껍질, 검불, 부서진 과일 바구니 등을 가르며, 천천히 탐색하듯 팔레르모 항구로 다가갔다. 그것은 톰이 팔레르모에 다가가는 방법과 똑같았다. 그는 나폴리에 이틀 동안 묵었다. 그 사이에, 신문에는 주목할 만한 기사가 하나도 나오지 않았다. 마일즈 사건에 관해서도, 산레모에서 발견된 보트에 관해서도 나오지 않았다. 그리고 그에게 경찰로부터의 연락도 없었다. 그러나 경찰은 일부러 나폴리에서 그를 찾아내려고 하지 않고, 팔레르모의 호텔에서 기다리고 있지 않을까.

아무튼 선창에는 그를 기다리고 있는 듯한 경관의 모습은 없었다.

톰 쪽에서 찾을 정도였다. 그는 신문을 두 종류 사 가지고 택시를 잡아 짐을 싣고 파르마 호텔로 갔다. 호텔 로비에도 경관인 듯한 사람은 없었다. 커다란 대리석 원기둥과 커다란 화분에 심은 야자나무가 서 있는 오래되고 화려한 로비였다. 프런트 직원이 그에게 예약한 방 번호를 가르쳐 주고 보이에게 열쇠를 넘겨주었다. 톰은 안심을 하고 일부러 우편물 카운터에 가서 대담하게도 시뇨르 리처드 그린리프 앞으로 편지가 오지 않았느냐고 물었다. 아무것도 와 있지 않았다.

그는 겨우 긴장이 풀리기 시작했다. 이것은 바로 머지로부터도 연락이 없었다는 이야기다. 머지는 진작 경찰에 찾아가서 지금쯤 디키의 거처를 알아냈겠지. 톰은 좀 전 배 안에서 무서운 일을 상상하고 있었다. 머지는 비행기로 그보다 먼저 팔레르모에 가 있을지도 모른다. 머지는 파르마 호텔에 전화를 걸어, 다음 배로 그녀가 간다고 전해 놓았는지도 모른다. 그는 실제로 나폴리에서 배에 올라탔을 때, 배 안에서 머지를 찾아보았다.

톰은 지금 이런 사건이 일어난 이상, 머지가 디키를 체념하지나 않았을까 생각하기 시작했다. 그녀는 디키가 그녀를 피해서, 톰과 단둘이 살고 싶어하고 있다는 사실을 겨우 납득할 수 있겠지. 그녀는 겨우 그것을 억지로 이해했음이 틀림없다. 그날 밤 톰은 따뜻하고 깊은 욕조에 들어 앉아 사치스런 기분으로 두 팔에 비누 거품을 문질러대면서, 그 일을 그녀에게 편지로 말해 줄까 생각했다. 그는 톰 리플리의 이름으로 편지를 써 둘 필요가 있다고 생각했다. 지금이 꼭 알맞을 때이다. 실은 지금까지는 체면 때문에 말하기 어려웠고, 그리고 로마에서 전화로 이야기할 때는 너무 노골적으로 말하고 싶지 않았으나, 지금이라면 그녀도 이해해 주리라 믿고 써 보내는 거다. 그와 디키는 만족하게 함께 살고 있다고 써 주리라.

톰은 기쁨을 누르지 못해 혼자 코를 쥐고 웃으면서 방 안에서 뒹굴었다.

먼저 친애하는 머지라고 쓰기 시작한다. 나는 디키에게 몇 번이나 권했는데, 그는 도무지 쓰려 하지 않아서 내가 대신 쓰기로 한다. 당신은 너무 훌륭한 인품이니까, 이런 일 쉽게 이해해 주리라 생각하며……

톰은 웃다가 정색을 하고, 아직 해결되지 않은 작은 문제를 신중히 생각하기 시작했다. 머지는 잉기르테러 호텔에서 톰 리플리와 전화로 이야기한 사실을 경찰에게 말했겠지. 그러면 경찰은 톰 리플리가 어디로 갔는지 의심을 품겠지. 지금도 경찰은 로마 시내에서 톰을 찾는지도 모른다. 톰 리플리는 디키 그린리프의 주위에 있는 것으로 생각하고 찾고 있겠지. 그런데 경찰이 머지로부터 디키의 인상착의를 상세히 듣고, 그가 지금 톰 리플리로 되어 있다고 알아차린다면…… 그것은 너무도 위험한 일이다…… 그렇게 되면 경찰은 그를 알몸으로 만들어 신체검사를 하고, 그와 디키의 여권을 둘 다 발견하겠지. 그러나 그는 전에 위험에 대해서 뭐라고 했더라? '위험이 수반되면 뭐든지 재미있어진다' 이런 말이 아닌가. 그는 큰 소리로 노래를 했다. 아무 걱정 없다는 듯이…….

파파는 마음이 없고 마마는 싫고, 그래선 사이좋게 지낼 수 없지.

톰은 욕실에서 몸을 닦으며 큰 소리로 한 번도 들은 일은 없으나 디키 같은 쩌렁쩌렁한 바리톤으로 노래를 했다. 이 쩌렁쩌렁 울리는 가락을 들으면 디키도 기뻐하겠지.

톰은 주름 하나 잡히지 않은 새 여행복을 입고, 저녁 무렵의 팔레르모 거리를 어슬렁어슬렁 거닐었다. 광장 저쪽에 노르만풍의 커다란 성당이 보였다. 그것의 안내서에 따르면 영국의 월터 오브 더 밀 대주교가 세운 건물이라고 한다. 섬 남쪽에는 옛날 라틴 인과 그리스 인의 큰 해전이 있었던 시러크우자가 있다. 그리고 디오니시오스의 귀. 다음에 타오르미나의 거리. 그리고 에트나 화산! 큰 섬인데 그에게는 모든 것이 신선하고 진기했다. 시칠리아 섬! 줄리아노 요새! 고대 그리스의 식민지가 되었고, 이윽고 노르만 인과 사라센 인에게 침략되었던 섬!

내일부터 나가서 섬을 돌아보자. 그런데 톰에겐 지금 눈앞에 높은 탑이 솟은 대성당을 바라보고 있는 것만으로도 만족스럽고 흐뭇했다. 그는 정면에 먼지 낀 커다란 아치를 바라보며, 내일은 이 안에 들어가 몇백 년이나 이어진 무수한 초와 향로가 타는, 고색창연한 달콤한 향기를 맡을 것을 상상만 해도 원더풀이라는 말이 저절로 나왔다.

상상! 그는 상상이 경험보다 훨씬 즐겁다고 생각했다. 이제부터는 어떻게 될까? 밤이 되면 혼자서 디키의 소지품을 만지작거리거나 자기 손가락에 낀 그의 반지와 그의 울 넥타이와 검은 악어가죽 지갑을 바라보며 시간을 보내야지. 이것은 현실일까, 상상일까?

시칠리아 섬 다음은 그리스다. 톰은 무슨 일이 있어도 그리스를 보고 싶었다. 디키의 돈으로, 디키의 옷을 입고, 디키가 낯선 사람들과 응대할 때처럼 행동하고, 디키 그린리프가 되어서 그리스를 구경하고 싶었다.

그러나 디키 그린리프에게 그리스를 구경할 수 없는 사정이 생기지는 않을까? '살인, 용의, 민중' 등이 자꾸자꾸 그를 방해하러 나타나지는 않을까?

그는 결코 그들을 죽이고 싶지 않았다. 필요를 강요당해서 저지른 일이다. 미국인 톰 리플리로서 그리스에 가서 아크로폴리스의 유적을 밟는 일은, 그에게는 아무 매력도 없었다. 그러려면 가지 않는 편이 낫다. 대성당의 종탑을 올려다보는 눈에 눈물이 괴어, 톰은 돌아서서 새로운 거리 쪽으로 걸었다.
 이튿날 아침, 디키에게로 편지가 왔다. 머지가 보내 온 두툼한 편지였다. 톰은 그것을 손가락 사이에 비틀며 빙긋 웃었다. 그가 예상하던 대로다. 머지에게서 온 편지가 아니라면 이렇게 두툼할 리가 없다. 그는 아침 식사를 하면서 읽었다. 막 구워낸 따뜻한 롤빵과 계수나무 향기가 나는 커피와 함께 편지의 한 행 한 행을 음미하면서 읽었다. 그 편지에는 그가 예상하고 있던 이상으로 여러 가지 얘기가 씌어 있었다.

 ……당신이 제가 호텔에 간 일을 정말로 모른다면, 그것은 틀림없이 톰이 당신에게 말하지 않았기 때문이에요. 그러나저러나 결론은 마찬가지예요. 당신은 저한테서 도망치고, 저를 대할 면목이 없어졌다는 사실을 이제는 확실히 알았어요. 친구 없이는 살아갈 수 없음을 왜 확실히 인정하지 않나요? 저에게 좀더 일찍 분명하게 털어놓을 용기가 없었다니, 당신도 불쌍한 분이군요. 저를 어떻게 생각하고 있나요? 저를 세상 물정도 모르는 시골뜨기로 생각하고 있나요? 세상 물정 모르는 사람은 바로 당신이에요! 당신이 용기가 없어서 저에게 하지 못한 말을 지금 제가 말해 드린다면, 당신도 양심의 가책에서 얼마쯤 벗어나 머리를 들 수 있겠지요. 자기가 사랑하는 것을 자랑으로 생각하는 일처럼 멋진 사실은 없을 거예요! 우리도 이런 이야기를 나누지 않았어요?
 저의 로마의 휴일 두 번째의 수확은, 톰 리플리가 당신과 함께 있다고 경찰에 알린 일이에요. 경찰에서는 톰이 있다는 말을 듣고 꽤 놀라는 태도였어요(왜 그럴까요? 그가 무슨 일을 저질렀나요?). 그리고 저는 알고 있는 모든 이탈리아 어를 써서, 당신과 톰은 떼어 놓을 수가 없을 만큼 친한데, 경찰이 당신만을 발견하고 톰을 발견 못하다니 상상도 할 수 없는 일이라고 말해 주었어요.
 저는 배를 바꾸어 3월 말경에 미국에 돌아가요. 그 전에 뮌헨에 있는 케이트를 잠깐 찾아 볼 생각이에요. 그리고 난 뒤로는 당신과는 이제 두 번 다시 못 만나겠지요. 나쁘게 생각하지 말아 주세요, 디키. 저는 당신을 더 똑똑하신 분으로 생각하고 있었어요.
 여러 가지 멋진 추억을 만들어 주셔서 감사해요. 그 추억도 지금에 와서는 박물관 안이나 호박(琥珀) 속에 갇혀 버려서 조금 현실에서 동떨어진 느낌이 들어요. 당신이 언제나 저를 현실에서 동떨어진 사람으로 보고 계셨던 것처럼. 앞으로 행복하기를.

머지

아아! 어리석고 못난 연극이 겨우 끝났다! 마음에 들지 않는 여자다! 톰은 편지를 접어 주머니에 넣었다. 그는 호텔 레스토랑에서 경관의 모습을 찾았다. 경찰이 디키 그린리프와 톰 리플리가 함께 여행하고 있다고 생각한다면, 이미 팔레르모에 있는 호텔을 한쪽부터 모조리 조사하고 있을 테니까. 그러나 경관인 듯한 사람은 발견되지 않았고, 그가 미행당하고 있다고 생각되지도 않았다. 아니면 톰 리플리가 살아 있다는 사실을 알았기 때문에 보트 소동 쪽은 조사를 그만 두었는지도 모른다. 계속할 필요가 없을 것이다. 산레모 사건과 마일즈 살인 사건에서, 디키에 대한 혐의가 해소됐는지도 모른다. 아마 그럴 테지.
 톰은 자기 방에 올라가 디키의 타이프로 그린리프 씨 앞으로 보낼 편지를 치기 시작했다. 그린리프 씨가 마일즈 사건 때문에 상당히 걱정하고 있을 듯해, 우선 사건의 상황을 아주 진지하고, 조리 있게 설명했다. 그리고 경찰은 이미 신문을 끝내고, 지금 그에게 요구하는 일은 용의자가 검거되었을 경우, 그에게 그 인물의 확인을 의뢰해 오는 정도일 것이다. 왜냐하면 그 용의자는 그와 프레디의 친구일지도 모르기 때문이라고 썼다.

톰이 아직 타이프를 계속하고 있는데 전화가 울렸다. 남자 목소리인데, 자기는 팔레르모 경찰서의 무슨 경위라고 했다.

"우리는 토머스 리플리를 찾고 있는데, 그는 당신 호텔에 있습니까?"

그는 공손히 물었다.

"아니, 없는데요."

"그가 어디 있는지 모르시겠습니까?"

"그는 로마에 있을 겁니다. 3일쯤 전에 로마에서 만났으니까요."

"그는 로마에서는 보이지 않습니다. 로마에서 어디로 갔는지, 짚이는 데는 없습니까?"

"안됐습니다만, 전혀 모르겠는데요."

"야단인데." 상대는 실망한 듯 한숨을 지었다. "대단히 수고를 끼쳤습니다, 시뇨르."

"천만의 말씀입니다."

톰은 전화를 끊고 편지를 다시 치기 시작했다.

톰은 디키류의 재미도 없는 문장이 자기 편지 이상으로, 전에 없이 술술 나왔다. 그는 편지에서 대부분 디키의 어머니에게 호소하듯이 썼다. 자기 옷가지의 상태는 좋다는 얘기, 건강 상태도 좋다는 얘기, 그리고 2주일쯤 전에 로마의 골동품상에서 산, 세 장의 이어진 에나멜 그림을 보냈는데 도착했는지 어떤지 등. 그는 편지를 쓰면서 앞으로 토머스 리플리를 어떤 식으로 다루어야 좋을지를 생각했다.

조금 전에 경찰이 한 질문은 아주 공손하고, 더구나 철저하지 못했는데, 그것을 낙관하는 건 금물이다. 톰의 여권을 슈트케이스 주머니에 넣어 두었는데, 그건 좋지 않다. 세관의 조사관 눈에 띄지 않도록

태양은 가득히 231

묵은 소득세, 관세 영수증이 많은 서류 속에 뒤섞어 넣어 두기는 했으나 불충분하다. 앞으로는 가령 새로 산 영양 가죽의 슈트케이스의 안감 속에라도 숨겨 놓아야만 되겠다. 거기라면 뚜껑을 열어도 보이지 않고, 필요할 때는 몇 분 안에 곧 꺼낼 수 있다. 즉 톰 리플리로 있는 것보다, 디키 그린리프로 되어 있는 편이 위험할 때가 올지도 모른다.

톰은 오전 시간의 절반쯤 걸려서 그린리프 부부에게 보내는 편지를 썼다. 톰은 은연중에 느낀 일인데, 그린리프 씨는 최근 디키에 대해서 참을 수가 없을 정도로 초조해진 듯한 데가 있었다. 그것은 톰이 뉴욕에서 그를 만났을 때와는 달리 더 험악해진 모양 같았다.

그린리프 씨는 확실히 디키가 몬지베로에서 로마로 옮긴 것은 얼토당토않은 변덕 때문이라고 생각하리라. 디키가 로마에서 그림을 그리거나 공부를 하거나 해서 적극적인 활동을 시작한 것처럼 보이려고 한 톰의 계획은 실패였다. 그린리프 씨는 엄한 말로 그 일을 비난했다. 디키가 아직도 고생하며 그림을 배운다는 일은 어처구니없다. 왜냐하면 좋은 화가가 되려면, 아름다운 경치를 찾아 옮겨 다니는 일보다 더 중요한 일이 있기 때문이다. 디키는 벌써 그것을 깨달았어야 된다는 것이다.

톰은 그린리프 씨가 보내 준 버크 그린리프 사의 영업 편람에 크게 흥미를 갖게 되었다고 써 보냈는데, 그린리프 씨는 그것에도 통 감탄한 듯한 태도를 보이지 않았다. 그린리프 씨의 이러한 태도는, 톰이 일찍이 기대하던 일에 큰 차질이 생기게 했다. 그는 그린리프 씨를 멋대로 조종해서 디키가 지금까지 부모를 무시하고 냉담했던 일의 벌충을 한 다음, 그린리프 씨에게 부탁해서 특별히 여분을 송금 시킬 계획이었다. 그러나 이렇게 되면 그린리프 씨에게 돈을 청구할 수가 없게 된다.

어머니, 건강 조심하세요. 특히 감기에 조심하셔야 해요. 저에게 보내 주신 것과 같은 고급 양말을 신고 계시면 감기에 걸리지 않으실 겁니다. 저는 이번 겨울에는 감기에 걸리지 않았어요. 이것은 유럽에서 겨울을 보낸 사람으로서는 자랑할 만한 일입니다……. 어머니, 무엇을 보내 드릴까요? 저는 어머니를 위해 물건을 사는 것이 즐거움입니다…….

20

닷새가 지났다. 조용한, 고독하지만 매우 기분이 좋은 그 닷새 동안에, 톰은 팔레르모 시가를 걸어 다니고, 여기저기에 있는 카페나 레스토랑에 들러 한 시간 정도씩 앉아서 안내서나 신문을 읽었다. 어느 흐린 날에는 사륜마차를 세내어, 멀리 몬테 페리그리노에 가서 산타로자리아의 이상한 묘를 찾았다. 그것은 팔레르모를 지키는 성녀의 유명한 조상이었다.

톰은 로마에서 이 조상의 사진을 보았는데, 정신 분석 의사가 어려운 이름을 붙인, 언뜻한 어떤 종류의 황홀 상태를 나타내고 있었다. 그는 그 묘가 매우 재미있다고 생각했다. 그는 그 조상을 보고 웃지 않을 수가 없었다. 취해서 누워 있는 듯한 여체의 상인데, 무엇인가를 붙잡으려고 하는 두 손, 정신을 잃고 있는 듯한 눈, 반쯤 열린 입술 등이 자못 사실적이었다. 숨소리가 들리지 않을 뿐이지, 모든 것이 똑똑하게 표현되어 있었다. 그는 머지를 생각했다. 그리고 그는 비잔틴 궁전과 팔레르모 박물관에 갔는데, 그곳에는 많은 그림과 유리 케이스에 넣어진 낡고 너덜너덜한 고문서가 있었다.

그는 안내서에 정성스럽게 도해된 팔레르모 항의 구성도 보았다. 그는 특별한 목적은 없었으나, 기도오 렌(16세기의 이탈리아 화가)이 그린 유화를 스케치하기도 하고, 시내의 어느 건물에 타소(16세기의 이탈리아 시인)가 썼다고 하는 긴 명문(銘文)을 암기하기도 했다. 그리고 그는 뉴욕에 있는 보브 디런시와 크레오에게 편지를 썼다. 크레오에게는 길게, 여행에 대한 얘기, 오락에 대한 얘기, 여러 친구가 생겼다는 얘기 등을, 마르코 폴로가 중국을 묘사한 것과 같은 열의로 상세히 썼다.

그래도 역시 그는 쓸쓸했다. 파리에서 겪은 것 같은, 혼자 있으면서도 혼자가 아니라는 느낌은 없었다. 그는 전부터 화려한 새 친구들의 그룹에 들어, 지금까지의 생활에 없는 새로운 태도, 새로운 수준, 새로운 습관으로 훨씬 좋고 명랑한 새생활을 시작하는 것을 꿈에 그리고 있었다. 그러나 이미 그것은 도저히 바랄 수 없다는 사실을 그는 깨달았다. 언제나 사람들에게서 어느 정도의 거리를 떼어 놓고 있지 않으면 안 되리라. 앞으로 지금까지와 다른 수준이나 습관은 몸에 익힐 수 있겠지만, 친구들 그룹에 참가한다는 일은 영원히 바랄 수 없겠지. 이스탄불이나 스리랑카에라도 간다면 별 문제지만, 그런 곳에 있는 패거리들과 사귀어서 대체 무슨 소용이 있다는 말인가? 그는 외톨이로 쓸쓸한 게임을 하고 있다. 그리고 그가 친구가 되고 싶다고 생각하는 사람들에게는, 물론 위험하니까 근접할 수 없다. 완전히 외톨이로 세상을 떠돌아다니는 편이 아무 일도 없고 안전할 것이다. 발견될 염려가 훨씬 적을 테니까 말이다. 그 점이 무엇보다도 장점이다. 아무튼 그것을 깨닫고 그는 기분이 훨씬 편해졌다.

톰은 고립된 인생의 관찰자 역할에 맞추기 위해서, 태도를 조금 고치기로 했다. 레스토랑에서 그에게 신문을 빌려 달라고 말하는 사람이나 호텔의 직원들에게는 여전히 친절히 웃는 얼굴로 대했으나 이야기할 때는 약간 머리를 높이 하고, 말수를 줄이기로 했다. 어쩐지 슬픈 듯한 분위기가 그에게 감돌게 되었다. 그는 이런 변화를 즐겼다. 그는 자기가 실연했거나, 또는 어떤 종류의 감정적 타격을 받은 청년인데, 지금은 여러 나라의 경치가 맑고 아름다운 지방을 찾아다니며 문화적인 방법으로 회복기를 보내고 있는 것처럼 보였으면 했다.

그렇게 생각하니까, 문득 카프리의 섬이 그의 머리에 떠올랐다. 기후는 아직 좋지 않은데 카프리 섬은 어쨌든 이탈리아 국내다. 그는 요전에 디키와 둘이서 카프리 섬을 약간 보았을 뿐인데 그것이 오히려 호기심을 불러일으켰다. 제기랄, 그 무렵의 디키는 정말 싫은 녀석이었어! 여름이 될 때까지 참고, 경찰을 자극하지 않는 편이 좋을지 모르겠다. 그러나 그는 그리스의 아크로폴리스보다도 단 하루라도 좋으니 카프리 섬에 가서 즐거운 휴일을 보내고 싶었다. 문화적인 유적은 당분간 나중으로 돌려도 상관없다. 톰은 겨울의 카프리 섬에 관해서 어느 책에선가 읽었다. 바람과 비가 몰아치는 쓸쓸한 카프리. 그래도 카프리 섬이다! 티베리우스의 벼랑이 있고, 푸른 동굴이 있으며, 인기척은 없어도 광장이 있고, 조약돌 하나 바뀌지 않은 겨울의 카프리. 가려고 생각하면 오늘이라도 갈 수 있다. 그는 잰걸음으로 호텔에 돌아왔다. 관광객이 적기 때문에 코트다쥐르의 평판이 나빠졌다는 말은 들은 적이 없다. 카프리 섬에는 비행기로도 갈 수 있다. 나폴리에서 카프리 섬까지 수상 비행기가 갈 것이다. 2월 중에 수상 비행기 편이 없다면 비행기를 전세내면 된다. 돈은 쓰기 위해서 있지 않은가.

"여어, 기분 좋은가?"

그는 프런트 직원에게 상냥하게 말했다.

"편지가 와 있습니다, 시뇨르, 지급인데요"

직원도 빙긋 웃으며 말했다.

그것은 나폴리에 있는 디키의 은행에서 온 편지였다. 그 봉투에는 뉴욕에 있는 디키의 신탁은행으로부터 온 봉투가 동봉되어 있었다. 톰은 나폴리 은행 것을 먼저 읽었다.

뉴욕의 웬델 신탁은행에서 당행에 대하여, 지난 1월에 귀하 앞으로 송금한 500달러를 귀하가 수령하셨다는 서명이 과연 귀하 자신의 것인지 아닌지 의심스럽다는 연락이 있었습니다. 당행으로서는 필요한 조치를 취하기 위해 서둘러 귀하에게 통지합니다.

당행은 즉시 경찰에 신고하여야 한다고 판단했지만, 우선 당행의 서명 검사부 및 뉴욕의 웬델 신탁은행의 서명 검사부의 의견에 따라 귀하의 확인을 기다리기로 했습니다. 귀하로부터 무슨 통지를 받을 수 있다면 매우 감사하겠습니다. 형편이 허락하시는 대로 당행에 연락 주실 것을 부탁드립니다.

그리고 귀하의 서명이 사실상 유효한 경우라도, 되도록 속히 귀하 자신이 나폴리의 당행에 오시기를 바라며, 그런 다음 당행의 보존 기록상 귀하의 서명을 재기록했으면 합니다. 웬델 신탁은행으로부터 당행 전교로 귀하에게 우송된 서장을 동봉합니다.

19××년 2월 10일
나폴리 은행 사무총장
에미리오 디 부라간치

톰은 신탁은행에서 온 편지를 뜯었다.

그린리프 씨

당행의 서명 검사부의 보고에 따르면, 귀하의 월례 정기 송금 8747호의 1월분에 대한 귀하의 서명은 무효하다고 합니다. 이 건은 무슨 이유 때문인지는 모르겠으나, 귀하는 아직 모르실 것으로 생각하여 이에 바로 통보합니다. 따라서 귀하가 그 수표에 하신 서명을 확인하시든지, 혹은 그 수표의 서명은 가필로 인정한다는 당행의 의견을 확인하시든지, 결정하여 주시기 바랍니다. 이 건에 관해서는 나폴리 은행에서도 연락했습니다.

    당행의 보존 서명기록용 카드를 동봉하오니 서명하여 반송하여 주시기 바랍니다.

    지급히 회답을 받았으면 하여 부탁드립니다.

19××년 2월 5일
비서
에드워드 T. 캐버낙

    톰은 입술을 핥았다. 그는 양쪽 은행 앞으로 돈을 잃은 일이 전혀 없다는 답장을 썼다. 이 편지만으로 언제까지 은행을 눌러 놓을 수 있을까? 그는 12월부터 시작해서 송금 수표에 세 번 서명했다. 은행은 그가 서명한 수표를 소급해서 전부 조사하지는 않을까? 전문가가 보면 그 세 장의 수표에 가짜 서명을 했다는 것을 알 수 있을까?

    톰은 자기 방으로 돌아와 바로 타이프 앞에 앉았다. 그리고 호텔 비치용 편지지를 롤러에 끼고는 한참 그것을 응시하고 앉아 있었다. 은행 패들이 이대로 그만둘 리는 없다. 은행 전속의 필적 감정 전문가가 확대경이니 여러 가지 도구를 써서 조사하면, 그 세 장의 수표 서명이 모두 가짜라는 사실을 틀림없이 곧 알 수 있을 것이다. 지금 생각하니, 그는 그 1월 송금분에는 꽤 서둘러 서명했다. 그러나 그것은 꽤 능숙하게 흉내를 냈다. 그렇지 않고서야 그 수표를 발송할 자신이 아니다. 송금 수표를 분실했다고 은행에 말하고 다시 만들어 보내게 했을 것이다. 그는 가필이 발견되기까지는 수개월이 걸릴 거라고 생각했다. 그들이 불과 4주일 만에 그것을 발견한 것은 어째서일까? 그것은 프레디 마일즈의 살해 사건과 산레모의 보트 사건 이후로, 경찰이 디키의 모든 생활면을 조사하기 시작했기 때문이 아닐까? 나폴리 은행에서는 디키를 만나고 싶은 모양이다. 은행원 중 누

군가가 디키를 알고 있는지도 모른다. 그는 무섭고, 아픈 듯한 전율에 어깨에서부터 양 다리까지 떨렸다. 그는 한참 동안 힘이 빠진 채 있었다. 움직일 기력도 없었다.

톰은 이탈리아와 미국 경찰 수십 명이 자기에게 와서 디키 그린리프는 어디 있느냐고 묻는데, 자기는 디키 그린리프를 내보일 수도 없고, 어디에 있는지 말하지도 못하고, 살아 있다는 증명도 못하는 모습을 마음속에 그렸다. 그리고 자기가 몇십 명이나 되는 필적 감정인들 앞에서 H. 리처드 그린리프의 서명을 쓰다가, 갑자기 이성을 잃어 아무것도 쓰지 못하는 모습을 상상했다. 그는 겨우 두 손을 들어 타이프의 키 위에 놓고 스스로 격려하며 두드리기 시작했다. 그는 뉴욕의 웬델 신탁은행 앞으로 보내는 편지를 쳤다.

본인의 1월분 송금에 관한 귀 은행의 통지에 대하여 회답합니다.
문제의 수표에는 본인이 직접 서명하고 돈은 전액 수령했습니다. 본인이 수표를 받지 않았다면, 말할 필요도 없이 즉시 귀 은행에 통지했을 것입니다.
규칙에 따라 귀 은행의 보존 기록용 카드에 본인의 서명을 하여 동봉합니다.

19××년 2월 12일
H. 리처드 그린리프

톰은 신탁은행의 봉투 뒤에 몇 번이나 디키의 서명을 써 본 다음, 편지에 서명한 다음 카드에 서명했다. 다음에 나폴리 은행 앞으로 같은 내용의 편지를 쓰고, 수일 뒤에 은행으로 찾아가겠다고 약속하고, 보존 기록용 카드에 서명했다. 그는 양쪽 편지 봉투에 '지급'이라고 써 가지고 아래층으로 내려가 보이에게 우표를 사서 투함했다.

쓰고 나서 톰은 산책을 나갔다. 그가 기대했던 카프리 섬에 가고 싶다는 욕망은 싹 사라지고 없었다. 오후 4시 15분이었다. 그는 아무 목표도 없이 걸어갔다. 그는 마지막으로 어느 골동품상 쇼윈도 앞에 서서, 달빛을 받으며 어두운 언덕을 내려오는 턱수염을 기른 두 성인 (베드로와 바오로)을 그린 음침한 유화를 몇 분 동안 바라보았다. 그리고 그는 가게 안으로 들어가 주인이 부르는 값에 그 그림을 샀다. 액자에 넣지 않은 그림이기 때문에 톰은 그것을 말아서 옆에 끼고 호텔로 돌아왔다.

21

그린리프 씨

톰 리플리 씨에 관해 묻고 싶은 중요한 용건이 있습니다. 따라서 서둘러 로마에 와 주시기를 부탁드립니다. 귀하가 출두하시면 수사가 크게 촉진되겠습니다.

일주일 이내에 귀하가 출두하지 않을 경우에는, 우리로서는 모종의 수단을 취하지 않을 수가 없게 되는데, 이것은 당방에 있어서나 귀하에게 있어서나 현저한 불행을 야기할 것으로 사료됩니다.

19××년 2월 14일
로마 제83 경찰서
총경 엔리코 파라라

그러고 보니 경찰은 아직도 톰을 찾고 있다. 그런데 이것은 마일즈 사건에도 뭔가 새로운 문제가 생겼음을 의미하는지도 모른다. 톰은 이탈리아 당국이, 이런 어조로 미국인을 소환할 리가 없다고 생각했다. 최후의 한 구절은 분명히 협박이었다. 그리고 지금 경찰은 수표의 위조 서명 건을 알고 있음이 틀림없다.

그는 편지를 든 채 우두커니 서서 얼빠진 사람처럼 방 안을 둘러보았다. 거울에 비친 자신의 모습이 눈에 띄었다. 양쪽 입가가 처지고, 걱정스러운 듯 겁에 질린 눈을 하고 있다. 거울 속의 그는 공포와 충격을 자세와 표정으로 나타내려 하는 배우처럼 보였다. 그는 자기 태도에 무의식적으로 스며 있는 진실성을 발견하고 한층 더 두려움을 느껴야 했다. 그는 편지를 접어서 주머니에 넣었는데, 다시 꺼내 발기발기 찢었다.

그는 아주 서둘러 짐을 꾸리기 시작했다. 욕실 문에 걸쳐 놓은 가운과 파자마를 걷고, 머지가 크리스마스 때 디키에게 선물한 디키의 머리글자가 든 가죽 상자에 화장 도구를 던져 넣었다. 그는 갑자기 손을 멈추었다. 디키의 소지품은 모두 처분하지 않으면 안 된다. 여기서 할까? 지금 바로 할까? 아니면 나폴리로 돌아가는 도중 배에서 바다에다 버릴까?

그는 우선 무엇을 해야 하는가를 깨달았다. 그는 이탈리아 본토에 돌아갔을 때, 어떤 행동을 취할 것인가를 알았다. 그는 로마 가까이에 가면 안 된다. 곧장 밀라노나 토리노로 가거나 베네치아 가까이에 가서 차를 사야 한다. 주행 거리를 많이 기록하고 있는 중고차가 좋다. 요 두세 달 동안 온 이탈리아를 이곳저곳 달리고 다닌 것처럼 진술해야 한다. 토머스 리플리를 수색하고 있다는 사실은 조금도 몰랐다고 하자.

이제는 토머스 리플리로 돌아가야 한다.

그는 짐꾸리기를 계속했다. 그는 이로써 디키 그린리프도 마지막이라고 각오하니, 토머스 리플리로 돌아가기가 싫었다. 이름도 알려지지 않은 인간이 되고 싶지 않았다. 그리고 옛날의 자기 습관을 다시 몸에 익힌다는 일은 질색이었다. 그는 사람들로부터 멸시받고, 상대의 비위 맞추기에 급급하는 자기의 무능력한 마음이 정말 견딜 수 없이 싫었다. 다시금 자기 자신으로 돌아가는 일이 견딜 수 없이 싫은 것은, 새것일 때에도 별로 고급이 아니었는데, 얼룩투성이며 다리지도 않은 다 닳아빠진 양복을 입고 싶지 않은 기분과 흡사했다.

톰의 눈물이 슈트케이스 맨 위에 넣은 디키의 흰색과 푸른색 줄무늬 와이셔츠 위에 떨어졌다. 몬지베로에서 디키의 옷장용 서랍에서 처음 꺼냈을 때와 마찬가지로 깨끗하고 풀을 먹여 빳빳했다. 그러나 그 옷에도 디키의 머리글자가 주머니 위에 작은 빨간 글씨로 넣어져 있었다. 그는 짐꾸리기를 계속하면서, 머리글자가 없다든가, 아무도 디키의 옷이라는 걸 알지 못할 것 같은, 자신의 물건으로 남겨 둘 수 있는 것을 거의 반항적으로 세고 있었다. 그런데 머지가 매우 잘 기억하고 있을 것 같았다. 이를테면 새파란 가죽 표지의 주소록은 디키가 겨우 두 사람분밖에 적어 넣지 않았는데, 아무래도 머지의 선물인 듯했다. 그러나 그는 두 번 다시 머지를 만날 생각이 없으니까 상관이 없다.

그는 파르마 호텔의 계산을 마쳤는데, 본토행 배가 떠나는 이튿날까지 그대로 기다려야만 했다. 그는 그린리프의 이름으로 배 표를 예약했다. 그가 그린리프의 이름으로 표를 예약하는 것은 이번이 마지막인지도 모르나, 아직 그렇다고 단언할 수는 없다. 그는 모든 일이 아무 탈 없이 끝날 것 같다는 미련을 버릴 수가 없었다. 잘 돼 갈지도 모르지 않는가. 그러니까 지금부터 낙담한다는 것은 전혀 의미가 없다. 아무튼 톰 리플리로서도 낙담하는 것은 의미가 없다. 톰 리플리는 지금까지, 겉으로는 그렇게 보여도 정말로 낙담한 일은 한 번도 없지 않은가. 그리고 최근 수개월 간에 톰 리플리는 여러 가지를 배우지 않았는가. 그는 쾌활하게도, 우울하게도, 침울하게도, 정답게도, 상냥하게도 될 수 있다. 즉 몸짓으로 그렇게 연기를 하면 된다.

팔레르모에서 맞이하는 마지막 아침, 눈을 뜬 톰은 매우 기쁜 일을 문득 생각해 냈다. 디키의 옷가지를 전부 베네치아의 아메리칸 익스프레스에 가명으로 맡겨 두면 된다. 그리고 언젠가 필요할 때에 찾으러 가면 된다. 필요가 없으면 그대로 버려두면 된다. 그는 디키의 고급 셔츠, 커프스 단추, 신분을 증명하는 팔찌, 손목시계 등이 티레니아 해 밑바닥에 가라앉거나, 시칠리아 섬의 쓰레기통 같은 곳에 버려지지 않고, 어디엔가 무사히 보관된다고 생각하니 훨씬 마음이 가벼워졌다.

그래서 그는 디키의 슈트케이스 두 개에 있는 머리글자를 문질러 지우고 열쇠를 잠근 다음, 팔레르모에서 그리다 만 캔버스 두 개와 함께 나폴리에서 베네치아의 아메리칸 익스프레스 앞으로 발송했다. 명의는 로버트 S. 판쇼오로 하고 인수를 요청할 때까지 보관해 주도록 수속을 마쳤다. 뒤에 남은 물건 중에서 발각될 염려가 있는 것은 디키의 반지류뿐이었다. 그것은 톰이 몇 년 동안이나 어디를 가든지 꼭 지니고 다닌 허술한 다갈색 가죽 상자에 넣어 두었다. 상자에는 커프스 버튼, 칼라의 핀, 헌 단추류, 만년필 펜촉 둘, 실과 바늘이 있는 실패 등, 그가 버리기 싫은 낯익은 물건들로 가득 차 있었다.

톰은 기차로, 나폴리에서 로마, 플로렌스, 볼로냐를 지나 베로나에 도착했다. 그는 거기서 내려, 버스를 타고 60킬로미터 이상 떨어진 트렌토 시로 갔다. 그는 베로나 같은 큰 도시에서 자동차를 사고 싶지 않았다. 운전면허증 번호를 신청할 때, 경찰이 그의 이름을 알아챌 염려가 있기 때문이다. 그리고 트렌토에서 크림색 란처 중고차를 미화 800달러에 상당하는 값으로 샀다. 여권대로인 토머스 리플리 명의로 사고, 호텔에 묵으면서 번호판이 나올 때까지 24시간 기다리기로 했다. 6시간이 지났으나 아무 일도 일어나지 않았다. 그는 이런 작은 호텔에서도 그의 이름을 알아차리지 않을까, 번호판을 취급하는 관청에서 눈치채지 않을까 걱정했는데, 이튿날 정오 차에 번호판이 붙게 될 때까지 아무 일도 생기지 않았다. 신문을 보아도 토머스 리플리를 찾고 있다는 기사나 마일즈의 사건, 산레모의 보트 사건 기사가 하나도 나오지 않았다. 그는 그것들이 모두 현실이 아닌 듯한 이상한 생각이 들었지만, 안심이 되고 기뻤다.

그리고 토머스 리플리라는 시시한 역마저 별로 싫지 않았다. 옛날의 톰 리플리처럼 남의 앞에 나가면 말이 없어지고, 머리를 굽실굽실하고, 욕심나는 듯 곁눈질을 하는, 열등감으로 뭉쳐진 듯한 과장된 행동도 오히려 재미가 있었다. 이런 식으로 나간다면, 누가 보든 이런 사람이 살인을 했으리라고 생각하지는 않을 것이다. 그에게 의심을 품게 된다고 하면, 산레모에서 디키를 죽인 일뿐이겠는데, 경찰의 이 수사는 별로 진척되고 있지 않은 모양이었다. 리플리로 돌아오니 적어도 하나의 대가가 있었다. 그것은 어리석게도 프레디 마일즈를 그렇게 이유 없이 죽여 버린 일을 자기의 죄로서 추궁당할 염려가 없어졌다는 대가였다.

톰은 바로 베네치아로 가고 싶었다. 그런데 이윽고 경찰에서 수개월 동안 살아온 상태를 이야기해야 할 테니까, 하룻밤만 더 그런 식으로 밤을 새고 싶었다. 즉 시골 도로 한쪽에 차를 세워 놓고 거기서 자는 거다. 그는 브레시아 근처에서 란처 뒷좌석에 웅크리고 괴로운 하룻밤을 보냈다.

이튿날 아침 다른 곳으로 가기 위해 운전을 해야 하는데 목이 뻣뻣하고 제대로 움직일 수가 없었기 때문에 운전하는데 몹시 불편했다. 그런데 이것으로 실제 경험을 한 셈이니까, 꾸며대는 이야기도 잘 할 수 있을 것이다. 그는 북이탈리아 지방의 관광 안내서를 사서 거기에 적당히 날짜를 써 넣은 다음, 페이지 귀퉁이에 젖혀진 자국을 내고, 다음 표지를 펴고 발로 밟아서 철한 것을 망가뜨려서, 피사의 사탑에서 편 채로 떨어뜨린 것처럼 만들어 놓았다.

이튿날 밤은 베네치아에서 보냈다. 톰은 어린애처럼 지금까지 일부러 베네치아를 피하고 있었다. 그 이유는 기대에 어긋남을 당하지 않기 위해서였다. 톰은 베네치아라는 곳을 정신없이 요란스럽게 말하는 사람은 감상주의자나 미국인 관광객뿐일 거라고 생각했다. 이 도시가 아무리 좋다고 해도, 어디를 가든지 불과 시속 3킬로미터의 곤돌라에 의존하는 수밖에 없다. 마음에 급할 것이라고는 없는 행복한 신혼 여행에나 알맞은 도시이다.

그런데 베네치아는 의외로 큰 도시였다. 그리고 어디를 가나 이탈리아 인다운 얼굴을 한 이탈리아 인들로 꽉 차 있었다.

더구나 곤돌라에 전혀 타지 않고도, 좁은 도로나 다리를 건널 수 있었으며 넓은 시내의 어디라도 걸어서 다닐 수 있었다.

그리고 주된 운하에는 지하철에 못지않은 빠르고 능률적인 모터 런치(모터를 단 작은 배)가 달리고, 운하에서도 조금도 냄새가 난다거나 하지 않았다.

호텔은 수도 없이 많아 얼마든지 마음대로 고를 수 있었다. 일찍이 그 이름을 들은 그리티나다니엘 같은 호텔로부터 인적이 드문 뒷골목 싸구려 여관이나 하숙집까지 갖추어져 있었다. 그런 여관은 경찰이나 미국인 관광객의 세계에서 너무나 동떨어져 있기 때문에, 그곳에서라면 아무에게도 들키지 않고 몇 개월이나 숨어 있을 수 있겠다.

그는 리아르트교 바로 옆에 있는 콘스탄차라는 여관을 택했다. 호화스러운 호텔과 뒷골목 싸구려 여관의 중간 정도의 여관이었다. 청결하고 숙박료도 싸고, 구경을 다니기에도 위치가 좋아서 톰 리플리에게는 안성맞춤의 여관이었다. 톰은 방 안에서 여러 가지 정리를 하며 두 시간쯤 소비했다. 천천히 짐을 풀어 낯익은 자신의 옷가지를 꺼내고, 창 밖의 대운하에 비치는 저녁 햇빛을 꿈처럼 바라보았다.

그는 이윽고 경찰을 상대로 나눌 대화에 대해 상상했다.

……아뇨, 조금도 몰랐어요. 그와는 로마에서 만났지요. 거짓말이라고 생각한다면 미스 머지 셔우드에게 물어 보면 알 수 있어요……. 물론 나는 톰 리플리고말고요! (나는 여기서 웃어 보여야지) 뭣 때문에 이렇게 소란을 피우는 거죠? 산레모라구? 잘 기억하고 있어요. 보트는 한 시간쯤 뒤에 돌려주었어요……. 그래요, 나는 몬지베로에 갔다가 바로 로마에 돌아왔어요. 그러나 이틀 밤밖에 묵지 않았어요. 북이탈리아 지방을 여행하고 다녔지요……. 글쎄, 그가 어디 있는지 모르겠는데요. 그러나 3주일쯤 전에 그를 만났지요…….

톰은 빙긋 웃으며 창을 떠나, 저녁 식사를 하기 위해 와이셔츠와 넥타이를 바꿔 입고, 즐거운 듯한 태도로 레스토랑을 찾아 나섰다. 그는 고급 레스토랑이 좋겠다고 생각했다. 톰 리플리도 때로는 호화판으로 놀아도 좋겠지. 그의 지갑에는 1만 리라와 2만 리라짜리 지폐가 가득 차, 구부러지지 않을 정도였다. 그는 앞서 팔레르모를 떠나기 전에 디키 명의로 1,000달러 상당의 여행자용 수표를 현금으로 바꾸었다.

그는 두 가지 석간을 사서 겨드랑이 밑에 끼고는 걷기 시작했다. 작은 아치형 다리를 건너고, 겨우 폭 2미터도 안 되는 긴 도로를 걸어가니까, 피혁 제품점이니 남자용 양품점 등이 쭉 늘어서 있고, 쇼윈도에서 보석 상자가 번쩍번쩍 빛나고 있었다. 목걸이니 반지 등이 상자에서 넘쳐 떨어진 모양은, 톰이 어렸을 때 언제나 옛날이야기를 들으며 상상하던 보석이 넘쳐 떨어지는 모습과 같았다.

그는 베네치아에 차가 없는 점이 마음에 들었다. 이 도시는 사람과 마찬가지다. 도로는 혈관이고 사람들은 혈액이어서 어디로나 순환해 간다. 그는 다른 도로로 돌아와 산마르코의 네모난 대광장을 다시 가로질렀다.

도처에 비둘기가 있었다. 날고 있는 비둘기도 있고, 가게 등불 아래에서 놀고 있는 비둘기도 있다. 밤인데도 비둘기들은 자기들의 거리를 구경이라도 하듯 사람들의 발아래를 줄지어 거닐고 있다! 카페의 의자니 테이블이 아케이드 밑으로 미어져 나와 광장에까지 널려 있었다. 그래서 걷고 있는 사람이나 비둘기는 그 사이로 통로를 찾아 지나가지 않으면 안 되었다. 광장의 양쪽 끝에서 축음기가 불협화음을 요란스럽게 울려내고 있었다.

톰은 태양이 작열하는 여름의 이 광장을 상상했다. 꽉 들어찬 사람들이 곡식 낟알을 하늘로 던져 올리면 비둘기들이 그것을 찾아 날아내려왔다. 그는 다시 빛의 터널 같은 작은 거리로 들어갔다. 그곳에는 레스토랑이 쭉 늘어서 있는데, 톰은 실질적이고 고상할 듯한 가게를 택했다. 새하얀 테이블보다 다갈색 나무 벽이 차분했다. 그는 이제 익숙해져서 잘 아는데, 이러한 가게는 요리 본위이고, 지나치는 관광객을 목적으로 한 레스토랑이 아니다. 그는 테이블에 앉아 신문을 펼쳤다.

나와 있었다. 2면의 작은 기사였다.

'경찰은 행방불명인 미국인을 수색중'
살해된 프레디 마일즈의 친구 디키 그린리프는 시칠리아로 휴가여행을 간 뒤 행방불명이 되었다.

톰은 신문 위에 몸을 굽히고 그 기사에 주의를 집중해서 읽어 나가는데 조금 어처구니가 없었다. 그는 어리석고 못나고 비능률적인 경찰과 이런 쓸데없는 기사에 지면을 할애하는 신문사의 처사가 오히려 바보스럽게 여겨졌다.

그 기사엔 3주일 전에 로마에서 살해된 미국인 프레디 마일즈의 친한 친구 디키 그린리프는 팔레르모에서 나폴리를 향해 출항한 이후 소식이 끊겨, 시칠리아와 로마의 경찰이 필사적으로 찾고 있다고 씌어 있다. 그리고 끝에다, 그린리프는 그의 또 하나의 친구인 토머스 리플리의 실종에 대한 신문을 위해 로마 경찰서에 출두를 요구받고 있는 중이라고 덧붙여 놓았다. 신문에는 리플리가 세 달쯤 전부터 행방불명이 되었다고도 씌었다.

　자기가 '행방불명'이라고 전해지면 누구나 깜짝 놀라는 것처럼, 톰은 신문을 놓고 어이없다는 표정으로 있다가 보이가 내민 메뉴가 손에 닿자 비로소 그것을 알았다는 듯한 시늉을 했다.

　톰은 지금이 스스로 경찰에 나설 절호의 기회라고 생각했다. 경찰이 그에게 아무것도 의심을 품고 있지 않다면——톰 리플리가 의심을 받을 이유가 없다——그가 언제 차를 샀는가 조사하지는 않겠지. 신문 기사를 보고 그는 완전히 안심했다. 왜냐하면 그것은 트렌토의 자동차 등록국에 제출한 그의 이름을 경찰이 알아차리지 못했음을 의미하기 때문이었다.

　그는 만족한 듯 천천히 식사를 했다. 그리고 에스프레소를 주문하고, 북이탈리아 관광 안내서를 보며 담배를 두 개비 피웠다. 그러는 사이에 그는 다시 생각을 고쳤다. 이런 작은 신문 기사를 그는 어떻게 알았을까? 안 된다! 이런 기사는 2, 3회 신문에 나오든가, 아니면 보기 싫어도 발견될 만한 큰 표제가 나타날 때까지는 섣불리 자청해서 나서서는 안 된다. 앞으로 4, 5일이 지나도 디키 그린리프가 모습을 나타내지 않으면, 경찰은 그가 프레디 마일즈를 살해하고, 톰 리플리까지 살해했기 때문에 행방을 감춘 것이라고 의심하기 시작하겠지. 그러면 조만간 신문이 크게 취급할 것이 틀림없다. 머지는 2주일 전에 로마에서 톰 리플리와 전화로 이야기한 사실을 신고했을 테지만, 경찰은 아직도 그를 찾지 못한 것이다. 그는 안내서의 페이지를 넘기며, 재미도 없는 설명과 통계 숫자를 훑어보면서, 머릿속으로 여러 가지 생각을 했다.

그는 머지에 대해 생각했다. 그녀는 벌써 몬지베로의 집을 처분하고 미국으로 돌아갈 채비를 하고 있겠지. 그녀는 디키가 행방불명이었다는 기사를 보고, 그것은 분명히 톰 탓이라고 원망하겠지. 적어도 디키의 아버지에게 편지를 내어, 톰 리플리는 도움이 되지 않는 사람이라고 말하겠지. 그러면 그린리프 씨가 이곳으로 찾아오게 되겠지.

그가 톰 리플리로서 경찰 앞에 나가 일단 그들을 납득시켜 놓은 다음, 다시 디키 그린리프라고 자칭하고 나서 원기 왕성한 모습을 보일 수만 있다면 그것으로 이 미스터리는 해결될 텐데, 그렇게 잘 되지 않는 것이 유감이었다!

그는 당분간 톰의 역을 하자고 마음먹었다. 더 저자세가 되고, 더 내성적으로 행동하고, 뿔테 안경이라도 쓰고 더 가엾어 보이는 입을 하고, 디키의 씩씩한 태도와는 정반대의 풀 죽은 태도를 취해야 한다. 그것은 경찰에 출두했을 때에 그를 디키 그린리프로 알고 있는 경관이 있을지도 모르기 때문이다. 로마에 있는 그 경관 이름이 뭐였더라? 로바 시니였던가? 톰은 머리카락을 이상한 염료로 물들여, 본래의 색깔보다 훨씬 짙게 하기로 했다.

톰은 신문을 모조리 세 번씩 뒤적이며 마일즈 사건에 관련된 기사가 없는지 찾아보았으나 아무 데도 나와 있지 않았다.

22

그 이튿날 아침, 가장 유력한 신문에 긴 기사가 나와 있었다. 토머스 리플리의 실종에 관해서는 짧은 기사로 조금 언급되었을 뿐인데, 리처드 그린리프가 마일즈 살해 사건에 '관계있다는 용의가 농후해졌다'는 말과 그가 자청해서 용의를 풀지 않는 한, 그는 이 '문제'의 용의자에서 벗어날 수 없게 될 것이라는 말이 씌어 있었다. 그 기사는 수표의 위조 서명에 관해서도 언급했다. 즉 리처드 그린리프가 보낸 최후의 통신은 그가 나폴리 은행 앞으로 '나는 위조 서명에 의해서 폐를 당한 일이 없다'고 증언한 편지라는 것이다. 그런데 나폴리의 필적 감정가 셋 가운데 두 사람은 시뇨르 그린리프의 1월분과 2월분 수표의 서명이 위조라고 단정하고, 그것은 그의 서명의 복사 사진을 나폴리로 보내 온, 미국에 있는 시뇨르 그린리프의 거래 은행의 의견과도 일치된다고 씌어 있었다. 그 기사는 끝을 약간 익살스런 투로 '자기의 서명을 스스로 위조하는 자가 있을까? 혹은 이 미국의 부호는 누군가 자기의 친구를 감싸 주고 있는 것이 아닐까?'라고 맺었다.

무슨 소리야! 하고 톰은 생각했다. 디키 자신의 서명도 늘 다르지 않은가. 그는 디키의 서류 속에 있는 보험 증서의 서명을 보았고, 몬지베로에서는 자기 눈앞에서 디키가 서명하는 모습도 보았다. 지난 세 달 동안에 디키가 서명한 것을 전부 꺼내, 그것이 어디서 서명되었는지 조사해 보라지! 놈들은 팔레르모에서 낸 편지에도 위조 서명을 한 사실조차 알아차리지 못하고 있는 게 분명하다.

톰이 정말로 흥미를 가지고 알고 싶어하는 점은, 경찰은 디키가 프레디 마일즈를 죽인 진범인이라고 단정할 만한 증거를 과연 가지고 있느냐는 점이었다. 그러나 사실은 아무래도 좋다. 그는 산마르코 광장에 있는 가판점에서 〈오지〉지와 〈에포카〉지를 샀다. 둘다 사진이 많이 실리는 타블로이드판의 주간지인데, 살인 사건에서부터 자질구레한 것에 이르기까지 일반에게 먹혀들어가는 사건이라면 뭐든지 실려 있다. 그런데 디키 그린리프의 실종에 관해서는 아무것도 나와 있지 않았다. '아마 내주에는 나오겠지' 하고 톰은 생각했다. 그러나 그 자신의 사진은 나올 리가 없다. 몬지베로에서 머지가 디키의 사진은 찍었으나 톰의 사진은 한 장도 찍지 않았다.

오전 중 시내를 산책하면서 톰은 장난감을 파는 가게에서 테가 달린 안경을 샀다. 렌즈는 맛보기였다. 그는 산마르코 성당에 들어가 안을 돌아다니기만 했을 뿐 아무것도 보이지 않았다. 그것은 안경 탓이 아니라, 되도록 빨리 자청하고 나서야 되겠다고 여러 가지로 생각하고 있었기 때문이다. 어떻게 될지 모른다. 톰은 이렇게 망설이다가는 좋지 않은 일이 생길 것 같은 불길한 예감이 들었다. 성당을 나와서, 톰은 순경을 붙잡고 제일 가까운 경찰서가 어디냐고 물었다. 그는 슬픈 듯이 물었다. 실제로 슬펐다. 그는 별로 무서울 것은 없었으나, 자기가 토머스 리플리라고 자청하는 일이 무엇보다도 슬픈 일이라고 느끼고 있었다.

"당신이 토머스 리플리군요?"
서장은 물었다. 그것은 톰을, 찾아낸 '집 잃은 개' 정도로 밖에 생각하지 않고 있는 듯한 말투였다. 톰은 여권을 넘겨주었다.
"나로서는 무슨 일인지 모르겠는데 신문을 보았더니 내가 행방불명으로 돼 있다고 해서……."
예상하고는 있었으나 정말 우울하기 짝이 없는 일이었다. 주위에는 경찰들이 바보 같은 얼굴을 하고 그를 바라보고 있었다.
"어떻게 된 일인가요?"
톰은 서장에게 물었다.
"로마로 전화해 보겠습니다."
서장은 조용히 대답하고, 책상 위에 놓인 전화를 집어 들었다. 5, 6분 기다려서 로마와 통화가 되자 서장은 매우 사무적인 목소리로, 로마의 누군가에게 미국인 토머스 리플리가 베네치아에 있다고 말했다. 전보다도 더 시시한 응답이 반복되고 나서 서장은 톰에게 말했다.

"저쪽에서는 당신 보고 로마에 와 달라고 하는데, 오늘 갈 수 있나요?"

톰은 얼굴을 찡그렸다.

"로마에 갈 예정은 없는데요."

"그럼, 그렇게 말해 보지요."

서장은 조용히 말하고, 다시 전화에 대고 이야기했다.

서장은 로마에서 경관이 이쪽으로 오도록 교섭하고 있었다. 미국 시민은 지금도 어느 정도 특권이 있나 보다.

"묵고 있는 호텔은?"

서장이 물었다.

"콘스탄차입니다."

서장은 그것을 로마로 전했다. 그는 전화를 끊더니 공손한 말로 톰에게, 오늘밤 8시가 지나 로마 경찰의 대표자가 베네치아에 와서 이야기를 듣기로 했다고 말했다.

"고맙습니다."

톰은 서류에 무엇인가를 쓰기 시작한 서장을 뒤로 하고 나왔다. 정말 견딜 수 없는 장면이었다.

경찰서에서 나온 그는 하루 종일 자기 방에 틀어박혀, 조용히 생각하고, 책도 읽고, 얼굴 모양을 조금 바꾸기도 하며 보냈다. 경찰은 로마에서 그와 이야기를 한 그 남자를 보내겠지. 그 자는 로베리니라는 경위던가? 톰은 연필로 눈썹을 약간 짙게 그렸다. 그는 오후 내내 브라운 트위드를 입은 채 누워서 보내고, 다시 윗옷 단추를 하나 열어 놓았다.

디키는 언제나 차림새가 단정했으니까. 톰 리플리는 반대로 두드러지게 칠칠치 못한 태도를 하고 있는 편이 좋을 것 같았다. 그는 점심을 먹지 않았다. 먹고 싶지 않아서가 아니라, 디키 그린리프로 분했을 때에 약간 늘려 놓은 체중을 줄이고 싶어서였다. 원래의 톰 리플리보다 더 마르고 싶었다. 그의 여권에는 70.3킬로그램이라고 기록되어 있다. 디키와 톰은 거의 같은 187센티미터의 신장인데, 디키의 체중은 76킬로그램이었다.

그날 밤 8시 30분에 전화가 울렸다. 교환은 로베리니 경위가 아래층에 와 있다고 전했다.

"이리로 올라오도록 말해 주십시오."

톰은 말했다.

톰은 자기가 앉을 의자를, 마루의 전기스탠드가 비치는 둥근 빛을 피해서 약간 뒤로 해 놓았다. 톰은 요 몇 시간 독서를 하며 시간을 보내고 있던 것처럼 방을 꾸며 놓았다. 스탠드의 램프와 독서용 램프를 켜 놓고, 침대의 시트를 꼬깃꼬깃하게 해놓은 다음, 책상 앞에 앉아서 편지를 쓰기 시작했다. 도티 고모에게 보내는 편지였다.

경위가 노크를 했다.

톰은 나른한 모습으로 문을 열었다.

"안녕하십니까?"

"안녕하십니까? 로마 경찰서의 로베리니 경위입니다."

경위의 소박한 웃는 얼굴에는 놀라움이나 의심하는 빛이 전혀 나타나지 않았다. 그의 뒤로 또 한 사람, 키가 크고 젊은 경관이 묵묵히 들어섰다. 다른 경관인가 하고 생각하던 톰은 문득 깨달았다. 그 사람은 톰이 로마의 아파트에 처음으로 로베리니 경위와 만날 때 함께 왔던 그 젊은 경관이었다. 경위는 톰이 권하는 불빛 아래 의자에 앉았다.

"당신은 시뇨르 그린리프의 친구이신가요?"

경위가 물었다.

"그런데요."

톰은 대답하며 다른 의자에 앉았다. 편한 자세로 앉을 수 있는 안락의자였다.

"당신이 마지막으로 그를 만난 것은 언제 어디서였나요?"

"로마에서 잠깐 만났어요. 그가 시칠리아로 떠나기 직전이었지요."

"그가 시칠리아에 있는 동안에 무슨 소식이 있었나요?"

경위는 다갈색 서류 가방에서 꺼낸 노트에 무엇인가 써 넣고 있었다.

"아뇨, 아무 소식도 없었습니다."

"그래요." 경위는 톰보다 가지고 온 서류만 보고 있었다. 이윽고 그는 흥밋거리가 생겼다는 듯한 얼굴을 하고 물었다.

"당신은 로마에 있을 때 경찰이 당신을 찾고 있다는 사실을 모르셨나요?"

"예, 몰랐습니다. 왜 내가 행방불명으로 몰리고 있는지 까닭을 모르겠군요?"

톰은 안경을 고쳐 쓰고 상대의 얼굴을 들여다보았다.

"그것은 나중에 설명하겠습니다. 로마에서 시뇨르 그린리프를 만났을 때, 경찰이 당신에게 할 이야기가 있다고 그가 말하지 않던가요?"

"아뇨."

"아무래도 이상한데?" 그는 다시 쓰면서 작은 목소리로 혼잣말을 했다. "시뇨르 그린리프는 우리가 당신을 찾는다는 사실을 잘 알고 있었을 텐데요. 시뇨르 그린리프는 별로 협조적이지 못하군요." 그는 톰을 보고 빙긋 웃었다.

톰은 진지하고 열심인 표정을 무너뜨리지 않았다.

"시뇨르 리플리, 당신은 11월 말경부터 어디에 있었지요?"

"쭉 여행하고 있었습니다. 주로 북이탈리아를 말입니다."

톰은 되도록 어색한 이탈리아 어로 이야기했다. 군데군데 틀리게 하면서 디키가 하던 이탈리아 어와는 전혀 리듬이 다른 말투를 썼다.
"구체적으로 어디를 여행하셨습니까?"
경위는 다시 만년필을 들었다.
"밀라노, 파엔차, 피사."
"우리는 밀라노와 파엔차의 호텔을 조사했는데요. 당신은 언제나 친구한테 가서 묵었나요?"
"아뇨, 나는 대개 차 안에서 잤어요."
그가 별로 부자가 못 된다는 사실을 보면 알 수 있고, 그리고 멋진 호텔 같은 데서 묵는 것보다 관광 안내서와 시로오네나 단테의 책을 안고 무전여행을 할 타입의 청년으로 보일 것이다.
"체재 허가증의 갱신 신청을 하지 않은 일은 제가 잘못했습니다. 그다지 대단한 것이 아니라고 생각했습니다."
톰은 미안한 듯이 말했는데, 실은 대부분의 이탈리아 관광객들은 일부러 체류 허가증 갱신 같은 것을 요청하지 않고 처음에는 몇 주일 예정으로 입국해서 그냥 몇 개월씩 체류하고 있다는 사실을 잘 알고 있었다.
"페르메소 디 소죠르노(체류 허가증)입니다."
경위는 아버지 같은 말투로 점잖게 정정했다.
"미안합니다."
"여권을 보여 주실까요?"
톰은 여권을 윗옷 안주머니에서 꺼내 보였다. 경위가 사진을 꼼꼼하게 보고 있는 동안, 톰은 사진과 같이 입술을 조금 올리고 약간 걱정스러운 듯한 얼굴을 하고 있었다. 사진에서는 안경을 쓰지 않았으나 머리 가른 폼이 같고, 넥타이도 똑같이 느슨하게 삼각형으로 매고 있었다. 경위는 여권의 처음 두 페이지에 드문드문 찍힌 입국 소인을 보았다.

"그럼, 당신은 10월 2일에 이탈리아에 온 뒤로 시뇨르 그린리프와 함께 단기간의 프랑스 여행을 한 번 했을 뿐이고, 그 외에는 쭉 이곳에 체류하고 있었군요?"

"그렇습니다."

경위는 빙긋 웃어 보였다. 이번에는 이탈리아 인다운 명랑하게 웃는 얼굴로 상체를 움직였다.

"좋아요. 이것으로 중요한 문제가 한 가지 처리된 셈입니다, 산레모에서 있었던 보트의 미스터리가 말입니다."

톰은 미간을 모았다.

"그게 뭔데요?"

"산레모에서 핏자국 같은 흔적이 있는, 가라앉혀진 보트가 발견되었어요. 그 보트가 행방불명이 된 시기가 꼭 당신들이 산레모에 간 직후여서……." 경위는 두 손을 벌리고 웃으며 "당신 신상에 무슨 이변이 생기지나 않았나 하고, 시뇨르 그린리프에게 묻기로 했어요. 그래서 그에게 물어 보았지요. 보트는 당신들 두 사람이 산레모에 가 있을 때에 행방불명이 돼서 말입니다!" 그는 또 웃었다.

톰은 재미없다는 얼굴로 "시뇨르 그린리프는 내가 산레모에서 돌아와서 바로 몬지베로에 갔다는 이야기를 하지 않던가요? 나는 좀……." 하다가 적당한 말을 찾는 것처럼 했다. "그의 부탁을 받고 간단한 일을 했는데."

"좋습니다!" 로베리니 경위는 빙긋 웃었다. 그는 금빛 단추가 달린 윗옷을 늦추고 편하게 앉아서 덥수룩한 콧수염을 손가락으로 문질렀다. "당신은 프레데릭 미이레스와도 아십니까?"

톰은 자기도 모르게 한숨을 쉬었다. 그것은 보트의 사건이 이로써 해결되었다고 생각되어서였다.

"아뇨, 몬지베로에서 그가 버스에서 내렸을 때 한 번 만났을 뿐입니다. 그 뒤로는 한 번도 만나지 않았습니다."

"그래요." 경위는 그것을 기록했다. 그는 질문의 자료가 다 없어진 듯 한참 동안 말이 없더니 이윽고 빙긋 웃으며 덧붙였다. "아, 몬지베로 말인가요! 아름다운 마을이지요. 내 아내는 몬지베로 태생입니다."

"아, 그렇습니까!"

톰은 웃으며 말했다.

"그래요. 나는 아내와 함께 그곳으로 신혼 여행을 갔었지요."

"그렇게 아름다운 마을은 좀처럼 없지요."

톰은 말했다.

"고맙습니다." 톰은 경위가 내민 담배 한 개비를 뽑아 들었다. 이것이 이탈리아식 예절에 알맞은 막간인 모양이다. 시합의 라운드 사이에 있는 휴식이다. 이제부터 디키의 사생활로 들어가서 수표의 위조 서명에 관해 묻겠지. 톰은 부자연스러운 이탈리아 어로 진지하게 또박또박 이야기했다.

"신문에서 읽었는데, 경찰에서는 프레디 마일즈를 살해한 사람은 시뇨르 그린리프라고 생각한다면서요. 만약 그가 자진해서 나타나지 않으면…… 경찰은 정말 그렇게 생각하나요?"

"아녜요, 그런 것은 아녜요." 경위는 말을 막았다. "그러나 무엇보다도 그가 빨리 나타나 주어야 해요. 그는 왜 숨어 있을까요?"

"모르겠어요. 당신이 말씀하신 대로…… 그는 별로 협조적인 편이 못 되어서요. 로마에서 만났을 때, 경찰이 나에게 할 이야기가 있다는 말조차 해주지 않았으니까요. 그건 그렇다 치고…… 그가 프레디 마일즈를 살해하리라고는 도저히 생각할 수 없는데요."

톰은 난처하다는 듯이 떠듬떠듬 말을 이었다.

"그런데 말이에요. 로마의 한 남자가 시뇨르 그린리프의 집 앞 맞은쪽에서 미이레스 차 옆에 두 사람이 서 있는 모습을 보았다고 합니다. 그 두 사람은 취했는데, 또는……." 그는 이야기의 효과를 높이기 위해서 잠깐 말을 끊고 톰의 얼굴을 보았다. "또는 한 사람은 죽었던 것이 아닌가 모르겠다고 하더군요. 왜냐하면 한 사람이 차 옆에 그를 기대어 놓고 받치고 있었기 때문이라고 합니다! 물론 그 받쳐진 사람이 시뇨르 미이레스인지, 시뇨르 그린리프인지 모르지만요. 그런데 시뇨르 그린리프만 발견된다면, 적어도 그가 매우 취해서 시뇨르 미이레스가 받쳐 주었는지 어떤지는 물을 수 있을 테니까요! 그렇지요?"

"역시 디키의 행방을 찾아내는 것은 이 사건에서 중요한 문제가 되겠군요."

"그래요. 확실히 그래요. 당신은 시뇨르 그린리프가 지금 어디에 있는지, 전혀 짐작이 가지 않나요?"

"전혀 모르겠는데요."

경위는 생각에 잠겼다.

"시뇨르 그린리프와 시뇨르 미이레스가 싸웠다는 말도 듣지 못했나요?"

"모르겠는데요. 그러나……."

"그러나?"

톰은 정확한 효과를 노리고 천천히 말했다.

"나는 다만 디키가, 프레디 마일즈가 초대한 스키 파티에 가지 않은 일은 알고 있어요. 그가 그곳에 가지 않았다는 말을 듣고는 놀랐으니까요. 왜 가지 않았느냐고 물었으나 그는 이유를 말해 주지 않았어요."

"스키 파티 건은 나도 알고 있어요. 코르티나 단페초였지요. 당신은 이번 사건에 여성이 관계되지 않았다고 단언할 수 있나요?"

톰의 유머가 약간 경위를 자극했으나, 그는 이 문제는 신중하게 생각하지 않으면 안 된다는 시늉을 했다.

"나는 그렇게 생각하지 않아요."

"그럼, 머지 셔우드라는 여성은 어떻습니까?"

"있을 수 있는 일인데 그렇다고는 생각되지 않습니다. 그리고 나는 시뇨르 그린리프의 사생활에 깊이 파고드는 질문에 대답할 자격도 없다고 생각합니다."

"시뇨르 그린리프는 당신과 여자 문제에 대해서 이야기한 일은 없나요?"

경위는 라틴 민족다운 놀라움을 섞어 물었다.

톰은 이런 식이라면 경찰을 얼마든지 끌고 다닐 수 있겠다고 생각했다. 디키의 문제라면 머지가 정서적으로 얼마든지 반응을 나타낼 테니까, 그녀를 잘 이용할 수 있다. 그리고 이탈리아 경찰은 시간이 지나 시뇨르 그린리프의 정서적 갈등의 바닥까지 이를 수는 없으리라. 톰 자신조차도 이를 수가 없었으니까!

"이야기한 일이 없습니다. 디키는 사생활의 깊은 데까지는 통 이야기해 주지 않았습니다. 하지만 그가 머지를 매우 좋아하고 있었다는 사실은 나도 잘 알고 있어요. 그녀는 프레디 마일즈와도 아는 사이였어요."

"그녀는 디키를 어느 정도로 알고 있었을까요?"

"글쎄요……."

톰은 할 말은 얼마든지 있다는 투로 말했다.

경위는 몸을 내밀었다.

"당신은 몬지베로에서 한동안 시뇨르 그린리프와 함께 살았으니까, 그의 일반적인 기호에 대해 이야기해 줄 수 있을 텐데요. 이것은 매우 중대한 문제입니다."

"당신은 어째서 시뇨리나 셔우드에게 물어보지 않나요?"

톰은 말해 보았다.

"우린 로마에서 그녀와 이야기를 했어요. 그때는 시뇨르 그린리프가 실종되기 전이었는데 말이에요. 나는 그녀가 미국으로 돌아가는 배에 타려고 제노아에 오면 만나서 이야기할 수 있도록 수배해 놓았습니다. 그녀는 지금 뮌헨에 있습니다."

톰은 말없이 기다렸다. 경위는 그가 참고될 말을 더 해줄까 하고 기다리고 있었다. 비로소 톰은 완전히 편한 기분이 되었다. 모든 일이 그의 가장 낙천적인 희망대로 되어 갈 것 같았다. 경찰은 그가 불리하게 될 것은 전혀 생각하지 않고 있다. 그리고 그를 의심하고 있지도 않다. 톰은 갑자기 아무 죄도 없는 믿음직스러운 자신을 의식했다. 그는 로베리니 경위의 수화물 보관소에서 '보관품'이라는 스티커를 조심스럽게 벗겨낸 헌 슈트케이스처럼 죄에서 해방된 느낌을 맛보았다. 그는 리플리다운 마음을 담은 조심스러운 목소리로 말했다.

"지금 생각이 났는데 몬지베로에 있을 때에, 머지가 한때는 코르티나에 가고 싶지 않다고 하다가 나중에 그 생각을 바꾼 적이 있습니다. 그런데 어째서 다시 갈 생각이 들었는지 모르겠어요. 그것이 무엇을 의미하고 있다면……."

"그러나 그녀는 코르티나에 가지 않았어요."

"그래요. 그런데 그것은 시뇨르 그린리프가 가지 않았기 때문이 아닐까요? 적어도 시뇨리나 셔우드는 그를 아주 좋아하니까, 함께 갈 예정이었던 휴가 여행을 혼자 갈 리 없겠지요."

"당신은 미이레스와 그린리프가 시뇨리나 셔우드의 일로 싸웠다고 생각되지는 않나요?"

"뭐라고 말할 수가 없군요. 있을 수 있는 일이겠지요. 시뇨르 마일즈가 그녀에게 매우 호의를 가지고 있었다는 사실은 나도 알고 있어요."

"옳지."

경위는 그 점을 잘 생각하려고 미간을 모았다. 톰은 젊은 경관을 올려다보았다. 그도 물론 듣고 있는데, 그 무표정한 얼굴에서는 아무것도 추측할 수 없었다.

톰은 지금 자기의 말로서, 디키라는 남자는 방자하며 비뚤어진 사람이고, 머지가 프레디 마일즈를 좋아하고 있으니까 코르티나에 놀러 가는 것을 싫어했다는 인상을 줄 수 있었다고 여겼다. 누구든지——특히 머지가——디키보다 그 흰자위를 드러낸 황소 같은 프레디를 좋아한다고 생각하니, 톰은 저절로 웃음이 나왔다. 그는 그 웃음 띤 얼굴을 의미가 알 수 없다는 표정으로 바꾸었다.

"정말 당신은 디키가 무엇으로부터 도망치고 있다고 생각하나요? 아니면 그가 발견되지 않는 것이 무슨 사고 때문이라고 생각하나요?"

"아니, 그게 아녜요. 다만 문제가 너무 많은 거죠. 우선 수표 건입니다. 당신도 신문에서 읽었겠지만 말입니다."

"수표 건은 까닭을 모르겠더군요."

경위가 설명했다. 그는 수표의 발행 날짜도 알고 있고, 위조 서명이라고 말하는 사람의 숫자까지 알고 있었다. 그는 시뇨르 그린리프가 위조 서명이 아니라고 연락한 경위를 설명했다.

"그런데 말입니다. 은행이 그에게 불리한 위조 서명 건으로 만나고 싶어하고, 로마의 경찰도 친구 살해 건으로 다시 한 번 회견을 요청했더니, 그는 갑자기 행방을 감추어 버린 겁니다."

경위는 두 손을 벌렸다. "그렇게 되면, 그는 우리를 피해서 도망쳤다고 생각할 수밖에 없어요."

"당신들은 누군가가 그를 죽였다고 생각하지는 않나요?"
톰은 조용히 말했다.
경위는 어깨를 움츠렸다. 그는 약 30초쯤 어깨를 귀까지 올린 채로 있었다.
"나도 그렇게 생각하지 않아요. 지금까지 경찰에서 알아낸 것으로는 아직 불충분해요. 우리는 이탈리아에서 선객을 태우고 출항한 온갖 크기의 배를 한 척도 빠짐없이 무전으로 점검했습니다. 그는 낚싯배 같은 작은 보트에 탔든지, 아직 이탈리아 국내에 있든지 둘 중의 하나입니다. 혹은 유럽의 다른 지방에 가 있는지도 모르지요. 보통 출국하는 사람의 이름을 일일이 조사하지 않으니까요. 그리고 시뇨르 그린리프에게는 출국하는데 충분한 수일 간의 여유가 있었어요. 아무리 생각해도 그는 숨어 있는 겁니다. 그는 죄를 진 듯한 행동을 취하고 있어요. 뭔가 까닭이 있는 게 틀림없습니다."
톰은 침울한 얼굴로 상대를 보았다.
"당신은 시뇨르 그린리프가 송금 수표에 서명하는 것을 보았습니까? 특히 1월분과 2월분 송금 수표를?"
"나는 한 번 본 일이 있어요. 그런데 12월분이었어요. 1월과 2월엔 그와 같이 있지 않았으니까요. 당신들은 정말 그가 시뇨르 마일즈를 죽였다고 생각합니까?"
톰은 믿을 수 없다는 얼굴로 다시 한 번 물어 보았다.
"그에게는 구체적인 알리바이가 없어요." 경위는 대답했다. "그는 시뇨르 미이레스가 나간 뒤에 산책했다고 했는데, 산책하는 모습을 본 사람이 아무도 없어요." 경위는 갑자기 톰을 보며 말했다. "더구나 우리는 시뇨르 미이레스의 친구인 시뇨르 반 휴스턴이라는 사람한테서, 시뇨르 미이레스는 로마에서 시뇨르 그린리프를 찾는데 매우 고생했다는 말을 들었어요. 그것은 아무래도 시뇨르 그린리프는 그로부터 숨으려는 듯한 태도였다고 했어요. 시뇨르 그린리프는 시뇨르 미이레스에 대해 뭔가 화를 내고 있었는지도 모르지만, 시뇨르 휴스턴은 시뇨르 미이레스가 시뇨르 그린리프에 대해서 전혀 화를 내지 않았다고 말했습니다."

"그렇군요."

"이렇게 된 일입니다."

경위는 이야기에 단락을 지었다. 경위는 톰의 손을 바라보고 있었다.

톰은 손을 응시당하고 있다고 생각했다. 지금 톰은 다시 자기 반지를 끼고 있지만, 경위는 이 손에 무슨 의심이라도 품고 있는 것이 아닐까? 톰은 마음껏 손을 쑥 내밀고 담배를 재떨이에 비벼 껐다.

"그럼." 경위는 일어났다. "여러 가지로 협조해 주셔서 고맙습니다. 시뇨르 리플리. 시뇨르 그린리프의 사생활에 대해서 들을 수 있는 사람은 매우 적은데, 당신은 그 중 한 사람입니다. 몬지베로에서는 그의 일을 아는 사람들이 모두 입을 열지 않아요. 이탈리아의 국민성인데, 곤란한 점이지요! 즉 경찰을 무서워하고 있어요. 이 다음에 당신에게 뭔가 묻고 싶을 때, 더 간단히 연락을 취할 수 있었으면 고맙겠어요. 되도록 시골보다 도시에 있어 주지 않으시겠어요? 물론 우리 나라의 시골이 마음에 드신다면 별문제입니다만."

톰은 진심으로 이렇게 말했다.

"전 아주 맘에 들어요. 나에겐 이탈리아가 유럽에서 제일 아름다운 나라예요. 지장이 없다면 언제든지 로마의 당신에게 연락해서, 내가 어디에 있는지 알려 드리지요. 나도 당신 못지않게 친구를 빨리 찾고 싶으니까요."

톰은 너무 마음이 순진해서 디키가 살인범일지도 모른다는 사실을 잊은 듯한 어조로 말했다.

경위는 로마의 경찰 소재지가 든 자기 명함을 내놓았다. 그리고 머리를 숙이고 인사했다.

"여러 가지로 고마웠습니다, 시뇨르 리플리. 안녕히 주무십시오."

"안녕히 가십시오."

젊은 경위가 경례를 하고 나가자 톰은 머리를 끄덕거려 인사한 다음 문을 닫았다.

그는 날 듯한 기분이었다. 양팔을 벌리고 새처럼 창으로 날아갈 것 같았다! 바보 같은 자식들! 모든 것이 갖추어져 있는데 전혀 알아차리지 못한단 말야! 디키가 위조 서명 문제에서 도망친다는 사실은, 그가 디키 그린리프가 아니기 때문이라는 점을 알아차리지 못하다니! 그들이 얼마쯤 머리를 썼다고 생각되는 점은 디키 그린리프가 프레디 마일즈를 죽였을지도 모른다고 생각한 점이다. 그런데 디키 그린리프는 죽었다. 그는 완전히 죽었기 때문에 톰 리플리는 안전한 것이다! 톰은 전화를 집어 들었다.

"그랜드 호텔을 부탁합니다." 그는 톰 리플리의 이탈리아 어로 말했다. "레스토랑을 부탁합니다. 9시 반에 한 사람 테이블을 잡아 두지 않겠어요? 이름은 리플리."

오늘 밤엔 만찬을 하자. 대운하를 비추는 달을 바라보며, 신혼 여행 온 젊은 부부를 태우고 있는 것처럼 천천히 흘러 내려가는 곤돌라를 보자. 곤돌라의 사공과 노가 달빛을 받은 물을 배경으로 그림자놀이처럼 떠올라 보이겠지. 그는 갑자기 배가 고팠다. 뭔가 걸쭉한, 값비싼 음식을 먹어 주자. 그랜드 호텔의 특별 요리는 뭐더라? 꿩의 뼈 달린 가슴 고기던가? 먼저 카네로니부터 시작하자. 다음에는 보드라운 페이스트에 크림 소스를 끼얹은 음식. 그리고 고급 포도주를 마시며 장래의 꿈을 그리자. 여기서 다음에는 어디로 갈 것인지 계획을 세우자.

톰은 옷을 갈아입으면서 멋진 생각이 났다. 수개월 뒤에 개봉하라고 쓴 봉투를 하나 준비하자. 그 속에는 재산을 전부 톰에게 유증한다는 내용을 적은, 디키의 서명이 있는 유서를 넣어 두자. 이것은 멋진 아이디어다.

23

그린리프 님

저는 실례를 무릅쓰고 아드님 리처드 군에 관하여 제가 개인적으로 알고 있는 사항을 보고드립니다. 이미 아시는 바와 같은 상황이므로 부디 용서하여 주시기를 바랍니다. 그와 마지막으로 만났던 사람은 저 외에는 없는 모양입니다.

저는 2월 2일경, 로마의 잉기르테러 호텔에서 그와 만났습니다. 아시는 바와 같이, 그것은 프레디 마일즈가 죽은 지 불과 2, 3일 뒤의 일이었습니다. 그때 디키는 신경이 곤두서고 마음의 평정을 잃고 있었습니다. 그는 프레디의 죽음에 관하여 경찰의 질문이 끝나는 대로 로베리니 경위에게 가고 싶다고 했는데, 그러한 일로부터 빨리 도망치고 싶은 것처럼 보였습니다. 제가 여기서 말씀드리고 싶은 것은, 그는 매우 의기소침해 있었다는 점인데, 저는 겉으로 나타난 신경질적인 행동보다도 오히려 그 편이 더 걱정되었습니다. 저는 그가 무엇인가 난폭한 수단을——그 자신에 대하여——취하지 않을까 느꼈습니다. 그는 친구인 머지 셔우드와도 두 번 다시 만날 생각이 없다는 듯, 그녀가 마일즈 사건 때문에 몬지베로에서 그를 만나러 오게 된다면 되도록 피하고 싶다고 했습니다. 저는 그녀를 만나는 편이 좋다고 권했는데, 그가 과연 그녀를 만났는지 어떤지는 모릅니다. 아시겠지만, 그에겐 머지의 위로가 매우 효력이 있습니다.

제가 감히 말씀드리고 싶은 것은 리처드가 자살하지 않았나 하는 점입니다. 이 편지를 쓰고 있는 현재도 그는 아직 발견되지 않았습니다.
　이 편지가 그곳에 도착할 무렵까지 발견되기를 빌고 있습니다. 물론 저는 리처드가 직접이든 간접이든 프레디의 죽음에는 관계없다고 믿고 있습니다만, 그가 받은 쇼크와 그것에 이어진 경찰의 신문이 정신의 평형에 어떤 작용을 미치지 않았을까 합니다. 이와 같은 불길한 편지를 드리는 것은 더할 나위 없이 유감스럽습니다. 혹은 이것은 전혀 불필요한 일로, 디키는 기분 내키는 대로 이 불유쾌한 사태가 해소될 때까지 어디엔가 숨어 있는지도 모릅니다. 그러나 날이 지남에 따라 저는 차츰 더 불안해집니다. 지금까지의 상황을 알려 드리는 것이 의무라고 생각되어 이 편지를 드리는 바입니다……

베네치아
19××년 2월 28일
톰

친애하는 톰 씨
　편지 고맙게 받아보았어요. 당신의 친절에 대하여 감사드려요. 제가 경찰에 회답을 보냈더니 경관 한 사람이 찾아왔어요. 저는 베네치아에 들르진 않지만 초청하여 주셔서 고마워요. 저는 모레, 디키의 아버님을 만나기 위하여 로마에 가요. 그분은 비행기로 오실 거예요. 당신이 그분에게 편지를 내는 일은 저도 대찬성이에요.
　저는 이번 일로 완전히 정신이 뒤집힐 정도로 놀란 탓인지 열병 비슷한 병을 앓았어요. 이 병은 독일의 열병과 비슷한데, 원인은 세균인 모양이에요. 나흘 동안은 글자 그대로 시체처럼 침대에 꼼짝 못하고 누워 있었어요. 그렇지 않다면 벌써 로마에 갔을 거예요. 그런 까닭에 당신한테서 그런 친절한 편지를 받고서도, 이렇게 친절치 못한 답장을 쓰는 저를 용서하여 주세요. 그러나 디키가 자살하지 않았나 하는 당신의 의견에는 찬성할 수 없다는 것을 말씀드립니다. 사람은 결코 자기가 생각하는 대로만 행동하지 않는 법이라는 당신 의견은 잘 알겠는데, 디키는 그런 타입의 사람이 아녜요. 다른 일은 어쨌든 이것만은 디키답지 않아요. 그는 나폴리나 로마의 어느 뒷골목에서 살해된 듯해요. 왜냐하면 그가 시칠리아 섬을 떠나 로마에 돌아왔는지 안 돌아왔는지, 아무도 모르기 때문이에요. 하지만 저는 그가 여러 가지 책무를 완전히 버리고 싶어서 어디엔가 숨어 버린 것이 아닌가 하고도 상상돼요. 아무래도 이것이 사실이 아닐까요?

당신이 위조 서명 건은 무슨 잘못이 아니냐고 하셔서 저도 기뻐요. 저도 동감이에요. 디키는 11월 이후 너무 사람이 변해 버렸으니까 필적 역시 변했겠지요. 이 편지가 그곳에 도착할 때까지 무엇인가 새로운 사실을 알 수 있다면 좋겠어요. 그린리프 씨에게서 로마 일에 대해서도 전보가 왔어요. 그래서 저는 거기에 대비해서 힘을 비축해 두어야겠어요.

당신 주소를 알게 되어 다행이에요. 편지와 충고와 초대에 감사드려요.

그런데 저의 좋은 뉴스를 빠뜨렸네요. 제가 쓰는 《몬지베로》에 흥미를 나타내 주는 출판사를 찾았어요! 그 사람은 완성된 작품을 본 뒤에 계약하고 싶다고 하는데 대단히 희망적이에요! 다만 이 작품을 완성할 수 있을지 어떨지가 문제예요!

뮌헨
19××년 3월 3일

머지

톰은 되도록 그녀와 친하게 지낼 생각이었다. 그렇다면 경찰에 가서 내 이야기를 할 때도 조금은 말투가 달라지겠지.

디키가 행방을 감춘 일은 이탈리아의 신문에 커다란 반향을 불러일으켰다. 머지든가, 아니면 그 누군가가 기자들에게 사진을 제공한 모양이었다. 〈에포카〉지에는 디키가 몬지베로에서 자기 보트를 타고 달리고 있는 사진이 나오고, 〈오지〉지에는 디키가 몬지베로의 해변에 앉아 있는 사진과 조르죠 가게의 테라스에 있는 사진 등이 나와 있는 외에 디키와 머지가——실종된 디키와 살해된 프레디의 공통의 여자 친구——어깨를 맞끌어 안고 웃고 있는 사진이며, 하버드 그린리프의 사무적인 초상까지 실려 있었다.

톰도 머지의 뮌헨 주소를 신문에서 알았었다. 〈오지〉지는 2주일에 걸쳐서 디키의 경력을 연재했다. 걸핏하면 '반항적'이었던 학창 시절의 성행으로부터 시작해서, 미국에서의 사교 생활을 재미있고 우습게 쓰고, 마침내 예술을 위해 유럽까지 온 경위를 상세히 묘사하고, 그는 에롤 프린과 폴 고갱을 한데 합친 듯한 인물이라 소개하고 있었다.

삽화가 들어 있는 주간지엔 반드시 경찰 관계의 최신 뉴스를 다루는데, 그것은 그 주의 읽을거리로서 필자가 멋대로 가설을 만들어 내기 때문에 사실상 취할 가치가 없는 것들뿐이었다.

그 가운데서 가장 인기 있는 가설은 디키가 여자와 도망쳤다는 설이었다——송금 수표에 서명한 사람은 그 여자인 것 같다——두 사람은 이름을 속이고 타이티나 남아메리카나 멕시코 근방을 돌아다니는 모양이라는 이야기였다. 경찰은 여전히 로마, 나폴리, 파리를 이 잡듯이 뒤지고 있는데, 프레디 마일즈의 살해범에 대한 단서는 전혀 없다는 보도였다.

그러나 디키의 집 앞에서 디키 그린리프가 프레디 마일즈를 안고 있는 모습을——혹은 정반대인지도 모른다——보았다는 기사는 나와 있지 않았다. 톰은 왜 경찰이 그 일을 신문에 숨기고 있는지 이상했다. 어쩌면 신문은 디키로부터 문서 비방죄로 고소당할까봐 두려워 못 쓰는지도 모른다. 톰은 자기가 실종된 그린리프의 '충실한 친구'로서 디키의 성격이나 습관 등에 관해서 아는 한도의 것은 자진 공술하고 디키의 실종을 누구보다도 걱정하는 인물로 보도되었기 때문에 매우 안심이 되었다. 〈오지〉지는 '시뇨르 리플리는 이탈리아를 방문 중인 젊은 미국 부호인데, 현재 베네치아의 산 마르코 대성당이 바라보이는 대저택에서 살고 있다'고 썼다. 톰은 무엇보다 그 기사가 마음에 들었다. 그는 그 기사를 오려 두었다.

물론 톰은 그 집을 '궁전'이라고는 처음부터 생각하지 않았다. 이탈리아 인 보고 말하라고 한다면 파라초라는 것이 되는 모양이다. 그것은 더할 나위 없는 평범한 설계로 지은 200년 이상이나 된 이층 건물인데, 정면 입구는 대운하로 향하고 있어 곤돌라가 아니고는 접근할 수 없다. 정면 입구에는 폭넓은 돌계단이 물 속까지 내려가 있고, 입구의 철문은 길이가 20센티미터나 되는 열쇠가 아니면 열 수 없다. 더구나 그 철문 바로 뒤 현관문도 커다란 열쇠로 열어야 한다. 톰은 평소에는 산스피리디오네로 이어진 작은 뒷문으로 출입하고 손님을 감탄하게 하고 싶을 때만 곤돌라를 타고 정문으로 들어왔다. 뒷문은 집을 둘러싸고 길가에서 떨어진 돌담과 마찬가지로 4미터가 넘는 높이인데, 그곳으로 들어가면 바로 정원이 나온다. 상당히 황폐하기는 해도 아직 녹색이 짙고, 앙상한 올리브 고목이 두 그루 당당히 서 있으며, 발가벗은 소년이 얕은 주발을 받쳐 들고 있는, 고풍인 조상의 작은 새 물받이가 있었다. 그것은 확실히 베네치아의 궁전에 알맞은 정원으로, 황폐화된 채 복구될 가망이 없더라도, 200년 이상 이전에 이 세상에 생겨난 당시의 아름다움은 그대로 지워지지 않고 남아 있었다. 집의 내부는 문화적인 독신 청년의 가정은——적어도 베네치아에서는——그래야 한다는 톰의 이상에 딱 들어맞았다. 아래층엔 현관에서 하나하나의 방까지 바닥이 전부 검정과 하양의 바둑판무늬의 대리석이고 이층엔 분홍과 하양 바둑판무늬의 대리석이 깔려 있다.

가구는 보통 가구와는 전혀 달라 오보에, 피리, 비올라를 가지고 연주한 16세기의 이탈리아 바로크 음악을 그대로 구상화한 듯한 화려한 물건들이었다. 톰은 두 사람의 고용인——안나와 우고라는 젊은 부부인데, 전에도 베네치아에 와 있는 미국인에게 고용된 일이 있었기 때문에, 불라디 메리와 크레임 드 만트 후라페(얼음으로 차게 한 박하가 든 리쾨르)를 구별하는 것쯤은 알고 있었다——에게 명해서, 대형 조각이 된 옷장의 정면과 옷상자, 의자 등을 닦게 했기 때문에, 누가 옆을 지날 때마다 그 세간의 희미한 광택이 움직여 마치 살아 있는 듯이 보였다.

어느 정도 현대적인 것은 욕실뿐이었다. 톰의 침실에는 세로보다 가로가 넓은 거대한 침대가 놓여 있었다. 톰은 1540년에서 1880년경까지의 나폴리를 그린 일련의 파노라마식의 유화를 골동품상에서 발견하고 그것을 사들여 침실을 장식했다. 지금이야말로 톰은 로마에서는 느끼지 못했고, 로마의 아파트에서도 맛볼 수 없었던, 어떤 확정된 기호를 지니게 되었다. 갖가지 면에서 그는 자신을 갖게 되었다.

그는 자신이 생긴 탓인지 지금까지는 사용하고 싶지도 않았고, 사용할 수도 없었던 차분한 애정이 담긴 관대한 투로, 도티 고모에게 편지를 쓰려는 마음이 생겼다.

그는 자칫하면 아프기 쉬운 고모의 건강과 보스턴에 있는 그녀의 심술궂은 친구들 그룹에 대해서 묻고, 그가 왜 유럽이 좋아져서 당분간 정착할 생각이 되었는지를 설명했다. 그 설명은 자기가 보아도 너무 웅변적으로 써졌기 때문에, 그 편지 한 부를 사본으로 해서 책상 서랍에 간수해 둘 정도였다.

그는 어느 날 아침, 식사를 마친 뒤에 베네치아에서 몸에 맞추어 만들게 한 새 실크 드레싱 가운을 입고 침실에 앉아 가끔 창 밖의 대운하와 그 수면을 사이에 한 산마르코 광장의 시계탑 등을 바라보며 받은 영감을 편지로 썼다.

이 편지를 다 쓰고 난 톰은 다시 커피를 조금 마시고 나서, 디키의 헤르메스 타이프를 향해 앉아서 디키의 유서를 쳤다. 거기에는 디키의 정식 수입과 각지의 은행 예금을 모두 톰에게 유증한다고 기록하고, 하버드 리처드 그린리프 주니어라고 서명했다.

톰은 처음에, 디키가 이 유서를 로마에서 작성한 것으로 하고, 그 입회인으로서 불러들인 이탈리아 인 이름도 생각하고 있었으나, 그린리프 씨나 또는 은행으로부터 그 입회인이 누구였는가를 추궁당할 염려가 있어 입회인은 생략하기로 했다.

톰은 이 입회인 없는 유서로 자신의 운수를 점쳐 보지 않을 수 없게 된 셈인데, 다행히 디키의 타이프는 수리를 요할 정도로 흔들려 필적과 마찬가지로 누가 보아도 곧 알 수 있는 특징이 있었다. 톰은 자필 유서에는 입회인이 필요 없다는 말을 들은 적이 있었다. 그러나 그는 서명을 했다. 디키의 여권에 적혀 있는 날씬하고 엉킨 서명과 똑같았다.

톰은 30분쯤 연습하고 두 손을 푼 다음, 다시 종이에 서명을 해보고 나서 바로 재빨리 유서에 서명했다. 그는 이 유서에 한 서명이 디키의 것이 아니라고는 아무도 말하지 못할 거라고 자신만만했다. 톰은 타이프에 봉투를 끼우고 '관계자 앞'이라고 쓰고, 아래에 그해 6월까지는 개봉을 금한다고 부기를 달았다. 그리고 그는 봉투를 슈트케이스 옆 주머니에 밀어 넣고, 이 집으로 옮겼을 때에도 꺼내지 않고 상당히 오래 전부터 그대로 방치해 두었던 것처럼 꾸며댔다. 그러고 나서 그 타이프를 케이스째 아래층으로 가지고 내려가 정면의 담 밑을 지나 뜰로 들어오는, 보트도 지날 수 없는 좁은 운하의 물 속에 버렸다. 톰은 지금까지 버리고 싶지 않은 타이프였지만 이렇게 버리고 나니까 갑자기 마음이 편해졌다. 그는 잠재의식 속에 언젠가 유서나 무슨 중요한 서류를 칠 때가 올 것을 예기하고 있었기 때문에 그대로 가지고 다녔을 거라고 생각했다.

톰은 디키와 프레디의 친한 친구답게, 자못 걱정이 된다는 듯이 이탈리아의 신문이나 〈헤럴드 트리뷴〉지의 파리 판을 세밀하게 읽었다. 어느 신문이나 3월 말경에는, 디키는 이미 죽었을 것이라고 썼고, 그것도 그의 서명을 위조한 남자, 또는 남자들에게 살해되었을 것이라고 논했다. 나폴리에 사는 어느 사람은, 어느 로마의 신문에다 위조 서명으로 피해를 입은 일이 없다는 뜻의 팔레르모에서 우송된 편지 역시 위조라고 논했다. 그러나 다른 사람들은 그 설에 찬성하지 않았다.

경찰 가운데 어떤 사람은(로베리니 경위가 아니다) 범인 또는 범인들은 그린리프와 매우 친한 사람이고, 은행에서 온 편지를 볼 수 있을 정도여서 뻔뻔스럽게도 자기 멋대로 은행에 답장을 쓴 것 같다는 의견이었다. 그 경관의 말이라면서 다음과 같이 씌어 있었다.

'이 미스터리는 위조 서명자가 누구인가 하는 문제뿐 아니라, 그 사람이 어떻게 해서 그 은행의 편지를 입수할 수 있었는가 하는 데 문제가 있다. 왜냐하면 그 호텔의 보이는 그 은행에서 온 등기 편지를 그린리프 자신에게 직접 넘겨준 것을 확실히 기억하고 있기 때문이다. 더구나 그 보이는 그린리프는 팔레르모에서 언제나 혼자 있었

다고 기억하고 있으니까 말이다……'

 이렇게 되면 그들은 해답이라는 표적의 주위에만 탄환을 쏘았지만 정확히 표적을 쏘아 맞힌 탄환은 한 발도 없었다는 이야기가 된다. 그래도 톰은 이것을 읽고 나서 한참 동안은 상당히 마음이 동요되었다. 그들이 앞으로 한 발짝만 더 깊이 들어온다면 그것으로 모든 게 끝이다. 오늘이나 내일이나 또는 그 다음 날에 누군가가 표적을 쏘아 맞히지는 않을까? 아니면 그들은 벌써 해답을 알고 있으면서도, 톰의 방심을 노리고 있는 것은 아닐까? 로베리니 경위는 며칠마다 그에게 사신을 보내어 디키 수사의 현황을 알려주고 있는데, 실은 필요한 증거가 갖추어지는 대로 느닷없이 그에게 덤벼들려는 것은 아닐까?

 그렇게 생각하니 톰은 어쩐지 미행당하고 있다는 느낌이 들어 견딜 수 없었다. 특히 길고 좁은 길을 지나 집의 문까지 걸어오는 도중이 싫었다. 산스피리디오네 거리는 집들이 수직으로 선 벽과 벽 사이에 생긴 좁은 길이다. 가게도 없고, 불빛도 거의 없으며, 있는 것이라고는 사이 없이 빽빽이 들어선 집들, 벽과 맞붙은 이탈리아 집의 특징인 열쇠로 잠근 문짝뿐이었다. 누구의 습격을 받더라도 어디로도 도망칠 장소가 없고 숨을 문간도 없는 골목이었다.

 톰은 습격을 받는다고 하더라도 누구의 습격을 받을지 짐작할 수 없었다. 그러나 경찰이 습격해 오리라고 생각되지는 않았다. 그는 머릿속을 원한품은 망령처럼 왔다 갔다 하는, 이름도 형태도 없는 그 무엇인가가 무서워 견딜 수 없었다. 산스피리디오네 거리를 태연하게 거닐 수 있는 때는 칵테일을 몇 잔 마시고 마음속의 공포를 쫓아냈을 때뿐이었다. 그때는 비틀거리며 휘파람을 불고 지날 수 있었다.

 그는 마음에 드는 칵테일파티에는 되도록이면 참석하고 있었다. 지금 집으로 옮겨서 살기 시작한 처음 2주일 동안은 겨우 두 번밖에 가지 않았다. 그는 사람들을 골라 가며 사귀었다. 그것은 집을 찾기 시작한 첫날에 사소한 일이 있었기 때문이다.

그때에는 부동산 소개소의 사람이 산스테파노 교구에 있는 집이 비어 있다며, 커다란 열쇠를 세 개나 들고 가서 그를 안내해 주었다. 그런데 가 보니까 아직 사람이 살고 있었고, 더구나 칵테일파티가 한창이었다. 그리고 그 집 여주인이 톰과 그 부동산 소개소 사람을 초대했다. 그녀는 깜빡 잊고 있었던 두 사람에게 폐를 끼쳤다는 생각으로 칵테일을 마시고 가라는 것이었다.

그녀는 한 달 전에 그 집을 빌려 주려고 부동산 소개소에 내놓았다가 그 뒤에 생각이 달라져 빌려 주지 않기로 했으면서도 그 부동산 소개소에는 통지하지 않았던 것이다. 톰은 되도록 상냥하게 행동하였고 칵테일을 얻어 마시고 손님들에게 소개되었다. 손님들이 그를 환영하고 셋집 찾는 일을 거들어 주겠다고 하는 걸 보면, 아무래도 대부분이 겨울 동안에 베네치아에 와 있는 체류자들이고, 소문에 굶주린 패들로 마치 무슨 사건이라도 일어났으면 하고 기다리는 것 같았다.

그 패들은 말할 것도 없이 그의 이름을 알고 있었다. 그리고 디키 그린리프를 안다는 사실만으로, 그의 사교계에서의 지위가 높아진 것에는 톰 자신도 놀랐다. 그들이 그를 갖가지 모임에 초대하고, 그에게 질문 공세를 퍼부어 되도록 세세한 일까지 듣고 자기 자신들의 지루한 생활의 양념으로 삼으려 하고 있다는 것은 뻔했다.

톰은 지금의 그와 같은 입장에 놓인 청년답게 소극적이고 붙임성 있게 행동했다. 즉 거창하게 평판 받는 데에 익숙하지 못한 감수성 강한 청년으로, 디키가 어떤 처지에 처해 있을까를 누구보다도 걱정하고 있다는 인상을 사람들에게 주는 것이 목적이었다.

톰은 그 밖에 세 집을(그 중의 한 집에 현재 살고 있다) 소개받았으며, 두 집의 파티에 초대를 받았고 그 처음 파티는 사양했다. 두 번째에 간 파티는 그 여주인이 귀족인데, 로베르타(티티) 데라 라타 카치게이러 백작 부인이라는 사람이었다. 그는 파티 같은 데에 가고 싶지 않았다. 누구를 보나 안개에 가려져서 보이는 듯하고 대화도 자연스럽게 진행되지 않았다. 상대가 하는 말을 되묻는 일도 종종 있었다. 아무튼 지루했다.

그러나 그는 연습이라고 생각하고 참석했다. 손님들은 모두 시시한 것을 질문했다. '디키는 술을 잘 마시나요?'라든가, '그는 머지와 사랑하는 사이였겠지요?'라든가, '그는 어디에 가 있다고 생각합니까?' 등이었다. 그런데 그것은 톰에겐 그린리프 씨가 더 파고들어서 디키에 대한 질문을 할 때를 대비할 수 있는 연습이 되었다. 머지의 편지를 받은 지 열흘쯤 지나자 톰은 슬슬 불안해졌다. 그린리프 씨가 로마에서 전화도 걸어오지 않고, 편지도 보내지 않기 때문이었다. 어떤 때 톰은, 그린리프 씨는 경찰로부터 지금 톰 리플리를 상대로 게임을 하고 있으니까 만나지 말아 달라고 부탁이라도 받지 않았나 하는 생각이 들어 갑자기 무서워지곤 했다.

톰은 매일 머지나 그린리프 씨에게서 편지가 와 있지 않나 해서 하루에 몇 번씩 우편함을 살폈다. 두 사람이 언제 와도 좋도록, 집 안은 모든 준비가 되어 있었다. 그들의 질문에 대한 답도 머릿속에 다 준비되어 있었다. 그것은 쇼가 시작되기를, 막이 오르기를 고대하는 것과 같았다.

어쩌면 그린리프 씨는(그를 사실상 의심하고 있지 않다고 하더라도) 그를 원망하며 전혀 무시할 셈인지도 모른다. 그리고 머지가 그린리프 씨를 부추기고 있다고 생각할 수도 있다. 어쨌든 그는 무엇인가가 시작되지 않는 한 여행도 떠날 수 없었다. 톰은 여행이 하고 싶었다. 유명한 그리스로 여행하고 싶었다! 그리스의 관광 안내서도 사고, 섬들을 돌아다닐 일정 계획도 서 있었다.
 4월 4일 오전에 갑자기 머지로부터 톰에게 전화가 걸려 왔다. 그녀는 베네치아에 와 있는데 지금 역에 있다는 전화였다.
 "지금 곧 마중 갈게!" 톰은 기쁜 듯이 말했다. "그린리프 씨도 같이 왔어?"
 "아뇨, 그분은 로마에 있어요. 저 혼자예요. 마중 나오지 않아도 돼요. 짐은 백뿐이니까요."
 "무슨 소릴 하는 거야!" 톰은 뭔가 하고 싶어서 좀이 쑤셨다. "당신은 이 집을 찾을 수 없어."
 "찾을 수 있어요. 데라 사르테 옆이지요? 모터선으로 산마르코까지 가서 거시서 곤돌라로 운하를 가로질러 갈 테니까 걱정 마세요."
 과연 그녀는 잘 알고 있었다.
 "그래, 그럼 그렇게 하라구."
 톰은 그녀가 올 때까지 다시 한번 집 안을 살펴보아야겠다고 생각했다.
 "점심은 먹었나?"
 "아직."
 "잘 됐군! 함께 점심을 먹자구. 모터선은 발 밑을 조심해야 해."
 전화를 끊고 나서 톰은 긴장된 얼굴로 천천히 집 안을 돌아보았다. 이층의 넓은 두 방에서부터 계단을 내려와 거실을 완전히 돌아보았다. 디키의 소지품이었던 물품은 어디에도 아무것도 없다. 집 안이 너무 고상하게 보여도 좋지 않다. 거실 테이블 위에 있는 머리글자가 새겨진 은담배통은 이틀 전에 산 것인데, 그것을 식당에 있는 장 맨 아래 서랍에 넣어 두었다.
 부엌에서는 안나가 점심 준비를 하고 있었다.

"안나, 점심 식사를 한 사람분 더 준비하라구. 젊은 여자분이야."
손님이 온다는 말을 들은 안나의 얼굴이 환해졌다.
"젊은 미국 부인이세요?"
"그래. 오랜 친구야. 점심 식사 준비가 끝나면 자네와 우고는 오후엔 쭉 쉬라구. 식사는 우리가 편할 때 먹을 테니까."
"알겠습니다."
안나는 대답했다.

안나와 우고는 보통 오전 10시에 와서 오후 2시까지 일하기로 되어 있다. 톰은 머지와 이야기할 때, 그들이 있는 것은 별로 좋지 않다고 생각했다. 두 사람은 영어를 상당히 알지만, 완전히 대화의 뜻을 쫓아갈 수 있을 정도는 아니었다. 그러나 머지와 둘이서 디키의 이야기를 한다면, 그들은 틀림없이 귀를 기울이고 들을 것이다. 그것을 생각하니 톰은 초조했다.

톰은 마티니를 만들고, 거실에 잔과 카나페를 담은 접시를 올려놓을 쟁반을 준비해 두었다. 그리고 노크 소리가 들리기에 나가서 문을 활짝 열었다.

"머지! 잘 왔어! 자, 어서 들어와요!"
톰은 머지의 손에서 슈트케이스를 받아들었다.
"건강하세요, 톰? 어머! 이거 모두 당신 거예요?"
그녀는 주위를 둘러보고 높은 천장을 올려다보았다.
"싸게 빌린 거야. 거저나 마찬가지야." 톰은 겸손하게 말한 다음 "자, 한잔 하지 않겠어? 무슨 뉴스가 있나? 당신은 로마에서 경찰과 여러 가지 이야기를 했겠지?" 그리고 그녀의 코트와 투명한 레인코트를 받아 의자에 놓았다.

"그래요. 그린리프 씨와도 이야기했어요. 그분은 완전히 정신이 없으신 것 같아요. 무리도 아녜요."

머지는 소파에 앉았다. 톰은 그녀와 마주 보고 의자에 앉았다.
"경찰은 뭐 새로운 걸 발견했는지 몰라. 경찰 간부 한 사람이 나에게 일일이 알려주는데, 아직 아무 소식도 없어."
"경찰은 디키가 팔레르모를 떠나기 전에 1,000달러 이상에 상당하는 여행자용 수표를 현금으로 바꾼 사실을 발견했어요. 출발 직전에 말이에요. 그러니까 그 돈을 가지고 그리스나 아프리카에라도 가 버린 것이 아닐까요? 아무튼 1,000달러나 되는 돈을 가지고 자살하러 가진 않았겠지요?"
"그렇겠지. 그러게 말야, 아직 희망이 있는데 신문에는 통 그런 이야기가 나오지 않고 있어."
톰은 머지의 말에 동의했다.
"실리지 않아요?"
"다루지 않는 거야. 디키가 몬지베로에서 아침 식사로 뭘 먹었는가 하는 등의 쓸데없는 기사뿐이야."
톰은 마티니를 따르면서 말했다.
"어처구니없어요! 요즈음 조금 나아졌나 싶더니 그린리프 씨가 도착한 순간에 신문은 다시 바닥으로 떨어져 버렸어요. 아, 고마워요!"
그녀는 기쁜 듯이 마티니를 받아들었다.
"그분은 어떤 태도였나?"
머지는 머리를 저었다.
"그분 불쌍해요. 미국 경찰이라면 더 잘할 텐데…… 그런 말들만 하고 있어요. 더구나 이탈리아 인 가운데 아는 사람이 전혀 없어요. 그래서 더욱 잘 안 되는 거예요."
"그분은 로마에서 뭘 하고 있을까?"
"기다리고 있는 거예요. 저희들 역시 달리 어떻게 할 수 있어요?

저는 또 배편을 연기했어요. 전 그린리프 씨와 함께 몬지베로에 갔다 왔어요. 거기서 여러 사람한테 여러 가지를 물었죠. 주로 그린리프 씨에게 들려주기 위해서 말이에요. 하지만 아무도 말을 못해요. 디키는 11월 이후로 한 번도 그곳에 가지 않았으니까."

"그렇군."

톰은 마티니를 마시며 생각에 잠겼다. 그는 머지가 꽤 낙관하고 있다고 생각했다. 그녀는 지금도 전과 마찬가지로 건강하고 명랑했다. 그녀는 거리낌 없이 크게 자리잡고서 옆의 물건을 밀어 넘어뜨릴 것 같은 조심성 없는 동작으로 행동한다. 톰은 그녀의 막된 건강과 어딘지 모르게 칠칠치 못한 점이 어린아이같이 생각되었다. 톰은 갑자기 그녀에게 화가 치밀었다. 그러나 그는 여기서 크게 시늉하며 일어나, 그녀의 어깨를 가볍게 두드리고 반가운 듯이 볼에 조금 입술을 대며 말했다.

"그는 탕헤르 근처에 들어박혀 한가하게 살면서 세상의 소란이 가라앉기를 기다리고 있는 것이 아닐까?"

"만약 그렇다면 그도 상당히 소란을 피우는 사람인데요."

"내가 그는 의기소침해 있다고 쓴 것은 누군가를 놀래게 하려고 한 것이 아냐. 당신과 그린리프 씨에게 알리는 것이 내 의무라고 생각했기 때문이야."

"그건 알고 있어요. 알려주신 것은 당신으로서는 옳았어요. 다만 제가 거짓말 같다고 생각했을 뿐이에요."

머지가 낙천적으로 눈을 빛내고 웃었기 때문에, 톰은 그녀가 정신이 이상해진 것이 아닌가 생각했다.

톰은 그녀에게 앞뒤가 맞는 실제적인 문제를 질문하기 시작했다. 로마의 경찰은 어떤 의견을 가지고 있는가, 뭔가 단서를 찾아냈는가 (아직 단서는 못 잡은 모양이다), 마일즈 사건에 관해 그녀는 무슨 말을 들었는가 등등. 마일즈 사건에도 새로운 뉴스는 아무것도 없었다. 그런데 머지는 그날 밤 8시경에, 디키의 집 앞에서, 디키와 프레디가 함께 있는 것을 누가 보았다는 이야기는 알고 있었다. 머지는 그 이야기가 과장일 거라고 했다.

"프레디가 취했는지도 모르고, 디키가 안는 것처럼 하고 있었는지도 몰라요. 캄캄한 곳에서 누가 뭘 안다는 거예요? 디키가 그를 죽였다는 일은 도저히 생각할 수 없어요!"

"경찰은 디키가 그를 죽였다는 확실한 단서라도 쥐고 있나?"

"못 찾았어요!"

"그럼 어째서 그를 누가 죽였는가를 수사하려고 들지 않지? 그리고 디키의 거처를 찾으면 될 게 아닌가?"

"그 점이 문제예요! 어쨌든 경찰은, 적어도 디키가 팔레르모에서 나폴리에 간 것만은 확신하고 있어요. 배의 보이가 그의 짐을 선실에서 나폴리의 선창까지 나른 일을 기억하고 있으니까요."

"그래." 톰도 그 보이를 기억하고 있었다. 그의 캔버스와 슈트케이스를 한 팔로 안으려다가 떨어뜨린 얼빠지고 멍청한 꼬마 녀석이었다.

"프레디는 디키의 집에서 나와 몇 시간이나 지나서 살해되었나?" 톰은 갑자기 물었다.

"그렇지 않은가 봐요. 그런데 의사도 확실히 몰라요. 디키에게는 물론 알리바이가 없어요. 그는 혼자 있었거든요. 이것도 디키의 불운의 하나예요."

"경찰은 디키가 그를 죽였다고 진심으로 믿고 있진 않겠지?"

"경찰은 아무 말 하지 않고 있지만 확신은 없는 거예요. 아직 엉거주춤한 상태겠지요. 그러니까 경찰도 미국 시민에 대해서 이러니저러니 선뜻 발표를 못하는 게 아닐까요? 그런데 용의자는 하나도 없고, 디키가 행방불명이 되니까. 아, 그리고 그가 로마에서 빌려 쓰고 있던 아파트의 관리인 부인에게, 프레디가 디키의 방이 어디냐고 묻더래요. 그녀는 두 사람이 싸우기라도 했는지, 프레디는 화를 내고 있더라고 하더군요. 프레디는 그녀에게, 디키는 혼자 살고 있느냐고 물었대요."

톰은 얼굴을 찡그렸다.

"무엇 때문에 그런 걸 물었을까?"

"저로서는 짐작할 수도 없어요. 프레디의 이탈리아 어 실력은 결코 잘한다고 볼 수도 없고, 여주인이 잘못 들었을 수도 있고 말이에요. 어쨌든 프레디가 화를 내고 있었다는 말은 디키에게 좋을 건 없잖아요."

톰은 눈썹을 치켜올렸다.

"그거야 프레디에게도 좋을 게 없겠지. 디키가 화를 내고 있지 않았을지도 모르니까 말야."

톰은 그녀가 한 가지도 눈치채지 못했다는 사실을 알고는 완전히 평정을 되찾을 수 있었다.

"뭔가 구체적인 사실이 나타나지 않는 한, 나는 걱정하지 않기로 하겠어. 나는 모든 것이 시시하게 느껴졌어." 톰은 다시 잔에 술을 따랐다. "아프리카라고 해서 말인데 경찰이 탕헤르를 조사했는지 몰라? 디키는 가끔 탕헤르에 가고 싶다고 했는데 말이야."

"여러 경찰서로 연락했을 거예요. 프랑스의 경찰에 의뢰해서 이곳으로 와 달라면 돼요. 이런 사건은 프랑스 인이 잘 해결하거든요. 그렇지만 그런 짓은 할 수 없지요 아무튼 여기는 이탈리아니까요."

그녀의 목소리에 비로소 안타까워하는 낌새가 나타났다.

"여기서 점심 식사 하지 않겠어? 하녀가 점심 준비를 했어."

마침 그때 안나가 와서 점심 준비가 되었다고 알렸다.

"좋아요! 어차피 비도 조금 오구요."
"준비됐습니다, 시뇨르."
안나는 머지를 보면서 빙긋 웃으며 말했다.
안나는 신문의 사진으로 그녀를 곧 알 수 있었던 모양이다. 톰은 "안나, 우고와 함께 곧 돌아가도 좋아. 수고 많았어" 했다.

안나는 부엌으로——부엌 문으로 밖에 나가면 집 앞쪽으로 고용인들이 드나드는 골목으로 되어 있었다——물러갔다. 그런데 그녀가 아직도 커피 끓이는 주전자를 만지작거리고 있는 듯한 소리가 들려왔다. 한 번 더 머지를 보려고 머뭇거리고 있는 게 틀림없다.

머지가 놀라서 물었다.
"우고라뇨? 일하는 사람이 둘이나 있어요?"
"부부가 와서 일해 주고 있어. 당신은 믿지 않겠지만 이 집은 월 50달러로 빌린 거야. 난방비는 별도지만 말야."
"정말이에요? 그럼 몬지베로의 집세와 같잖아요!"
"정말이야. 그 대신 난방은 형편없어. 난 침실 외에는 난방을 넣지 않고 있어."
"하지만 여긴 따뜻하잖아요?"
"오늘은 당신을 위해 히터를 완전히 열어 놓았어."
톰은 빙긋 웃으며 말했다.
"대체 어떻게 된 일이에요? 백모님이 돌아가셔서 유산이라도 굴러 들어왔나요?"
머지는 아직도 놀라는 것 같은 시늉을 하고 물었다.
"아냐. 나 자신이 이렇게 정했을 뿐이야. 지금 가지고 있는 돈으로 아끼지 않고 마음껏 즐기자는 거야. 당신에게도 알린 것 같은데 로마에서의 취직 자리는 결국 안 되고 말았어. 그래서 내 명의의 돈이 2,000달러 있을 뿐, 유럽에서 외톨이가 돼 버린 거야. 그러니까 그 돈으로 마음대로 살다가 파산하면 미국으로 돌아가서 처음부터 다시 시작하기로 했어."

톰은 전에 그녀에게 낸 편지에다, 그가 말하던 일자리는 미국 회사의 대리인이 되어서 유럽에서 보청기를 파는 일인데, 도저히 할 수 있을 것 같지 않고, 그리고 면접한 회사 사람도 그가 이 일에 알맞지 않다고 말하더라고 설명했었다. 그리고 톰은 그 편지에다, 로마에서 그녀와 전화로 이야기하고 난 1분 뒤에, 그 회사 사람이 찾아왔기 때문에 그만 안젤로의 가게에서 그녀와 만나기로 한 약속을 이행하지 못한 까닭을 써 보냈었다.

"이런 식이라면 2,000달러쯤은 금방 없어져요."

톰은 그녀가, 디키가 무엇인가를 주지 않았는가 염탐하려고 한다는 사실을 잘 알고 있었다.

"여름까지는 유지되겠지." 톰은 당연한 것처럼 말했다. "어쨌든 나는 이 정도의 짓은 해도 될 거야. 이번 겨울 동안 나는 대부분 거의 한 푼도 없이 집시처럼 온 이탈리아를 돌아다녔으니까 말야. 그런 짓은 이제 질색이야."

"이번 겨울엔 대체 어디 가 있었어요?"

"톰과 함께 있지 않았어. 아니, 디키와 함께 있지 않았어." 그는 말을 잘못했기 때문에 얼른 웃음으로 얼버무리고 말았다. "당신은 내가 디키와 가깝게 지냈을 거라고 생각하겠지만 말이야. 디키와는 당신이 그와 만난 정도로밖에 만나지 않았어."

"어머, 정말이에요?"

머지는 조금 혀가 꼬부라졌다. 취기가 도는 모양이었다.

톰은 그 뒤로도 두세 잔의 마티니를 만들었다.

"지난 2월에 칸으로 여행했을 때와 로마에 이틀 있을 때 말고는 전혀 디키를 만나지 못했어."

실은 조금 틀렸다. 왜냐하면, 톰은 그녀에게 낸 편지에다 디키와 로마에서 며칠 지낸 것처럼 썼기 때문이다. 그런데 지금 이렇게 머지와 얼굴을 대하고 있으니까, 그가 디키와 함께 수일 간이나 살았고, 그녀가 편지에다 디키에게 책망한 떳떳지 못한 일을 하고 있었다고 그녀가 생각하는 것이 창피했다. 그는 술을 따르며 자신의 비열함이 분해서 혀를 깨물었다.

점심을 먹으면서——톰은 점심 요리를 콜드 로스트 비프로 한 걸 후회했다. 이것은 이탈리아의 상점에서 사자면 터무니없이 비쌌다. 머지는 지금까지 만난 어느 경관보다도 날카롭게, 디키가 로마에 있던 당시의 생각에 대해서 질문을 했다. 톰은 칸 여행 뒤에 디키와 함께 로마에서 열 며칠 간이나 보낸 것처럼 되어 버렸고, 그리고 디키가 그림을 배웠다는 디 머시모의 일에서부터, 디키의 식욕, 아침에 일어나는 시간까지 상세히 질문을 받았다.

"그는 나를 어떻게 생각하고 있었는지 모르겠어요. 사실대로 말해 주세요. 난 무슨 말을 들어도 괜찮으니까 말이에요."

"당신 일을 꽤 걱정하는 것 같았어." 톰은 진지하게 말했다. "내가 생각해 보니…… 뭐 그런 일은 흔히 있는 일인데, 처음부터 결혼을 두려워하는 남자는……."

"그렇지만 나는 그에게 결혼하자고 말한 적은 한 번도 없어요!"

머지는 반격해 왔다.

"그거야 알고 있어. 그렇지만……." 톰은 이 문제는 말하기 어려운 것이었으나 결단을 내리고 계속했다. "즉 그는 당신이 너무 잘 돌봐 주기 때문에 거기에 대한 책임을 무겁게 느낀 것이 아닐까. 그는 당신과는 더 아무렇지도 않은 관계에 있고 싶었던 것같이 생각되는데 말이야."

이것은 그녀에게 모든 얘기를 털어놓은 듯하면서도 실상 아무것도 말하지 않은 것과 같았다.

머지는 한참 동안, 언제나처럼 난처한 듯한 눈매로 그를 응시하고 있더니 이윽고 용감히 힘을 되찾고 말했다.

"아무튼 그것도 모두 지금은 다리 밑의 물처럼 지나가 버린 일이에요. 저는 디키가 어떻게 되었는가만이 걱정이에요."

그가 이번 겨울 내내 디키와 함께 살고 있지 않았느냐는 그녀의 분노 역시 다리 밑의 물이라고 톰은 생각했다. 왜냐하면 그녀에게는 처음부터 그것을 믿을 생각이 없었고, 그리고 지금에 와서는 그런 생각을 할 필요도 없으니까 말이다. 톰은 조심스럽게 물었다.

"그는 팔레르모에서 당신에게 편지를 하지 않았어?"

머지는 고개를 설레설레 저었다.

"아뇨, 왜요?"

"당신이, 그때 디키가 어떤 심경으로 있다고 생각했는지 알고 싶기 때문이야. 당신은 그에게 편지를 보냈어?"

그녀는 잠깐 망설였다.

"네, 물론 썼지요."

"어떤 내용의 편지였지? 그런 때에 무뚝뚝한 편지를 받으면, 그에게 좋지 못한 영향을 미칠 거라고 생각해서 물은 거야."

"글쎄…… 어떤 내용이냐고 물으면 곤란하지만, 그냥 친구로서 쓴 편지였어요. 미국으로 돌아갈 셈이라고 썼어요."

머지는 눈을 휘둥그렇게 뜨고 톰을 보았다.

톰은 그녀의 얼굴을 보고 있는 것이 재미있었다. 거짓말을 하려고 우물거리는 그녀를 보는 일이 재미있었다. 사실 그 편지는 톰과 붙어 있지 말라며 디키에게 충고하는 내용의 편지가 아니었던가.

"그럼, 특별한 일은 없었겠군."

톰은 부드럽게 말하며 의자에 기대었다.

두 사람은 한동안 묵묵히 앉아 있었다. 이윽고 톰이 머지의 소설에 대해 묻기 시작했다. 출판사는 어디냐? 앞으로 얼마나 쓰면 다 쓰느냐? 머지는 그 모든 질문에 열심히 대답했다. 톰은 생각해 보았다. 그녀가 디키를 되찾고 다음 겨울에 그 소설이 출판된다면, 그녀는 너무 행복해서 탄성을 지를 것이라고. 그렇지만 그런 일은 있을 수 없을 거라고.

"나도 그린리프 씨를 만나 이야기하는 편이 좋을까? 당신은 어떻게 생각해? 난 언제든지 기꺼이 로마에 가겠어."

그러나 사실 톰은 로마에 가는 일이 별로 재미없었다. 로마에는 디키 그린리프로 둔갑한 그를 본 사람이 너무 많기 때문이었다.

"아니면, 그분이 이리로 와 줄까? 언제든지 여기서 묵게 해주겠는데 말이야. 그분이 로마의 어디에 묵고 있는지 몰라?"

"커다란 아파트를 가지고 있는 노사프라는 미국인 친구가 있어서 그곳에 묵고 있어요. 당신이 전화를 걸면 틀림없이 좋아할 거예요. 주소를 써 드릴게요."

"그게 좋겠는데. 그분은 내가 싫지 않은지 몰라?"

머지는 조금 웃었다.

"솔직히 말해서 그래요. 그분은 당신을 조금 경계하는 듯해요. 당신이 디키를 물고 늘어졌다고 생각하는 모양이에요."

"그런 일 없어. 디키를 귀국시킨다는 계획이 제대로 되지 않은 일은 나도 미안하게 생각해. 그리고 그 일은 모두 설명했어. 디키가 행방불명이라고 들었을 때, 나는 그분에게 유감의 뜻을 전하는 편지를 보냈어. 어떻게 생각하셨는지는 알 수 없지만……."

"도움이 됐으리라고 생각해요. 하지만…… 어머, 용서하세요, 톰! 이런 훌륭한 테이블보를 더럽혀서!"

머지는 마티니 잔을 엎지른 것이다. 그녀는 크로스 뜨기한 테이블보를 냅킨으로 아무렇게나 닦았다. 톰은 부엌에 가서 젖은 행주를 가지고 왔다.

"이러면 괜찮아." 톰은 젖어서 색깔이 변한 나무의 표면을 바라보았다. 테이블보야 어쨌든 좋았으나 테이블 그 자체가 아까웠다.

"용서하세요."

머지는 말했다.

톰은 그녀가 미웠다. 그리고 몬지베로의 창틀에 걸려 있던 그녀의 브래지어가 생각났다. 만약 오늘 밤 그녀에게 자고 가라고 권한다면, 그녀의 속옷이 그의 의자에 걸쳐지게 되겠지. 톰은 그렇게 생각만 해도 소름이 끼쳤다.

그는 애써 웃는 얼굴을 하고, 테이블 너머로 그녀에게 말했다.

"오늘 밤엔 우리 집 침대를 사용하지 않겠어? 내 것을 쓰라는 뜻이 아니고," 톰은 웃으며 덧붙였다. "이층에 방이 둘 있는데 그 중 하나를 당신에게 제공할 테니까."

"고마워요, 폐가 되겠지만 부탁해요."

머지는 기쁜 듯한 얼굴로 말했다.

톰은 그녀를 자기 방에 들어가게 했다. 다른 방은 보통 대형의 침대 의자인데, 그의 2인용 침대가 잠자기에는 가장 편하기 때문이었다. 머지는 점심 먹은 뒤에 낮잠을 자겠다며 문을 닫고 방으로 들어가 버렸다.

톰은 자기 방에 치울 물건이 아직도 있는 것이 아닐까 걱정하면서, 가라앉지 않은 마음으로 집 안을 걸어다녔다. 디키의 여권은 슈트케이스의 안감 속에 넣어 두었다. 그 밖에는 생각나는 물건이 없었다. 여자는 눈치가 빠르다. 비록 머지라도 방 안을 뒤지지 않는다고 볼 수 없다.

마침내 톰은 머지가 자고 있는 방에 들어가 장에서 슈트케이스를 꺼냈다. 마루판이 삐걱거리고 머지가 눈을 번쩍 떴다.
"여기서 꺼낼 것이 있어서……. 실례했어."
톰은 발끝으로 걸어 방에서 나왔다. 머지는 완전히 눈을 뜨지 않았으니까 기억하고 있지 않겠지.

한참 뒤에 그는 머지에게 집 안을 보여 주었다. 그의 침실 옆방에 있는 가죽으로 싼 책들이 꽂혀 있는 책장도 보여 주었다. 그것은 이 집에 딸린 책이라고 설명했는데 실은 모두 그가 로마나 팔레르모, 베네치아에서 산 책들이었다. 자세히 보니 그 가운데 열 권 정도는 그가 로마에서 산 책으로, 그 로베리니 경위를 따라온 젊은 경관이 가까이 가서 보고 있었던 것이다.

그때는 분명히 책의 표제를 보고 있는 것 같았다. 그러나 같은 경관이 다시 오더라도 별로 걱정할 필요는 없으리라. 그는 머지에게 넓은 돌계단이 있는 정문 입구를 보여 주었다. 마침 썰물 때여서 물 위로 네 단이 나와 있었으며, 아래 두 단은 젖은 이끼로 덮여 있었다. 이끼는 줄기처럼 길고 미끄러지기 쉬운 종류로서, 돌계단 가장자리에서 밑으로 짙은 녹색의 머리카락처럼 늘어져 있었다. 톰은 이 돌계단이 아주 싫었다. 그런데 머지는 매우 로맨틱하게 느낀 모양이었다. 그녀는 몸을 구부리고 운하의 깊은 물 속을 들여다보았다. 톰은 그녀를 밀어 떨어뜨리고 싶은 충동을 느꼈다.

"오늘 밤 곤돌라를 타고 이곳으로 해서 집으로 들어가 보고 싶군요."
머지가 말했다.
"좋지."
어차피 오늘 밤엔 밖에 나가서 저녁 식사를 할 작정이었다. 톰은 지금부터 앞으로의 이탈리아의 긴 밤이 싫었다. 왠지 머지를 이 집안에서 오래 머물게 하고 싶지 않았다.

톰은 안개가 끼어 태양이 없는 베네치아의 하늘을 올려다보았다. 갈매기 한 마리가 운하의 대안 어느 집 돌계단에 내려와 앉았다. 베네치아에서 생긴 새 친구 가운데 누군가에게 전화를 해서, 5시경에 머지를 데리고 한잔 마시러 가겠다고 해야지. 그녀를 만날 수 있다고 하면 누구든지 좋아할 것이 뻔하다. 그는 영국 사람 피터 스미스 킹스레이가 좋겠다고 생각했다. 피터는 집에 아프간 개를 기르고, 피아노가 있고, 바에는 고르고 고른 술만 갖추고 있는 사람이었다. 피터는 좀처럼 손님을 보내기 싫어하는 성품이니까 안성맞춤이었다. 그 집이라면 저녁을 먹으러 나갈 때까지 있을 수 있겠지.

24

톰은 7시경, 피터 스미스 킹스레이의 집에서 그린리프 씨에게 전화를 걸었다. 톰은 그린리프 씨의 절망감에 찬 듯한, 그러나 생각보다는 많이 진정된 듯한 목소리를 들으면서 가엾게 느껴졌다. 옆방에는 피터와 머지와 프랑케티 형제――이 사람들은 톰과 최근에 알게 된 토리에스테 태생의 잘생긴 형제였다――가 있어, 톰이 지껄이는 말은 대부분 그들에게 들렸다. 그래서 톰은 혼자 지껄일 때보다 훨씬 긴장감도 줄고 이야기하기도 좋았다.

"제가 알고 있는 것은 모두 머지에게 이야기했어요. 그러니까 제가 잊고 있는 일이라도 그녀에게서 들을 수가 있습니다. 저는 경찰의 단서가 될 만한 중요한 일을 별로 알고 있지 못해서 정말 유감입니다."

"이곳 경찰 말인가?" 그린리프 씨는 싸늘하게 내뱉었다. "나는 리처드가 벌써 죽었으리라고 생각해. 그렇지만 이탈리아 측의 경찰 놈들은 나의 이런 생각을 인정하려 하지 않아. 그들이 하는 짓은 풋내기 같아. 할머니가 탐정놀이를 하고 있는 듯해."

디키가 죽었을지도 모르는데 그린리프 씨가 예상 외로 감정을 나타내지 않는다는 사실에 톰은 오히려 놀랐다.

"디키가 자살했을지도 모른다고 생각하지는 않으세요, 그린리프 씨?"

톰은 조용히 물었다.

그린리프 씨는 한숨을 쉬었다.

"글쎄…… 있을 수 있는 일이라고 생각해. 아들놈의 정신 상태가 별로 안정되지 못했으니까……."

"정말 유감스럽습니다…… 머지와 이야기하시겠어요? 옆방에 있는데요."

"아니 괜찮아. 그녀는 언제 돌아갈까?"

"내일 로마로 돌아간다고 하더군요. 그린리프 씨, 베네치아에 오셔서 잠깐 쉬실 생각이 있으시다면, 제 집에서 묵으시지 않겠어요?"

그러나 그린리프 씨는 그의 초청을 거절했다. 지금은 옛날 의리에 구애될 필요가 없다고 톰은 깨달았다. 자신이 트러블을 자초하는 것이나 마찬가지이다. 그린리프 씨는 전화를 걸어 주어서 고맙다는 인사를 하고, 매우 공손한 태도로 잘 자라는 말을 한 다음 전화를 끊었다.

톰은 옆방으로 돌아갔다.

"로마에서는 이젠 아무 소식도 없어요."

그는 실망한 듯 모두에게 말했다.

"오오."

피터는 실망한 모양이었다.

"이건 전화료입니다, 피터." 톰은 피아노 위에 1,200리라를 놓았다. "대단히 고마웠어요."

"내가 생각하기엔……." 피에트로 프랑케티가 흥미로운 상상에 빠진 듯한 표정을 하고 영국식 영어로 말을 꺼냈다. "디키 그린리프는 전부터 생각하던 조용한 생활이 하고 싶어서, 나폴리의 어부나 로마의 담배 장사나 누구하고 여권을 교환했어요. 그런데 그 디키 그린리프의 여권을 가지고 있는 남자는 위조 서명이 능숙하지 못해서, 갑자기 행방을 감추지 않을 수 없게 되었어요. 그러니까 경찰은 자기의 정식 신분증명서를 내보일 수 없는 남자를 붙잡아, 그 사람이 누군가를 조사한 뒤에 그 이름을 자칭하는 사람을 찾아내면, 그 사람이 바로 디키 그린리프가 아니겠어요!"

그의 말을 듣고 모두 웃었는데 톰이 제일 큰 소리로 웃었다.

"그것은 참으로 좋은 생각인데⋯⋯. 1월과 2월 사이에 디키를 알고 있는 꽤 많은 사람들이 그와 만났어요."

"그 사람들이 누굽니까?"

피에트로는 이탈리아 인의 대화에 특유한 막히는 듯한 격한 어조를, 영어 때문에 배나 격하게 해서 말참견을 했다.

"나도 그를 만났어요. 어쨌든 내가 말하고 싶은 것은 은행의 의견인데, 그 위조 서명은 12월부터 시작되었다지 않아요?"

"그래도 좋은 생각이라고 생각돼요."

머지가 쾌활한 목소리를 냈다. 그녀는 세 잔째의 술로 아주 기분이 좋아져, 피터의 커다란 침대에 축 늘어진 채 누워 있었다.

"자못 디키다운 아이디어잖아요? 틀림없이 그는 팔레르모에서 돌아와 은행의 위조 서명 문제가 생긴 바로 뒤에 그런 짓을 했을 거예요. 저는 그 위조 서명 문제는 거짓말이라고 생각해요. 디키는 너무 사람이 달라져 필적까지 달라진 거예요."

"나도 동감이야." 톰은 말했다. "좌우간 위조 서명이라고 하는 문제에 대해서는, 은행에서도 의견이 일치하는 것은 아니니까요. 미국 측에서도 의견이 갈렸고, 나폴리에서는 미국의 의견에 끌려다니고 있어요. 미국에서 통지를 하지 않았다면, 나폴리에서는 아무것도 알아차리지 못하고 넘어갔을 거예요."

"오늘 밤 신문에는 뭐가 나와 있을까?"

피터는 쾌활하게 말하고, 발이 아파서 반만 걸치고 있던 구두를 신었다.

"내가 가져올까?"

그러나 프랑케티 형제 중 한 사람이 자기가 가겠다며 방에서 나갔다. 로렌초 프랑케티는 영국식으로 핑크색 자수를 한 조끼를 입고, 영국에서 주문한 옷과 구두를 신고 있었다. 그들 형제는 거의 비슷한 복장을 하고 있었다. 그런가 하면 피터는 머리에서 발끝까지 이탈리아 일색이었다. 톰이 파티나 극장에서 만난 사람들에게 들은 얘기로는 누군가가 영국식 복장을 하고 있다면, 그 사람은 틀림없이 이탈리아 인이고, 그 반대로 이탈리아식 옷을 입고 있으면 다른 나라 사람이라고 한다.

로렌초가 신문을 사 가지고 돌아왔을 때, 몇 사람의 손님이 더 왔다. 이탈리아 인 두 사람과 미국인 두 사람이었다. 신문이 모두에게 돌려지자 오늘의 뉴스에 대해서 다시 토론의 꽃이 피고, 다시 시시한 추측이 오가고, 다시 흥분이 고조되었다. 몬지베로에 있는 디키의 집은 처음에 팔고 싶다고 한 값의 갑절로 어느 미국인이 샀다는 기사. 그 돈은 그린리프가 찾으러 올 때까지 나폴리의 은행에서 보관한다는 기사 등.

그 신문에는 한 남자가 무릎을 꿇고 장롱 밑을 들여다보는 만화가 나와 있었다. 그의 아내가 '컬러 단추를 찾으세요?' 하고 묻고 있다. 그 남자의 대답은 '아냐, 디키 그린리프가 보이지 않아'였다. 톰은 로마의 음악당에서는 이 수사를 비꼰 촌극까지 하고 있다는 소문을 들었다.

나중에 온 미국인 손님 가운데 한 사람인 루디 뭐라는 남자는, 이튿날 그의 호텔에서 개최하는 칵테일파티에. 톰과 머지를 초대했다. 톰은 사양하려고 했으나, 머지가 좋아하며 가겠다고 말해 버렸다. 점심 식사 때에 머지가 돌아간다는 말을 하기에, 톰은 그녀가 내일도 체류하리라고는 생각하지도 않고 있었다. 톰은 그 파티가 위험하다고 생각했다. 루디라는 사람은 골동품상을 한다는데, 야한 복장을 한 시끄럽고 예절 없는 사람이었다. 톰은 계속해서 여러 초대를 머지가 수락하기 전에 적당히 얼버무려 거절하고 그녀를 재촉해서 그 집에서 나왔다.

다섯 가지 요리가 나오는 긴 저녁 식사 동안에 머지가 아주 들뜬 기분으로 있어서 톰은 무척 거슬렸다. 그러나 그는 비상한 노력으로 아무렇지도 않게 응대하고——전기 바늘에 찔려, 꿈틀꿈틀 움직이는 가엾은 개구리다!——그녀의 시답잖은 말이나 실수에도 적당히 응수했다.

"디키는 갑자기 사는 보람을 발견하고 고갱처럼 남태평양의 섬에라도 가지 않았을까?"

톰은 이런 일이 정말 싫었다. 그런데 머지는 남해 고도의 디키라면서 두 손으로 느려터진 제스처를 하기도 했다. 톰은 앞으로는 더 시끄러워질 거라고 생각했다. 곧 곤돌라에 탈 텐데 그녀가 이런 꼴로 물속에 손을 집어넣으면, 상어가 와서 물어 잘라 버렸으면 좋겠다는 생각까지 했다. 톰은 이제 더 이상 먹을 수 없다고 생각하면서도 디저트를 주문했더니, 머지는 금방 먹어 치워 버렸다.

머지는 물론 전세 곤돌라에 타고 싶어했다. 그녀는 산마르코에서 열 명쯤 태워서 산타마리아 데라 사르테 교회의 돌계단까지 날라다 주는 곤돌라가 있는데, 그것은 마음에 들지 않는 모양이었다. 그래서 그는 하는 수 없이 곤돌라를 전세내어 타고 보니 벌써 새벽 1시 반이었다.

톰은 에스프레소를 너무 마신 탓인지 입 안이 짙은 갈색 맛으로 가득 찼고, 심장은 참새가슴처럼 뛰어 새벽까지는 잠들 수 있을 것 같지도 않았다. 그는 갑자기 피로해져서 머지와 마찬가지로 곤돌라 좌석에 벌렁 누웠다. 되도록 다리가 그녀에게 닿지 않도록 조심했다. 머지는 아직도 흥분이 가시지 않았는지, 베네치아의 일출을 찬미하는 대사를 혼자 지껄이며 좋아했다. 그것은 예전에 왔을 때 본 인상을 말하는 것 같았다.

배의 조용한 흔들림과 사공이 젓는 노의 율동적인 움직임으로 톰은 약간 뱃멀미를 느꼈다. 산마르코의 선착장에서 그의 집 돌계단까지의 수면이 끝없이 이어져 있는 듯했다.

물이 돌계단의 위 두 단만을 남기고 세 단 째의 표면까지 찰싹찰싹 밀려와 이끼가 기분 나쁘게 흔들리고 있었다.

톰은 사공에게 뱃삯을 치르고 커다란 철문 앞에 섰는데, 그때 비로소 문의 열쇠를 잊고 왔다는 사실을 깨달았다. 톰은 기어올라 들어갈 수 있는 곳은 없을까 둘러보았으나, 돌계단에서는 창의 난간에도 손이 닿지 않았다.

톰이 아직 아무 말도 하지 않고 있는데, 머지가 큰 소리로 웃기 시작했다.

"열쇠를 잊고 왔군요! 하필이면 열쇠라니! 소용돌이치는 파도에 둘러싸여 문 앞에 섰건만 열쇠가 없다 이거군요!"

톰은 웃으려고 해보았다. 길이가 30센티미터나 되고 무게가 권총 두 자루 정도나 되는 열쇠를, 두 개씩이나 가지고 다녀야 하다니! 그는 돌아서서 큰 소리로 사공을 불렀다.

"예?"

사공은 물 저쪽에서 웃었다.

"미안해요, 시뇨르! 산마르코로 돌아가지 않으면 안 돼요. 약속이 있어서요!"

사공은 노를 젓는 손을 멈추지 않았다.

"열쇠가 없어!"

톰은 이탈리아 어로 외쳤다.

"미안해요, 시뇨르! 다른 곤돌라에게 부탁하세요!"

머지는 다시 웃었다.

"다른 곤돌라가 와 주겠다고 할까요!"

머지는 발돋움을 했다. 톰에겐 조금도 좋은 밤이 아니었다. 날이 차가워졌고 보슬비까지 오기 시작했다. 그는 다른 곤돌라를 부를 수 있을까 둘러보았으나 아무 데에도 보이지 않았다. 모터보트 한 척이 산마르코의 선착장으로 가는 모습이 보일 뿐이었다. 그는 모터보트가 일부러 데리러 오리라고 생각되지는 않았으나 큰 소리로 불러 보았다.

요란스럽게 불이 켜지고 사람이 가득 탄 모터보트가 씽씽 달려오더니, 운하의 맞은편 기슭에 있는 나무 선창 쪽으로 방향을 바꾸었다. 머지는 돌계단에 앉아서 두 무릎을 안은 채 가만히 있었다. 겨우 어선인 듯한 뱃전이 낮은 모터보트가 속력을 늦추고 다가왔다. 누군가가 이탈리아 어로 말했다.

"쫓겨났나?"

"열쇠를 잊었어요!"

머지가 건강한 목소리로 말했다.

그러나 그녀는 그 배에 타고 싶어하지 않았다. 톰이 돌아가서 길가로 접한 뒷문을 열 때까지, 그녀는 돌계단에서 기다리고 있겠다고 했다. 톰이 그러려면 15분 이상이나 걸리고, 이런 곳에 있다가는 틀림없이 감기에 걸린다고 하니까, 그녀는 마지못해 배에 탔다.

그 이탈리아 인은 그들을 제일 가까운 산타마리아 데라 사르테 교회의 선착장으로 데려다 주었다. 그는 톰이 내는 돈은 굳이 받으려 하지 않고 톰이 피우다 둔 미국 담배만 받았다. 왠지 모르지만 톰은 그날 밤 머지와 둘이서 산스피리디오네 거리를 거닐고 있노라니까 혼자 있을 때보다 훨씬 더 기분이 가라앉았다. 물론 머지는 톰의 기분 따위는 전혀 상관하지도 않고 혼자서 계속 지껄였다.

25

이튿날 새벽, 톰은 문 두드리는 소리에 눈을 떴다. 가운을 걸치고 아래층에 내려가 보니 전보가 와 있었다. 그는 배달부에게 줄 팁을 가지러 다시 이층으로 뛰어올라갔다. 그는 싸늘해진 거실에 선 채로 전보를 읽었다.

생각 바꿈. 그대들과 만나고 싶음. 오전 11시 46분에 도착. H. 그린리프

톰은 진저리를 쳤다. 톰은 그가 오리라고 생각하고는 있었으나, 그가 이렇게 빨리 올 줄도 몰랐고 진심으로 원하지도 않았다. 톰은 만나기가 무서웠다. 어쩌면 그것은 시간 탓인지도 몰랐다. 아직 새벽이었다. 거실은 으스스했다. '그대들'이라는 말이 케케묵은 것 같아 전보 그 자체가 불길한 느낌이 들었다. 이탈리아의 전보에는 자칫하면 이상야릇한 철자의 잘못이 있다. 만약 'H' 대신에 'R'이나 'D'자라도 붙었다면 어떻게 될까? 톰은 어떤 기분이었을까?

톰은 이층으로 뛰어올라가, 따뜻한 침대에 파고들어 좀더 자려고 했다. 머지도 그 문 두드리는 커다란 소리를 들었을 테니까 곧 그의 방문을 노크하겠지. 그러나 아무 소리도 나지 않기에 톰은 그녀가 쭉

자고 있는 중이라고 판단했다. 그는 문에서 그린리프 씨에게 인사하는 장면, 딱딱한 악수를 하는 장면, 그리고 어떤 질문을 받게 될지를 상상해 보았다. 그러나 마음이 피곤한 탓인지 생각이 정리되지 않고, 그 때문에 오히려 무서워지고 불쾌해졌다.

톰은 너무 피곤해서 앞으로 벌어질 일들에 대해 어떠한 상상도 할 수 없었지만 신경이 곤두서서 잠을 이룰 수가 없었다. 누구하고 이야기라도 하면 신경이 가라앉을 테니까, 커피를 끓이고 머지를 깨울까 했으나, 그 방에 들어가 온 방 안에 너저분하게 걸려 있을 그녀의 속옷이나 그 밖에 빨래거리들을 보는 것은 견딜 수 없을 것 같았다.

머지 쪽에서 먼저 그를 깨웠다. 그리고 아래층에 커피를 준비해 두었다고 했다.

"좋은 소식을 들려줄까?" 톰은 빙긋 웃었다. "오늘 아침에 그린리프 씨에게서 전보가 왔어. 오늘 정오쯤에 온대."

"언제 전보가 왔어요?"

"아침 일찍 왔어. 꿈이 아니라면 말이지." 톰은 눈으로 전보를 찾았다. "이거야."

머지는 그 전보를 읽더니 조금 웃으며 말했다.

"역시 그러는 편이 좋아요. 그분도 그것으로 얼마쯤 마음이 풀리겠지요. 당신이 내려오지 않겠어요? 아니면 커피를 가져올까요?"

"곧 갈게."

톰은 가운을 입었다. 머지는 벌써 바지와 스웨터를 입고 있었다. 검은 바지는 맞춤옷인 듯 재단이 잘 되었다. 그녀의 표주박 모양의 몸에 딱 맞았다. 두 사람은 안나와 우고가 우유와 롤빵과 신문을 가지고 10시에 나타날 때까지 천천히 커피를 마시고 있었다. 그날 신문에는 디키에 관한 기사나 마일즈 사건 기사가 실려 있지 않았다. 가끔 그것에 관한 기사가 실리는 날이 있는데 그것은 기사를 만들 만한 뉴스가 없어도 디키와 마일즈 사건을 사람들에게 상기시켜 주기 위함인 것 같다.

머지와 톰은 11시 45분에 그린리프 씨를 마중하러 역으로 나갔다. 다시 비가 내리기 시작했다. 바람이 몹시 세게 불었기 때문에 얼굴에 닿는 비가 진눈깨비 같았다. 두 사람은 역으로 들어가 개찰구에서 나오는 사람들을 보고 있는데, 조금 뒤에 그린리프 씨가 창백하고 엄숙한 얼굴로 나왔다. 머지가 달려가 그의 볼에 키스하니 그린리프 씨는 그녀에게 빙긋 웃어 보였다.

"헬로우, 톰!" 그린리프 씨는 손을 내밀며 반가운 듯이 말했다. "건강한가?"

"덕분에요. 당신은?"

그린리프 씨의 짐은 작은 슈트케이스 하나뿐인데 심부름하는 아이가 가지고 있었다. 톰이 그걸 들겠다고 해도 듣지 않고, 심부름하는 아이도 모터보트까지 올라탔다. 톰이 바로 집으로 가자고 권했으나 그린리프 씨는 우선 호텔에 숙소를 잡고 싶다고 했다.

"호텔을 정하고 나면 바로 그곳으로 가지. 그리티로 정했으면 하는데, 그곳과 자네 집과는 가까운 편인가?"

그린리프 씨가 물었다.

"그리 가깝지는 않지만 산마르코까지 걸어가 거기서 곤돌라를 타면 그리 먼 거리는 아니지요. 그저 호텔에 부탁만 하실 거라면 모두 같이 가죠. 모두 함께 점심을 먹었으면 하는데…… 당신이 머지와 둘이 할 이야기가 있으시다면 할 수 없지만."

톰은 다시금 옛날의 자기를 표면에 나타내지 않는 리플리로 돌아가 있었다.

"자네와 이야기하는 것을 첫째 목적으로 하고 왔어."

그린리프 씨는 말했다.

"무슨 소식이 있었나요?"

머지가 물었다.

그린리프 씨는 머리를 흔들었다. 그는 무엇인가를 골똘히 생각하는 듯한 공허한 눈으로, 모터보트의 창 밖을 흘끔 보았다.

그는 톰이 점심 식사에 대해 물어도 대답을 하지 않았다. 톰은 팔짱을 끼고, 유쾌한 듯한 표정을 한 채 더 이상 아무 말도 하지 않았다. 배의 모터 소리가 시끄러웠다. 그린리프 씨와 머지는 로마에서 알게 된 사람들의 이야기를 하고 있었다. 머지는 그린리프 씨를 로마에서 처음 만났다고 하는데, 톰이 보기에 두 사람은 상당히 친한 사이 같았다.

그들은 그리티와 리아트르 중간에 있는 작은 레스토랑에서 점심을 먹었다. 그곳은 생선과 조개 요리 전문점으로, 긴 카운터 안쪽에 산 물고기와 조개류가 준비되어 있었다. 접시 하나에 적은 보라색 문어 요리가 여러 가지 모양으로 담겨 나왔다. 그것은 디키가 아주 좋아하는 요리였다. 톰은 그 접시를 머지에게 넘겨주며 머리를 끄덕이고 혼잣말처럼 "이 요리를 디키와 같이 먹지 못해 유감인데······" 했다.

머지는 밝게 빙긋 웃었다. 그녀는 식사 전에는 언제나 기분이 좋다.

그린리프 씨도 점심 식사 때는 상당히 말수가 늘었다. 그러나 딱딱한 표정을 풀지 않고, 이야기하면서 금방이라도 디키가 들어오지 않나 하는 것처럼 주위를 둘러보았다. 경찰은 아직 중요한 단서를 찾지 못했다면서, 그는 미국 탐정을 이곳으로 보내어 이 미스터리를 해결하도록 수배해 놓고 왔다고 했다.

그 말을 듣고 톰은 골똘히 생각하는 것처럼 침을 삼켰다. 그린리프는 이탈리아 인보다 미국인 탐정이 유능하지 않을까 하는 희미한 기대나 환상을 품고 있는 모양이지만 그것은 분명히 헛일이라고 생각했다. 그리고 머지도 그렇게 생각한 듯 갑자기 웃음이 사라지고 무표정한 얼굴이 되었다.

"그것은 좋은 아이디어일지도 모르겠는데요."

톰은 말했다.

"자네는 이탈리아 경찰을 믿고 있나?"

그린리프 씨가 물었다.

"아무튼…… 사실상 괜찮다고 생각해요. 어떻든 그들에게는 이탈리아 어로 지껄인다는 강점이 있으니까요. 어디를 가거나, 용의자인 듯한 사람을 모조리 신문할 수 있을 테니까요. 당신이 고용한 사람은 이탈리아 어를 할 수 있습니까?"

"그건 잘 모르겠는데. 나는 그것에 대해서는 잘 몰라."

그린리프 씨는 알아볼 걸 그랬다고, 약간 당황해하는 기색으로 말했다. "이름은 마캐론이라고 하는데, 민완 탐정이라는 말을 들었어."

톰은 아마 그 사람은 이탈리아 어를 못할 거라고 생각했다.

"그는 언제 오나요?"

"내일이나 모레. 그가 올지도 모르니까, 나는 내일 로마로 돌아가야 하네."

그린리프 씨는 치즈 구이 요리를 시켰으나 별로 먹지 않았다.

"톰은 아주 좋은 집에 살고 있어요."

머지는 일곱 단의 럼 케이크를 먹으며 말했다.

톰은 그녀를 노려보던 눈을 빙긋 웃음으로 바꾸었다.

톰은 그린리프 씨가 '자신에게 할 질문은 집에 돌아가서 할 모양이구나' 생각했다. 톰과 단둘이 있을 때 시작되겠지. 톰은 그린리프 씨가 단둘이서 이야기하고 싶어한다는 것을 잘 알기 때문에, 머지가 집에 돌아가 커피를 마시자는 말을 하기 전에, 레스토랑에 있는 동안에 커피를 마시자고 권했다. 머지는 톰의 필터포트로 끓인 커피를 좋아했다. 그런데 머지는 집에 돌아가서도, 거실에서 30분이나 지껄였다.

머지란 여자는 정말 눈치가 없다. 마침내 톰은 그녀에게 익살스런 얼굴을 해보이며 흘끔 계단 쪽을 보았다. 그녀는 겨우 눈치를 챈 듯, 한 손을 입에 대고 하품을 하는 시늉을 하며 이층으로 가서 조금 자고 싶다고 했다. 그녀는 여전히 들뜬 기분으로, 점심 식사 중에도 그린리프 씨를 상대로 계속 지껄였다. '디키는 죽지 않았으니까, 아버님은 절대로 걱정할 필요가 없으며, 걱정을 하면 첫째 소화가 잘 안 된다'고 말했다. 그녀는 언젠가는 그의 며느리가 되리라는 희망을 아직 버리지 않고 있는 태도였다.

그린리프 씨는 일어나 두 손을 주머니에 넣고, 비서에게 편지를 구술하는 중역처럼 방 안을 빙빙 걸어다니기 시작했다. 하지만 그는 이 집의 장식이나 분위기에는 관심이 없는 듯했다.

"여보게, 톰 군." 그는 한숨을 쉰 다음 말을 시작했다. "묘한 결과가 됐군 그래?"

"결과라구요?"

"자네는 유럽에서 살게 되고, 리처드는……."

"아직 아무도 말을 꺼내지 않았지만, 그는 미국으로 돌아갔는지도 몰라요."

톰은 밝게 말했다.

"아니, 그런 일은 있을 수 없어. 미국의 출입국 관리 당국은 그 점을 충분히 주의하고 있어." 그린리프 씨는 그를 보지 않고 계속 걸었다. "그가 어디에 있는지, 자네의 속에 있는 의견을 말해 보게!"

"그것은 말입니다. 그는 이탈리아 안에 숨어 있지 않을까요. 숙박부를 적을 필요가 없는 호텔에 묵는다면 편히 있을 수 있어요."

"이탈리아에는 숙박부를 적지 않아도 되는 호텔이 있나?"

"없어요. 규칙상으로는 없을 겁니다. 그러나 디키만큼 이탈리아 어를 잘하면, 그런 규칙 같은 건 문제도 안 돼요. 이탈리아 남부에 있는 작은 여관 주인에게 돈이라도 주어 입을 막아 놓으면, 그 사내가 리처드 그린리프라는 이름을 알고 있더라도 디키는 한가하게 묵고 있을 수 있어요."

"그럼, 디키가 현재 그렇게 지내고 있을 거라는 게 자네의 생각인가?"

그린리프 씨는 갑자기 톰을 보았다. 그것은 톰이 처음으로 그를 만난 밤에 본 그 가엾은 듯한 표정이었다.

"아뇨, 저는 그런 일도 있을 수 있다는 말이지요. 그것에 관해서는 이 정도밖에 말씀드릴 수 없어요." 톰은 잠깐 입을 다물었다가 말을 이었다. "그린리프 씨, 이런 말을 하기는 안됐지만, 디키는 이미 죽었을 수도 있다고 생각됩니다만."

그린리프 씨의 표정은 변하지 않았다.

"그 말은 자네 편지에도 씌어 있던데, 자네가 로마에서 그애를 만났을 때 의기소침해 있었기 때문인가? 디키가 자네에게 대체 어떤 이야기를 하던가?"

"이것은 그의 천성적인 기질이라고 생각하는데" 톰은 얼굴을 찡그렸다. "마일즈의 일로 그는 상당히 동요하는 눈치였어요. 그의 성격으로 보아 어떠한 종류의 일로라도 세상 사람들의 입에 오르기를 싫어하고, 그리고 어떠한 종류일지라도 폭력을 미워하고 있었어요." 톰은 입술을 핥았다. 톰은 자기의 생각을 잘 표현하려고 고심하고 있었다. "그는 두 번 다시 이런 일이 생기면 자기의 머리를 쏘겠다는 말을 했어요. 말하자면 어떻게 해야 좋을지 자기도 모르고 있었던 모양이에요. 저는 처음으로 그가 유화에 흥미를 잃고 있다는 느낌을 받았어요. 그것은 일시적인 일일지도 모르지만, 저는 그때까지 디키가 어떤 일이 일어나도 그림을 그린다는 것을 하나의 신념으로 지니고 있는 줄로 생각하고 있었으니까요."

"그 애는 그림에 대해서 그렇게까지 진지하게 생각하고 있었는가?"

"진지했어요."

톰은 명백히 말했다.

그린리프 씨는 두 손을 뒤로 끼고 다시 천장을 올려다보았다.

"이 디 머시모라는 사람을 만날 수 없어 유감이야. 그 사람이라면 뭔가 알고 있을 텐데. 나는 리처드가 그와 함께 시칠리아로 갔다는 말을 들었는데."

"그것은 저도 잘 모르는 일입니다."

그린리프 씨는 그 말을 머지에게서 들은 모양이었다.

"디 머시모라는 사람도 행방을 감추고 있어. 그가 실재하는 인물이라면 말인데, 리처드는 그림을 공부하고 있다는 것을 나에게 납득시키려고 그런 가공 인물을 만들어 내지 않았나 해. 경찰에서도 디 머시모라는 화가에 관한 사항은 아무리 찾아봐도 없다고 했어."

"저는 그 사람을 직접 만나보지는 못했어요. 디키에게서 두 번쯤 그 사람에 관해서 들었을 뿐이에요. 그러니까 저는 그의 신원 혹은 그의 존재에 의문을 가진 일은 한 번도 없었어요."

톰은 조금 웃었다.

"아까 자네는 '그는 두 번 다시 이런 일이 생기면'이라고 했는데, 그게 무슨 말인가? 그에게 달리 또 무슨 일이 생겼었나?"

"실은 저도 로마에서 그 말을 들었을 때는 잘 몰랐는데, 지금 생각해 보니까 그가 무슨 말을 하려고 했는지 알 수 있을 것 같아요. 산레모에서 발견된 가라앉은 보트에 관해서 그는 경찰로부터 신문을 받았어요. 그 이야기를 들으셨는지요?"

"아니."

"산레모에서 가라앉은 보트가 발견되었어요. 디키와 제가 산레모에 간 그 날인가 그 다음 날에 그 보트가 행방불명이 됐던 모양이에요. 더구나 그것은 저희가 탔던 보트와 같은 모양이었어요. 어떻든 그 보트는 가라앉아 있었고, 거기다 핏자국으로 생각되는 흔적이 발견되었어요. 마일즈가 살해되고 나서 우연히 그 보트가 발견되었는데, 경찰에서는 그 당시 국내를 여행하고 돌아다니던 저를 발견 못하고 디키에게 제가 어디 있냐고 물었어요. 그래서 디키는 저를 살해했다는 혐의를 받고 있는 줄로 생각했던 모양입니다."

톰은 웃었다.

"별일이군."

"저도 요 2, 3주일 전에 이 베네치아에서 경관으로부터 거기에 대한 질문을 받고 비로소 알았어요. 여기서 우스운 일은, 저는 베네치아에 와서 신문을 보기까지는 제가 수색당하고 있다는 사실(그다지 진지하게 찾지는 않았을망정)을 전혀 몰랐거든요. 그래서 저는 이곳 경찰에 찾아갔어요."

톰은 아직도 빙긋 웃음 짓고 있었다. 그는 수일 전에 그린리프 씨를 만나게 되면, 산레모의 보트 사건을 알고 있거나 말거나 자기 입으로 그 일을 말하는 편이 좋겠다고 결정했다. 그린리프 씨로서는 경찰에서 그 이야기를 들은데다가 '톰이 디키와 함께 로마에 있을 때에는, 디키는 그가 경찰로부터 수색당하고 있다는 사실을 알았으리라'는 말을 듣는 것보다, 자기에게서 듣는 편이 마음이 편하겠지. 더구나 이것은 그 무렵 디키가 의기소침해 있었다는 그의 말과 딱 들어맞게 된다.

"나는 모든 일이 통 납득이 되지 않네."

그린리프 씨는 말했다. 그는 소파에 앉아서 열심히 듣고 있었다.

"어쨌든 저는 살아 있으니까, 지금에 와서 그 문제는 해결되었어요. 지금 제가 이 말씀을 드리는 이유는, 디키는 제가 경찰의 수색을 받고 있다는 사실을 알고 있었다는 말을 하고 싶기 때문입니다. 왜냐하면 경찰은 그에게 제 거처를 물었으니까요. 그가 처음에 경찰의 질문을 받았을 때에는 제가 어디에 있는지 몰랐다고 해도, 적어도 아직 이탈리아 안에 있다는 사실은 알고 있었을 겁니다. 그런데 제가 로마에 가서 그를 만났을 때도, 그는 제가 나타났다는 것을 경찰에 알리지 않았어요. 그는 그만큼 비협조적이었고, 경찰에 알리고 싶은 기분이 아니었겠지요. 제가 어떻게 그것을 알았는가 하면, 마침 머지가 로마의 호텔로 찾아와서 제가 그녀와 전화로 이야기했을 때, 디키는 경찰에게 말하러 간다고 나갔기 때문입니다. 그는 경찰이 저를 찾고 싶으면 멋대로 찾아라, 자진해서 저의 거처를 가르쳐 줄 필요가 없다는 태도였던 것 같아요."

그린리프 씨는 머리를 흔들었다. 디키라면 그런 태도를 취하리라는 사실을 잘 알고 있다는 듯한, 자식을 사랑하는 아버지다운 조금 안타깝다는 듯한 행동이었다.

"그가 '두 번 다시 이런 일이 생기면'이라고 말한 것은 그날 밤이었다고 생각합니다. 저는 베네치아에 와서 그걸 생각하고 조금 당혹했어요. 경찰에서는 자기가 수색당하고 있다는 사실을 모르고 있는 저를 꽤나 어리석다고 생각했겠지만, 모든 것이 사실이니까 하는 수 없었어요."

"그래." 그린리프 씨는 관심이 없다는 듯이 건성으로 대답했다.

톰은 일어나 브랜디를 가지러 갔다.

"리처드가 자살했다는 자네의 의견에 나는 찬성할 수 없는데." 그린리프 씨가 말했다.

"머지도 찬성하지 않아요. 저 또한 그것이 사실이 아니었으면 하는 바람을 가지고 있는 사람 중의 하나입니다. 단지 하나의 가능성을 이야기했을 뿐이지 확실하게 그렇게 생각하는 것은 아닙니다."
"그렇게 생각지 않는다면, 그럼 어떻게 생각하고 있나?"
"그는 어쩌면 숨어 있을지도 모릅니다." 톰은 말했다. "브랜디를 좀 마시겠습니까? 미국에서 오셨으니까, 이 집은 꽤 추우실 겁니다."
"실은 좀 추운데."
그린리프 씨는 잔을 받아들였다.
"이탈리아 외에도 그가 갈 만한 나라가 몇 군데 있어요. 그는 나폴리로 돌아왔다가, 그리스나 프랑스나 어디에 가 있는지도 모르겠군요. 왜냐하면 그렇게 되면 상당히 시일이 지날 때까지 아무도 그를 찾을 사람이 없을 테니까요."
"알고 있어, 알고 있어."
그린리프 씨는 피로한 듯이 말했다.

26

톰은 골동품 상인이 초대한 다니엘 호텔에서의 칵테일파티를 머지가 잊고 있었으면 했으나, 그녀는 잊고 있지 않았다. 그린리프 씨는 호텔에 가서 쉬고 싶다면서 4시경에 돌아갔다. 그가 나가자마자 머지는 톰에게 5시의 파티 건을 말했다. 톰은 물었다.
"당신은 정말 가고 싶어? 나는 그 사람 이름도 생각이 나지 않는데."
"말로프예요. M-A-L-O-O-F. 난 가고 싶어요. 오래 있지 않아도 좋아요."
그것으로 결정되었다. 톰이 가기 싫은 이유는 둘이 가면 좋은 구경거리가 돼 버리기 때문이다. 그린리프 사건의 주역이 한 사람도 아니고 두 사람이 서커스의 곡예사 한 쌍처럼 사람들 앞에 나타난다는 것

자체로 사람들 입에 오르내리기 충분하기 때문이다. 톰은 그들이 갑자기 나타난 정객으로서 말로프 씨에게 붙잡힌 두 가지 이름에 불과하다고 느꼈다. 아니 알고 있었다. 왜냐하면 말로프 씨는 오늘 파티에 머지 셔우드와 톰 리플리가 참석한다는 사실을 이 사람 저 사람에게 퍼뜨렸을 게 틀림없기 때문이다.

톰은 이런 꼴 보기 사나운 일은 없다고 생각했다. 비록 머지가 디키의 실종을 걱정하지 않는다고 하더라도, 그녀가 들뜬 행동을 해도 좋다는 구실은 되지 않는다. 톰에게는 머지가 마티니를 무턱대고 마시는 것도 공짜이니까 그렇다는 생각마저 들었다. 그런가 하면 톰의 집에서는 마음껏 마실 수 없기 때문이거나 그린리프 씨가 저녁 식사를 할 때에 톰이 아까워하며 그녀에게 충분히 못 마시게 했기 때문인 것 같았다.

톰은 한 잔의 술을 천천히 마시면서 머지에게서 떨어져 방 반대쪽에 가 있었다. 그는 디키 그린리프의 친구냐고 물으면 그렇다고 대답하고, 머지와는 최근에 알게 되었을 뿐이라고 했다.

"미스 셔우드는 우리 집에 묵고 있는 손님입니다."

난처한 듯한 웃음을 띠었다.

"그린리프 씨는 어디 계시지요? 함께 오셨으면 좋았을 텐데."

말로프 씨는 샴페인 잔에 맨해튼 칵테일을 가득 채우고, 코끼리 같은 커다란 몸으로 다가왔다. 그는 사치스런 체크무늬의 영국제 트위드를 입고 있었는데, 톰은 영국인이 루디 말로프 같은 미국인을 위해서 싫으면서도 특별히 짠 옷이리라고 생각했다.

"그린리프 씨는 쉬고 계시겠지요. 우리는 오늘 밤 저녁 식사 때에 만나게 됩니다."

톰은 말했다.

"아, 그래요! 오늘 석간을 보셨는지요?"

말로프 씨는 물었다.
"예, 보았습니다."
톰은 대답했다.
 말로프 씨는 그저 끄덕거렸을 뿐, 그 이상 아무 말도 하지 않았다. 톰은 아직 읽지 않았다고 하면, 말로프 씨가 어떤 시시한 기사를 가르쳐 줄 셈이었을까 생각하고 조금 우스웠다.
 오늘 밤 신문에는 그린리프 씨가 베네치아에 도착해서 그리티 팰리스에 숙소를 잡았다는 기사밖에 나와 있지 않았다. 오늘 미국에서 사립 탐정이 로마에 왔다거나 올 예정이라고 써 있지는 않았다. 톰은 그린리프 씨가 말한 사립 탐정 이야기는 조금 수상하다고 생각했다. 그것은 누군가 모르는 사람이 한 말 같기도 하고 그 자신이 공상적으로 품은 공포 같기도 했다. 그것은 입증할 사실이 한 가지도 없어 2주일쯤 지나면, 그것을 믿고 있던 자기가 창피해질 듯한 대수롭지 않은 일이 될지도 모른다. 가령 그는 디키와 머지 사이에는 몬지베로에서 정사가 있었다든가, 하마터면 그런 관계에 들어갈 뻔했다든가 하고 상상했던 일이 있었다. 그리고 지난 2월의 위조 서명 문제에서는 그는 파멸될 것 같았고, 그대로 디키 그린리프로 둔갑해 있다가는 이윽고 폭로될 거라고 걱정을 했었다.
 그런데 위조 서명 건은 벌써 사실상 흐지부지되고 만 모양이다. 최근 뉴스로는 미국의 필적 감정가 열 명 중 일곱 명까지는 그 수표 서명이 위조가 아니라고 생각한다는 의견이었다. 그러니까 그는 미국의 은행 송금에 다시 한 번 서명하고 그 상상 속의 공포에 지지만 않았다면, 그대로 영원히 디키 그린리프로 둔갑해 있었을지도 모르지 않는가. 톰은 이를 악물었다. 그래도 톰은 머리 어느 한구석에서 말로프 씨가, 오늘 아침 무라노 섬과 부라노 섬에 갔다 온 이야기를 영리한 듯이 진지하게 지껄이는 것을 듣고 있었다. 톰은 턱을 굳게 당기고, 얼굴을 찡그리고 들으면서, 기를 쓰고 자기에게 일어날 앞으로의 일을 생각하고 있었다. 사립 탐정이 온다고 한 그린리프 씨의 이야기는, 그것이 잘못이라고 알 때까지는 믿기로 하자. 그러나 그것 때문에 당황해하거나, 눈 한 번 깜박이는 데도 공포심을 겉으로 드러내거나 하는 짓은 금물이다.

말로프 씨가 무슨 말을 하기에 톰은 무심코 대답을 했더니, 그는 미친 사람처럼 유쾌한 웃음소리를 남기고 가 버렸다. 톰은 그의 넓은 등을 비웃듯 바라보았다. 그리고 무례한 짓을 하지 않도록 좀더 똑똑히 굴지 않으면 안 되겠다고 깨달았다. 왜냐하면 이런 하찮은 이류의 골동품 상인이나 싸구려 장식품이나 재떨이의 바이어들에 대해서도——톰은 그들이 웃옷을 벗어 던진 그 침대 위에 늘어놓은 상품 샘플을 보았다——예의 바르게 행동하는 것이 신사의 할 일이라고 생각했다. 그런데 그들을 보고 있으면, 뉴욕에서 헤어지고 온 패들 일이 생각났다. 그것은 마치 피부병처럼 자기 피부 밑에 붙어 있을 거라고 생각하니 그 자리에서 도망치고 싶었다.

결국 그가 이런 곳에 와 있는 것은 머지가 원인이다. 그 밖에 아무 이유도 없다. 톰은 그녀가 원망스러웠다. 톰은 마티니를 마시고 천장을 올려다보며, 앞으로 서너 달만 있으면 자기의 신경과 인내력이 이런 패들에게도 참을 수 있을 만큼 강해지리라고 생각했다. 다시 이런 사람들과 사귀게 되더라도 말이다.

뉴욕을 떠나온 뒤로, 적어도 그는 진보했고, 앞으로도 진보해 가겠지. 톰은 천장을 바라보며 그리스로 항해할 일을 생각했다. 베네치아에서 아드리아 해를 남쪽으로 내려가 이오니아 해를 지나서, 크레타 섬으로 가야지. 그것이 톰의 이번 여름의 예정이었다. 6월이다, 6월. 이 말엔 얼마나 부드럽고 달콤한 맛이 있느냐! 밝고 나른한 태양이 가득하다! 그런데 그의 공상은 불과 몇 초밖에 계속되지 못했다. 크고 귀에 거슬리는 미국인 목소리가 다시 귀에 들리고 맹수의 발톱같이 등과 어깨에 꽂혔다.

그는 갑자기 일어나 있던 곳에서 떠나 머지에게로 갔다. 그 방에는 머지 이외의 여자 손님은 둘밖에 없었다. 둘 다 그 파티에 참석한 상인의 아내였다. 톰은 그 두 여자보다 머지가 잘생겼다고 인정하지 않을 수 없었다. 그런데 머지의 목소리는 말이 아니었다. 두 여자의 목소리도 형편없으나, 머지의 목소리는 더욱 나빴다. 톰은 그만 돌아가자는 말이 혀끝까지 나왔지만 남자가 먼저 돌아가자고 하는 경우는 생각할 수 없어 그저 무리들과 어울려 억지로 시간을 보내고 있었다. 누군가가 와서 톰의 잔에 술을 따르고 갔다. 머지는 몬지베로의 이야기를 하고 자기는 소설을 쓰고 있다고 말했다. 그러자 귀밑에 흰머리가 섞이고 못생긴 얼굴을 한 대머리 사나이 세 명이 그녀에게 완전히 매료되어 넋을 잃고 있었다.

그로부터 몇 분 뒤 머지가 돌아가겠다고 말했다. 술이 거나하게 취한 말로프와 그 동료들이, 그린리프 씨도 초대해서 함께 저녁 식사를 하자고 주장해서, 톰과 머지는 그것을 뿌리치는 데 애를 먹었다.

"모처럼 베네치아에 왔는데, 즐겁게 보냅시다!"라고 말로프 씨는 바보처럼 되풀이하면서, 때는 이때라는 듯이 머지에게 한 팔을 감고 약간 거칠게 그녀를 붙들려고 했다. 톰은 아직 식사를 하지 않아서 다행이라고 생각했다. 왜냐하면 바로 그 자리에서 토했을지도 모르기 때문이었다.

"그린리프 씨의 전화번호는 몇 번입니까? 전화를 걸자구!"

말로프 씨는 전화 쪽을 가리켰다.

"빨리 나가 버리는 게 좋아!"

톰은 불쾌한 음성으로 머지의 귀에 속삭였다. 톰은 그녀의 팔을 꼭 잡고 문 쪽으로 데리고 나갔다. 두 사람은 사람들에게 웃으며 인사하고 겨우 빠져나왔다.

"대체 왜 그러세요?"

복도에 나오자 머지가 물었다.

"아무것도 아냐. 파티도 이제 엉망이 되었어."

톰은 가볍게 얼버무리려고 웃어 보였다. 머지는 꽤 기분이 좋은데다가 분위기를 파악하지 못할 정도로 취하지는 않았다. 톰은 땀이 나서 이마를 닦았다.

"그런 패들과 만나면 견딜 수 없어. 디키 이야기만 계속 지껄이는 거야. 낯선 패들뿐이고, 사귀고 싶지도 않아. 그런 패들과 함께 있으면 기분이 나빠져."

"이상한데요. 저에겐 아무도 디키의 이야기를 하지도 않았고, 그의 이름도 꺼내지 않았어요. 어제 간 피터의 집보다 훨씬 나았어요."

톰은 걸으면서 고개를 높이 쳐들고 아무 말도 하지 않았다. 그는 그런 계급을 가장 경멸했다. 그러나 그런 말은 머지에게 하지 않아도 좋다. 그녀는 그들과 같은 계급이 아닌가?

두 사람은 그린리프 씨를 맞으러 호텔에 들렀다. 저녁 식사를 하기에는 아직 좀 일렀기 때문에, 그리티 호텔 가까운 카페에서 아페리티프를 마셨다. 저녁 식사를 하는 동안, 톰은 파티에서 무뚝뚝했던 언행을 사과하는 뜻으로 애써 쾌활하게 잘 지껄였다.

그린리프 씨도 기분이 좋았다. 그는 자기 부인에게 금방 전화를 했는데, 그녀가 매우 건강하고, 전보다 훨씬 기분이 좋다고 했기 때문인 모양이다. 그린리프 씨는 그녀의 의사가 요 열흘 간쯤 새로운 주사를 시험해 본 결과, 그녀가 지금까지 받은 어느 치료법보다도 훨씬 좋은 반응을 나타냈다고 했다.

조용한 저녁 식사였다. 톰이 가벼운 농담을 했더니 머지는 쾌활하게 웃었다. 그린리프 씨는 저녁 식사 비용은 꼭 자기가 치르도록 해 달라면서 몸 상태가 좋지 않아, 바로 호텔로 돌아가겠다고 했다. 톰은 그가 특별히 페이스트 요리를 주문하고 샐러드를 먹지 않았기 때문에 여행할 때 따라다니는 배탈이 난 모양이라고 짐작했다. 그래서 톰은 어느 약국에서나 파는 좋은 약을 권할까 하다가, 그린리프 씨라는 사람은, 비록 단둘이 있을 때라도, 이쪽에서 먼저 그런 말을 꺼낼 수 있는 인물이 아님을 깨달았다.

그린리프 씨가 내일 로마에 돌아가겠다고 하기에, 톰은 아침 9시경에 전화를 걸어 몇 시 차로 떠나는가를 묻기로 약속했다. 머지도 그린리프 씨와 함께 로마로 돌아가기로 했는데, 그녀는 어느 열차라도 좋다고 했다. 그리고 모두 그리티 호텔까지 걸어가, 회색 중절모를 쓰고, 실업가답게 긴장한 얼굴의 그린리프 씨는 뉴욕의 매디슨 애비뉴라도 걷는 듯한 모습으로, 좁고 꾸불꾸불한 길을 걸었다——거기서 헤어지는 인사를 나누었다.

"더 한가롭게 이야기를 못해 유감입니다."

톰은 말했다.

"나도 그래. 언제 다시 만나기로 하세."

그린리프 씨는 톰의 어깨를 가볍게 두드렸다. 톰은 기분이 뿌듯해져서 머지와 나란히 걸어서 돌아왔다. 톰은 모든 일이 놀라울 만큼 멋지게 진행되었다고 생각했다. 머지는 걸으면서도 수다를 그치지 않고, 브래지어 끈이 떨어져 쭉 한 손으로 누르고 있었다며 소리를 내어 웃었다.

톰은 오늘 오후, 보브 디런시에게서 온 편지를 생각하고 있었다. 보브에게서의 소식은 훨씬 전에 그림 엽서가 하나 왔을 뿐 이것이 처음인데, 이번 편지엔 경찰이 찾아와, 수개월 전에 있었던 소득세에 관한 사기 사건으로 온 집안 식구가 조사를 받았다고 씌어 있었다.

편지 내용으로 보아, 사기범은 보브의 주소를 사용해서 수표를 받앉으며, 우편배달부가 우편함에 찔러 넣은 편지를 가져 간 듯하다고 했다. 배달부도 조사를 받았는데, 그는 편지의 수신인 이름이 조지 매컬핀이었음을 기억하고 있었다는 것이다. 보브는 아무래도 수상하다고 생각한 모양이었다. 보브는 경찰 조사를 받은 어떤 사람의 반응 등을 상세히 썼다. 조지 매컬핀 명의의 편지를 가져 간 사람은 누구냐? 그것이 미스터리라는 이야기였다. 톰은 안심했다. 톰은 그 소득세 건이 언젠가 조사를 받을 것이 틀림없었던 만큼, 언제나 머리 속에 막연히 꺼림칙하게 남아 있었다. 그런데 이 문제가 더 큰 문제로 진전되지 않고 이 정도에서 그쳤다는 것이 그는 기뻤다. 경찰이 톰 리플리와 조지 매컬핀을 결부해서 생각한다는 일은 절대로 있을 수 없다. 더구나 보브는, 그 사기범은 수표를 현금으로 바꾸지 않았다고 했다.

집에 돌아온 톰은 거실에 앉아 보브의 편지를 다시 읽었다. 머지는 짐을 꾸리고 나서 자겠다고 이층으로 가 버렸다. 톰도 피곤했으나 머지와 그린리프 씨가 가 버린 내일부터의 자유로운 나날을 상상하니 너무 기쁘고 즐거워서, 이대로 밤을 새워도 좋다고 생각했다. 그는 구두를 벗고 소파에 발을 올린 다음 길게 누워 보브의 편지를 계속 읽었다. '경찰은 어딘가 다른 곳에 사는 사람이 가끔 찾아와서 편지를 가져갔다고 생각하고 있어. 왜냐하면 이 집에 있는 얼간이들은 범죄를 할 만한 타입이라고 생각하지 않기 때문이야…….' 뉴욕에 있을 때에 사귀던 패들에 대해 쓴 편지를 읽으니까, 톰은 묘한 생각이 들었다.

에드와 로데인, 그녀는 뉴욕을 출항할 때 톰의 선실에 숨어 밀항하려던 바보 같은 아가씨들이다. 그들은 이상한 느낌이 들 뿐 전혀 매력이 없었다. 그들은 얼마나 음침한 생활을 할까? 그들은 뉴욕 시내를 기어 다니고 지하철에 들락날락하면서, 즐거움이라면 3번가의 지저분한 주점에 서서 텔레비전을 보는 정도겠지.
 이따금 돈이 생겨 매디슨 애비뉴의 바나 고급 레스토랑에 가더라도, 베네치아에 있는 제일 보잘것없는 음식점의 녹색 샐러드와 멋진 치즈가 있는 식탁, 그리고 상냥한 보이가 세계 제일의 포도주를 가져다주는 것과 비교한다면 통 이야기가 되지 않을 정도로 따분하다!
 보브는 썼다.
 '베네치아의 옛 궁전에 한가롭게 앉아 있는 자네가 부럽네! 곤돌라는 늘 타는가? 여자들은 어때? 자네는 완전히 문화적인 생활에 젖어 이 다음에 돌아오면 우리와는 말도 하지 않을 것이 아닌가? 그건 그렇고 언제까지 그곳에 체류할 예정인가?'
 "영원히……" 톰은 중얼거렸다. 그는 이제 합중국에는 돌아가지 않을 작정이다. 유럽이라기보다 이곳이나 로마에서 혼자 보내는 밤의 즐거움이 그를 그렇게 생각하게 만들었다. 혼자 지도를 보거나, 소파에 누워서 여행 안내서의 페이지를 넘기는 밤.
 자기의 옷을 보기도 하고——톰 본래의 옷과 디키의 옷을 보기도 하고——손바닥 위에 있는 디키의 반지의 감촉이나 구치 가게에서 산 영양 가죽 슈트케이스를 손가락으로 쓰다듬으며 즐기는 밤 등. 그는 그 슈트케이스를 영국의 특제 가죽 약으로 열심히 닦았다. 소중히 다루고 있어 닦을 필요가 없는데도 그는 그저 소중하기에 닦았다. 그는 물건 갖기를 좋아했다. 많은 물건을 갖는 게 아니고, 자신이 가지고 싶어했던 물건 중 오랜 시간에 걸쳐 고른 물건을 특히 좋아했다. 그런 물건을 가지고 있으면 자존심이 길러진다. 문제는 겉모양이 아니고 품질이며, 그 품질을 소중히 사랑하는 마음이었다.
 물건을 가지고 있으면 그는 자기가 존재한다는 사실이 자각되고, 존재한다는 것이 기쁨이 되었다. 다만 톰에게 기쁨을 준다는 것뿐이었으나 그것으로도 충분히 가치 있는 일이라고 생각되었다. 그는 존재하고 있다. 세상에는 비록 돈이 있어도 자기가 어떻게 존재해야 할 것인가를 아는 사람은 별로 없다. 그들에게는 돈이 필요 없다. 큰돈이 필요 없다. 그들에게 필요한 것은 종류는 알 수 없지만 보증이다. 톰은 마크 플리민저의 집에 있을 때에, 이미 그것을 목표로 하고 있었다.

 그는 마크의 소지품에 마음이 끌렸다. 마크의 집으로 옮길 생각을 한 것도 그 물건 때문인데, 그것은 모두 톰 자신의 물건이 아니었다. 톰은 1주 40달러의 수입으로는 자기의 물건을 사는 일조차 무리였다. 그가 탐나는 물건을 사려면 극단적으로 절약해서 생활을 해도 모자랄 지경이었다. 디키의 돈은 목표를 향해서 걷고 있는 그에게 약간의 힘이 되어준 것에 불과하다. 그 돈 덕분에 그는 그리스에 가기도 하고, 톰이 나면 에토르리아의 항아리를 사 가기도 하고(그는 최근 로마에 사는 미국인이 쓴, 그 항아리에 대한 재미있는 책을 읽었다), 그리고 마음이 내키면 미술 단체에 가입해서 예술가들에게 기부를 하는 등의 여유를 부여해 주었다.

 예를 들어서, 그는 그 돈 덕분에 내일 아침 일찍 근무하러 나갈 필요가 없으니까 오늘 밤 늦게까지 앙드레 말로를 읽을 여유가 있다. 그는 말로의 《예술의 심리》 상·하권을 사 가지고 와서, 사전과 씨름하며 그 프랑스 어로 된 책을 즐기며 읽는 참이었다. 그는 한잠 자두기로 하고, 마음이 내키면 시간에 상관없이 침대 속에서 그 책을 읽으리라고 생각했다. 그는 차분하고 좋은 기분이 되어 에스프레소를 마셨는데 졸음이 왔다. 소파 구석의 커브가 누군가의 팔인 것처럼 어깨에 딱 맞았다. 오히려 팔보다 더 잘 맞는다고 할 수 있었다. 그는 여기서 하룻밤 지내기로 했다. 이층에 있는 소파보다 훨씬 편했다. 나중에 이층에 가서 모포를 가져오자.

 "톰?"

그는 눈을 떴다. 머지가 맨발로 계단을 내려왔다. 톰은 바로 앉았다. 그녀는 다갈색 가죽의 작은 상자를 손에 들고 있었다.
"여기에 디키의 반지가 들어 있었어요."
그녀는 약간 숨을 헐떡이며 말했다.
"아, 그건 디키가 나한테 준 거야. 소중히 해 달라고 말야."
톰은 일어섰다.
"언제요?"
"아마 로마에서였지."
그는 한 발짝 물러섰다.
"그는 무슨 짓을 할 작정이었을까요? 왜 이걸 당신에게 주었을까요?"
톰은 생각했다. 그녀는 브래지어를 고치려고 실을 찾고 있었구나. '어째서 반지를 다른 곳에 넣지 않았을까? 슈트케이스의 안감 속에라도 숨겨 두었으면 좋았을 텐데' 하고 자신을 책망했다.
"나도 왠지 모르겠어. 변덕이 아니었을까? 당신도 아는 것처럼 그는 그런 사람이니까. 자기에게 무슨 일이 생기면 나보고 반지를 가지고 있어 달라고 했어."
머지는 납득이 가지 않은 듯한 얼굴로 물었다.
"그는 어디 갔죠?"
"팔레르모야, 시칠리아 섬의." 그는 구두를 두 손에 들고, 그 나무 뒤꿈치를 무기로 사용할 수 있도록 준비하고 있었다. 그리고 그것을 어떻게 사용하면 좋을까 하고 재빨리 생각했다. 그녀를 구두로 때려 눕혀서 정문으로 운하에 떨어뜨린다. 그녀는 이끼에 미끄러져 물에 빠졌다고 하면 된다. 그러나 그녀는 헤엄을 잘 치니까 어떻게든 가라앉지 않고 떠 있겠지.
머지는 작은 상자를 보고 있었다.

"그럼 그는 정말로 자살할 생각이었군요?"
"그래. 그런 식으로 생각하면 말이지. 이 두 개의 반지로, 이로써 더욱더 그가 그럴 생각이었던 것같이 여겨지는데."
"당신은 왜 더 일찍 이 말을 하지 않았나요?"
"잊고 있었어. 잃어버리면 안 되겠다고 잘 간수해 두었는데, 그에게서 받은 뒤로 그냥 넣어둔 채 꺼내 보려고 생각하지도 않았기 때문에 말이야."
"그는 자살했거나 신분을 바꾸었거나 그렇죠?"
"그래."
톰은 슬픈 듯이, 그러나 똑똑히 말했다.
"그린리프 씨에게 말하는 편이 좋겠어요."
"말할 생각이야. 그린리프 씨와 경찰에게 말이야."
"이로써 이 사건은 사실상 해결된 거나 마찬가지군요."
머지는 말했다.

톰은 두 손에 든 구두를 장갑처럼 움켜쥐고 있었다. 그래도 머지가 이상한 눈으로 그를 보고 있기 때문에 구두를 아직도 쥐고 있었다. '그녀는 아직도 생각하고 있다. 나를 속일 작정인가? 그녀는 벌써 알고 있는 게 아닐까?'

머지는 진지한 얼굴로 말했다.
"나로서는 반지를 끼지 않은 디키는 생각할 수도 없어요."

그 말을 들은 톰은 그녀가 아직 눈치채지 못했음을 느꼈다. 그녀의 마음은 어딘가 먼 길을 방황하고 있다.

그는 안도의 숨을 쉬고 축 늘어져 소파에 묻혀, 열심히 구두를 신으려는 것 같은 시늉을 했다.

"정말이야." 그는 기계적으로 응했다. "이렇게 늦지만 않다면 지금 그린리프 씨에게 전화를 하겠는데. 벌써 침대에 들었겠지? 내가 이 이야기를 하면 밤새도록 잠을 못 자겠지?"

톰은 다른 한쪽 구두를 신으려 하고 있었다. 그런데 손가락에 힘이 빠져 생각대로 움직여지지 않았다. 그는 무엇인가 앞뒤가 맞는 이야기를 하려고 생각하고 또 생각했다.

"더 일찍 이야기를 하지 않아 정말 미안한데. 그만 깜빡 잊고 있었어……."

"그래요, 이렇게 된 이상 그린리프 씨가 사립 탐정을 불러온다는 일은 바보 같은 짓이 아니겠어요?"

그녀의 목소리가 떨렸다.

톰이 올려다보니 그녀는 울 것 같은 얼굴을 하고 있었다. 머지는 지금 비로소 디키는 죽었는지도 모른다, 아니 벌써 죽었다고 스스로 인정하는 모양이었다. 톰은 천천히 그녀 쪽으로 갔다.

"미안해, 머지. 이 반지 이야기를 더 일찍 말하지 않은 것은 정말 미안하게 됐어."

톰은 그녀를 안았다. 그녀가 기대어 왔기 때문에 그렇게 하지 않을 수 없었다. 향수 냄새가 났다. 스트라디바리인 모양이다.

"내가 디키는 자살했을 것이다, 적어도 자살했을지도 모른다고 생각한 이유 중의 하나는 바로 이거였어."

"그렇군요."

머지는 실제 울고 있지는 않았다. 머리를 깊이 숙이고 그에게 기대고 있을 뿐이었다. 죽음의 소식을 들은 사람의 모습이었다. 그녀는 지금 그 소식을 들었다.

"브랜디 마시겠어?"

톰은 부드럽게 물었다.

"아니."

"이쪽 소파에 앉으라구."

톰은 그녀를 가만히 그리로 데리고 갔다. 머지가 앉자, 그는 방을 가로질러 브랜디가 있는 곳에 가서 두 잔을 따랐다. 그가 돌아다보니 그녀는 벌써 없었다. 계단의 맨 위에 그녀의 가운 끝과 벗은 발이 얼른 보이더니 없어졌다.

혼자 있고 싶은 모양이라고 톰은 생각했다. 그는 브랜디를 갖다 줄까 하다가 그만두었다. 브랜디 정도로는 어쩌지도 못하는 기분이겠지. 톰은 그녀가 어떤 생각을 하고 있는지 잘 알 수 있었다. 그는 그 브랜디를 리쾨르 캐비닛으로 가지고 갔다. 한쪽 잔의 술만 도로 넣으려다가 생각을 고쳐 둘 다 병에 도로 쏟고 그것을 원위치에 놓았다.

톰은 다시 소파에 묻혔다. 다리를 뻗고 한쪽 발을 흔들흔들하고 있는데, 너무 피로해서 구두를 벗을 힘도 없었다. 그는 갑자기 프레디 마일즈를 죽인 뒤에도 이처럼 피로했던 것이 생각났다. 산레모에서 디키를 살해했을 때도 그랬다. 하마터면 또 할 뻔했다! 그는 조금 전에 냉정히 생각했던 일을 다시 돌이켰다.

구두 뒤꿈치로 그녀를 쳐서 실신시킨다. 그러나 피부가 상할 정도로 세게 때려서는 안 된다. 축 늘어진 그녀를 메고 현관홀을 지나, 남이 보면 안 되니까 전등을 꺼 놓고 정면 문으로 밖에 나간다. 그리고 바로 꾸며댈 말을 생각한다.

그녀는 미끄러진 모양이다. 그리고 그는 그녀가 돌계단으로 헤엄쳐 돌아올 줄 알고 자기는 뛰어들지도 않았고, 구조를 요청하지도 않았는데 상당히…… 그는 나중에 그린리프 씨와 나눌 대화까지 상상했다. 그린리프 씨는 정신이 뒤바뀔 정도의 충격을 받는다. 톰 자신도 매우 충격을 받은 듯이 행동하나, 그것은 다만 남에게 보이기 위한 제스처에 불과하다. 마음 밑바닥에서는 프레디 마일즈를 죽였을 때와 마찬가지로 냉정하게 자신을 계속 유지한다. 그것은 그가 이야기하는 일에는 절대로 허점이 없기 때문이다. 산레모 사건 때의 꾸밈말과 마찬가지다. 그의 이야기는 완전하다. 그것은 그가 정성껏 상상해서 만들었고, 너무 열심히 상상해, 마지막에는 자신도 그것을 사실이라고 믿게 될 정도였기 때문이다.

순간 그는 자신의 목소리를 들은 것같이 느꼈다……. 저는 돌계단에 선 채 그녀를 불렀지요. 곧 돌아오리라고 생각했고, 그녀가 저를 놀리고 있다고도 생각했기 때문에…… 그런데 그녀는 스스로 목숨을 버린 것은 아녜요. 조금 전까지 그렇게 기분이 좋아서 돌계단에 서 있었으니까요……. 그는 갑자기 긴장했다. 그것은 머리 속의 축음기가 그 거실에서 연기되고 있는 단막극을 반복해서 들려주고 있는데, 그치게 하려고 해도 할 수 없는 것처럼 생각되었기 때문이다. 그는 현관홀을 향해 열린 정면의 커다란 문 옆에 이탈리아 경관, 그린리프 씨, 그리고 자기가 나란히 서 있는 모습을 보았다. 자기가 열심히 이야기하고 있는 모습이 보이고 목소리가 들렸다. 그리고 모두가 그것을 믿어 주고 있었다.

그런데 톰이 무엇보다도 두려워하는 것은 이 상상 속의 대화라든가, 그녀를 죽였다고 망상한 일이 아니고(죽이지 않았다는 사실은 자신이 알고 있었다), 자기가 현실에서 손에 구두를 들고 머지 앞에 서서, 냉정히 순서 있게 이 모든 것을 상상한 일이었다. 그것과, 전에도 두 번 실행했다는 사실이 두려웠다.

그 두 경우는 상상이 아니고 사실이었다. 그것은 분명히 하고 싶어서 한 일은 아니었다. 그런데 해버린 것이다. 그는 결코 살인자는 되고 싶지 않았다. 가끔 자기가 사람을 죽였다는 사실을 완전히 잊어버릴 때도 있었다. 오늘 밤처럼 자기가 지닌 소지품의 의미를 생각하고 있을 때에는 잠시 완전히 잊고 있을 수가 있다. 그러나 때에 따라서는 지금처럼 잊고 싶어도 잊을 수가 없었다.

톰은 소파 위에서 옆으로 몸을 비틀고 무릎을 구부려 두 팔을 소파

위에 올렸다. 그는 긴장감과 두려움에 땀을 흘리고 있었다. 대체 나는 어떻게 된 것일까? 어찌 된 거야? 내일 그린리프 씨와 만날 때, 머지가 운하에 빠졌다든가, 내가 구조를 요청하며 소리를 지르고 뛰어들었지만 그녀를 찾지 못했다든가, 얼토당토않은 말을 줄줄 지껄여 대지나 않을까? 머지는 모두와 함께 눈앞에 서 있는데, 광포해진 나는 그런 이야기를 해서 자기가 미친 사람이라는 것을 폭로하지나 않을까?

톰은 내일 그 두 개의 반지를 가지고 그린리프 씨 앞에 앉지 않으면 안 된다. 머지에게 한 이야기와 똑같은 말을 하지 않을 수 없겠지. 정말인 것처럼 보이기 위해서 더 자세히 이야기할 필요가 있다. 그는 꾸밈말을 생각하기 시작했다. 톰은 로마의 호텔 방을 상상하고, 디키와 자기가 그곳에 서 있고, 디키가 반지를 둘 다 뽑아서 자기에게 넘겨주는 장면을 상상했다. 디키의 말은 이렇다.

'자네, 이 말을 아무에게도 하지 말아 주지 않겠나……'

27

그 이튿날 아침, 머지는 언제쯤 이쪽에서 호텔로 가면 되는가를 그린리프 씨에게 물어 보기 위해서 8시 30분에 전화를 걸었다. 그린리프 씨는 그녀가 몹시 상심하고 있음을 눈치챈 모양이었다. 톰은 그녀가 그린리프 씨에게 반지 건에 대해 이야기하는 것을 듣고 있었다. 머지는 톰이 반지에 관해서 그녀에게 이야기한 대로 말했다(머지는 그의 이야기를 믿고 있었다). 그러나 톰은 그린리프 씨가 어떤 반응을 보였는지는 알 수가 없었다. 그는 이 작은 뉴스가 원인이 되어 모든 사실이 밝혀지고 그린리프 씨의 호텔에 갔을 때, 경관이 와 있다가 톰 리플리를 체포하게 되는 것이 아닐까 걱정이 되었다. 이 걱정 때문에 그린리프 씨가 반지 건을 말할 때에 옆에 없기를 잘했다는 이

점은 없어지고 말았다.

머지가 전화를 끊었다.

톰이 물었다.

"그분은 뭐래?"

머지는 방 저쪽 끝에 있는 의자에 피로한 모습으로 앉았다.

"나와 똑같이 느끼고 계신 모양이에요. 그분도 그랬어요. 디키는 자살할 작정이었나 보다고요."

그러나 그린리프 씨는 두 사람이 그곳에 도착하기 전까지 반지 건에 대해 곰곰이 생각하겠지.

톰은 다시 물었다.

"몇 시까지 가기로 했지?"

"9시 반이나 그보다 조금 전에 가겠다고 말씀드렸어요. 커피를 마시고 나서 바로 떠나지요."

머지는 일어나 부엌으로 갔다.

그녀는 벌써 채비를 다 하고 있었다. 처음 이곳에 도착했을 때처럼 여행용 슈트까지 입고 있었다.

톰은 소파 끝에 걸터앉아서 넥타이를 늦추었다. 그는 옷을 입은 채 소파에서 자고 있었는데, 몇 분 전에 머지가 내려와서 깨웠다. 그는 이런 썰렁한 방에서 어떻게 잠을 잤는지 알 수 없었다. 머지 또한 어떻게 이런 곳에서 잠을 잘 수 있었을까 하는 기가 막힌 표정을 지었다. 그는 목과 등과 오른쪽 어깨가 땡겼으며, 모욕을 당한 기분이어서 그 자리에 앉아 있을 수가 없었다.

"나는 이층에 가서 샤워를 하겠어."

그는 머지에게 말했다.

이층의 자기 방을 흘끔 보니까, 머지는 벌써 짐을 다 꾸려 놓았고 뚜껑을 닫은 슈트케이스가 마루 한가운데에 놓여 있었다.

그녀와 그린리프 씨가 오전 열차로 떠나주었으면 좋겠다. 그린리프 씨는 오늘 로마에서 미국의 사립 탐정과 만날 예정이니까 바로 돌아가겠지.

톰은 머지가 있는 옆방에서 옷을 벗고 욕실에 들어가 샤워를 틀었다. 그는 거울에 비친 얼굴을 보고, 옷을 입기 전에 먼저 수염을 깎아야겠다고 생각하고 자기 방으로 전기면도기를 가지러 갔다. 그 면도기는 머지가 오던 날, 특별한 이유는 없었으나 욕실에서 방으로 옮겨 놓았었다. 방으로 면도기를 가지러 가는데, 아래층에서 전화 울리는 소리가 났다. 머지가 받았다. 톰은 계단 난간으로 몸을 내밀고 전화 내용을 들었다.

"어머, 잘 됐네요." 그녀가 말했다. "네에, 그건 상관없어요……네, 제가 이야기하지요…… 알았어요. 서둘러 가겠어요. 톰은 지금 샤워를…… 한 시간은 안 걸려요."

그녀가 계단 쪽으로 걸어오는 소리가 났기 때문에 그는 뒤로 물러섰다(알몸이었기 때문이다).

"톰!" 그녀는 위를 향해서 소리쳤다. "미국에서 탐정이 왔대요! 그린리프 씨한테서 전화가 걸려 왔는데, 공항에서 바로 오는 중이래요!"

"그거 잘 됐는데!"

톰도 소리쳤다. 그리고 화가 나서 욕실로 돌아왔다. 그는 샤워를 그만두고 전기면도기를 콘센트에 꽂았다. 그녀는 그가 샤워를 하고 있다고 생각한 모양이었다. 머지는 샤워하는 그에게 들리라고 큰 소리를 쳤다. 그녀가 가버렸으면 고맙겠다. 오전 중에 떠나 버리면 더더욱 좋다. 아니면 탐정이 그를 어떻게 다루는가를 보려고 그녀와 그린리프 씨는 이대로 있을 작정일까?

톰은 그 탐정이 자기를 만나기 위해 특별히 베네치아에 온다고 생각했다. 그렇지 않다면 로마에서 그린리프 씨가 돌아오기를 기다렸을 것이다. 톰은 머지도 그것을 알아차렸는지 못 알아차렸는지 의문이었다. 아마 그녀는 알아차리지 못했겠지. 그것은 생각할 여지가 없는 문제이다.

톰은 수수한 양복에 넥타이를 매고 커피를 마시러 내려갔다. 그는 되도록 뜨겁게 해서 샤워를 했기 때문에 기분이 상당히 좋아졌다. 커피를 마실 때 머지는 별로 이야기를 하지 않았다.

다만 "그 반지 때문에 그린리프 씨나 탐정이나 보는 각도가 조금 달라지겠지요. 특히 탐정은 디키가 자살한 것은 아닐까 생각하겠지요"라고 말했다.

톰은 그녀의 말대로 되면 좋겠다고 생각했다. 어떻든 모든 일이 그 탐정이 어떤 인물이냐에 달려 있다. 특히 모든 문제의 핵심은 그가 탐정에게 어떤 첫인상을 주느냐에 있다.

그날도 잔뜩 찌푸린 끈끈하고 불쾌한 날씨로, 아침부터 내린 비가 9시에는 그쳤으나 정오쯤에는 다시 내릴 것만 같았다. 톰과 머지는 데라 사르테 교회의 돌계단에서 곤돌라를 타고 산마르코까지 가고, 거기서 그리티 호텔까지는 걸었다. 톰이 프런트에서 그린리프 씨의 방으로 전화를 했더니, 마캐론 씨는 벌써 와 있으니까 두 사람은 곧 올라오라는 것이었다.

그린리프 씨는 문을 열어주면서 말했다. "어서들 와요." 그는 아버지 같은 동작으로 머지의 어깨에 팔을 둘렀고 톰에게도 인사를 했다.

톰은 머지의 뒤를 따라 안으로 들어갔다. 탐정은 창 옆에 서 있었다. 35살쯤 된 땅딸막한 체구의 사내로 사람을 무척이나 편안하게 해 줄 것 같았고, 얼굴이며 몸에서 풍겨나는 이미지로는 시원스러운 성격의 소유자로 머리도 상당히 좋아 보였다. 그러나 그저 그런 정도겠구나 하는 것이 톰이 느낀 첫인상이었다.

그린리프 씨가 양쪽을 소개했다.

"이쪽이 아르빈 마캐론 씨, 그리고 미스 셔우드와 톰 리플리 씨."

그들은 서로 "잘 부탁합니다"라고 인사를 했다.

마캐론이 이 사건에 대한 조사를 열심히 하고 있었다는 것을 드러내 주는 듯한 서류가방과 서류, 사진 등이 침대 여기저기에 흩어져 있었다.

"당신이 리처드의 친구시군요?"

마캐론이 물었다.

"둘 다 그렇습니다."

톰이 대답했다.

그린리프 씨가 모두에게 앉으라고 권하는 사이에 한동안 이야기가 끊겼다. 그 방은 운하를 향해 창이 나 있는 꽤 넓고 묵직한 느낌이 드는 방이었다. 톰은 빨간 덮개의 팔걸이가 없는 의자에 앉았다. 마캐론은 침대에 걸터앉아서 뭉치로 된 서류를 뒤적거리고 있었는데, 복사 사진으로 된 종이도 몇 장 있었다. 톰은 디키의 수표 복사인가 보다 생각했다. 그 밖에 디키의 사진도 몇 장 있었다.

"반지를 가지고 오셨나요?"

마캐론은 톰과 머지를 번갈아보며 물었다.

"예."

머지는 무겁게 대답하며 일어섰다. 그리고 핸드백에서 반지를 두 개 꺼내어 마캐론에게 넘겨주었다.

마캐론은 손바닥에 그것을 올려놓고 그린리프 씨에게 보였다.

"이것이 그의 반지입니까?"

그린리프 씨는 흘깃 보고는 고개를 끄덕였다. 그런데 머지의 얼굴에 모욕당했다는 듯한 표정이 스쳤다. 그 표정은 '그의 반지는 그린리프 씨보다 내가 잘 알고 있어요' 하는 듯했다.

마캐론은 톰을 향해서 물었다.

"그가 당신에게 이 반지를 언제 주었나요?"

"로마에서 주었는데, 내 기억으로는 2월 3일경이라고 생각돼요. 프레디 마일즈가 살해된 며칠 뒤였어요."

톰은 대답했다.

탐정은 탐색하는 듯한 조용한 다갈색 눈으로 톰을 빤히 응시했다. 탐정은 눈썹을 올리고 살갗이 두꺼운 듯한 이마에 주름을 몇 가닥 잡고 있었다. 웨이브 있는 다갈색 머리 양쪽을 짧게 깎아 올리고, 이마 위 머리카락을 높이 자른 것이 마치 원기왕성한 대학생 같은 스타일이었다. 톰은 얼굴만 보고서는 무엇을 생각하고 있는지 전혀 알 수 없는 아주 잘 훈련된 얼굴이라고 생각했다.

"그가 당신에게 이것들을 줄 때, 뭐라고 했나요?"

"자기에게 무슨 일이 생기면 나보고 이것을 가지고 있어 달라고 했어요. 나는 그에게 무슨 일이 생길 것으로 생각하느냐고 물었지요. 그랬더니 그는 뭔지 모르지만 무슨 일이 일어날 것 같다고 했어요."

여기서 톰은 일부러 입을 다물었다.

그리고 "그때의 그는 다른 때에 비해 특히 우울해 보이지는 않았어요. 그래서 나는 그가 자살할 작정이라고는 전혀 생각하지 않았어요. 여행을 떠나려고 한다는 사실은 알고 있었지만요. 그것뿐이에요."

"어디로 말입니까?"

탐정이 물었다.

"팔레르모라고 하더군요." 톰은 머지를 보았다. "로마에서 당신과 전화로 이야기한 그날에 그가 반지를 준 것 같아. 그건 잉기르테러 호텔이었지? 그날인가, 그 전날이야. 당신은 며칠이었는지 기억하고 있어?"

"2월 2일이에요."

머지는 목소리를 낮추어서 말했다.

마캐론은 적고 나서 물었다.

"달리 무슨 다른 일은? 그날 몇 시경이었어요? 그는 취했었나요?"

"아뇨. 그는 별로 마시지 않는 편이에요. 오후의 이른 시간이었다고 생각돼요. 그는 나에게 이 말을 아무에게도 하지 말아 달라고 했어요. 그래서 나는 말할 것도 없이 승낙했어요. 그러고 나서 이 반지를 넣어둔 채, 미스 셔우드에게 말한 것처럼 까맣게 잊고 있었어요. 그로부터 다른 사람에게 말하지 말라는 부탁을 굳게 지키려는 생각 때문이었겠지요."

톰은 대개 이런 경우엔 말을 조금 더듬을 거라는 생각이 들어, 가끔 적당히 더듬으며 말했다.

"그 반지를 어떻게 보관했나요?"

"내 헌 상자 속에 넣어 두었어요. 떨어진 단추 따위를 넣어 두는 헌 상자예요."

마캐론은 아무 말도 없이 한참 그를 응시했다. 톰은 그 사이에 마음이 긴장되고 있었다. 저 조용하지만 빈틈이 없는, 아일랜드 사람인 듯한 얼굴에서 무슨 말이 나올지 모른다. 급소를 찌르는 질문이냐, 아니면 톰이 거짓말을 하고 있다는 선언이냐, 톰은 어디까지나 자기가 한 말에 매달리려고 생각했다. 죽어도 그것을 지킬 결심이었다. 머지의 숨소리가 들릴 정도로 조용해졌다. 그린리프 씨의 기침소리에 톰은 가슴이 덜컥 내려앉았다. 그린리프 씨는 놀라울 정도로 평정을 유지하고 있었는데 이 일에 아주 지쳐 있는 듯이 보였다. 톰은 그가 반지 문제를 자료로 해서 마캐론과 무엇인가를 계획하고 있지 않을까 생각했다.

"그는 무슨 일에 조심을 들먹인다거나 해서 반지를 한동안 다른 사람에게 맡기는 그런 사람입니까? 그런 일이 전에도 있었나요?"
"아뇨."
톰은 대답을 못하고 있는데 머지가 대신 대답했다.
톰은 상당히 편안한 마음을 가질 수 있었다. 그것은 마캐론은 어떻게 판단해야 할지 아직도 모르고 있는 것 같았기 때문이었다. 마캐론은 톰의 대답을 기다리고 있었다.
"그는 전에도 나에게 물건을 빌려 준 일이 있었어요. 가끔 그의 넥타이나 웃옷을 사용해도 좋다고 말하기도 했어요. 물론 그것은 반지와는 경우가 다르지만요."
그는 이것만은 말해 두어야겠다고 생각했다. 만약 자신이 디키의 옷을 입고 있을 때 들킬 경우, 머지는 이곳에 있었기 때문에 디키의 옷을 입고 있다고 해도 이상하게 생각하지 않을 테니까 말이다.
머지는 마캐론에게 강력하게 주장했다.
"반지를 끼지 않은 디키란 생각할 수 없어요. 헤엄을 치러 갈 때 녹색 반지는 빼놓지만, 언제나 바로 다시 끼었어요. 이 두 개의 반지는 그의 옷의 일부와 같았어요. 그래서 저는 그가 자살하거나 신분을 바꿀 셈이었다고 생각해요."
마캐론은 고개를 끄덕였다.
"그에게 당신들도 알 만한 적대적인 감정을 품은 사람이 있었나요?"
"절대로 없어요. 나도 일단은 그런 걸 생각해 보았어요."
"그가 변장하고 싶다든가, 전혀 다른 사람이 되고 싶다든가, 그렇게 생각할 만한 이유가 없나요?"
톰은 아파오는 목을 틀며 신중하게 말했다.
"있을지도 모르지만…… 그러나 유럽에서 그런 짓을 하는 것은 불가능에 가까워요. 그렇게 하려면 여러 가지 여권을 가져야 할 필요가 있으니까요. 어느 나라에 입국하더라도 여권을 가지고 있지 않으면 안 되고, 호텔에 묵을 때에도 여권이 없으면 곤란해요."
"자네가 여권이 없어도 되는 경우가 있다고 말한 것 같은데"
그린리프 씨가 말했다.
"예, 이탈리아의 작은 호텔일 경우에는 그렇다고 말했지요. 그것은 물론 가능성은 희박하지만요. 그리고 이렇게 그가 실종된 일이 세상에 널리 알려졌으니까 그것을 극복하기란 용이한 일이 아녜요. 지금쯤은 누군가가 그의 정체를 알아차렸을 거예요."
"좌우간 그는 틀림없이 여권을 가지고 돌아다닐 거야. 왜냐하면 그는 시칠리아의 큰 호텔에서도 당당히 숙박을 했으니까요."
마캐론이 말했다.
"그래요." 톰이 맞장구쳤다.
마캐론은 한참 노트에 무엇인가를 쓰고 있더니, 이윽고 톰을 올려다보았다.
"그런데 당신은 이 문제를 어떻게 보나요, 리플리 씨?"
마캐론은 아직 이것만으로는 그만두지 않을 작정이구나, 톰은 생각했다. 그는 나중에 자기와 단둘이 이야기할 생각이겠지.
"나도 미스 셔우드의 말처럼 그는 자살한 것 같다는 생각이 들어요. 그는 오래 전부터 그럴 생각이었던 것 같아요. 이 일에 대해서는 그린리프 씨에게도 말씀드렸지요."
마캐론은 그린리프 씨를 보았다. 그러나 그린리프 씨는 아무 말도 하지 않고, 그저 믿고 있다는 듯이 마캐론을 보고 있었다. 톰의 느낌엔 마캐론도 지금은 디키는 죽었고, 멀리 찾아온 일은 시간과 돈의 낭비였다는 생각으로 기울고 있는 듯했다.
"나는 이 사실들을 다시 한 번 점검해 보고 싶어요." 마캐론은 아직도 서류를 만지작거리며 말했다. "리처드가 최후로 누군가의 눈에 띈 것은, 2월 15일 팔레르모에서 돌아와 나폴리에서 하선할 때의 일이군요?"

"그래요. 배의 보이가 그를 기억하고 있어요."

그린리프 씨가 말했다.

"그 후, 그가 어느 호텔에 나타났었다는 흔적도 없고 쭉 소식도 없었다는 이야기지요?"

마캐론은 그린리프 씨에게서 톰에게로 시선을 옮겼다.

"그래요." 톰이 대답했다.

마캐론은 머지를 보았다.

"그래요." 머지도 대답했다.

"그리고 당신이 마지막으로 그와 만난 것은 언제지요, 미스 셔우드?"

"11월 23일, 그가 산레모로 떠나는 날이었어요."

머지가 바로 대답했다.

"그때 당신은 몬기베로에 있었나요?"

마캐론은 이 도시 이름을 '기'로 강하게 발음했는데, 톰은 그것으로 그가 이탈리아 어를 모르거나 적어도 이탈리아 어 회화는 서투르다는 사실을 알았다.

"그래요. 저는 지난 2월에 로마에서 그와 엇갈려서 못 만났는데, 마지막으로 만난 것은 몬지베로에서였어요."

머지, 잘 했다! 톰은 머지를 귀엽다고까지 생각했다. 여러 가지 언짢았던 일이 있었지만 말이다. 오늘 아침에도 그는 그녀에게 화가 나면서도 한편으로는 호의를 느꼈다.

"로마에서 그는 누구와도 만나려고 하지 않았어요." 톰이 말참견을 했다. "그러기에 그가 나에게 이 반지를 줄 때, 나는 맨 처음, 그

태양은 가득히 329

는 모든 아는 사람들과 떨어져서 어디 다른 도시에 가 살면서 당분간 행방을 감출 계획이 아닌가 생각한 거예요."

"왜 그렇게 생각했지요?"

그래서 톰은 친구인 프레디 마일즈가 살해된 일과 그것이 디키에게 미친 영향 등을 섞어가며 상세히 설명했다.

"리처드는 누가 프레디 마일즈를 죽였는지 알고 있었을까요?"

"아니오, 그렇게는 생각되지 않아요."

마캐론은 머지의 의견을 기다리고 있었다.

"아니오."

머지는 고개를 저었다.

"잘 생각해 보세요."

마캐론은 톰에게 말하고 이어서 재우쳐 물었다. "그것으로 그의 행동에 대한 설명이 된다고 생각하지는 않나요? 그가 지금 행방을 감춘 이유가 경찰의 신문을 피하기 위해서라고 생각되지는 않나요?"

톰은 한참 생각했다.

"그런 방향으로 짚이는 데가 전혀 없어요."

"디키는 무슨 일인가를 두려워하고 있지는 않았을까요?"

"상상도 할 수 없어요."

마캐론은 톰에게, 디키와 프레디 마일즈는 얼마만큼 가까운 친구였는가, 디키와 프레디와의 공통된 친구는 달리 없는가, 그들 두 사람 사이에 대차 관계는 없었는가, 여자 친구는 없었는가 등을 물었다. 이 질문에 톰은 "내가 알기엔 머지뿐이에요" 하고 대답했다. 그에 대해 머지는 자기는 프레디의 여자 친구가 아니라고 항의했고, 따라서 자기 때문에 그들이 라이벌이었을 리가 없다고 강조했다. 그리고 마캐론은 톰에게 유럽에서 디키의 가장 친한 친구가 그였느냐고 물었다.

톰은 대답했다.

"그렇지 않아요. 머지 셔우드예요. 나는 유럽에 있는 디키의 친구를 통 몰라요."

마캐론은 다시 톰의 얼굴을 뚫어지라고 쳐다보았다.

"이 위조 서명 문제를 당신은 어떻게 보십니까?"

"그것은 위조 서명인가요? 위조라고 확신한 사람은 한 사람도 없잖아요?"

"저는 위조 서명이 아니라고 생각해요." 머지가 말했다.

"의견이 갈리고 있는 모양이에요. 필적 감정 전문가들은 디키가 나폴리의 은행 앞으로 낸 편지의 서명은 위조가 아니라고 해요. 그렇게 되면…… 어디엔가 위조 서명이 있었다면 그는 누군가를 감싸고 있었다고밖에는 생각할 수 없어요. 위조 서명이었다고 가정해도 그가 누구를 감싸고 있었는지 짐작이 안 가나요?"

마캐론이 물었다.

톰이 망설이고 있는데, 머지가 말했다.

"저는 그를 잘 압니다. 그가 누군가를 감싼다는 일은 상상할 수도 없어요. 어째서 감쌀 필요가 있겠어요?"

마캐론은 톰을 물끄러미 바라보고 있었다. 톰이 정직한지 어떤지를 의심하고 있는지, 아니면 그가 한 여러 가지 이야기를 곰곰이 생각하고 있는지 알 수가 없었다. 마캐론은 전형적인 미국의 자동차 세일즈맨이었으나, 다른 종류의 일을 할 때도 세일즈맨 같은 근성을 드러내는 사내였다. 쾌활하며, 풍채도 나쁘지 않고, 적당히 지껄이며 남자를 상대로 야구 이야기도 하고, 여자한테는 시시한 아양을 떨 수 있는 타입이었다. 톰은 그를 대단한 사람이라고 생각하지는 않았으나 한편으로는 깔보면 안 된다는 것을 알고 있었다. 톰이 바라보고 있으려니까, 마캐론의 작고 보드랍게 생긴 입이 열렸다.

태양은 가득히

"리플리 씨, 시간이 괜찮으시다면 저와 함께 아래층으로 가 주시지 않겠습니까?"
"좋아요."
톰은 일어섰다.
"곧 돌아옵니다."
마캐론은 그린리프 씨와 머지에게 양해를 구했다.
그린리프 씨가 일어나 무슨 말인가 하려고 하기에, 톰은 문 있는 데에서 뒤돌아보았으나 무슨 말을 하는지 들리지 않았다. 톰은 갑자기 밖에 비가 내리고 있음을 깨달았다. 가는 회색의 종이 같은 비가 창유리를 때리고 있었다. 마지막으로 보게 되는 것이 아닌가 싶을 만큼 모든 것이 흐릿하고 어수선해 보였다. 머지는 커다란 방의 저쪽 구석에 자그맣게 구부리고 있는 것 같았다. 그린리프 씨는 비틀거리며 걸어와서 무엇인가 잔소리를 하고 있는 것 같았다. 그러나 이 편안한 방이며, 그가 살고 있는 집에서 보이는 운하의 전망——지금은 비 때문에 잘 보이지 않지만——은, 이제 두 번 다시 못 볼지도 모른다.
그린리프 씨가 물었다.
"자네는, 자네는 곧 돌아오겠지?"
"예."
마캐론은 사형 집행인처럼 무표정하게 단호히 대답했다.
두 사람은 엘리베이터로 걸어갔다. 범인을 잡을 때는 이런 방법으로 하는 건가? 톰은 생각했다. 로비에서 조용히 말하고 그를 이탈리아 경찰에 인도한다. 그리고 마캐론은 약속대로 방으로 돌아간다. 마캐론은 서류 가방에서 꺼낸 서류를 두 장쯤 가지고 있었다. 톰은 엘리베이터 안의 각층 번호판 옆에 세로로 붙어 있는 주물로 된 장식물을 가만히 보고 있었다. 달걀 모양의 무늬 주위에 4개의 솟아오른 점이 붙어 있었다. 위에서 아래까지 달걀 모양과 점의 연속이었다. 그린리프 씨에 대한 더할 수 없이 흔해 빠진 감상이라도 하며 마음을 달래기로 하자.

톰은 이를 악물었다. 여기서 땀이라도 흘려서 자신이 범인이라는 것을 조금이라도 눈치채게 하면 큰일이다. 아직 땀을 흘리지는 않았지만 로비에 도착하자마자 갑자기 식은땀이 나올 것만 같았다. 마캐론은 톰의 어깨 정도밖에 안 될 정도로 키가 작았다. 엘리베이터가 멈추려고 할 때, 톰은 마캐론을 향해 이를 드러내고 웃으며 낮은 목소리로 물었다.

"당신은 베네치아에 처음 오십니까?"

"그래요" 그리고 로비를 걷다가 "여기에라도 들어갈까요?" 하고 커피숍을 가리키며 공손하게 말했다.

"좋습니다." 톰은 흔쾌히 말했다. 커피숍은 혼잡하지 않았으나, 다른 사람에게 이야기가 들리지 않을 만한 테이블은 하나도 없었다. 마캐론은 이런 곳에서, 테이블 위에 사실을 하나하나 늘어놓으며 톰의 죄를 밝힐 작정인가?

톰은 마캐론이 끌어내주는 의자에 앉았다. 마캐론은 벽을 등지고 앉았다.

웨이터가 왔다.

"시뇨르?"

"커피." 마캐론이 말했다.

"카프치노를." 톰은 말했다. "당신은 어느 쪽으로 하시겠어요? 카프치노와 에스프레소 중에서?"

"밀크가 든 것은 어느 쪽인가요? 카프치노인가요?"

"그래요."

"그럼 그걸로."

톰이 주문했다.

마캐론은 톰을 보았다. 그의 작은 입 한쪽이 빙긋 웃고 있었다. 톰은 그가 뭐라고 말의 서두를 꺼낼지, 서너 가지 상상해 보았다. '당신이 리처드를 죽였지요? 그 반지가 말해 주고 있어요' 혹은 '리플리 씨, 산레모의 보트 건을 상세히 이야기해 주지 않겠어요?' 아니면 조용하게 이야기를 해나가다가 '당신은 2월 15일에 어디에 있었지요? 리처드가 상륙한 날 말이에요…… 나폴리였지요? 좋아요, 1월에는 어디에 살고 있었지요?…… 그것을 증명할 수 있나요?' 라고 시작하지 않을까?

마캐론은 아무 말도 하지 않았다. 희미하게 웃으면서, 다만 자기의 통통한 두 손을 보고 있을 뿐이었다. 톰은 최후의 통고가 시시할 정도로 너무 간단하기 때문에, 오히려 입 밖에 내지 못하는지도 모르겠다고 생각했다.

옆 테이블에 있는 네 사람의 이탈리아 인이 귀에 거슬리는 목소리로 깔깔거리고 웃으며, 정신병자들처럼 시끄럽게 지껄이고 있었다. 톰은 그들에게서 떨어져 앉고 싶었으나 그런 내색은 하지 않고 가만히 앉아 있었다.

톰은 계속 긴장하고 있기 때문에 몸이 쇠처럼 굳어졌다. 그렇게 긴장하고 있는 사이에 대담해졌다. 톰은 믿을 수 없을 만큼 조용한 목소리로 말했다.

"당신은 로마에 들렀을 때, 로베리니 경위와 이야기할 시간이 있었나요?"

톰은 이렇게 물으면서, 이 질문에는 한 가지 목적이 포함되었음을 깨달았다. 마캐론이 산레모의 보트 건을 들었는지 못 들었는지를 알 수 있다.

"아니, 이야기하지 못했어요. 나는 그린리프 씨가 오늘 로마로 돌아온다는 통지를 받고 있었는데, 예상외로 아침 일찍 로마에 착륙했기 때문에, 이곳으로 날아와 그를 만나고 당신과도 이야기하려고 생각했어요." 마캐론은 서류를 보면서 되물었다. "리처드란 사람은 어떤 사람이에요? 그의 인품을 설명하라면, 당신은 뭐라고 말하겠소?"

마캐론은 이런 방법으로 이야기를 끌고 갈 셈인가? 자기가 디키를 묘사하는 말 속에서 단서를 잡을 셈인가, 아니면 디키의 부모로부터 들을 수 없는 더 객관적인 의견을 듣고 싶은 것일까?

"그는 화가가 되고 싶어했어요." 톰은 이야기를 시작했다. "그런데 일류 화가는 절대로 될 수 없다는 사실을 자각했어요. 그는 그런 것은 아무래도 좋다는 행동을 하려고, 이 유럽에 와서, 아주 행복하고, 멋대로 생활하고 있다고 스스로 자위하려고 했어요."

톰은 입술을 빨았다.

"그러나 내가 보는 바로는, 그는 이곳 생활에 점점 실망한 모양이었어요. 당신도 알고 있겠지만, 그의 부친은 반대했고, 디키 자신은 머지와 어색한 상태가 돼 버린 거예요."

"그것은 무슨 뜻이지요?"

"머지는 그를 사랑하고 있어요. 그런데 그는 그녀를 사랑하지 않아요. 더구나 그는 몬지베로에 있으면서 늘 그녀와 만나고 있었기 때문에 그녀 쪽에서는 어디까지나 희망을 잃지 않고 있었지요."

톰은 안전 지대에 들어왔다는 느낌이 들기 시작했으나, 아직도 생각하는 바를 잘 말하지 못하는 듯한 시늉을 했다.

"그는 그 일에 대해선 나한테 정식으로 의논한 일이 한번도 없어요. 그는 언제나 머지를 매우 칭찬했어요. 그가 그녀를 매우 좋아하기는 하나 결코 머지와는 결혼하지 않으리라는 사실은 그가 어떤 다른 말로 둘러대더라도…… 머지에게도 말이에요. 확실히 알 수 있었어요. 그런데 머지는 절대로 그를 단념하지 못했어요. 나는 디키가 몬지베로를 떠난 주된 이유는 그것이라고 생각해요."

마캐론은 참을성 있게, 그리고 동감하는 자세로 듣고 있는 듯했다.

"'단념하지 못했다'는 말은 무슨 뜻이지요? 그녀가 뭘 했나요?"

톰은 웨이터가 거품이 이는 카푸치노를 두 잔 테이블에 놓고, 설탕 그릇 밑에 전표를 낄 때까지 기다렸다.

"그녀는 끊임없이 그에게 편지를 쓰고, 만나고 싶어하고, 그리고 매우 교묘하게 마음을 써, 그가 혼자 있고 싶다고 생각할 때에는 무리하게 날뛰지 않고 그를 혼자 내버려 두었어요. 이 말은 모두 로마에서 그를 만났을 때, 그에게서 들었어요. 마일즈가 살해된 뒤에 그는 '머지를 만나고 싶지 않아. 내가 이런 트러블 때문에 난처해하고 있다는 말을 머지가 들으면, 틀림없이 몬지베로에서 로마로 찾아올 거야' 하며 걱정하고 있었어요."

"마일즈가 살해된 뒤에, 그가 왜 그렇게 신경질적으로 되었다고 생각하세요?"

마캐론은 커피를 한 모금 마시고, 뜨거워서인지 써서인지 얼굴을 찡그리고 스푼으로 저었다.

톰은 설명했다. 그 두 사람은 정말 좋은 친구 사이였다. 그런데 프레디는 디키의 집에서 나간 지 몇 분 뒤에 살해되었다고.

"당신은 리처드가 프레디를 죽였을지도 모른다고 생각하십니까?"

마캐론은 조용히 물었다.

"아뇨, 그렇게 생각하지 않습니다."

"왜 그렇지요?"

"그에게는 프레디를 죽일 만한 이유가 없기 때문이에요……. 적어도 내가 아는 한도에서는 없어요."

"세상에서는 흔히 누구누구는 살인을 할 타입이 아니라고 말을 하지요. 당신은 리처드가 사람을 죽일 수도 있는 타입이라고 생각하십니까?"

톰은 조금 망설였다. 사실을 말하려고 생각한 것이다.

"저는 그런 생각을 구체적으로 해본 적이 한 번도 없어서요. 어떤 종류는 인간이 살인을 할 수 있는지도 몰라요. 그가 화내는 모습을 본 일은 있습니다만……."

"언젠데요?"

톰은 로마에서의 이틀 간의 일을 상세히 이야기했다. 그것은 디키가 경찰의 신문을 받았기 때문에 화를 내고 심한 좌절감에 빠져 고민하고 있을 때인데, 그는 친구나 타인으로부터의 전화를 피하기 위해서, 자기 아파트를 처분해 버린 것이다. 톰은 디키가 그림을 그리는 기량이 마음먹은 대로 진척되지 않아 고심하던 사실과 결부시켜서 이야기했다.

디키는 고집이 세고 자존심이 강한 청년이며, 아버지를 무서워하고 꺼리기 때문에 아버지의 희망을 계속 거역하고 있었다는 이야기. 그리고 친구뿐 아니라 타인에 대해서는 관대하나, 동시에 매우 변덕스러워서, 상냥하게 대하는가 싶으면 금방 울적해 하는, 상당히 엉뚱한 짓을 잘 하는 사람이라는 이야기 등을 했다.

톰은 한 마디로 말하면, 디키는 아주 평범한 청년인데 본인은 남과 다른 특별한 사람이라고 생각하기를 좋아한다고 말했다. "만약 그가 자살했다면 자기 자신에게는 결함이 있다, 즉 자신이 무능력자라는 것을 깨달았기 때문일 거예요. 나로서는 그를 살인자라기보다는 자살자라고 생각하고 싶어요."

"그러나 나는 그가 프레디 마일즈를 죽이지 않았다고 단언할 수는 없는데, 당신은 어떻습니까?"

마캐론은 매우 진지했다. 그것은 톰도 잘 알 수 있었다. 그는 톰이 디키를 감싸는 이유는 친구로서 당연한 일이라고 생각하는 모양이었다. 그리고 톰은, 그 때문인지 공포심이 조금 가셔지는 것을 느꼈다. 그러나 그것도 몸속의 무엇인가가 조금씩 녹아가듯이 겨우 일부가 가셔진데 불과했다.

"확신은 없지만, 그가 살인을 했다고는 아무래도 믿을 수가 없어요."

"저에게도 확신은 없어요. 그러나 지금 하신 이야기에 비추어 생각하면 상당한 정도가 설명이 되는데요. 어떻든 오늘은 첫날인데다가 일에만 착수했을 뿐이어서." 마캐론은 낙천적인 웃음을 빙긋 띠고 말을 이었다. "나는 아직 로마의 보고서도 보지 못했어요. 로마에 돌아가서도, 다시 당신과 이야기하게 되겠지요."

톰은 그를 바라보며 이것으로 마캐론의 신문은 끝난 모양이라고 생각했다.

톰은 물었다.

"당신은 이탈리아 어를 하십니까?"

"아뇨. 별로 능숙하진 못하지만, 읽을 수는 있어요. 프랑스 어라면 괜찮은데, 뭐 어떻게 해 나가겠지요."

마캐론은 대단한 문제가 아닌 듯이 말했다.

'그것은 매우 중대한 문제야.' 톰은 생각했다. 톰은 마캐론이 통역을 통해서 로베리니로부터 그린리프 사건을 전부 들을 수 있다고는 상상할 수도 없었다. 하물며 마캐론이 로마에 있는 아파트 관리인의 여주인 같은 사람들과 자유롭게 이야기를 나눈다는 일은 도저히 가능한 일이 아니겠지. 그러나 이 사건에 있어서 마캐론이 이탈리아 어에 능숙하지 못하다는 것은 매우 중요한 작용을 하게 될 것이다.

"나는 몇 주일 전에 이 베네치아에서 로베리니 경위와 이야기했어요. 그를 만나면 안부 전해 주십시오."

톰은 말했다.
"전해 드리지요."
마캐론은 커피를 마저 마셨다.
"당신은 디키를 잘 아니까, 그가 숨는다면 어디로 갔을지 짐작이 되겠지요?"
톰은 조금 움직여 자세를 고쳐 앉았다.
"그가 이탈리아를 제일 좋아한다는 것은 알고 있지만, 프랑스는 별로 좋아하지 않았어요. 그러나 그는 그리스도 좋아했어요. 언젠가 마조르카에 가겠다고 하던데요. 스페인이라면 어디든지 가능성이 있다고 생각합니다."
"그래요."
마캐론은 한숨을 쉬었다.
"당신은 오늘 로마로 돌아가십니까?"
마캐론은 눈을 들었다.
"그럴 셈입니다. 두세 시간 여기서 잘 수 있다면 말이에요. 벌써 이틀 동안이나 침대에서 못 잤더니, 피곤하군요."
'끈질긴 사람이로군.' 톰은 생각했다.
"그린리프 씨가 열차 편을 생각하고 있을 거예요. 오전 중에 두 번, 오후에는 더 있을 겁니다. 그분은 오늘 떠날 예정인 것 같아요."
"오늘 갈 수 있습니다."
마캐론은 전표를 집어 들었다.
"여러 가지로 협조해 주셔서 고맙습니다, 리플리 씨. 다시 만날 필요가 생기면 연락드리지요. 당신의 주소와 전화 번호를 적어 두었으니까요."
톰은 일어섰다.

태양은 가득히 339

"저도 위에 올라가, 머지와 그린리프 씨에게 인사를 해도 좋을까요?"

마캐론은 상관없다고 했다. 두 사람은 다시 엘리베이터를 타고 올라갔다. 톰은 휘파람이 나오려는 것을 참았다. 그의 머릿속에는 '파파는 마음이 없어'라는 노래 구절이 빙빙 돌고 있었다.

방에 들어가서 그는 머지를 자세히 보았다. 나에게 적의를 가지고 있는 것은 아닐까? 그러나 그녀는 조금 슬퍼 보일 뿐이었다. 최근에 막 미망인이 된 그런 얼굴이었다.

"미스 셔우드, 당신에게도 조금 묻고 싶은 말이 있는데" 하고 마캐론은 이어서 그린리프 씨에게 물었다. "괜찮겠어요?"

"그러십시오, 나는 로비에 가서 신문을 사 가지고 오겠어."

그린리프 씨는 말했다.

마캐론은 척척 일을 착수해 나갔다. 톰은 머지와 그린리프 씨에게 돌아가겠다는 인사를 하고, 두 사람이 오늘 로마로 돌아간다면 이제 못 만날지도 모르겠다고 말했다. 그리고 마캐론에게 "내가 할 수 있는 일이 있다면 언제든지 로마에 가겠어요. 어떻든 5월 말까지는 이곳에 있으니까요" 했다.

"그 때까지는 뭔가 잡을 작정입니다."

마캐론은 아일랜드 인다운 자신에 넘치는 웃는 얼굴을 해보였다.

톰은 그린리프 씨와 함께 로비로 내려갔다.

"그는 저에게 같은 말을 반복해서 묻더군요. 그리고 리처드의 인품에 대한 저의 의견을 물었어요"

톰은 그린리프 씨에게 말했다.

"자네 의견은 어떤데?"

그린리프 씨는 별로 희망을 걸고 있지 않은 듯한 말투였다.

디키가 자살을 했거나 도망쳐서 몸을 숨겼거나 상관없이 그린리프 씨에게는 괘씸한 행동이겠지.

톰은 말했다.

"저는 사실이라고 생각되는 말을 그대로 했어요. 그러니까 그는 도망칠 수도 있고, 자살을 기도할 수도 있을 것이라고 말해 두었어요."

그린리프 씨는 아무 말도 하지 않고 톰의 팔을 가볍게 두드렸다.

"잘 가게, 톰 군."

"안녕히 가세요. 편지 기다리겠습니다."

그린리프 씨와 자기 사이는 모든 일이 잘 됐다. 머지와도 잘 되겠지. 그녀는 자살설을 그냥 받아들이고 있다. 그러니까 앞으로, 그녀의 마음은 틀림없이 그 방향으로 달리겠지.

그날 오후, 톰은 전화가 걸려 올까봐 쭉 집에 틀어박혀 있었다. 중요한 일이 아니라도 적어도 한 번쯤은 마캐론이 전화를 할 줄 알았는데 전화는 걸려 오지 않았다. 단 한 번, 이곳에 살고 있는 티티 백작부인이 전화를 걸어, 오늘 오후에 칵테일을 마시러 오지 않겠느냐고 했다. 톰은 거기에 응했다.

머지가 그에게 트러블을 일으킬 염려는 없다. 그녀는 한 번도 그에게 피해를 준 일이 없다. 그녀는 그 둔한 상상력 속에서 틀림없이 모든 일을 디키가 자살했다는 것에 적합하도록 만들어 갈 것이다.

28

이튿날, 마캐론이 로마에서 톰에게로 전화를 걸어, 디키가 몬지베로에서 알고 지내던 사람의 이름을 모두 가르쳐 달라고 했다. 그것이 마캐론이 묻고 싶은 말의 전부인 모양이었다. 왜냐하면 그는 충분히 시간을 들여 모두 조사를 하고 머지에게서 받은 이름 리스트와 하나하나 대조하고 있는 것 같았기 때문이다. 대개의 이름은 이미 머지가 가르쳐 준 모양인데, 톰은 어려운 그들의 주소까지 포함해서 모두 늘어놓았다. 조르죠는 말할 것도 없고, 보트 상인인 피에트로, 파우스트의 백모인 마리아, 톰은 그녀의 성을 알 수 없으나 그 집으로 가는 복잡한 길을 마캐론에게 친절히 가르쳐 주었다. 그리고 식료품상인 아루드, 체키 부부, 톰은 만난 일도 없는 마을 어귀에 사는 염세주의자 같은 화가 스티븐슨 할아버지의 일까지 가르쳐 주었다. 톰이 그것들을 늘어놓는 데 몇 분 걸렸으니까, 마캐론이 일일이 조사하러 다닌다면 며칠은 걸리겠지.

톰은 거의 전부 이름을 들었는데, 디키의 집 등을 처분해 주도록 부탁한 시뇨르 푸치의 이름만은 말하지 않았다. 마캐론이 머지로부터 듣지 않았더라도, 아마 푸치는 톰 리플리가 몬지베로에 와서 디키의 소유물을 처분한 이야기를 틀림없이 할 것이기 때문이었다. 그러나 톰은 자기가 디키의 소유물을 처분한 사실을 마캐론이 알더라도 사건의 해결에 중요한 영향력을 미치리라고는 생각하지 않았다. 톰은 아루드나 스티븐슨 같은 사람들의 이야기라면, 마캐론이 무슨 말을 들었다 해도 걱정 없었다.

"나폴리에는 누가 있나요?"

마캐론은 물었다.

"내가 알고 있는 사람은 없어요."

"로마에서는?"

"유감스럽지만 로마에서는 그의 친구와는 아무하고도 만나지 않았어요."

"이 화가와는 만나지 않았나요? 디 머시모라든가 하는?"

"한 번 얼핏 보기는 했는데, 만났다고 할 수는 없지요."

"어떤 풍채의 사람인가요?"

"거리 모퉁이에서 보았을 뿐이지요. 디키가 그를 만나러 갔기 때문에 저는 거기서 헤어졌어요. 그래서 별로 가까이에선 보지 못했어요. 쉰 살쯤 되어 보이고 머리가 희끗희끗한 남자예요. 저는 그 정도밖에 기억나지 않아요. 꽤 튼튼한 체격에 엷은 회색 옷을 입고 있었어요."

"좋은 정보입니다." 마캐론은 그 말을 써 넣고 있는 듯, 조금 뒤에 흔쾌한 인삿말이 들려왔다. "이 정도면 됐습니다. 고맙습니다, 리플리 씨."

"천만에요, 몸조심하세요."

그러고 나서 톰은——실종한 친구의 수색에 어느 정도 윤곽이 잡히면 아무나 그렇게 하듯——며칠 동안 집에 틀어박혀서 조용히 기다렸다. 그는 세 군데인가 네 군데의 파티 초대를 사절했다. 신문은 디키의 아버지가 고용한 미국의 사립 탐정이 와 있다는 사실에 자극되어 다시금 디키의 실종에 흥미를 나타내기 시작했다. 톰은 〈에올로페오〉지와 〈오지〉지의 카메라맨이 집에 성큼성큼 들어와 자기의 사진을 찍으려 하기에 단호히 돌아가라고 말했다. 그리고 끝내 집요하게 덤비는 한 청년의 팔꿈치를 잡고 거실에서 정문으로 끌어냈다.

그 후 닷새 동안에 중요한 일이 하나도 일어나지 않았다. 전화도 걸려오지 않았고, 편지도 오지 않았다. 로베리니 경위마저도 연락이 없었다. 톰은 가끔 최악의 경우를 상상했다. 하루 중에서도 가장 우울한 석양 때가 특히 좋지 않았다. 톰은 로베리니와 마캐론이 공동으로, 디키가 이미 11월에 실종되었다는 사실을 추정했을 경우와 마캐론이 자기가 차를 산 날짜를 조사하고, 디키는 산레모에 간 뒤 돌아오지 않았으며, 자기가 디키의 소유물을 처분하러 왔었다는 사실을 알아냈을 경우를 상상했다. 그는 그린리프 씨가 베네치아를 떠난 날 아침, 피로해서 무관심하게 말한 인사를 몇 번이나 반복해서 생각해 본 결과, 그것은 적의를 품은 태도였다고 해석했다. 그리고 그는 로마에 있는 그린리프 씨가 디키를 수색하는 모든 노력이 아무 열매도 맺지 못하는 사실에 격노해서, 돈을 주어 자식을 귀국시켜 달라고 부탁했던 톰 리플리라는 악당을, 갑자기 철저히 조사하라고나 하지 않을까 상상했다.

 그러나 매일, 아침이 되면 톰은 다시 낙관적으로 되었다. 좋은 면에서 머지는 디키가 수개월 간 로마에서 우울하게 살았다고 믿고 있으며, 사실상 그녀는 틀림없이 소중히 간직한 그의 편지를 전부 마케론에게 보였을 것이다. 그것은 모두 잘 쓴 편지들이었다. 충분히 생각해서 쓰기를 잘했다. 이렇게 되면 머지는 그에게 짐이 되는 것이 아니고 오히려 그를 도와주는 것이 된다. 그녀가 반지를 발견한 그날 밤, 톰은 구두를 그냥 아래에 놓기를 잘했다.

 아침마다 톰은 침실 창으로 태양을 바라보았다. 겨울 안개 속에서, 자못 평화스러운 이 도시 위에 천천히 떠오르고, 마침내 안개를 뚫고 오전 중에 두 시간쯤 밝은 태양의 빛을 쏟아준다. 그리고 톰에게 그렇게 조용하게 시작되는 나날이 미래의 평화를 약속하는 듯이 생각되었다. 하루하루 조금씩 따뜻해졌다. 맑은 날씨가 계속되고 비가 줄었다. 봄은 벌써 오고 있었다. 그러한 어느 날 아침, 지금보다 좀더 맑은 날 아침, 그는 집을 나서 그리스로 가는 배를 타는 것이다.

 그린리프 씨와 마케론이 떠난 지 엿새째 되는 날 밤에 톰은 로마로 전화를 걸었다. 그린리프 씨에겐 새로운 뉴스가 하나도 없었는데, 톰은 처음부터 그것을 기대하고 있지 않았다. 머지는 미국으로 돌아갔다고 했다. 톰은 그린리프 씨가 이탈리아에 있는 동안, 신문은 매일 이 사건에 관련된 기사를 뭔가 쓰리라고 생각했다. 그런데 신문사 입장에서도 그린리프 사건에 대한 센세이셔널한 재료는 끊겨 버리고 만 모양이었다.

 "부인께서는 어떠세요?"

톰은 물었다.

"좋은 것 같아. 그런데 이번 일이 아내에게는 상당히 충격을 준 모양이야. 어젯밤에도 또 그녀에게 전화를 했어."

"안됐습니다." 톰은 말했다. 그녀에게 친절한 편지를 보낼 걸 그랬나 보다. 그린리프 씨가 집에 없고 그녀 혼자 있는 사이에 한마디 친절한 말을 전해 두어야 했다. 좀더 일찍 그것을 깨달았어야 했다.

그린리프 씨는 이번 주말에 출발해서 파리에 들르겠다고 했다. 파리에서도 프랑스의 경찰이 수색을 계속하고 있다는 이야기였다. 마캐론도 동행하는데, 파리에서도 아무 단서가 없으면 두 사람은 그대로 귀국하겠다고 했다.

"내가 생각하나, 누가 생각하나……. 그앤 죽었거나, 어디에 숨어 있거나 둘 중 하나야. 온 세계의 어느 구석에도 그애를 찾는 광고가 나지 않은 곳이 없어. 러시아를 빼놓고는 말야. 그애가 그곳을 좋아하는 것 같은 태도가 보이던가?"

"러시아 말입니까? 아뇨, 저는 들은 일이 없어요."

그린리프 씨는 분명히 디키는 죽었다고 생각하는데, 그렇지 않더라도 이제는 아무래도 좋다는 태도였다. 전화로 이야기하는 동안에도 그에게는 포기하는 태도가 확실히 엿보였다.

톰은 그날 밤 피터 스미스 킹스레이의 집에 갔다. 피터는 친구가 보내 주었다면서 영어 신문을 두 가지나 가지고 있었다. 그 하나에는 톰이 〈오지〉지의 카메라맨을 쫓아내고 있는 사진이 실려 있었다. 톰도 그 사진을 이탈리아의 신문에서 보았다. 베네치아에 있는 그의 사진 몇 장과 그의 집 사진도 몇 장 미국으로 간 모양이었다. 보브와 크레오가 저마다 뉴욕의 타블로이드판에 나와 있는 사진과 기사를 오려서 보내 주었다. 두 사람 다 이 사건에 열중하고 있는 모양 같았다.

태양은 가득히

"나는 정말 진절머리가 나. 나는 의례상, 그리고 될 수 있으면 협조하려고 이곳에 머물고 있는 거야. 더 이상 신문 기자들이 집에 밀어닥치면 문으로 들어오는 순간 엽총을 쏠 작정이야."

그가 진심으로 호소하고 화를 내고 있다는 사실이 그 목소리에도 나타났다.

"잘 알았어." 피터가 말했다. "나는 5월 말에 귀국할 생각이야. 자네가 아일랜드에 와서 우리 집에 묵을 생각이 있다면 대환영이네. 그곳은 아주 조용해. 보증하겠어."

톰은 흘끔 그를 보았다. 피터는 전에도 그의 낡은 아일랜드의 성 이야기를 하며 사진을 보여 준 일이 있었다. 피터와 디키와의 소질에 어떤 종류의 관련이 있다는 느낌이 톰의 머리를 번쩍 스쳤다. 창백한 유령과 같은 악몽의 추억이었다. 그것은 피터에게도 같은 사건이 일어날 수 있기 때문이었다.

마음이 바르고, 의심을 모르고, 소박하고, 관대하고, 선량한 사나이인 피터. 단 자기가 피터를 닮지 않았을 뿐이었다. 그런데 어느 날 밤, 톰은 재미삼아 영국식 악센트를 쓰며 머리를 옆으로 갸웃하고 말을 하는 피터의 흉내를 내보였더니, 피터는 재미있는 듯 떠들고 웃었다. 그런 짓은 하지 않았어야 했다고 지금에 와서 톰은 후회했다. 그것을 생각하면 톰은 정말 창피했다. 그날 밤의 일과 비록 일순간일망정, 디키에게 일어난 것과 같은 일이 피터에게도 일어날 수 있다고 생각한 자기가 견딜 수 없이 부끄러웠다.

톰은 말했다.

"고마운데. 나는 좀더 혼자 있고 싶어. 디키를 잊을 수가 없어서 말야. 정말 쓸쓸해."

그는 갑자기 눈물을 흘렸다. 그는 피터에게 디키의 아버지 부탁으로 찾아온 것을 털어놓고, 비로소 디키와 허물없는 기분이 되었던 그날의, 디키의 웃는 얼굴이 생각났다.

톰은 두 사람이 로마로 엉터리 여행을 하던 때의 일을 생각해 냈다. 그리고 칸트의 칼톤바에서의 반시간도 지금은 그리워졌다. 그때 디키가 진절머리가 난 사람처럼 말이 없었던 것도 무리가 아니다. 즉 디키가 코트다쥐르는 싫다는데도 그가 억지로 끌고 갔으니까. 톰은 생각했다. 그때 자기 혼자서만 구경을 했더라면, 그때 자기가 그렇게 서두르고 욕심을 부리지 않았더라면, 자기가 어리석게도 디키와 머지 사이의 관계를 오해하지만 않았더라면, 그리고 두 사람이 자유의사로 헤어질 때까지 가만히 기다리고 있었더라면 이런 사건으로 진전되지 않았을 테고, 자기는 평생 디키와 함께 있으면서, 여행도 하고, 놀러도 가고, 죽을 때까지 생활을 즐길 수가 있었을 텐데. 그날 디키의 옷만 입어 보지 않았더라도……

"알고 있어. 톰, 짐작이 가."

피터는 톰의 어깨를 두드렸다.

톰은 그를 올려다보았다. 눈물로 그의 얼굴이 일그러져 보였다. 톰은 디키와 같은 기선에 타고 크리스마스 휴가에 미국으로 돌아가는 자기를 상상했다. 톰은 자기와 디키가 형제처럼 디키의 부모와 친하게 지내는 장면을 상상했다.

"고마워."

톰은 말했다. 그것은 어린아이가 울상을 짓고 말하는 것 같은 목소리였다.

"진정해, 톰. 이러한 일들로 자네가 이성을 지킨다는 것이 어려운 줄 알지만 말이야."

피터는 톰을 위로하며 말했다.

29

그린리프 님

 오늘 슈트케이스를 꾸리고 있는데, 로마에서 리처드가 저에게 준 봉투를 문득 발견했어요. 어찌 된 일인지 오늘까지 까맣게 잊고 있었어요. 봉투에는 '6월까지 개봉을 금함'이라고 씌어 있는데, 지금이 벌써 6월이에요. 봉투에는 리처드의 유서가 들어 있었어요. 거기에는 그의 수입과 소유물을 저에게 유증한다고 씌어 있었어요. 당신도 놀라실 테지만, 저도 매우 놀랐어요. 그런데 유서의 문체로 보아(그것은 타이프로 쳤어요) 그가 이성적 자제력이 있을 때 쓴 것으로 생각됩니다.

 저는 이 봉투를 잊고 있었다는 사실을 실로 유감스럽게 생각하고 있어요. 이것이 있었다면 디키가 스스로 생명을 끊을 셈이었다는 사실을 더 일찍 입증할 수 있었기 때문이지요. 저는 이것을 슈트케이스의 포켓에 넣어 둔 채 잊고 있었어요. 제가 로마에서 그와 최후로 만났을 때, 즉 그가 가장 의기소침해 있을 때, 그는 이 봉투를 저에게 넘겨주었어요.

 그래서 이 유서의 복사 사진에 의한 사본을 동봉하오니 보아 주십시오. 저는 유서를 처음 보고, 그리고 그 정해진 수속 등에 관해서는 전혀 모르고 있어요. 어떻게 취급하면 되겠는지요?

 부디 부인께 잘 전해 주시고, 제가 두 분을 깊이 동정하고 있음을 알아주시기를 바랍니다. 이러한 편지를 드리지 않으면 안 되는 것을 유감으로 생각합니다. 부디 조속한 회답을 주시기 바라며, 저의 다음 주소를 적어 둡니다.

 그리스 아테네 시 아메리칸 익스프레스
베네치아 19××년 6월 3일

톰 리플리

 톰은 어느 의미에서 이것은 문제를 초래하는 짓이라고 생각했다. 이것 때문에 유서뿐 아니라, 송금 수표의 서명까지 새로 조사하게 될지도 모르겠다. 보험 회사는 물론, 신탁 은행도, 막상 자기들이 돈을 내게 된다면 인정사정없이 철저히 조사하는 것이 보통이다. 그러나 톰은 지금의 분위기로서는 이것을 쓰고 싶었다. 5월 중순에 그리스로 가는 배표까지 이미 사 두었다. 그리고 그는 그날이 다가옴에 따라 차차 침착을 잃어갔다.

 톰은 베네치아의 파이아트의 차고에서 자기 차를 꺼내어, 브렌네르 고개에서 잘츠부르크를 돌아 뮌헨까지 드라이브하고 남쪽으로 내려가 토리에스테에 갔다가, 다시 방향을 바꾸어 볼차노까지 갔다 왔다.

 어디를 가거나 날씨는 아주 좋았는데, 뮌헨의 엥그리셔 가르텐을 산책할 때 조용한 봄비 같은 소나기가 내렸다. 그러나 그는 이야말로 처음 맞아 보는 독일의 비라고 어린아이처럼 좋아하면서, 비를 피하지 않고 계속 거닐었다.

 그는 지금 자기 명의의 2,000달러밖에 없었다. 그것은 디키의 수입을 예금한, 디키의 계좌에서 대체해 둔 것인데, 지난 석 달 동안에 많은 금액을 빼낼 용기가 없었다. 위험하다. 그 위험을 범하는 것이 그에게는 대단한 매력이었지만.

 톰은 베네치아에서 아무 일도 일어나지 않는, 그저 나른한 몇 주일을 보내기가 지루해서 견딜 수 없었다. 톰의 신변의 안전도는 날로 확실해져 가는데, 동시에 그의 존재 자체는 사람들의 관심 밖으로 밀려나는 것처럼 생각되었다. 로베리니는 편지를 보내지 않게 되었다. 아르빈 마캐론은 미국으로 돌아가 버렸다(그는 단 한 번, 로마에서 톰에게 시시한 전화를 걸어 왔을 뿐이었다). 그리고 톰은 마캐론과 그린리프 씨가, 디키는 죽었거나 자발적으로 몸을 숨겼다고 생각하고, 더 이상 찾는 일은 허사라고 결론을 내린 것으로 생각했다.

 신문은 기사에 대한 자료가 끊겼기 때문에, 디키의 사건을 게재하지 않게 되었다. 톰은 공허한 느낌과 엉거주춤한 기분 때문에 머리가 이상해지기 시작해서 마침내 뮌헨까지 드라이브했던 것이다. 베네치아에 돌아와 그리스 여행을 위해 짐을 꾸리고, 이 집을 나갈 때가 되니까, 그의 우울증은 더욱 심해졌다. 그는 그리스로 가려 하고 있다. 그 오랜 역사를 지닌 장한 섬들을, 쩨쩨한 톰 리플리로서 찾아가려 하고 있다. 내성적이고 부끄러움을 잘 타고, 은행에는 2,000달러의 푼돈밖에 없고, 그리스의 미술 입문서 한 권 사는 데도, 두 번 세 번 생각해야 하는 가련한 톰 리플리로서 말이다. 이것은 견딜 수 없는 일이었다.

 베네치아에 들어올 때 그는 그리스 여행을 당당하게 한 셈이었다. 그는 살아서 호흡하고 있는 용감한 인물로서, 그의 앞에 모습을 나타내는 그리스의 섬들을 보아 줄 셈이었다. 보스턴 태생의 이름도 없는 비굴한 사내로서는 싫었다. 만약 파레우스(그리스 아테네의 외항)에서 느닷없이 경관의 팔로 뛰어드는 거라면, 그는 적어도 며칠 전에 그것을 알고 있다가, 귀항하는 제이슨(그리스 신화에 나오는 아르고선 탐험대의 지휘관)처럼, 짙은 포도주색 바다를 가르며 나아가는 뱃머리에 서서, 바람에 날리고 있고 싶다 생각했다. 그래서 그는 미리 그린리프 씨 앞으로 편지를 써 놓았다가 베네치아를 출항하기 사흘 전에 붙였다. 이 편지가 그린리프 씨에게 도착되기까지 적어도 4, 5일은 걸릴 테니까, 그린리프 씨가 전보로 그의 승선을 막으려고 해도, 그는 이미 베네치아를 떠난 뒤가 될 것이다.

 더구나 여러 가지 점으로 미루어 보아 그가 사물에 무관심한 듯한 사람으로 보여 두는 편이 이로울 것 같았다. 그가 그리스에 도착할 때까지 앞으로 2주일 동안 연락이 닿지 않았다는 사실을, 그는 그 돈을 받거나 말거나 별로 관심이 없고, 유언 때문에 이 여행을 연기할 생각이 없음을 나타내 보이겠지.

출항 이틀 전에, 그는 티티의 집으로 차를 마시러 갔다. 그녀는 톰이 베네치아에서 셋집을 찾기 시작한 첫날에 알게 된 백작 부인이었다. 그가 하녀에게 안내되어 거실에 들어갔더니 티티는 벌써 몇 주 동안이나 듣지 않았던 말로 인사를 했다.

"아아 챠오 토마소! 당신은 오후 신문을 보셨나요? 디키의 슈트케이스가 발견됐대요! 그리고 유화도 함께요! 베네치아의 아메리칸 익스프레스에서래요!"

그녀의 흥분에 맞추어서, 금으로 된 귀고리가 반짝반짝 흔들렸다.

"뭐라고요?" 톰은 아직 신문을 보지 못했다. 오후엔 짐을 꾸리느라고 신문을 읽을 틈이 없었다.

"읽어 보세요! 자요! 그 사람의 옷가지가 모두 지난 2월에 맡겨진 거래요! 나폴리에서 보내 왔대요. 틀림없이 이 베네치아에 있는 거예요."

톰은 읽었다. 그것에 의하면 캔버스를 묶은 끈이 늦추어져서 직원이 그것을 고쳐 싸는데, 그 그림에 씌어 있는 R. 그린리프라는 서명을 발견했다는 것이다. 톰은 두 손이 몹시 떨리기 때문에, 신문을 떨어뜨리지 않으려고 세게 잡았다. 경찰은 지문을 찾기 위해서 신중하게 조사하고 있다고 씌어 있었다.

"그 사람은 틀림없이 살아 있어요!" 티티는 큰 소리로 말했다.

"나는 그렇게 생각하지 않는데요. 어째서 이것이 그가 살아 있다는 증거가 됩니까? 그는 슈트케이스를 발송한 뒤에 죽었거나 살해되었는지도 몰라요. 현재 이것이 다른 사람 명의로…… 판쇼오인가요?"

소파에 어색하게 앉아 있는 백작 부인은 그가 갑자기 안절부절못하는 모습을 보고 놀란 모양이었다. 그래서 톰은 스스로의 마음을 가다듬고, 자신을 격려하며 말했다.

"아시겠어요? 경찰은 물건을 전부 조사하며 지문을 찾고 있어요. 경찰이 디키 자신이 슈트케이스를 발송했다는 확신을 가지고 있다면, 지문을 찾을 필요가 없을 게 아녜요? 그가 나중에 자신이 찾으러 올 작정이라면 판쇼오라는 이름으로 맡길 리는 없지 않아요? 그의 여권도 들어 있다는군요. 여권까지 짐 속에 넣어 버리다니!"

"틀림없이 판쇼오라는 이름을 쓰고 있는 거예요! 어머, 차를 드려야지!" 티티는 일어섰다. "쥬스티나! 차를 가져 와요, 빨리!"

톰은 아직도 신문을 펼쳐 든 채 힘없이 소파에 앉았다. 디키의 시체를 묶은 밧줄의 매듭은 어떻게 되었을까? 그것이 아직 풀리지 않고 있는 것은 그의 조그마한 행운에 불과하지 않을까?

"이봐요. 당신은 어째서 그렇게 비관적으로 생각하세요?"

티티는 그의 무릎을 가볍게 때렸다.

"이것은 좋은 뉴스가 아녜요! 만약 지문이 전부 그분 것이라면 어때요? 당신은 기쁘지 않아요? 내일이라도 베네치아의 좁은 골목을 걸어가다가 갑자기 디키 그린리프, 아니, 시뇨르 판쇼오를 만날지도 모르는데!"

그녀는 요란스럽고 쾌활한 웃음소리를 냈는데, 그것은 그녀에게는 호흡이나 마찬가지인지도 몰랐다.

"슈트케이스에는 여러 가지가 들어 있다고 씌어 있어요. 면도 도구, 칫솔, 구두, 오버 코트 등, 모두 갖추어져 있어요."

톰은 전등 그늘로 공포에 질린 얼굴을 숨기려고 했다.

"그가 이런 물건들을 떼어 놓고도 살아 있다고 생각되지는 않아요. 디키를 죽인 범인이 그의 시체에서 옷을 벗겨 가지고, 옷가지를 전부 그곳에 맡긴 것이 아닐까요? 그런 물건을 처분하기에는 제일 간단한 방법이니까요."

그 말을 듣더니 티티는 잠깐 입을 다물었다. 그리고 말했다.

"지문 건이 확실해질 때까지는, 당신이 그렇게 낙담할 필요는 없잖아요? 내일이면 관광 여행을 떠나는 마당에. 자, 어서 차를 드세요!"

모레다, 하고 톰은 생각했다. 로베리니가 그의 지문을 떠서, 그 캔버스나 슈트케이스에 묻은 지문과 비교해 볼 여유는 얼마든지 있다. 그는 캔버스 테의 평평한 곳이나 슈트케이스 안의 물건에서 지문이 검출되기 쉬운 곳을 생각해 보았다. 별로 많지는 않았다. 면도 도구의 안 정도인데, 지문의 일부나 더러워진 곳 등을 긁어모으며, 열 개의 지문을 갖추기란 경찰로서는 아무것도 아닌 일이다. 그가 아직 낙관하고 있는 유일한 이유는, 경찰은 아직 그의 지문을 뜨지 않았다는 점이다. 그리고 그는 아직 용의자가 아니니까, 지금 곧 그의 지문을 뜨자고는 하지 않을 것이다. 그런데 경찰이 이미 디키의 지문을 어디서 떠 왔다면 어떻게 될까? 무엇보다도 먼저 그린리프 씨가, 점검용으로서 디키의 지문을 찾아 낼 장소는 얼마든지 있다. 미국에 있는 그의 소지품에도 묻어 있을 것이고, 몬지베로의 집에도 남아 있을 것이다.

"토마소! 차를 드세요?"

티티는 다시 그의 무릎을 살짝 눌렀다.

"고맙습니다."

"아시겠지요? 적어도 이것은, 무슨 일이 있었는가 하는 진실을 향해서 한 걸음 전진한 것이 아닌가요? 이 일이 그렇게 걱정된다면, 뭐 다른 이야기를 합시다! 아테네 다음에는 어디로 가시나요?"

톰은 그리스 쪽으로 생각을 돌리려고 했다. 그에게 있어 그리스는 전사의 갑옷에 붙은 쇠붙이와 유명한 태양 빛이 있는 금빛 나라였다. 그는 조용하고, 똑똑한 얼굴의 석상을 떠올렸다. 이를테면 에레시움의 신전 포치에 서 있는 여자들과 같은 상이다. 그는 베네치아의 지문 문제에 머리가 짓눌려, 겁에 떨면서 그리스에 가고 싶지는 않았다. 이래서는 그의 품격이 비굴해진다. 그는 아테네의 하수도 속을 살금살금 기어 다니는 쥐와 같이 비굴해지고, 살로니카의 거리에서 그에게 말을 걸어오는 가장 더러운 거지보다도 천하게 느껴지겠지. 그는 두 손으로 얼굴을 가리고 울었다. 그리스는 끝장이 났다. 금빛 풍선처럼 터져버린 것이다.

티티는 튼튼하고 살찐 팔로 그를 안았다.

"토마소, 힘을 내요! 모든 일은 확실하게 밝혀질 거예요. 너무 슬퍼하지 마세요."

"이렇게 나쁜 징후를 당신은 모르신다는 겁니까!" 톰은 자포자기가 된 것처럼 말했다. "어째서 모르신다는 겁니까!"

30

톰에게 무엇보다도 불길한 징후는, 지금까지 그토록 호의적이고 명쾌한 편지를 보내던 로베리니가, 베네치아에서 슈트케이스와 캔버스가 발견된 일에 대해서 한마디도 하지 않은 일이었다. 톰은 잠들 수 없는 밤을 하룻밤 새우고, 이튿날엔 안나와 우고에게 급료를 치르고, 드나들던 상인들에게 대금을 치르는 등, 집을 퇴거하는 데에 필요한 자질구레한 일을 하며 하루 종일 집 안을 걸어 다녔다. 톰은 낮이나 밤이나 언제 경찰이 문을 노크할 것인가 기다리고 있었다. 그는 닷새 전의 조용한 자신과 현재 불안과 초조함으로 떨고 있는 자신을 생각하면 정말 미칠 것만 같았다. 그는 잠을 이룰 수 없고, 식욕도 없고, 가만히 앉아 있을 수도 없었다. 안나와 우고가 동정의 말을 해주는 것과 친구들이 슈트케이스가 발견되어서 그에게 무슨 짐작되는 바가 없느냐고 전화로 물어 오는 것은 정말 견딜 수 없는 괴로움이었다. 또 겉으로는 그가 걱정하고 있다, 비관적이다, 반 자포자기가 되어 있다는 등 걱정스럽다는 듯이 이야기를 해도 실제 그들은 아무렇지도 않게 생각할 뿐이고, 오히려 더할 나위 없이 당연한 일이라고 생각했다. 왜냐하면 디키의 죽음은 이제 그들에게는 과거의 일이 되었고, 단지 그들은 디키의 소지품이 전부——면도 기구로부터 빗에 이르기까지——슈트케이스에 넣어져서 베네치아에 와 있다는 사실에 특별한 흥미를 품고 있을 뿐이었다.

그리고 유언서 건이 있었다. 그린리프 씨는 모레쯤 편지를 받겠지. 그때까지는 경찰이 지문은 디키의 것이 아니라는 사실을 밝혀내고, 헤리인즈 호를 도중에서 잡아 놓고 톰 자신의 지문을 떠 가겠지. 그것으로, 그 유서도 위조 서명이라는 사실을 발견하면, 경찰은 그에게 아무런 용서도 하지 않겠지, 그리고 그 두 살인은 ABC처럼 당연히 발각되겠지.

헤리인즈 호에 승선했을 때, 톰은 자신이 걸어다니는 유령처럼 느껴졌다. 그는 자지 않고, 먹지 않고, 에스프레소만 마시며 꿈틀꿈틀 움직이는 신경만으로 겨우 유지하고 있었다. 헤리인즈 호는 상당히 큰 삼중갑판이 있는 배인데, 선객은 48명이었다. 톰은 보이가 선실로 짐을 날라 놓고 나서 5분쯤 지나니까 허탈 상태에 빠져 버렸다. 그는 침대 위에 한쪽 팔을 깐 채 엎어져 버렸다. 너무 피로해서 자세를 바꿀 수조차 없었다. 눈을 뜨니까 배는 움직이고 있었다. 거대한 힘을 안에 간직하고 거침없이 모든 방해물을 밀어제치면서 경쾌한 리듬을 타고 앞으로 나아가는 것이었다. 그는 상당히 기분이 나아졌다. 다만 몸 밑에 깔고 있던 한쪽 팔이 죽은 것처럼 축 늘어져서, 좁은 복도를 걸을 때에 옆구리에 탁탁 부딪치기 때문에 다른 손으로 누르고 있어야 했다. 시계를 보니 10시 15분 전이고, 밖은 완전히 캄캄해졌다.

왼쪽 먼 곳에 육지인 듯한 물체가 보였다. 유고슬라비아의 일부인 듯, 대여섯 개의 작고 희미한 흰 불빛이 보일 뿐, 나머지는 검은 바다와 검은 하늘뿐이었다. 너무 새까맣기 때문에 수평선이 있는 것 같지도 않고, 배가 까만 막을 향해 돌진하는 것 같았다. 착실히 파도를 가르고 나아가는 배에서는 아무 저항도 느낄 수 없고, 무한한 우주로부터 불어오는 듯한 바람이 정면으로 이마에 와 닿을 뿐이었다.

갑판이 있는 그의 주위에는 아무도 없었다. 모두 아래에서 늦은 저녁 식사를 하고 있는 모양이었다. 그는 혼자 있는 것이 기뻤다. 저리던 팔도 점점 괜찮아졌다. 그는 V자형 뱃머리 끝을 붙잡고 심호흡을 했다. 몸 안에 반항적인 용기가 솟아났다. 지금 이 순간 무선사가 톰 리플리를 체포하라는 통신을 받았다면 자기는 어떻게 할까? 지금 서 있는 것처럼 의기양양하게 서 있을까, 아니면 바다에 뛰어들까? 그것은 그에게 있어서는 도망치는 것 못지않게 절대적인 용기가 필요한 일이었다. 만약 온다면 어떻게 할까? 그가 서 있는 곳에서도 상층 꼭대기에 있는 무전실의 삐익삐익 하는 소리가 들렸다. 그는 무섭다고 생각하지는 않았다.

이것이 바로 그 여행이다. 그토록 즐거움으로 기다리던 그리스로 항해하는 느낌이 이거였던가. 그는 주위를 에워싼 어둠을 바라보면서 두려움을 느끼지 않는 것이 그리스의 섬들이 보이기 시작하는 것을 바라보는 것 못지않게 통쾌했다. 그는 앞을 가로막은 6월의 부드러운 어둠 속에서 작은 섬들이나 건물이 점점이 있는 아테네의 언덕과 아크로폴리스의 신전을 상상하고 있었다.

그 배에는 영국인 노부인이 타고 있었다. 그녀는 마흔 살쯤 된 독신인 딸과 함께 여행하고 있는데, 그 딸은 미친 사람 같은 신경질쟁이로, 갑판 의자에서 일광욕을 하고 있다가도, 15분쯤 되면 "난 산책하겠어!" 하고 큰 소리로 말하며 느닷없이 뛰어나가곤 했다. 반대로 노부인은 아주 조용하고 동작이 둔했다. 그녀는 오른쪽 다리가 마비되어 왼쪽 다리보다 조금 짧기 때문에, 오른쪽 발에는 굽이 높은 구두를 신고 있는데도 지팡이 없이는 걷지 못했다. 톰은 여기가 뉴욕이라면 그녀의 느린 동작과 언제나 조용하고 고상한 거동에 미칠 것처럼 초조했을 텐데, 지금의 그는 영감이라도 받은 듯, 몇 시간이고 그녀와 함께 갑판 의자에서 시간을 보냈고, 영국과 그리스에서 지낸 그녀의 생활, 1926년에 보고 그 뒤 안 가 보았다는 그리스에 관한 이야기 등을 참을성 있게 들었다.

톰은 부인을 데리고 갑판을 산책했다. 그녀는 그의 팔을 붙잡고 끊임없이 신세를 져서 미안하다는 말을 했는데, 그래도 그가 돌보아 주는 것이 여간 기쁘지 않은 모양이었다. 또 딸 입장에서도 다른 사람이 어머니를 맡아 주어 힘이 덜어졌기 때문에 기뻐하고 있음을 역력히 알 수 있었다.

톰은 이 미세스 카트라이트도 젊었을 때는 기질이 강한 방자한 여자였으리라고 생각했다. 딸이 노이로제에 걸리게 된 것은 모두 그녀의 책임인지도 모른다. 그녀가 딸을 심하게 구속했기 때문에 딸은 평범한 생활을 하며 결혼할 수가 없었던 것 같다.

그녀와 함께 갑판을 산책하고, 몇 시간이나 이야기를 들어 주는 대신, 바다 속으로 차 떨어뜨려져도 하는 수가 없지 않을까? 그러면 되지 않을까? 세상은 언제나 은혜를 베푼 사람에게는 반드시 보답하고 있지 않은가? 그는 보답을 받았을까? 생각하면, 그가 두 번의 살인을 하고도 아직 들키지 않은 일은 이치에 맞지 않을 정도로 운이 너무 좋았다고 해야 되겠지. 그는 디키로 둔갑하고 나서 지금까지 쭉 운이 좋았다. 그의 전반생은 운명의 신이 터무니없이 불공평했는데, 디키를 만난 때를 기점으로 해서, 그 뒤는 보상되고 남음이 있을 정도로 행운이었다. 그러나 그는 이번에 그리스에 가서는 아무래도 무슨 일이 일어날 것 같은 생각이 들었다. 더구나 좋은 일이라고 생각되지는 않았다. 그의 행운이 너무 오래 계속되었다. 경찰이 지문이나 유서 일로 그를 체포해서 전기 의자에 앉힌다면 어떨까……. 전기 의자에서 죽는 일은 죄의 보상이 될 만큼 괴로울까, 그리고 25살에 죽는다는 것은 11월부터 지금까지 수개월 간의 호화로운 생활의 대상이 될 정도의 큰 비극일까? 절대로 그렇지 않다.

다만 한 가지 그가 유감스러운 것은, 아직 온 세계를 보지 않았다는 사실이었다. 그는 오스트레일리아를 보고 싶었다. 인도도 보고 싶었다. 그리고 일본도 보고 싶었다. 남아메리카도 남아 있었다. 그런 나라들의 미술을 보는 것만으로도 즐겁고 보람 있는 평생의 일이 될 수 있었다. 그는 회화에 대해서 상당히 공부하고, 디키의 서투른 그림의 모사도 해보았다. 파리나 로마의 미술관에서 그는 처음으로 회화에 흥미를 느꼈다. 자기에게는 그런 소질이 있다는 점을 깨닫지 못하고 있었던지 그는 화가가 되고 싶다고 생각하진 않았지만, 돈이 있다면 좋아하는 그림을 수집하고, 재능은 있어도 돈이 없는 화가를 도와주는 일이 최상의 즐거움일 거라고 생각했다.

미세스 카트라이트와 갑판 산책도 하고, 재미도 없는 그녀의 독백을 들으면서, 그의 마음은 그쪽 방향으로 쏠려갔다. 미세스 카트라이트는 그를 매력있는 청년이라고 생각했다. 그리스에 닿기까지의 며칠 사이, 그녀는 덕분에 얼마나 이 항해가 즐거웠는가를 반복해 말하고, 7월 2일에 크레타 섬의 어느 호텔에서 만나기로 약속을 했다.

그들의 여행 일정이 겹치는 곳은 크레타 섬밖에 없었다. 미세스 카트라이트는 특별 관광단에 속해서 버스 여행을 할 예정이었다. 톰은 한 번 배에서 내리면 두 번 다시 그녀를 만날 수 없으리라고 생각하면서도 그녀가 요청하는 일에는 모두 찬성했다. 그는 곧 체포되어 다른 배나 비행기를 타고 이탈리아로 도로 끌려갈 것이라고 상상하고 있었다.

그에 관한 무선 연락은——그가 아는 한도에서는——아무것도 오지 않았다. 그러나 비록 와 있었다고 하더라도 그에게 통고하지는 않겠지. 저녁 식사 때에는 등사판에 인쇄한 1페이지짜리 배의 신문이 모든 사람의 테이블에 배포되는데, 실린 것은 국제 정치에 관한 기사뿐이었다. 그린리프 사건의 기사 따위는, 비록 중대한 새 사실이 나타났다고 하더라도 실리지 않을 것이다. 톰은 열흘 동안 항해하면서 운명과 장한 무아의 용기라는 특별한 분위기 속에 감싸여 지냈다. 그는 여러 가지 엉뚱한 상상을 했다. 미세스 카트라이트의 딸이 바다에 빠져서 자기가 뛰어들어 구해내는 광경이며, 혹은 배의 격벽이 깨져 침수된 속을 물을 가르고 가서 깨진 곳을 자기 몸으로 막으려고 하는 광경 등. 그는 자기에게 두려움을 모르는 초자연적인 힘이 갖추어져 있는 것처럼 느꼈다.

배가 그리스의 본토에 가까워졌을 때, 톰은 미세스 카트라이트와 나란히 난간 옆에 서 있었다. 그녀는 톰에게 피레우스 항의 모습이 마지막으로 보았을 때보다 얼마나 변했는가를 열심히 이야기해 주었는데, 그는 변한 것 따위에는 전혀 흥미가 없었다. 그에게는 무엇보다도 항구가 그곳에 있다는 것이 문제였다. 그의 눈앞에 있는 항구는 신기루가 아니었다. 그것은——그가 거기까지 갈 수 있다면——발로 딛고 걸을 수 있는 딱딱한 언덕이고, 손으로 만질 수 있는 건물이었다.

경찰들은 선창에서 기다리고 있었다. 그들은 모두 네 명인데, 팔짱을 끼고 올려다보고 있었다. 톰은 미세스 카트라이트를 부축하여 맨 나중에 내려가, 그녀가 발판 끝의 단을 조용히 내리게 해주었다. 톰은 빙긋 웃으며 그녀와 딸에게 잘 가라는 인사를 했다. 짐을 받으려면, 그는 R표시가 있는 밑에서 기다리고, 그들은 C표시가 있는 곳에서 기다려야 한다. 그리고 카트라이트 모녀는 바로 특별 버스에 타고 아테네로 향할 참이었다. 미세스 카트라이트의 키스가 아직도 볼에 온기와 습기를 남기고 있을 때, 톰은 경관 쪽으로 천천히 걸어갔다. 버둥거릴 것은 없다. 다만 깨끗하게 이름을 댈 뿐이다. 경관이 서 있는 뒤에 신문 파는 곳이 있어 그는 신문을 사려고 했다. 신문쯤은 사도록 해주겠지. 다가가니까, 그들은 팔짱을 낀 채 그의 얼굴을 다시 보았다. 모두 검은 제복과 챙이 달린 모자를 쓰고 있었다. 톰은 그들에게 조금 웃어 보였다. 그랬더니 그 가운데 한 사람이 모자에 잠깐 손을 대고 한 발짝 옆으로 비켜섰다. 그러나 다른 경관들은 다가오지도 않았다. 지금 톰은 두 경관 사이에 완전히 끼어서 신문 매장 앞에 섰다. 그러나 경관들은 여전히 앞을 본 채 그를 전혀 거들떠보지도 않았다.

톰은 쓰러질 듯한 현기증을 느끼면서 눈앞에 놓여 있는 신문들을 보았다. 손이 자동적으로 움직여 눈에 익은 로마 신문을 집어 들었다. 사흘 전 신문이었다. 그는 주머니에서 리라화를 꺼냈는데, 갑자기 그리스 화폐를 가지고 있지 않다는 사실을 깨달았다. 그러나 신문 팔이는 이탈리아에 있는 거나 마찬가지로 곧 리라를 받고 거스름돈까지 리라로 주었다.

"이것도 주게."

톰은 이탈리아 어로 말하고, 이탈리아 신문을 다르게 세 종류와 파리판 〈헤럴드 트리뷴〉지를 집었다. 그는 흘끔 경관 쪽을 보았다. 그들은 이쪽을 보고 있지 않았다.

그러고 나서 선객들이 짐을 받는 선창 상층으로 올라갔다. 도중에서 미세스 카트라이트가 기쁜 듯한 목소리로 "헬로우" 하고 부르는 소리가 났으나, 그는 못 들은 척했다. R표시가 있는 아래에 서서, 바로 제일 오래된 이탈리아의 신문을 펼쳐 보았다. 나흘 전 신문이었다.

'로버트 S. 판쇼오는 찾지 못함. 그린리프의 짐을 맡긴 인물'

두 페이지째에 이런 졸렬한 표제가 나와 있었다. 톰은 그 아래의 긴 기사를 읽었다. 그의 관심을 끄는 기사는 그 제5절뿐이었다.

경찰 당국은 며칠 전, 슈트케이스와 캔버스에 묻은 지문은, 그린리프가 퇴거한 로마의 아파트에서 발견된 지문과 동일함을 확인했다. 따라서 그린리프 자신이 슈트케이스와 회화를 예탁한 것으로 추정되었다.

톰은 또 하나의 신문을 펴 보았다. 거기에도 나와 있었다.

……슈트케이스 안의 물건에 있던 지문이, 로마의 시뇨르 그린리프의 아파트에서 발견된 지문과 일치한 사실에 의해서, 경찰 당국은 시뇨르 그린리프 자신이 슈트케이스를 꾸려 베네치아로 발송한 것이라는 결론에 달했다. 또한 그는 이미 자살했거나, 혹은 알몸으로 익사한 것으로 생각된다. 다른 추론에 따르면, 그는 현재 로버트 S. 판쇼오, 아니면 다른 가명으로 생존하고 있는 것으로도 생각된다. 그리고 그는 짐을 다 꾸리고 나서, 또는 누군가의 지시에 따라서 짐을 꾸린 다음 살해되었을 가능성도 생각할 수 있다. 그 경우는 당국의 지문에 의한 수사를 혼란케 할 목적으로 그에게 짐을 꾸리게 했을 것이다……

어쨌든 이 이상 '리처드 그린리프'의 수사를 계속하는 일은 헛수

고다. 왜냐하면 그가 생존해 있다고 하더라도 그는 '리처드 그린리프'의 여권을 소지하고 있지 않을 것이기 때문이다……

톰은 몸이 떨리고 현기증이 났다. 상층의 지붕 챙에서 벗어나 내리쬐는 태양 빛 때문에 눈이 아팠다. 그는 짐꾼을 따라 자동적으로 세관의 카운터로 갔다. 검사관이 슈트케이스를 열고 재빨리 검사하는 모습을 보면서 그는 신문의 기사가 무엇을 뜻하고 있는가를 깨달으려고 애를 썼다. 그것은 그가 전혀 의심을 받고 있지 않다는 사실을 의미한다. 그것은 그의 무고를 실제로 보증함을 의미한다. 그것은 그가 교도소에 송치되지 않으며, 그리고 죽지 않는다는 사실을 의미할 뿐 아니라 전혀 의심을 받고 있지 않다는 사실을 의미한다. 그는 자유인인 것이다. 남은 문제는 그 유서뿐이었다.

톰은 아테네행 버스에 탔다. 옆자리에 배의 식탁에서 함께 있던 사내가 앉아 있는데, 그는 인사도 하지 않았다. 그 사내가 그에게 말을 걸어 왔더라도 대답할 수도 없었으리라. 톰은 아테네의 아메리칸 익스프레스에는 유서에 관한 편지가 와 있으리라고 확신하고 있었다. 그린리프 씨가 답장을 쓸 여유는 충분히 있었을 것이다. 그는 틀림없이 즉시 변호사에게 조사를 시켰을 것이다. 아테네에는 그린리프 씨의 변호사로부터 정중한 거절 편지가 와 있을 뿐이고, 다음 편지는 미국의 경찰에게 톰을 문서 위조죄로 단정했다는 통지서가 와 있겠지. 두 가지 편지가 함께 아메리칸 익스프레스에서 그를 기다리고 있을지도 모른다. 그 유서로 모든 일이 끝나겠지. 톰은 버스의 창으로 원시적인, 무미건조한 들판을 바라보았다. 어쩌면 경찰은 아메리칸 익스프레스에서 기다리고 있을 것이다. 선창에 있던 그 네 사람은 경관이 아니고, 어떤 종류의 군인이었는지도 모른다.

버스가 섰다. 톰은 내려서 짐을 받고 택시를 잡았다.

"아메리칸 익스프레스에 들러 주지 않겠나?"

그는 이탈리아 어로 운전 기사에게 말했다. 운전 기사는 '아메리칸 익스프레스'라는 말만은 알았는지 바로 달려 나갔다. 톰은 로마에서도 같은 말을 택시 운전 기사에게 했던 일이 생각났다. 그것은 분명히 팔레르모에 갈 때였다. 잉기르테러 호텔에서 머지를 멋지게 따돌린 직후였다. 그날의 그는 얼마나 자신만만했던가!

아메리칸 익스프레스의 간판이 보이자, 톰은 몸을 일으켜 경관이 있나 건물 주위를 살펴보았다. 경관은 안에 있는지도 모른다. 그는 운전 기사에게 이탈리아 어로 기다려 달라고 하니까 알아들은 듯, 모자에 손을 얹고 인사했다. 모든 것에서 고의적인 듯한 조용함이 느껴졌다. 톰은 아메리칸 익스프레스의 로비 안을 둘러보았다. 특히 색다른 상황은 없었다. 아마 그가 이름을 말하는 순간에……

"토머스 리플리에게 편지가 와 있나요?" 톰은 담당자에게 낮은 목소리의 영어로 물었다. "리플리 씨예요? 스펠링을 가르쳐 주실 수 있으세요?"

톰은 스펠링을 말했다.

그녀는 나란히 있는 작은 구획에서 편지를 몇 통 가지고 왔다.

아무 일도 일어나지 않았다.

"세 통이에요." 그녀는 빙긋 웃으며 영어로 말했다.

한 통은 그린리프 씨로부터, 한 통은 베네치아의 티티에게서, 다른 한 통은 크레오에게서 전송되어 온 편지였다. 그는 그린리프 씨의 편지를 폈다.

톰 귀하

6월 3일자의 자네 편지는 어제 받아 보았네.

자네도 이미 짐작하리라 생각하는데, 그 편지는 아내에게나 나에게나 그다지 의외는 아니었네. 리처드는 우리에게 보내는 편지에 일부러 써오지는 않았으나, 자네를 매우 좋아하고 있다는 사실을 우리는 이전부터 눈치채고 있었네. 편지에도 씌어 있듯이, 유서는 불행히도 리처드가 스스로 목숨을 끊었다는 사실을 나타내고 있는 것 같네. 이것은 우리가 이곳에서 마침내 받아들여야 할 결론이라고 생각되네. 이것 이외의 유일한 가능성은 리처드는 다른 이름을 대고, 자기 자신이 택한 이유에 의해서 부모에게 등을 돌렸다는 일이네.

리처드가 자기 자신을 어떻게 처리했든지, 우리는 리처드가 원한 처지와 그 진의를 실행해야 할 것이며, 아내도 내 의견에 동의했네. 나는 보내준 복사 사진을 나의 변호사의 손에 위임했네. 따라서 리처드의 신탁 자금 및 다른 재산을 자네에게 양도하는 수속의 진행 상황에 관해서는, 변호사들로부터 자네에게 차차 통지되리라고 생각하네.

끝으로, 나의 해외 여행 중, 자네가 협조해 준 데 대해 감사하네. 소식 종종 주었으면 하네.

19××년 6월 9일
하버드 그린리프

이것은 농담일까? 그러나 지금 그가 손에 들고 있는 버크 그린리프 사의 편지지는 가짜 같지가 않다. 두껍고 약간 까칠까칠하며 인쇄 문구는 부조처럼 인쇄되어 있다. 그리고 그린리프 씨라는 사람은 백만 년에 한 번이라도 이런 농담을 할 사람이 아니다. 톰은 기다려 준 택시 쪽으로 걸어갔다. 이것은 농담이 아니다! 이제 디키의 돈과 자유는 모두 톰의 것이 되었다. 그리고 그 자유는 다른 모든 것과 마찬가지로 그와 디키의 것을 결합시킨 덩어리다. 그는 유럽에 집을 가질 수 있고, 그런 마음만 갖는다면 미국에서도 집을 가질 수 있다. 그는 갑자기 몬지베로의 집을 판 돈은 아직 받지 않고 그대로 있다는 사실이 생각났다. 그 돈은 디키가 유서를 쓰기 전에 디키의 이름으로 집을 판 돈이니까, 그는 그 돈을 그린리프 씨에게 보내는 것이 지당하다고 생각했다. 그는 미세스 카트라이트의 일을 생각해 내고, 자기도 모르게 빙긋 웃었다. 크레타 섬에서 그녀와 만날 때에는 커다란 난꽃상자를 그녀에게 가져다주자. 크레타 섬에서 난을 구할 수만 있다면······.

그는 크레타 섬에 상륙할 때의 일을 상상했다. 기다란 섬이다. 분화구의 마르고 깔쭉깔쭉한 입술이 우뚝 솟아 있다. 그가 탄 배가 항구로 들어가면, 선창에는 작은 흥분의 술렁거림이 인다. 어린 짐꾼들이 그의 짐과 팁을 노리고 모여든다. 그는 그들에게 줄 팁을 충분히 준비하고 있다. 어떤 사람에게나 충분한 팁을 줄 수 있다. 그는 상상 속의 선창 위에 서 있는 네 명의 사람을 보았다. 크레타 섬의 경관들이 그를 기다리고 있다. 팔짱을 끼고 참을성 있게 기다리고 있다. 그는 갑자기 몸이 긴장되고 환상이 사라졌다. 그는 어느 곳의 선창에 다가갈 때에도, 반드시 그를 기다리고 있는 경관의 모습을 볼 것이다. 알렉산드리아에서도? 이스탄불에서도? 봄베이에서도? 리우데자네이루에서도? 그런 것을 생각해도 아무 소용이 없다. 상상 속의 경관에 대해서 걱정하다가 모처럼의 여행을 망칠 것은 없다. 설령 경관이 정말로 선창에 있다고 하더라도, 그것은 반드시······.

"어디로? 어디로 가죠?"

택시 운전 기사가 묻고 있었다. 그를 위해 이탈리아 어로 말했다.

"호텔로 가 줘." 톰은 말했다. "제일 좋은 호텔로, 제일 좋은 곳이야. 제일 좋은 곳!"

소설과 추리의 완전한 결합

계관시인 W.H. 오딘이 '불안의 시대'라 말한 이 시대. 패트리시아 하이스미스 작품 주인공들은 어지러운 운(運)의 세계를 살아간다. 우리 독자들의 삶 또한 별반 다를 게 없다고 하이스미스는 말하고 싶은 것이다. 다른 작가라면 인생을 부정한다거나 비딱하게 조롱할 부분에 대해서도 그녀는 결코 그러는 법이 없다. 이 끔찍하게 일그러진 세계를 있는 그대로 독자들에 모두 드러내는 것이다. 패트리시아 하이스미스가 《태양은 가득히》에서 하고 싶은 이야기는 '이 세상은 본래 그런 것'이라는 말이다.

그녀와 같은 견해를 가지고 있는 위대한 작가는 헤아릴 수 없을 만치 열거할 수 있다. 키르케고르(주인공 톰은 후기작품에서 이 철학자를 인용한다), 지드, 사르트르, 헨리 제임스(톰의 유럽에서의 모험은 제임스 소설 현대판이다) 등. 그녀의 대표작품들은 이런 중량급 작품들과 비교해도 조금도 모자람이 없다. 그것은 의도적으로 만들어낸 놀라운 성과이다. 패트리시아 하이스미스는 현대의 범죄소설을 쓰면서, 무엇보다 독자를 즐겁게 해 주는 것이 제일 큰 의무라는 것을 결코 잊지 않는다.

그녀는 특유의 자연스럽고 무표정한 유머로 몇 번이고 독자들을 즐겁게 한다. 나는 이 유머 감각이야말로 그녀의 참으로 훌륭한 무기라고 생각한다. 아마 리플리 시리즈 전체를, 그리고 《태양은 가득히》를 탁월하게 재미난 작품으로 만들어낸 큰 힘이 바로 그것일 것이다.

하이스미스의 문학적 재능은 영화로 소개되어 널리 알려졌고, 이 재기 뛰어난 여인을 인정하는 계기가 되었다. 그녀는 1921년 1월, 텍사스 주에서 태어났다. 아버지는 독일계 미국인 J.B. 랙만, 어머니는 메리 고트, 스코틀랜드 혈통이었다. 뉴욕으로 이사한 것은 6살 때로, 리치먼드 고등학교 및 버나드 대학을 거쳐 컬럼비아 대학을 졸업한다. 재학 중에 학교 잡지를 편집하는 등 저널리즘에 큰 흥미를 갖고 있었다. 또한 문학적 재능을 발휘하여 단편소설을 썼고, 잡지에 발표하여 호평을 얻었다. 그리하여 학교를 졸업하면 작가가 되겠다고 결심한다.

첫 장편은 《낯선 승객》(1950)으로 하퍼사에서 출판되었는데, 곧 히치콕에게 인정받아 영화화되는 행운을 얻었다. 이듬해 유럽으로 여행을 떠나 3년 간 유럽생활을 했다. 안 그래도 2년에 겨우 장편 하나를 쓰는 정도로 과작이었는데, 이때는 계속 쉬다가 5년 만에야 《실수투성이》(1955)를 출판했다. 그러나 다음해에는 《재주꾼 리플리 군》(1956)을 써서 세평을 굳히고, 그 뒤 순조롭게 장편을 발표하면서 작가적 지위를 확립했다. 《재주꾼 리플리 군》은 톰이라고 하는, 인생을 즐기고픈 한 악한청년의 돌발적인 살인을 주축으로 한 범죄소설인데 남부 유럽에서 놀고 먹는 건달들의 생활묘사도 곁들여져서 단순한 구성이긴 하지만 밝은 색채를 띠고 있다.

이 작품은 《태양은 가득히》라는 제목으로 1960년 르네 클레망 감독이 영화화해서 세계적으로 유명한 작품이 되었다.

전편에 걸쳐 주인공의 섬세한 심리가 극명하게 그려진 서스펜스로, 완전범죄의 성공을 알리는 라스트가 알랭 들롱이 주연한 영화와는 차이가 있는데 그 내용은 대개 다음과 같다.

불행한 삶을 살아온 톰 리플리는 25살. 뉴욕 5번가에 있는 어느 술집에서 2년 전 유럽으로 건너간 뒤 소식이 없는 아들을 데려와 달라는 부탁하는 친구의 아버지. 키가 크고 금발인 디키가 대부호의 아들이었던 것을 떠올린 톰은 부탁대로 이탈리아로 건너가 우여곡절 끝에 그를 찾아낸다. 그러나 도무지 미국으로 돌아갈 생각을 않는 디키를 어떻게든 설득해 보려고 함께 붙어다니게 되고, 가난한 톰에게 돌아오는 건 열등감과 좌절감의 연속. 이 굴절된 감정이 언제부턴지 살의로 변하게 되었고, 마침내 톰은 지중해를 달리는 요트 안에서 디키를 죽이고 만다. 그는 범행을 감추는 것으로 그치지 않고 아예 디키로 행세하며 그의 돈을 빼돌릴 결심을 한다……

패트리시아는 여행을 좋아하는 보헤미안적인 기질 때문에 영국에서 4년, 프랑스에서 2년을 보냈다. 취미는 그림, 목공, 피아노 등으로 그림은 개인전을 열 수준이었다. 그녀는 독신으로 스위스의 티치노 지방의 한 산골마을에서 200년도 더 된 돌로 만든 집에서 2마리의 샴고양이와 함께 여생을 보내다 1995년 백혈병으로 생을 마감했다.

"한 고장에서 일생을 마친다는 것은 나로서는 상상도 할 수 없다. 나의 본거지는 프랑스의 몽코트에 있지만, 여행을 좋아해서 여행지가 마음에 들면 그만 살게 되지. 영국에서 4년, 프랑스에서 2년,

하는 식으로. 이 마을도 친구들과 함께 놀러왔다가 경치가 좋고 조용한데다 소박한 마을풍경이 마음에 들어서 눌러앉았어. 그런데 여름은 상쾌해서 좋지만 겨울은 말도 못해. 심할 때는 영하 30도까지 내려갈 때가 있거든. 집 전체에 난방시설을 갖춰놓았지만 밖에서는 자칫하면 얼어죽기 십상이야. 이 모진 추위를 견디려고 몸을 있는 대로 웅크리고, 술과 담배를 친구 삼아 구상을 짜."

9번째 장편인 《자비로운 유예(猶豫)》는 프랑스 체재 중에 집필한 것으로 영국의 하이네먼사가 출판했다. 그녀의 작풍은 대개 심리 서스펜스를 특색으로 한다. 보와로 나르스잭은 그의 《추리소설론(Roman Policier)》에서 하이스미스를 '소설과 추리의 완전한 결합을 이룬 작가'라고 평했는데, 그보다는 심리 서스펜스의 설정이 교묘하고 문장이 대단히 뛰어나서 악한청년 톰의 즉석음모도 반전에 반전을 거듭하면서 대담한 작가의 기량을 유감 없이 발휘하고 있다고 생각될 정도이다.

"서스펜스나 미스터리는 퍼즐이라고 생각해. 수수께끼를 풀면서 독자를 스토리 속에 빨아들이지 않으면 재미가 없으니까, 그 계획을 잘 짜는 것이 머리가 하는 체조인 셈이지. 생각만 나면 나는 언제 어느 때를 막론하고 '아이디어의 샘'이라고 이름 붙인 노트에 메모를 하지. 그 노트도 15년 간 35권이나 모였어. 내 작품의 대부분은 이 노트와, 여행지의 배경에서 나왔다고 해도 과언이 아니야."

"나는 생각만 나면 아무 때나 쓸 수 있는 타입은 아니야. 한 가지 아이디어가 떠오르면 리서치를 충분히 한 뒤에, 반년 가까이 시간을 들여서 구성을 짜지. 플롯이 모두 완성되면 그제서야 쓰기 시작해. 그렇지만 쓰다보면 도중에 줄거리가 변하기도 하지. 그것은 내 기분에 충실하다 보니 어쩔 수 없는 것 같아. 그 다음에는 노트에 정리한 것을 타이프로 치지. 그리고 손을 보는 거야. 적어도 두세 번은 고치게 되더군. 그리고 마지막으로 카본을 넣어서 타이프를 치고, 복사본을 출판사에 보내지. 만년필을 사용하는 것은 노트에 적을 때와 사인할 때 뿐이야.

내가 사용하고 있는 머신은 올림피아 포터블로 1956년에 사서 29년 간 한번도 고장 없이 움직여 주었어."

"《태양은 가득히》를 쓸 때는 남 프랑스의 포지타노 호텔에 머물고 있었어. 내 방은 높은 곳에 있었지. 어느 날 아침 다섯 시 반에서 한 여섯 시쯤 되었을 때야. 어떤 불량스런 청년 하나가 심드렁하니 방파제를 걷고 있더군. 그것을 보고 남 프랑스 해안에서 쉽게 볼 수 있는 건달청년과 범죄를 결합한 스토리를 생각해 내게 된 것이야."

"요즘 일과는 9시 반이나 10시쯤 일어나서 오전중에 쇼핑이나 청소를 해치우고, 오후부터는 대여섯 시간씩 글을 쓰지. 기껏해야 8페이지 정도야. 글이 안 풀릴 때는 한 줄도 못 쓰는 날도 있어. 그런 날은 근처 친구 집에 놀러가서 기분전환을 하는 게 최고지! 밤에는 클래식을 들으면서 술을 마시고 〈인터내셔널 헤럴드 트리뷴〉이나 〈타임스〉를 읽어. TV는 없어. 그리고 짬짬이 수채화를 그린다거나 목공일을 하니까 무척 치밀한 생활을 하고 있는 셈이지."

"왜 결혼하지 않았느냐고? 젊은 시절에는 한번 결혼했는데……. 나는 내 멋대로인데다 소설을 쓰는 것이 좋은데 누군가가 늘 옆에 있으면 마음이 가라앉지 않아. 물론 침대를 함께 쓸 친구가 있다면 좋겠지. 난 친구가 좋아."